新编21世纪远程教育精品教材

• 汉语言文学系列 •

中国古代文学史（一）

（先秦至魏晋南北朝）（第二版）

叶君远　编著

中国人民大学出版社

· 北京 ·

“新编21世纪远程教育精品教材”

编委会

作者简介

叶君远，中国人民大学文学院教授、博士生导师。主讲课程：“中国文学史”“古代名作赏析”“文史要籍概说”“古代诗体流变”“清诗研究”“吴梅村研究”等。主要学术著作：《吴梅村年谱》《吴伟业评传》《中国古代文体丛书·诗》《元明清诗卷》《吴梅村诗选》《吴伟业与娄东派诗传》《清代诗坛第一家》等。

内容简介

本教材阐述了从先秦至魏晋南北朝时期中国文学发展的状况，介绍了各个时期重要作家、作品的思想、艺术特点和重要的文学现象，并介绍了相关文体的知识。通过本教材的学习，读者可以广泛地接触中国古代文学作品，了解中国古代文学发生、发展的脉络和规律，认识中国古代文学的特点，体悟中国古代文学作品所蕴涵的人文精神。

总序

我们正处在教育史尤其是高等教育史上的一个重大的转型期。在全球范围内，包括在我们中华大地，以校园课堂面授为特征的工业化社会的近代学校教育体制，正在向基于校园课堂面授的学校教育与基于信息通信技术的远程教育相互补充、相互整合的现代终身教育体制发展。一次性学校教育的理念已经被持续性终身学习的理念所替代。在高等教育领域，从1088年欧洲创立博洛尼亚（Bologna）大学以来，21世纪以前的各国高等教育基本是沿着精英教育的路线发展的，这也包括自19世纪末创办京师大学堂以来我国高等教育短短一百多年的发展史。然而，自20世纪下半叶起，尤其在迈进21世纪时，以多媒体计算机和互联网为主要标志的电子信息通信技术正在引发教育界的一场深刻的革命。高等教育正在从精英教育走向大众化、普及化教育，学校教育体系正在向终身教育体系和学习型社会转变。在我国，党的十六大明确了全面建设小康社会的目标之一就是构建学习型社会，即要构建由国民教育体系和终身教育体系共同组成的有中国特色的现代教育体系。

教育史上的这次革命性转型绝不仅仅是科学技术进步推动的。诚然，以电子信息通信技术为主要代表的现代科学技术的进步，为实现从校园课堂面授向开放远程学习、从近代学校教育体制向现代终身教育体制和学习型社会的转型提供了物质技术基础。但是，教育形态演变的深层次原因在于人类社会经济发展和社会生活变革的需求。恰在这次世纪之交，人类社会开始进入基于知识经济的信息社会。知识创新与传播及应用、人力资源开发与人才培养已经成为各国提高经济实力、综合国力和国际竞争力的关键和基础。而这些仅仅依靠传统学校课堂面授教育体制是无法满足的。此外，国际社会面临的能源、环境与生态危机，气候异常，数字鸿沟与文明冲突，对物种多样性与文化多样性的威胁等多重全球挑战，也只有依靠世界各国进一步深化教育改革与创新，促进人与自然的和谐发展才能得到解决。正因为如此，我国党和政府提出了“科教兴国”“可持续发展”“西部大开发”“缩小数字鸿沟”以及“人与自然和谐发展”的“科学发展观”等基本国策。其中，对教育作为经济建设的重要战略地位和基础性、全局性、前瞻性产业的确认，对高等教育对于知识创新与传播及应用、人力资源开发与人才培养的重大意义的关注，以及对发展现代教育技术、现代远程教育和教育信息化并进而推动国民教育体系现代化，构建终身教育体系和学习型社会的决策更得到了教育界和全社会的共识。

在上述教育转型与变革时期，中国人民大学一直走在我国大学的前列。中国人民大学是一所以人文、社会科学和经济管理为主，兼有信息科学、环境科学等的综合性、研究型大学。长期以来，中国人民大学充分利用自身的教育资源优势，在办好全日制高等教育的同时，一直积极开展远程教育和继续教育。中国人民大学在我国首创函授高等教育。1952 年，校长吴玉章和成仿吾创办函授教育的报告得到了刘少奇的批复，并于 1953 年率先招生授课，为新建的共和国培养了一大批急需的专门人才。在 20 世纪 90 年代末，中国人民大学成立了网络教育学院，成为我国首批现代远程教育试点高校之一。经过短短几年的探索和发展，中国人民大学网络教育学院创建的“网上人大”品牌，被远程教育界、媒体和社会誉为网络远程教育的“人大模式”——面向在职成人，利用网络学习资源和虚拟学习社区，支持分布式学习和协作学习的现代远程教育模式。成立于 1955 年的中国人民大学出版社是新中国建立后最早成立的大学出版社之一，是教育部指定的全国高等学校文科教材出版中心。在过去的几年中，中国人民大学出版社与中国人民大学网络教育学院合作策划、创作出版了国内第一套极富特色的“新编 21 世纪远程教育精品教材”。这些凝聚了中国人民大学、北京大学、北京师范大学等北京知名高校学者教授、教育技术专家、软件工程师、教学设计师和编辑们广博才智的精品课程系列教材，以印刷版、光盘版和网络版立体化教材的范式探索构建全新的远程学习优质教育资源，实现先进的教育教学理念与现代信息通信技术的有效结合。这些教材已经被国内其他高校和众多网络教育学院所选用。中国人民大学出版社基于“出教材学术精品，育人文社科英才”理念的努力探索及其初步成果已经得到了我国远程教育界的广泛认同，是值得肯定的。

2005 年 4 月，我被邀请出席《中国远程教育》杂志与中国人民大学出版社联合主办的“远程教育教材的共建共享与一体化设计开发”研讨会并做主旨发言，会后受中国人民大学出版社的委托为“新编 21 世纪远程教育精品教材”撰写“总序”，这是我的荣幸。近几年来，我一直关注包括中国人民大学网络教育学院在内的我国高校现代远程教育试点工程。这次更有机会全面了解和近距离接触中国人民大学出版社推出的

“新编21世纪远程教育精品教材”及其编创人员。我想将我在上述研讨会上发言的主旨作进一步的发挥，并概括为若干原则作为我对包括中国人民大学出版社、中国人民大学网络教育学院在内的我国网络远程教育优质教育资源建设的期待和展望：

● 新编21世纪远程教育精品教材的教学内容要更加适应大众化高等教育面对在职成人、定位在应用型人才培养上的需要。

● 新编21世纪远程教育精品教材的教学设计要更加适应地域分散、特征多样的远程学生自主学习的需要，培养适应学习型社会的终身学习者。

● 在我国网络教学环境渐趋完善之前，印刷教材及其配套教学光盘依然是远程教材的主体，是多种媒体教材的基础和纽带，其教学设计应该给予充分的重视。要在印刷教材的显要部位对课程教学目标和要求作明确、具体、可操作的陈述，要清晰地指导远程学生如何利用多种媒体教材进行自主学习和协作学习。

● 应组织相关人员对多种媒体的远程教材进行一体化设计和开发，要注重发挥多种媒体教材各自独特的教学功能，实现优势互补。要特别注重对学生学习活动、教学交互、学习评价及其反馈的设计和实现。

● 要将对多种媒体远程教材的创作纳入对整个远程教育课程教学系统的一体化设计和开发中去，以便使优质的教材资源在优化的教学系统、平台和环境中，在有效的教学模式、学习策略和学习支助服务的支撑下获得最佳的学习成效。

● 要充分发挥现代远程教育工程试点高校各自的学科资源优势，积极探索网络远程教育优质教材资源共建共享的机制和途径。

中华人民共和国教育部远程教育专家顾问

丁兴富

第二版前言

中国古代文学史是中文专业一门重要的专业基础课。它讲的是从上古一直到1919年五四运动以前中华民族文学发展的历史。

中国古代文学是中华文明的重要组成部分，它的历史悠久，其起源，约略同中华文明的起源同步。其后几千年，文学的发展尽管有时出现高潮，有时陷于低谷，但始终不曾中断，就像长江一样绵延不绝。漫长的历史中曾经产生出一代又一代的杰出作家和数不清的优秀作品，出现了多姿多彩的体裁、题材、风格、流派，形成了各种各样的文学现象、文学潮流和文学理论，内容极其丰富。这是一笔无比宝贵的文化遗产。

同世界其他民族的文学相比，我国的古代文学在独特的地理环境、语言文字，独特的历史进程和思想文化传统等因素的影响下，形成了鲜明的民族特征。在世界民族文学之林，我国古代文学以自己无比辉煌的成就和无比鲜明的独特风貌，占有重要的地位。

学习这门课程的目的，是使同学们更广泛地接触我国古代文学作品，认识古代文学的特点，了解古代文学的演进历程和发展规律，体悟古代文学所蕴涵的人文精神。这对于增强民族自信心，培养高尚的道德情操，加强人文修养，提高审美能力，都是很有意义的。

中国古代文学史属于一门历史性学科。大家知道，任何一门历史性学科，都是由基本史料和基本观点构成的。对于中国古代文学史来说，所谓基本史料，主要是指古代文学作品，此外，也还应包括诸如作家生平、社会背景、重要古籍的体例与流传等一些基本常识。所谓基本观点，是指对于作家作品成就的评价，对于重要文学现象的分析，对于文学发展规律的揭示，等等。

鉴于这门课程的这种性质和特点，要求同学们在学习时一定要注意：第一，尽可能多地阅读古代文学作品，除了指定必须阅读的篇章之外，阅读的范围越宽越好。而对于代表性作品，不仅要读，还应该熟读，甚至背诵；不仅要读懂，还应该对其思想意义、艺术特色有所了解和掌握，并能结合历史背景做出评价。总之，大量阅读作品是学好这门课程的基础。通过作品感性地领悟中国古代文学，你才会真正有所收获，这门课才能学得好、学得活、学得有趣味。第二，对于文学史上一些重要的基本常识应该加以记忆，这同样是我们学好这门课的一个基础。对基本常识的记忆，虽然会有些窍门，但恐怕主要还要靠熟读记诵。至于对文学史的一些基本观点，则应当注意在理解的基础上加以掌握，特别注意要在古代文学承传流变的过程中，结合具体作品、具体例证，去领会教科书中的论述。

根据内容的多少，全部课程分为先秦至魏晋南北朝、唐宋、元明清三个阶段。本书讲述的是先秦至魏晋南北朝的文学。

传承性是文学的根本特性之一。而正是因为这样一个特性，所以处在文学史较前位置的文学创作对后世的影响一般也就格外巨大而深远。如果把全部古代文学史比作一棵大树的话，那么，先秦至魏晋南北朝文学便处在根部和接近根部的茎干处，后代的文学是由这里继续成长起来的，一枝一叶，无不与此相连相通。仅凭这一点，我们就可以看出这一阶段文学的重要性了。

先秦至魏晋南北朝文学历史跨度很大，即使不算原始社会，只从文字产生之日算起，也长达两千多年，比文学史的后两个阶段即唐宋和元明清加在一起的时间还要长。这样漫长的发展过程，根据文学观念与文学创作诸种因素的变化，又可以相当清晰地划分成三个时期：先秦、秦汉和魏晋南北朝。

先秦文学是中国古代文学的起始期，我国文学的思想基础、审美特征、民族形式、民族风格无不发轫于这个时期。这个时期的文体样式除了原始歌谣与神话，主要为诗歌和散文。诗歌的代表作是《诗经》和屈原楚辞。散文分为历史散文和诸子散文，历史散文的代表作是《左传》《国语》《战国策》；诸子散文的代表作是《论语》《孟子》《庄子》《荀子》《韩非子》等。它们各以独特的神韵风采共同构成了先秦文学绚丽多姿、辉煌灿烂的景观。

秦汉文学由先秦文学发展而来，但出现了一些新的特点。先秦文学那种百花竞艳的局面不见了，与“独尊儒术”的政策相适应，与大一统帝国的统治需要相适应，汉代文学从总体上看变得气派沉雄，格局廓大，然而往往失之板滞。两汉盛行的新文体——辞赋成为一代文学风格的典型。辞赋以外，诗歌和散文仍然是最主要的两大文体样式。诗歌方面，汉代乐府民歌以无比新鲜的、充满活力的形式、节奏和表现手法，给予诗坛巨大的冲击，推动了诗歌的发展。对文人诗歌创作影响最为直接的是乐府民歌中的五言形式，经过长时间的模仿、学习，文人五言诗在汉末终于成熟，出现了堪称中国抒情诗典范的《古诗十九首》。历史散文方面，司马迁的《史记》是一座不朽的丰碑，班固的《汉书》虽然逊色不少，可是也取得了相当大的成就。政论散文与学术散文也出现了许多脍炙人口的名篇。

魏晋南北朝文学可以说是中国文学的一个重要的新变期。新变首先体现在文学观念上，这时中国文学开始进入一个自觉的时代。其次，语言也由古奥转向浅近。再次，文学创作趋向个性化，涌现出“三曹”、“七子”、阮籍、嵇康、左思、陶渊明、谢灵运、鲍照、谢朓、庾信等一大批各自有着鲜明个人风格的作家。另外，此时期文体变得愈加丰富。诗歌方面，五言古体已经成为文人手中最重要的诗体，七言古体也获得初步发展，还形成了讲究声律的新体诗；文章方面，出现了骈文、骈赋；小说也诞生了。各种文体，都产生了许多杰构佳什，使这一时期的文学呈现出前所未有的丰富性。

了解和学习先秦至魏晋南北朝文学，对于认识我国文学优良传统的形成和初步发展，对于认识我国文学民族形式与民族风格的发生和发展，都具有重大意义。

作　者

目录

先秦文学

秦汉文学

魏晋南北朝文学

先秦文学

先秦文学概论

提 示

学习这一部分，主要了解我国先秦文学发展的轨迹，包括史前传说时期文学、夏商文学、西周春秋文学和战国文学的基本状况；了解各个时期文学产生的社会背景，主要的文体形式、主要作品和代表作家等；认识先秦文学在形态上“诗乐舞一体”和“文史哲不分”的基本特点；认识先秦文学创作主体所经历的几次变化以及先秦文学所取得的辉煌成就。

先秦文学指秦始皇统一全国以前的文学。这是一个相当漫长的历史阶段，包括史前传说时期和夏、商、周、春秋、战国时期。

先秦文学处在我国文学发生和发展的最初阶段，处在文学史长河的源头，对后世文学产生了极其深远的影响，因此，学习这一历史阶段的文学，对于学习全部文学史，对于认识我国文学民族形式、民族风格的形成，对于了解我国文学的审美基本特征，都有着特别重要的意义。

一、先秦文学发展的轨迹

1. 史前传说时期的文学

20 世纪，中国史前考古取得了举世瞩目的辉煌成就，新发现的史前文化遗存遍布全国。例如旧石器时代的云南元谋上那蚌、陕西蓝田公主岭、河北阳原泥河湾等文化遗存，新石器时代的江西万年仙人洞与吊桶环、湖南道县玉蟾岩、河南渑池仰韶村、陕西西安半坡、山东泰安大汶口、浙江余杭良渚等文化遗存。持续不断的考古新发现显示了人类对于自身起源和古代文明形成的强烈好奇心和顽强的探索精神。但是，就像一个人很难清晰地回忆起牙牙学语的孩提时期一样，人类对于自身童年时代的印象恐怕永远是模糊的和迷茫的。

史前传说时期的文学一样处于混沌状态。

史前传说时期的文学形态主要为两类：歌谣与神话。今天我们所见到的远古歌谣与神话，实际上是人类有了文字以后的追记，很难说它们在多大程度上还能保持原貌了。

先说歌谣。远古歌谣绝大多数都已经佚失了。虽然古籍中时有记载，例如传说为尧舜时期的《击壤歌》《康衢谣》《卿云歌》《赓歌》《南风歌》等，但从其思想内容和表现手法来看，多数显然为后人伪托。只有极少数，从它们所表现的社会生活和稚拙的手法来看，还多多少少保存着原始的形态。我们只能通过这弥足珍贵的吉光片羽来窥探远古歌谣的面貌了。见于东汉人赵晔《吴越春秋》卷九的《弹歌》就是这样一篇作品：

断竹，续竹，飞土，逐宍。

诗歌用极其古朴的语言述说了原始人狩猎的整个过程，“断竹，续竹”是说砍下竹子，制作弓箭，“飞土，逐宍”是说用泥土撮成的弹丸射杀禽兽。全诗仅仅八个字，每句两个字，作一拍。

《易·归妹上六》所载的一首有趣的牧歌也当是原始之作：

女承筐，无实；
士刲羊，无血。

它用一种戏谑的语调唱道：女人双手捧着筐，可是不见有分量；男子似乎在宰羊，可是不见血流淌（其实是在拾羊毛和剪羊毛）。全诗同样非常简短，两个三言句，两个二言句，每句作一拍。

以上两首诗反映的是上古时代的劳动生活，还有些诗歌反映了当时的宗教观念和宗教活动，例如《礼记·郊特牲》所载的一首《蜡辞》：

土，返其宅！水，归其壑！
昆虫，毋作！草木，归其泽！

这首歌谣据说产生于上古帝王伊耆氏时代，那时，每年十二月都要举行一种祭祀万物的宗教仪式，叫“蜡祭”，蜡祭时的歌辞便称作《蜡辞》。歌中以一种断然决然的口气指令土、水、昆虫、草木各自回到它们本来应该在的地方去，也就是说不要发生地震、水患、虫害，野树杂草也不要疯长蔓延，一切必须顺遂人意。这首《蜡辞》实际是作为驱使自然力的“咒语”来使用的。它也十分短小，一、二、三言错杂，每句一拍。短促的节奏传达出决断的语气。

由以上例子来看，远古歌谣有这样一些特点：第一，内容多与当时人们的劳动生活或宗教活动有关。第二，篇幅、句式短小，节奏、韵律简单。

再说神话。我国史前传说时期曾经产生过丰富多彩的神话，但是由于时代久远，散失也非常多，再加上后来的史家、儒家对神话的排斥和“理性化”的改造，把神话历史化，许多精彩的神话被删削或篡改得面目全非。今天我们所能见到的神话大多数是片断零散的，不像古希腊神话那样被完整而有系统地保留下来。

保存远古神话较多的古代文献有《穆天子传》《庄子》《淮南子》《楚辞》《山海经》等，而尤以《山海经》最有神话学价值。

远古神话反映的是在社会生产力十分低下的情况下，先民对自然、社会现象的认识和征服自然、变革社会的愿望。远古神话可以分为如下一些类型：关于宇宙产生和人类起源的神话；关于自然灾害和人类战胜自然灾害的神话；关于部落战争的神话；关于发明创造的神话，等等。远古神话表现出先民顽强探索未知世界的精神、不屈不挠地同恶劣的生存环境相抗争的意志和锲而不舍争取生存与发展的愿望，表达了他们对生命的珍视和与自然和谐相处的态度，同时也反映出他们浓重的忧患意识。远古神话深刻影响了中华民族民族精神的形成及其特征。

2. 夏商文学

大约从公元前 21 世纪至前 17 世纪为夏朝；公元前 17 世纪至前 11 世纪为商朝。

20 世纪夏商考古的大量重要发现，使得原本由于极度缺乏史料而呈现大片空白的夏商历史，变得丰富多彩起来。但是，对于迄今尚未发现有成系统文字出现的夏王朝和商朝前期，仅凭着有限的出土文物，人们对当时历史的了解与认识仍然是极其贫乏的，空档之处甚多，还远远谈不上连贯与清晰。自然，对于这一时期的文学状况，也一样是模糊不清的。

文字产生以后，原来的口头文学可以记录下来，变成更稳定存在的书面文学，文学才逐渐脱离变动不居、模糊迷离的传说阶段。我国的文字究竟何时产生，目前仍然是一个悬而未决的难题，但在没有新的地下文物发现之前，产生于商朝中期的甲骨文和青铜器铭文，可以断定为是最古老的了。正是从那时起，我国文学的面貌才渐渐清晰起来。

商朝留存下来的文献主要有甲骨卜辞、《周易》中部分卦爻辞和《尚书》中的《盘庚》篇。

讲到商朝文学，有必要首先说明商朝文化的一个重要特征，这就是对原始宗教的尊奉。可以说，原始巫术宗教的气氛笼罩着商王朝，鬼神权威至高无上，正如《礼记·表记》所云："殷人尊神，率民以事神，先鬼而后礼。"从殷墟出土的甲骨卜辞就可以看出，当时上至帝王，下至百姓，无论做什么事几乎都要请示鬼神，每天都要占卜。于是就有了从事宗教活动的专职人员：巫和史。他们通过卜筮等方法代表鬼神发言，且能以歌舞娱神。商朝文献正是由这两种神职人员撰著的，而尊鬼事神的观念，便贯穿于这些文献之中。

今天所见到的甲骨文，几乎都是对占卜巫术活动的记录，因称甲骨卜辞。由于书写的困难，再加上龟甲、兽骨的破碎，甲骨卜辞绝大多数文段支离，文句简短。稍微完整一些的，有的准确地记录了占卜巫术活动的人物、时间、地点以及供奉的牺牲，是我国记事文学的萌芽和原始形态。

《周易》中有一部分卦爻辞产生于商朝，它们同样是为占卜巫术活动而作。与甲骨卜辞不同的是它们并非是即时的刻记，而是经过长时间流传，被认为是有灵验的卦辞的汇集。文段普遍要长许多，并且大多为合辙押韵的歌谣；内容也丰富了许多，还往往运用了比兴、象征、叠咏等手法，因而可以视为我国诗歌的萌芽。

《尚书》中的《商书》部分，传说是商朝的文献，但只有《盘庚》一篇可信。这是商王盘庚决意迁都于殷时发表的训词。其篇幅已相当完整，虽然文字古奥艰涩，但还是可以感受到讲话人的语气、感情。文中运用了一些生动的比喻，比如"予若观火""若网在纲，有条而不紊""火之燎于原"等，这些比喻后来转化成一些成语，至今还在使用。应该说，《盘庚》篇具有了一定的文学性。

3. 西周春秋文学

公元前11世纪中期，周武王灭商，建立了周朝，定都于镐京（今陕西西安附近），史称西周。西周后期，国势日趋衰落。幽王荒淫昏暴，引发社会大动乱，公元前770年，西周被戎族灭掉。幽王的儿子平王，在诸侯救助下，迁都洛邑（今河南洛阳），历史进入了东周时期，也就是春秋时期。又历时近三百年，春秋时期结束。

这个历史阶段在文化上较之以往有一个巨大的变化，就是理性精神的崛起。自西周初年周公"制礼作乐"，夏商时代的巫术宗教文化便开始解体，敬礼重德观念逐渐取代了尊鬼事神观念。及至孔子倡言“克己复礼”，宣称“不语怪力乱神”，以“礼乐”为标志的理性文化就更加深入人心。

在这种文化大背景下，这一时期的文学较之以往更加关注人生，关注社会，关注历史，更加注重表现人的思想感情，展现人类的活动。

这一时期的文学形式有两种：诗歌和散文。诗歌方面，出现了我国第一部诗歌总集《诗经》。它一共收入从西周初年至春秋中叶的诗歌305篇，其中只有产生于早期的少数作品还带有一些宗教色彩，其他绝大多数摒弃了巫术宗教的内容，变为以表现现实中人的生活和情感为主了。《诗经》题材广阔，感情率真，手法多样，韵律优美，语言富于表现力，奠定了我国古代诗歌的美学精神和优良传统，给予后世以极为巨大深远的影响。

这时期的散文主要有《尚书》中的《周书》、编年体史书《春秋》和说理散文《论语》《墨子》《老子》。这些作品更是以人类的社会生活为记述评论的内容了。《周书》汇集了西周时期的“誓”“诰”“命”等文献资料，反映了西周初年的政治事件、社会关系以及政治主张等。《春秋》是孔子根据鲁国的史书修订而成的，它通过对历史人物与事件的记录，暗寓褒贬，表达了孔子的政治态度和社会理想，贯穿着无比鲜明的为当代服务的意识。《论语》是孔子后学对孔子言行的记录，集中体现了儒家学说，讲的完全是现实社会问题。它所昭示的以“仁义礼智信”为准则的道德观念、以“为政以德”为核心的政治观念以及一套伦理准则、中庸哲学，成为我国传统文化精神的基石。《论语》较之《尚书》，语言上有了很大的变化。文字变得浅易了许多，文风疏朗，言简意丰，颇耐人寻味。《墨子》表达了小生产者的理想，反对战争，提倡“兼爱”、“尚贤”、节俭等。文风朴素，讲究逻辑性。《老子》是道家学派的奠基性著作，它以极其简约的语言和一种韵散间出的形式，表达了老子的宇宙观、社会政治理想和辩证法思想。

4. 战国文学

公元前475年至公元前221年是我国的战国时期。

战国时期经历了同样带有根本性的一场社会变革。首先是阶级关系的变化，周天子衰微，上层贵族地位下降，下层庶民地位上升。阶级关系在各国间连绵不断的战争中和各国内部接连发生的动荡中，不断进行着大调整。随之而来的就是思想文化的变化，西周春秋时期的礼乐制度颓然崩溃，新思想、新学说油然而生。在这场思想文化的革命中，新的社会阶层“士”发挥着巨大的作用。“士”是介乎贵族与庶人之间的一个阶层，他们是在春秋时期社会分工进一步发展的背景下形成的新一代知识分子。旧贵族的衰落，旧的“学在官府”制度的解体，使得士人成为文化变革与发展的承担者，成为当时社会大舞台上一支十分活跃的生力军。他们出于对社会强烈的责任心和对自然、对人生的关怀，游说诸侯，聚徒讲学，著书立说，阐述自己的主张，申明自己的社会理想，从而形成了代表不同阶级与阶层利益的学派，形成了“百家争鸣”的局面。当时比较重要的学派有儒、墨、道、法四家，此外还有阴阳家、名家、纵横家、农家、杂家、小说家等。他们的主张虽然不同，可是在立足社会现实、大胆张扬个性、思想自由独创等方面，却有着一致性。

思想文化领域的“百家争鸣”局面，促成了文学艺术的空前繁荣。成就最突出的是散文。散文可分为历史散文和诸子散文两类。

历史散文的代表作是《左传》《国语》《战国策》。就像孔子通过修订《春秋》来表达对现实的关注一样，这些历史著作也是要在对历史经验教训的总结中为现实行为寻找依据。它们虽然是历史著作，但同时又有很强的文学性，叙事艺术远远胜过《春秋》。《左传》最为引人入胜，它能够把复杂的历史事件描写得波澜起伏，把某些历史人物刻画得栩栩如生，文辞简约而生动，显示出极为高超的叙事艺术和语言艺术，历来被视为先秦史传文学的顶峰之作。《国语》和《战国策》皆以记言为主，也取得了很高的文学成就。特别是《战国策》，描写谋臣策士的言行，运用了比喻、夸张、排比、寓言等手法，铺扬张厉，奇谲恣肆，十分传神。

诸子散文的代表作是《孟子》和《庄子》。孟子是孔子之后儒家学派的代表人物，思想与孔子一脉相承，但要激烈得多。他以“帝王师”自居，个性极强，反映到文章上，就是“气盛”，锋颖锐利，势不可当。庄子则继承了老子的学说，长于思辨，思想玄妙精微。其文章大量使用寓言，用虚妄的故事、幻想的情景，来表述自己的哲学思想和政治理想。行文如行云流水，变幻莫测，仪态万方。除上述两书外，《荀子》和《韩非子》也都取得了一定的文学成就，各有非常鲜明的个性特征。《荀子》属于学问家的文章，思理细密，善于譬喻，文风浑厚沉实。《韩非子》是法家代表作，析理透彻，入木三分，语气斩钉截铁，不容置疑。

战国末年，南方楚国出现了一位大诗人屈原，他以其极其辉煌的创作照亮了沉寂有日的诗坛。他是一位积极推进美好政治理想的爱国者，但却惨遭流放，报国无门，于是怀着巨大忧愤，倾注于诗歌创作。他开辟出楚辞文学的一片新天地。其作品，借助更加自由的诗体和奇伟瑰丽的辞藻，运用神话传说和驰骋不羁的想象，表达了献身祖国的意志，表现了高尚的人格，成为先秦时代与《诗经》并峙的诗歌高峰。

二、关于先秦文学的几点认识

当我们匆匆浏览了先秦文学发展的轨迹之后，再从总体上审视一下先秦文学，便会得出如下几点认识。

1. 诗乐舞一体，文史哲不分

从形态上说，先秦文学作品绝大多数并不属于纯文学。这是由于当时的文学观念还不清晰，文学尚未完全地独立出来，未能和其他文化形态划清界限造成的，从而呈现出一种混沌的状态。表现在诗歌上，就是和音乐、舞蹈结合在一起，这在诗歌发生的时期尤其如此。古籍的记载证明了这一点。如《吕氏春秋·古乐》云：

> 昔葛天氏之乐，三人操牛尾，投足以歌八阕：一曰载民，二曰玄鸟，三曰遂草木，四曰奋五谷，五曰敬天常，六曰达帝功，七曰依地德，八曰总万物之极。

《尚书·舜典》云：

> 诗言志，歌咏言，声依永，律和声。

《乐记·乐象》云：

> 诗，言其志也；歌，咏其声也；舞，动其容也。三者本乎心，然后乐气从之。

这些古老的记载印证了当时诗、乐、舞三位一体的原始形态。这种形态延续了相当长的一段时间，据记载，《诗经》的作品和乐舞有密不可分的关系，屈原的《九歌》则是与乐舞配合的祭歌。

先秦文学在形态上与其他文化混同的状况表现在散文上，就是文史哲不分。先秦没有纯文学的散文，《左传》《国语》《战国策》是历史著作，诸子散文是哲学著作。可是我们讲述文学史不能回避它们，因为它们并不是干巴巴地交代事件，讨论政治、社会和人生，也不是抽象地进行哲学思辨，而是运用了多种文学手法，带有浓郁的情感，具有丰富的形象，因而具备很强的文学性。

2. 创作主体的变化：从巫觋到史官到士

先秦文学经历了几个发展阶段，其创作主体也随之发生了几次变化。

夏商王朝之前，宗教活动是社会文化的重要内容，因而巫觋成为社会文化的主角。他们既是文化的传承者，又是文化的创造者，甲骨卜辞、《周易》卦爻辞，都出自他们之手。此外，由于祭祀的需要，巫觋都能歌善舞，用于祭祀的歌谣也是他们创制的。

到了西周春秋，巫觋开始从文化主角的位置上退下来，史官的地位上升，成为新兴文化的代表。上古本来巫史不分，史也担当着宗教性职务。但他们同时还负责掌管有关册命、记录氏族谱系的事务。这一时期，随着原始宗教文化衰落，史官人事方面的职能显得越来越重要。他们熟悉历史和典章制度，掌管旧藏典籍，负责记录君主言行、政治事件、官员任免。《尚书》中的《周书》，还有春秋各国的史书，都是他们编纂的。

春秋战国时期，分封制度解体，士阶层崛起，文化渐次由官方转移到士的手里。

诸子的著作和屈宋楚辞成为那一时期文化最杰出的代表。

3. 成就辉煌，影响巨大

先秦文学虽然处在我国文学发展的最初阶段，但是却取得了了不起的成就，对后世文学的发展发生了极为深远的影响。

诗歌方面，《诗经》和屈原楚辞双峰并峙。在对现实的热切关注和内容的深厚上，它们是一致的。可是，在写法与风格上，它们却迥然有别。一质实，一空灵；一自然朴素，一“惊采绝艳”；一显示理性色彩，一充满浪漫想象，分别代表了北方和南方两种不同的文化特征，成为我国文学两种不同风格流派的奠基之作。它们所形成的“风骚传统”，被后世的诗人奉为创作与批评的最高准则。

散文方面，《左传》《国语》《战国策》等史书和诸子的著作，在叙事技巧和人物刻画上，在语言技巧和修辞技巧上，在如何把抽象的道理变为形象化的阐发上，都积累了丰富的经验，从而为后人所取法。后世的散文家，几乎没有人不曾受到过先秦散文的影响。

思考题

1. 先秦文学经历了哪几个发展时期？简述这几个时期的文学状况。
2. 简要说明先秦文学的基本特点。
3. 简述先秦文学的创作主体发生了哪几次重要变化。

第一章 上古神话

本章提示

(1) 深入理解马克思关于神话的两段著名论述，了解神话何以发生以及神话的本质特征。(2) 初步了解有关我国神话的重要资料。(3) 认识我国神话的几个主要类型：解释宇宙和人类起源、解释自然现象的神话；反映人类与自然斗争的神话；关于中华民族始祖的神话，阅读和记忆每一种类型的几篇著名神话故事。(4) 搞清楚我国神话为何大量散失，为何有些神话被弄得面目全非。

第一节 神话的产生和有关的文献资料

马克思有两段名言，深刻解释了神话产生的原因，揭示了神话的本质。一段话是《政治经济学批判·导言》中所说的：任何神话都是用想象和借助想象以征服自然力，支配自然力，把自然力加以形象化。因而，随着这些自然力之实际被支配，神话也就消失了。另一段话说，神话是通过人民的幻想用一种不自觉的艺术方式加工过的自然和社会形式本身。——这两段话告诉我们，第一，神话产生于一定的历史时期，即生产力十分低下的原始社会。而随着生产力的发展，人类对于自然界的认识与控制的能力增强，神话便失去了产生的土壤。第二，神话是先民想象的产物，是先民用类比思维将自然力“形象化”亦即“人化”的结果。面对着不可捉摸和难以控制的自然界，先民不由自主地会产生畏惧与崇敬的心理，特别当地震、洪水、干旱、暴风等严重的自然灾害发生的时候，当生老病死来临的时候，先民尤其感到惊奇与恐慌，于是幻想出在世界上存在超自然的神奇力量，并对之加以膜拜，神话由此而产生。第三，神话虽然出于先民想象，但实际上曲折地反映了自然界和当时社会。它们是先民对自然界与当时社会思维的结晶，是先民的世界观和认识论。

对于先民来说，神话并非是虚构物，并非是一些有趣的故事，而具有多方面的意义：

第一，解释意义。先民用神话来解释自然现象，解释人际关系，解释人类与自然的关系，解释人类自身的起源和历史，也就是说，用神话来解释一切。

第二，礼仪规范意义。上古没有法律，发生诉讼就由神来判断是非曲直，以神的名义命誓就成为行为的最高约束力量。神话中包含着先民的各种各样的礼仪规范。

第三，实践意义。举例说来，当旱灾发生的时候，先民根据神话的启示筑起求雨逐旱的土龙；他们根据神话的告谕观察星象来预测人事，根据神话的记录选择吉日以躲避凶神。神话成为指导行为的一种实践性很强的文化。

我国古代曾经产生过丰富的神话，但是大多数已经佚失。残留下来的神话散见于各类书中，如经部中的《诗经》，史部中的《左传》《逸周书》，子部中的《穆天子传》《淮南子》，集部中的《楚辞》等，而尤以《山海经》保存神话资料最为丰富，堪称是我国古代神话的一座宝库。

《伏羲女娲图》

第二节　神话的类型

我国的神话大致可以划分为如下几种类型。

一、解释宇宙和人类起源，解释自然现象的神话

解释宇宙起源的神话，最为著名的是“盘古开天地”的故事：

> 天地混沌如鸡子，盘古生其中，万八千岁，天地开辟，阳清为天，阴浊为地。盘古在其中，一日九变，神于天，圣于地。天日高一丈，地日厚一丈，盘古日长一丈，如此万八千岁。天数极高，地数极深，盘古极长。后乃有三皇。
>
> （《艺文类聚》卷一引徐整《三五历纪》）

由卵孵化出生命是一种常见的自然现象，先民由此自然而然地联想到宇宙也是卵生的，并且这个卵由于盘古的成长由小至大，最后终于分裂为天地两极，以后才有了人类历史。另据《五运历年纪》(《绎史》卷一所引)中的一则神话说盘古死后其身体化成了天地万物。

先民对于人是如何来的这一问题，也积极地进行思索，不断追寻答案。在其所做出的解答中，流传最广的一种说法就是“女娲造人”：

俗说天地开辟，未有人民。女娲抟黄土作人，剧务，力不暇供，乃引绳絙于泥中，举以为人。故富贵者，黄土人也；贫贱凡庸者，絙人也。

(《太平御览》卷七十八引汉代应劭《风俗通义》)

昔宇宙初开之时，只有女娲兄妹二人，在昆仑山中。而天下未有人民，议以为夫妻，又自羞耻……乃结草为扇，以障其面。今时人娶妇执扇，象其事也。

(唐　李冗《独异志》)

这两则神话尽管有些成分一望而知是后人附加上去的，但就其内容性质而论，总体上还是比较符合原始面貌的。前一则当产生于母权制氏族社会，是对妇女诞育后代使得种族延续的赞美；后一则说兄妹结婚共同造人，折射出上古氏族公社血亲婚配这一历史事实，大约是由母权制向父权制过渡的原始社会时期的产物。

女娲不仅缔造了人类，还拯救过人类。《淮南子・览冥训》载：

往古之时，四极废，九州裂，天不兼覆，地不周载。火爁炎而不灭，水浩洋而不息，猛兽食颛民，鸷鸟攫老弱。于是女娲炼五色石以补苍天，断鳌足以立四极，杀黑龙以济冀州，积芦灰以止淫水。

在往古时期一次天崩地裂的大灾难发生后，女娲挺身而出，想尽办法，战胜各种灾害，为人类生存再造世界。

以上几则神话热烈地赞美女娲，塑造了一位神奇伟大的女性形象。她既是人类的缔造者，又是人类的拯救者，于人类真可谓其功至伟。对女性的这种热情洋溢的歌颂，反映出女性在母系氏族时代的统治地位。

先民对于一些自然现象也追寻原因，做出了自己的解释。例如为什么西北的天空星星显得格外繁多灿烂？为什么江河的流向都是由西北至东南？有一则神话是这样解释的：

共工氏与颛顼争为帝，怒而触不周之山，折天柱，绝地维。故天倾西北，日月星辰就焉；地不满东南，故百川水潦归焉。

(《列子・汤问篇》)

无论是探寻宇宙与人类起源的神话，还是试图解释一些自然现象的神话，都表现出先民对于未知世界积极探索的可贵精神。

二、反映人类与自然斗争的神话

先民的生存，面临着恶劣自然条件的考验。他们必须有足够的勇气和智慧与自然斗争，特别要战胜那些给人类带来巨大破坏的自然灾害。而在各种自然灾害中，水旱灾害发生频率最高，因而关于同水旱灾害斗争的神话也就最多。鲧禹治水的故事和羿射十日的故事最为有名。

《山海经·海内经》载：

> 洪水滔天，鲧窃帝之息壤以堙洪水，不待帝命。帝令祝融杀鲧于羽郊。鲧复（腹）生禹，帝乃命禹卒布土以定九州。

这是一则与洪水斗争的神话。鲧和禹是人民心目中的英雄，鲧为了人民违抗帝命，窃得息壤，结果为天帝所杀。但他并不屈服，破腹生子，继续完成他未竟的事业。天帝被迫妥协，任命禹继续治水。禹继承父亲遗志，承担起这一重大使命。一开始，他也像父亲一样采用堵的办法：

> 凡鸿水渊薮，自三百仞以上，二亿三万三千五百五十里，有九渊。禹乃以息土填洪水，以为名山。
>
> （《淮南子·坠形训》）

但是这种办法失败了，禹通过不断观察、实践与总结，终于找到了疏导的办法，战胜了滔天的洪水。关于大禹治水的神话，散见于许多古籍中，内容非常丰富。有的记载说他为了凿山以开通水道，变化成熊（见《汉书·武帝本纪》元封元年颜师古注引《淮南子》）；有的记载他诛杀了会带来水害的九首蛇身的相繇（《山海经·大荒北经》）；有的记载说他开沟导川时有“黄龙曳尾于前，玄龟负青泥于后”（《拾遗记》卷二）；等等。这些传说如果集中起来，会是一部长篇神话。这反映了人民对于治水英雄的崇敬与爱戴。

羿是和禹一样高大的英雄形象，他的主要功绩是战胜旱灾。《淮南子·本经训》载：

> 逮至尧之时，十日并出，焦禾稼，杀草木，而民无所食。猰貐、凿齿、九婴、大风、封狶、修蛇，皆为民害。尧乃使羿诛凿齿于畴华之野，杀九婴于凶水之上，

> 缴大风于青丘之泽，上射十日而下杀猰貐，断修蛇于洞庭，擒封豨于桑林。万民皆喜，置尧以为天子。

羿除掉了六种危害人民的恶兽，更重要的是他射落十日，驱除了旱魔，因而被人民所歌颂。另有一种说法是他射落了九日，留下一日（《楚辞·天问》王逸注："羿仰射十日，中其九日，日中九乌皆死，堕其羽翼"）。这一类神话产生的时间应该比较晚，是在发明了弓箭和出现农业生产之后。它们表达了人民战胜旱灾的决心与意志。

在生产力低下的原始时代，人民与自然的斗争，经受更多的是失败。有些神话写到了失败，但是，并没有流露出丝毫的沮丧与气馁，而是显示出斗争到底的不屈不挠的精神。如：

> 夸父与日逐走，入日；渴，欲得饮，饮于河渭；河渭不足，北饮大泽。未至，道渴而死。弃其杖，化为邓林。
>
> （《山海经·海外北经》）
>
> 又北二百里，曰发鸠之山，其上多柘木。有鸟焉，其状如乌，文首，白喙，赤足，名曰"精卫"，其鸣自詨。是炎帝之少女，名曰女娃。女娃游于东海，溺而不返。故为精卫，常衔西山之木石，以堙于东海。
>
> （《山海经·北山经》）

这是两则悲剧，主人公都以微弱的力量勇敢地同自然抗争。他们的行动所昭示的那种大无畏的气概和不达目的不罢休的意志，放射出不灭的光辉。正是这种气概与意志使得这两则神话具有了磅礴的气势和悲壮的色彩。

三、关于中华民族始祖的神话

在中华民族形成的过程中，曾经历过无数次兼并战争。最后是黄帝胜出，成为中华民族的始祖。反映这一历史进程的神话颇多，例如黄帝战蚩尤的故事：

> 蚩尤作兵，伐黄帝。黄帝乃令应龙攻之冀州之野。应龙蓄水，蚩尤请风伯雨师，纵大风雨。黄帝乃下天女曰魃。雨止，遂杀蚩尤。
>
> （《山海经·大荒北经》）
>
> 黄帝摄政前，有蚩尤兄弟八十一人，并兽身人语，铜头铁额，食沙、石子，造立兵杖、刀、戟、大弩，威震天下，诛杀无道，不仁不慈。万民欲令黄帝行天子事。黄帝仁义，不能禁止蚩尤，遂不敌。天遣玄女，下授黄帝兵信神符，制伏

蚩尤，以制八方。

（《太平御览》卷七十九引《龙鱼河图》）

黄帝与蚩尤战于涿鹿之野。蚩尤作大雾，弥三日，军人皆惑。黄帝乃令风后法斗机作指南车，以别四方，遂擒蚩尤。

（《太平御览》卷十五引《志林》）

这些神话反映的其实是以黄帝为代表的北方部族同以蚩尤为代表的南方苗蛮部族之间的战争。它们包含着丰富的历史文化内容，例如，说蚩尤兄弟“铜头铁额”，“造立兵杖、刀、戟、大弩”，透露出当时已经掌握了冶炼金属和制造甲胄兵器的技术；说蚩尤“请风伯雨师，纵大风雨”和“作大雾，弥三日”，折射出的则是当时无所不在的巫术；说黄帝“令风后法斗机作指南车”，涉及了当时的技术发明；战争的结果是黄帝胜，蚩尤败。神话告诉我们，其根本原因是黄帝顺应民心，而蚩尤随便乱杀人，不合于正道，失去了民心。

以上这些神话热情洋溢地赞颂了黄帝在华夏民族形成的历程中所发挥的巨大作用，刻画出这位中华民族始祖神威勇武、聪明睿智的光辉形象。

第三节 神话的散失和演化

我国神话散失严重，保存下来的也大多支离破碎，不很完整，缺乏系统性。其原因，一是年代久远；二是古代学者对神话的曲解。后一个因素对神话所造成的损失尤其严重。

古代学者不能理解神话，或斥之为荒诞不经，或随意臆解附会，使之历史化，结果弄得面目全非，以致丧失。

儒家对于神话的排斥最为明显，通过下面几条材料便可以看出他们是如何“改造”神话的：

宰我问孔子曰：“昔者予闻诸荣伊令：黄帝三百年。请问：黄帝者，人耶？抑非人耶？以至于三百年乎？”……孔子曰：“……生而民得其利百年，死而民畏其神百年，亡而民用其教百年，故曰三百年。”

（《大戴礼记·五帝德篇》）

子贡曰：“古者黄帝四面，信乎？”孔子曰：“黄帝取合己者四人，使治四方，不计而耦，不约而成，此之谓四面。”

（《太平御览》卷七十九引《尸子》）

鲁哀公问于孔子曰：“吾闻夔一足，信乎？”曰：“夔，人也，何故一足？彼其无他异，而独通于声。尧曰：'夔一足矣，使为乐正。'故君子曰：'夔有一，足。'非一足也。"

（《韩非子·外储说左下》）

前两则是关于黄帝的神话，一则说黄帝三百岁，一则说黄帝有四张面孔。孔子不能理解神话性质，将前者解释为黄帝在世只有百年，另外二百年是说其去世后影响所延续的时间；将后者解释为黄帝委派四个人治理四方。关于"夔一足"的神话，又被孔子解释为夔只要具备深通音律这一项本领，就足够了。这样的解释，涂抹掉神话的神异色彩，抽掉了神话之"魂"，神话当然也就变了味，不成其为神话了。

不独儒家如此，一些历史学家也对神话随意曲解和删削，例如司马迁写作《史记·五帝本纪》，就因为"其言不雅训"，删汰了许多材料。思想家和史学家这种理性化的任意改造，使得大量神话湮灭。而残留的神话有些又掺入了阶级社会中人们的思想意识，使原始神话有了很大改变，这是非常可惜的。

第四节　神话的价值及对后世文学的影响

神话产生于尚没有文字的远古社会，是人类历史的第一页记录。它们虽然出于先民的想象，但正如前面所说，实际上曲折地反映了先民们的生存状态，反映了他们与大自然的斗争，反映了当时社会某些方面的状况。我国神话尽管损失严重，但留存下来的依然相当丰富，它们多方面地展示出中华民族早期的民族精神和思想意识，包含着非常丰富的历史文化内容，对于认识我国原始社会，具有极其重要的认识价值。

神话还具有很高的美学价值。其所蕴涵的情感体验，所表现出的形象思维与象征、隐喻特征，所显示的奇伟瑰丽的风格，都使得它们具有了文学性，具有了独特的魅力，从而能够给读者带来巨大的美感享受。

我国神话对后世文学产生了深远的影响。这种影响首先表现在神话中的素材大量被后人所采用。例如秦汉文学中，《诗经·大雅·生民》所写周部族始祖后稷的种种神异，屈原作品中令人目不暇接的对于龙凤与神灵的描写，《庄子》中的鲲鹏变化、藐姑射神人、浑沌凿七窍等寓言，刘向《列女传·有虞二妃》中舜与象斗争的故事，《古诗十九首·迢迢牵牛星》中牵牛织女的传说，无不来源于神话。魏晋以后的文学采用神话素材的例子一样比比皆是。从唐传奇小说中李朝威的《柳毅传》写儒生柳毅与洞庭龙女的爱情故事，就可以看出鲛人神话的影子；李公佐的《李汤》写禹擒拿无支祁的故事，也是以神话为凭依。唐诗中，李白、李贺的作品无不善于巧用神话典故，或造境，或抒情，加重了其浪漫色彩。明清小说《西游记》《封神演义》《聊斋志异》《镜花缘》等对神话素材的运用，更为人们所熟知。

其次，这种影响还表现在神话中的那种神奇奔放的想象，新奇夸张的手法，都极大地启发了后世作家的想象力，拓展了他们艺术构思的空间。神话成为滋养一代又一代作家的一块肥沃土壤。

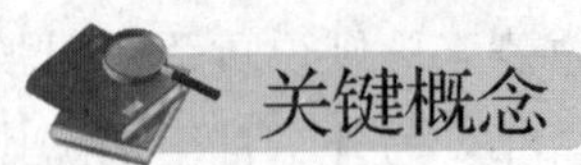

春秋三传

思考题

1. 如何理解马克思关于神话的论述？
2. 我国的神话大致有哪几种类型？各有哪些代表作品？
3. 简略说明我国神话散失的主要原因。

第二章 《诗经》

本章提示

（1）需要了解《诗经》的性质、作品分类、如何编集、在古代的用途以及有关流传的情况。（2）掌握《诗经》的主要题材内容，阅读一批代表性作品，如《生民》《七月》《东山》《鸨羽》《伯兮》《君子于役》《关雎》《摽有梅》《静女》《出其东门》《氓》《伐檀》《硕鼠》《墙有茨》《大东》等。（3）理解《诗经》作品在表现手法、句式、章法、韵律、词汇与修辞等方面重要的艺术特点。（4）认识《诗经》在中国文学史上的地位和对后世所产生的影响。

第一节 《诗经》概貌

一、《诗经》的性质

《诗经》是一部什么性质的书？依今天的观点来看，《诗经》是我国历史上第一部诗歌总集，共收入从西周初年至春秋中叶的诗歌305篇。它最早称为《诗》或《诗三百》，后来儒家奉之为经典，才有了《诗经》的称呼。

可是在古代，《诗经》其实是乐工演奏演唱时所用的一个“唱本”。其曲谱已经失传，我们今天所见到的只是诗了。而在当时，所有的诗都是歌词，都是可以歌唱的。故《墨子·公孟》云：“诵诗三百，弦诗三百，歌诗三百，舞诗三百。”

《诗经》的分类正同音乐有关。305篇诗分为风、雅、颂三类，后世学者多认为分类的依据就是音乐的不同。

“风”字本身即有音乐曲调之意。《左传·成公九年》记载，楚人钟仪为晋所俘，晋侯使之鼓琴，钟仪演奏了南方乐曲，晋国大臣范文子说他“乐操土风，不忘旧也”。刘勰《文心雕龙·乐府》云：“匹夫庶妇，讴吟土风。”这些地方所用的“风”字，指的便都是乐曲、曲调。《诗经》中有十五国风，所谓“国风”，即地方土乐，国是地区、

《豳风图》

方域之意。十五国风包括周南、召南、邶风、鄘风、卫风、王风、郑风、齐风、魏风、唐风、秦风、陈风、桧风、曹风、豳风，共 160 篇，除少数是西周作品外，多数产生于东周。

“雅”训为“正”，指朝廷正乐，这是相对地方土乐而言的。当时出于尊王的正统观念，将西周王畿之乐称为雅乐。雅分为大、小雅，共 105 篇。大雅 31 篇都是西周作品，小雅 74 篇主要出现在西周晚期。

颂是宗庙祭祀之乐，乐调典重舒缓，与国风和雅乐明显不同，故单立一类。颂分为周、鲁、商三颂，共 40 篇。周颂 31 篇是西周早期作品；鲁颂 4 篇都是歌颂春秋时代鲁僖公之作；至于商颂 5 篇，产生的时间学界有争议，未有定论。

《诗经》作品的作者，绝大多数不可考。其身份，既有上层贵族，也有下层贵族和一般平民。不少作品来自民间，在流传过程中不断修改、加工，属于集体创作。

二、《诗经》的编集

《诗经》一书是如何编成的？古今研究者曾做出种种猜测，但都难以坐实。不过有一点可以肯定，就是它一定是经过有目的的搜集整理才成书的。因为其作品的时间跨度是如此之大，产生地域是如此广阔，作者又是如此复杂，而其韵部系统基本一致，形式基本上是整齐的四言诗，在古代交通不便、语言互异的情况下，不经一个比较强有力的机构有目的地搜集整理，像这样内容丰富的大型总集绝难出现。

《诗经》作品的搜集者很有可能是周王朝和各诸侯国的乐官。作品来源大致有三：公卿列士所作献给朝廷；采集于各地民间；由周王朝乐官保存的古代宗教、宴飨乐歌。

《诗经》最后编定大约在公元前 6 世纪。估计当时通过各种渠道搜集汇聚的作品应该远远多于《诗经》中的篇数，一定有人做过删选。汉朝人认为删选者是孔子，如《史记·孔子世家》云：“古者诗三千余篇，及至孔子，去其重，取可施于礼义……三百五篇孔子皆弦歌之。”其实，孔子的时代已有与今本《诗经》相近的“三百篇”存在，孔子删选、编定说不可信。不过，孔子在《诗经》的流传上是有功绩的。他生活的时代，礼崩乐坏，《诗经》的编排出现了散乱，孔子周游列国之后，曾对它做过一番整理，他说："吾自卫返鲁，然后乐正，雅、颂各得其所。"（《论语・子罕》）大约正是这个原因，使得后人误以为《诗经》是他删选而成的了。

三、《诗经》在古代的用途与流传

《诗经》在古代不仅仅是乐工演奏演唱的底本，它的用途比我们想象得要广。

《诗经》的一个重要用途是做教科书。其内容涉及历史、政治、军事、农牧业生产、宗教、伦理观念、地理知识、动植物知识、生活常识等，简直就是当时的百科全书。孔子曾用它来教育自己的弟子，他谆谆告诫自己的儿子："汝为《周南》《召南》矣乎？人而不为《周南》《召南》，其犹正墙面而立也与!"（《论语・阳货》）又对弟子说："小子何莫学夫诗？诗，可以兴，可以观，可以群，可以怨。迩之事父，远之事君；多识于鸟兽草木之名。"（同上），他就是这样反复强调《诗经》的社会功用和学习的意义的。

《诗经》在当时的政治、外交活动中，也发挥着重要作用。《左传》等一些古籍记载了许多朝会、宴飨、盟会之时诸侯君臣赋诗言志的事例。作为一个负有外交使命之人，假如善于赋诗应对，往往可以巧妙地达到预期的目的。相反，假如不懂得应用乐诗，则往往遭到耻笑，贻误军国大计。《诗经》还常常被用于上层人士的社会交际，在那样的场合，借"诗"表达赞美、批评、讽谏、劝诫之意，是很风雅、很普遍的事。因此，孔子说："不学诗，无以言"（《论语・季氏》），把《诗经》的作用强调到了无以复加的地步。

秦统一全国后，"焚书坑儒"，《诗经》也被毁禁。至汉代，经整理，又得以流传，出现了今文的齐诗、鲁诗、韩诗和古文的毛诗。前三家的传授者分别是齐人辕固、鲁人申培和燕人韩婴。这三家西汉时被列为博士，成为地位显赫的官学。古文"毛诗"晚出，传授者为鲁人毛亨和赵人毛苌，未被列为官学，但后来经郑玄作注与揄扬，竟压倒了前三家，独得大行于世。而那三家则先后亡佚。今本《诗经》，就是"毛诗"。"毛诗"附有大序、小序，是汉朝学者对《诗经》的解释。诗序说诗，提出了一些文学理论问题，如比兴、美刺等，是对先秦儒家诗论的总结。其观点在《诗经》研究上和以后的诗歌创作上都发生过巨大而长远的影响。

第二节 《诗经》的主要内容

《诗经》的内容涉及当时社会生活的各个方面，非常广泛丰富，下面择要予以介绍。

一、讴歌祖先功业的诗篇

这类诗集中在颂诗和大雅中，大多产生于西周初年社会相对稳定的时期，并且多与祭祖活动相关。古人是非常重视祭祀祖先的，通过祭祖，缅怀祖先德业，能够增强族人自豪感和认同感，增强民族自信心，起到团结族人的作用，讴歌祖先的诗歌由此而生。"三颂"中除了祭神诗，都属于这一类。如周颂中的《维天之命》《武》《桓》等。这类诗一般写得庄严典重，形式和语言都比较呆板。

大雅中有五首也属此类，这五首诗是《生民》《公刘》《绵》《皇矣》《大明》。《生民》写周族始祖后稷的事迹，从其神异的诞生写到长大后对农业生产的巨大贡献，诗歌充满传奇色彩，曲折地反映出古史的影子。诗中写后稷是母亲姜嫄履天帝足迹而生，因而他只知生母，不知生父，这实际上正是母系氏族社会的折射。而从后稷开始，周部族进入了父系氏族社会。诗中用充满颂赞的语气写后稷如何懂得耕作，其所种植的五谷如何生长茂盛，这说明周人是比较早地从事农业生产的民族。诗中还满怀敬意地歌咏后稷创立祭祀仪式一事，这反映了周人敬天祭祖的宗教观念。

《公刘》写周部族另一位祖先公刘率领族人由邰迁徙到豳，在那里开垦荒地、建立家园的经历，诗中对公刘的优秀品质做了多方面的刻画，塑造了一位智慧、勤劳、勇敢和深受人民爱戴的杰出的部族首领的形象。《绵》写周文王的祖父古公亶父率族人从豳迁移到岐山之下周原的一段历史，这是周族具有重大战略意义的又一次大移民。这次移民为周的强盛奠定了基础，之后才有文王、武王的功业。《皇矣》先写太王、王季的德业，接写文王伐崇伐密战争的胜利。《大明》从文王出生写起，一直写到武王领导牧野之战，一举灭商，取得天下。

以上五首诗本来是散见于大雅之中的，我们按照其所反映史实的次序重新排列，连贯起来，则正是一部周族发祥、发展，建立周朝的历史，因此这五首诗被认为是周族史诗。

这五首诗是相当古老的，手法质朴，然而也不乏生动的描写，例如《生民》写后稷刚一诞生，就几次被抛弃，又几次得救的神奇经历：

> 诞置之隘巷，牛羊腓字之；诞置之平林，会伐平林；诞置之寒冰，鸟覆翼之。鸟乃去矣，后稷呱矣。实覃实讦，厥声载路。

本诗情节曲折，而叙述却相当简洁。还有描写后稷所种庄稼茁壮成长的一章：

> 诞后稷之穑，有相之道。茀厥丰草，种之黄茂。实方实苞，实种实褎，实发实秀，实坚实好，实颖实栗，即有邰家室。

诗中接连用了十个形容字，写出了庄稼由破土出芽到完全成熟的整个过程，这说明诗人掌握了相当丰富的词汇，并且具有对事物细致的观察力。

再如《绵》写周人在周原大规模营造家室的场景：

> 捄之陾陾，度之薨薨，筑之登登，削屡冯冯，百堵皆兴，鼛鼓弗胜。

寥寥几笔，就把成千上万人集体劳动时那种热闹喧腾、紧张欢乐的气氛渲染出来了。

二、描写农事活动的诗篇

我国很早就进入了农业文明，先民对土地、对农业生产几乎是怀着一种宗教式的神圣态度，这从《周颂》中一些祀神诗就可以看出来。他们礼赞神灵，很多时候是为了祈求风调雨顺，五谷丰登，或者是在丰收之后虔诚答谢，因而其祀神之作往往反映出西周时代农业生产的景况，涉及当时的劳作方式、生产规模、生产力水平以及与农事相关的思想观念、制度仪式，具有很高的认识价值，如《良耜》：

> ……或来瞻汝，载筐及筥。其饷伊黍，其笠伊纠。其镈斯赵，以薅荼蓼。荼蓼朽止，黍稷茂止。获之挃挃，积之栗栗。其崇如墉，其比如栉。以开百室，百室盈止，妇子宁止。

由诗中所写，可知当时已经使用金属制造的农具，掌握了去除杂草以使庄稼茂盛的技术。农忙时节，全家须一起上阵，男人在地里劳作，妇人给男人送饭。经过勤奋劳作，终于获得丰收，地里的庄稼垛像墙一样高，排列得像梳篦一样密。诗中用一种欣喜的笔调展现了从生产到收获的情景，有些描写是很形象的。

此外，《臣工》《噫嘻》《丰年》《载芟》等也都程度不同地反映出当时农业生产的状况。

《国风》中写到农业的就更多，而写得最全面也最出色的是《七月》。这首诗出自《豳风》，创作时间应该是相当早的。诗中对农夫艰辛的劳动和苦难的生活做了全景式的展现。一年到头，农夫全家男女老少都要上阵干活，除了种田，还要养蚕、纺织、制衣、打猎、酿酒、藏冰、建造宫室，常常白天干完了，晚上接着干，没有喘息的时间。而劳动果实却大部分被贵族剥削，自己一家用来果腹的是苦瓜野菜，用来栖身的是漏风漏雨的土屋，到了隆冬，连最粗糙的衣服也没有，靠着用泥巴塞堵窗隙门缝御寒。诗中揭示了农夫与贵族生活的悬殊，吐露了农夫的哀怨。例如下面的诗句：

七月流火，九月授衣。一之日觱发，二之日栗烈。无衣无褐，何以卒岁？三之日于耜，四之日举趾。同我妇子，馌彼南亩，田畯至喜。

…………

五月斯螽动股，六月莎鸡振羽。七月在野，八月在宇，九月在户，十月蟋蟀入我床下。穹窒熏鼠，塞向墐户。嗟我妇子，曰为改岁，入此室处。

…………

九月筑场圃，十月纳禾稼。黍稷重穋，禾麻菽麦。嗟我农夫，我稼既同，上入执宫功。昼尔于茅，宵尔索绹。亟其乘屋，其始播百谷。

通过这些诗句，当时农夫的生活就可见一斑了。这首诗不是具体地写某一家农夫，而是泛写，这就使得它所反映的农夫生活状况更具普遍性。

关于这首诗的作者，自汉代以后，长期认为是周公。如《毛诗序》说："《七月》，陈王业也。周公遭变，故陈后稷先公风化之所由，致王业之艰难也。"宋代朱熹也说："武王崩，成王立，年幼不能莅阼。周公旦以冢宰摄政，乃述后稷公刘之化，作诗一篇以戒成王。"这显然是曲解，清朝人方玉润批驳了这种说法，认为："《七月》所言皆农桑稼穑之事，非躬亲陇亩，久于其道，不能言之亲切有味也如是。周公生长世胄，位居冢宰，岂暇为此？"应该说，方玉润是把这首诗大体读懂了。不过，他说周公没有写作此诗是因为没有余暇却是不对的，问题根本不在于有否余暇，而在于周公没有生活体验，即使有余暇他也写不出。这首诗只能出之于"躬亲陇亩，久于其道"的劳动者之手。

《七月》在流传的过程中，很可能不断添加内容，融进了更多人的生活经验与感喟，结果在结构上表现为大致以时令为序，从头一年年末写到下一年年末，可是又不拘泥，有时出现"倒错"，给人纵意而歌的感觉。为了表现季节的变换，诗中运用了农村田野中常见的种种具体而微的事物，还交叉错综地加上场景的描写，弥漫着浓郁的农村生活的气息。全诗不事雕琢，朴素至极，但却十分感人。

三、反映战争徭役的诗篇

从西周后期到春秋，战争不断，徭役繁兴，因而战争诗和徭役诗也层出不穷。

战争诗中有一些或歌颂统治者的武功，或表达团结御侮的意志，写得情调昂扬，词气慷慨，如大雅中的《常武》，小雅中的《六月》，秦风中的《无衣》等。但是，更多的还是流露对战争的厌倦和对和平生活的向往。小雅中的《采薇》就是很有名的一篇，诗中虽然也表达了对异族入侵者的仇恨和战而胜之的激越之情。但战士四处转战、居无定所的痛苦，久戍不归的哀怨以及对家乡的无尽思念，显然萦回于全篇，成为全诗的基调。末章尤其动人心弦：

昔我往矣，杨柳依依。今我来思，雨雪霏霏。行道迟迟，载渴载饥，我心伤悲，莫知我哀。

战士当年告别家乡的情景，归途中雨雪交加的情景，以及战士忧伤悲苦的心情，相互交融，渲染出无比辛酸的氛围。

《豳风·东山》也是战争诗中的杰作。它以蒙蒙苦雨为背景，细腻入微地刻画了一位出征三年的战士在泥泞的归途中的所思所想：

我徂东山，慆慆不归。我来自东，零雨其濛。我东曰归，我心西悲。制彼裳衣，勿士行枚。蜎蜎者蠋，烝在桑野。敦彼独宿，亦在车下。

我徂东山，慆慆不归。我来自东，零雨其濛。果赢之实，亦施于宇。伊威在室，蟏蛸在户。町畽鹿场，熠燿宵行。不可畏也？伊可怀也。

我徂东山，慆慆不归。我来自东，零雨其濛。鹳鸣于垤，妇叹于室。洒扫穹窒，我征聿至。有敦瓜苦，烝在栗薪。自我不见，于今三年。

我徂东山，慆慆不归。我来自东，零雨其濛。仓庚于飞，熠燿其羽。之子于归，皇驳其马。亲结其缡，九十其仪。其新孔嘉，其旧如之何？

这位战士心神飞跃，浮想联翩。他回想起刚从驻地开拔时急于回到家乡的心情，庆幸自己终于即将脱下戎装，可以换一身老百姓的衣裳，不再行军打仗了。继而又悬想起家乡的景象，他想得很细，家中的角角落落都装在心里，同时又想得很惨，触目所见，处处萧索破败。当然想得更多的是妻子，他想象着妻子如何苦苦盼望和等待着他的归来，并进而忆念起出征前夕新婚的热闹场景来。诗中通过这种曲折回旋的心理描写，将这位战士对战争的厌恶，对安宁生活的憧憬和对吉凶未卜的前程的担忧淋漓尽致地表达出来。

徭役诗在《诗经》中数量也相当多，它们无一例外地倾诉了服役者的强烈不满，《小雅·何草不黄》《唐风·鸨羽》《齐风·东方未明》等都写得悲惋愤激。如《唐风·鸨羽》第一章：

肃肃鸨羽，集于苞栩。王事靡盬，不能艺稷黍，父母何怙？悠悠苍天，曷其有所？

无止无休的"王事"，使得耕作不能进行，父母无法奉养。诗人怨极呼天，吐露了内心的无奈与愤恨。

战争徭役造成了无数家庭的离散，因而承担痛苦的不仅仅是服役者，还有他们的亲人。思妇无告的哀歌于是便成为战争徭役题材另外一种动人的旋律，《卫风·伯兮》《王风·君子于役》都是这一类的名篇。让我们读一读《君子于役》：

君子于役，不知其期。曷至哉？鸡栖于埘，日之夕矣，羊牛下来。君子于役，如之何勿思？

君子于役，不日不月。曷其有佸？鸡栖于桀，日之夕矣，羊牛下括。君子于役，苟无饥渴？

全诗两章，第一章侧重写对丈夫的思念，第二章侧重写对丈夫的关切。两章诗都写到了黄昏时分的农村景象：鸡栖息于窝中了，太阳落山了，牛羊回圈了。这种景象，让妇人很自然地联想到丈夫平常这时候也从地里收工回家了，可是如今他却在服役，归期遥遥不可知，自己孑然一身，孤苦伶仃。于是每天到了这个时候妇人的思念之情就备觉强烈，不由自主地从内心深处发出了“如之何勿思”的呼喊，对丈夫的担忧也盘旋于心，不能释怀。这首诗寓情于景，收到了很好的艺术效果。

这类思妇诗一般都写得凄婉缠绵，哀切忧怨。它们和直接表现服役者痛苦的诗篇互相辉映，共同写出了广大劳动者对战争徭役的厌恶，以及对统治者的控诉，成为同一题材的两个重要侧面。

四、咏唱爱情婚姻的诗篇

爱情诗向来是民歌的主体，《诗经》这类诗作也多来自民间，集中于《国风》。

《诗经》中爱情诗的内容丰富多彩，有写刻骨相思和大胆追求的，有写美妙幽会的，有写恋人间的调侃嬉戏的，有写对爱情坚贞的态度的，有写婚姻不自由的痛苦的，有写婚后家庭生活的，有写弃妇悲惨命运的，总之，凡属爱情婚姻生活中所有的忧喜得失、离合变化，都在这些爱情诗中得到了反映。其风格也多姿多彩，有的热烈奔放，爽直痛快；有的缠绵羞涩，委婉含蓄；有的幽默诙谐，充满情趣；有的哀切怨悒，无限低徊。

《诗经》第一篇《关雎》，就是一首著名的情歌，它表现一位男子对淑女的爱慕与追求。为了心上人，诗中主人公彻夜不眠，“辗转反侧”，热切地盼望能和她相伴，“琴瑟友之”“钟鼓乐之”，使她幸福快乐。

那个时代，女子对爱情的追求与表白同样是大胆而热烈的，如《召南·摽有梅》：

摽有梅，其实七兮。求我庶士，迨其吉兮。
摽有梅，其实三兮。求我庶士，迨其今兮。
摽有梅，顷筐塈之。求我庶士，迨其谓之。

这首诗很像是男女相会对歌时所唱。每章开头两句都用梅子的坠落起兴，以树上的梅子所剩越来越少暗示时光的流逝。姑娘们满含着对青春易逝的焦灼，倾吐了对爱情一天比一天更加急迫的渴望。语气爽直痛快，率真无邪。

《郑风·溱洧》和《邶风·静女》是写男女欢会的。《郑风·溱洧》描写了众多男女热闹的游春场面。《邶风·静女》描写了一男一女的幽期密约：

静女其姝，俟我于城隅。爱而不见，搔首踟蹰。
静女其娈，贻我彤管。彤管有炜，说怿女美。
自牧归荑，洵美且异。匪女之为美，美人之贻。

第一章写一个小伙子如期赴约，而调皮的姑娘却故意躲藏起来，急得小伙子抓耳挠腮。第二章写姑娘送给小伙子一根红色的管状草，一面为了表达自己绵绵的情意，一面为了观察小伙子的反应。小伙子大喜过望，语意双关地讲出了对姑娘的爱慕。第三章写姑娘进一步试探，又送给小伙子一根初生的茅草。在小伙子眼中，这根再普通不过的草美得出奇，当然并不是草本身有多美，而是因为它是爱慕之人所赠。全诗就像是姑娘对追求者的爱情试探三部曲，诗中对男子心情的起伏变化刻画得十分准确生动，由等待时的焦躁不安，到女子以物相赠时的喜出望外，再到对女子馈赠之物的爱不释手，处处流露出热恋者的痴情。

以上诗歌表明那个时代的恋爱生活还较少束缚，比较自由。但这不是说当时人对爱情随随便便，不负责任。《郑风·出其东门》一诗表明，他们追求的是纯洁而坚贞的爱情，赞美的是执著专一的爱情态度：

出其东门，有女如云。虽则如云，匪我思存。缟衣綦巾，聊乐我员。
出其闉阇，有女如荼。虽则如荼，匪我思且。缟衣茹藘，聊可与娱。

东门之外如云如荼的游女都不能引起诗人的注意，只有那位衣饰朴素的姑娘永远占据着他的心。

那个时代的恋爱婚姻虽然比较后代有更多的自由，但其实已经开始受到礼教的干预与束缚了。当年轻人的爱情理想得不到实现，内心就会充满痛苦和愤激，发而为诗，往往悲愤之情喷涌而出，《鄘风·柏舟》就是一例。这首诗表达一个少女反对家长干涉、强烈要求婚姻自由的愿望，吐露了她宁死也不屈从压力、改变爱情意志的决心：

泛彼柏舟，在彼中河。髧彼两髦，实维我仪。之死矢靡它。母也天只！不谅人只！

泛彼柏舟，在彼河侧。髧彼两髦，实维我特。之死矢靡慝。母也天只！不谅人只！

“之死矢靡它”，这一爱情誓言斩钉截铁，毫不妥协。最后两句呼天抢地，感情强烈，撼动人心。

《卫风·氓》和《邶风·谷风》展示的是爱情生活中另一种类型的痛苦，即已婚妇女无端遭受遗弃的悲剧命运。《氓》一诗尤其典型，诗中以一个普通妇女的口吻述说了自己从被男子追求到结婚再到被弃的整个过程。这位女主人公温婉善良、勤劳能干，在出嫁后的岁月中日夜操劳，使得丈夫的家境好转，可是得到的却是丈夫的变心。她哀哀无告，甚至不能得到家人的理解与同情：

三岁为妇，靡室劳矣。夙兴夜寐，靡有朝矣。言既遂矣，至于暴矣。兄弟不知，咥其笑矣。静言思之，躬自悼矣。

这如泣如诉的述说，将丈夫薄情寡义的嘴脸揭露无遗。她的遭遇昭示了那一时代许许多多妇女的不幸，反映出夫权社会中男女地位的不平等。这首诗有抒情，有叙事，有议论，三者相融，巧妙地把事情过程、弃妇的思想感情乃至复杂曲折的心理简练生动地表现出来，显示了十分熟练高超的艺术技巧。

五、表达怨愤讽刺的诗篇

当社会由政治清明、相对稳定走向政治黑暗、动荡不宁之时，诗歌的主题从总体上便会由颂赞变为怨刺。大小雅中的怨刺诗几乎都是在西周末期或春秋时期产生的，它们或表达对局势危殆的担忧，或抒发对不公正现象的不平，或流露对政令混乱的不满，或叙说对弄权小人的仇恨，或倾泻对倒行逆施者的愤怒，如大雅中的《民劳》《板》《荡》，小雅中的《节南山》《正月》《十月之交》《巷伯》《大东》等。这些诗的作者虽然也都属于统治阶级成员，有的社会地位还很高，但是他们都能对现实有比较清醒的认识，敏锐地觉察到社会上潜伏的巨大危机，于是从维护王朝的稳定和本阶级的根本利益出发，都能对昏聩暴虐的当权者持批判的态度，因而其作品一般都具有比较深刻的内容。

从感情表达方式看，二雅中的怨刺诗差不多都采用正言规谏、直言指斥，只是激烈程度有所区别罢了。《国风》中虽然也有这种“正言厉色”之作，如揭露和抨击秦穆公残忍地用活人殉葬的《秦风·黄鸟》。但是，多数怨刺诗都采用了辛辣的嘲讽。有的正话反说，如《魏风·伐檀》，揭露剥削者的不劳而获，却故意讲“那些君子们呀，可真是不白吃饭呀”；有的运用比喻，如《魏风·硕鼠》把剥削者比做贪得无厌、不顾人民死活的大老鼠；有的言在此而意在彼，如《陈风·株林》讽刺陈灵公与大夫夏御叔之妻夏姬私通，却不直写此事，只说陈灵公到夏姬之子夏征舒的封地株林去玩，而他的本意可不是去找夏征舒；最耐人寻味的是《鄘风·墙有茨》：

墙有茨，不可扫也。中冓之言，不可道也。所可道也，言之丑也。
墙有茨，不可襄也。中冓之言，不可详也。所可详也，言之长也。
墙有茨，不可束也。中冓之言，不可读也。所可读也，言之辱也。

这首诗故意欲言又止，不把话完全挑明，只说宫中丑陋得让人没法说，至于如何丑陋，就留给读者去想了。这种冷嘲比起直言指斥来往往更有力量。

第三节 《诗经》的艺术特色

《诗经》作品的艺术水平当然是不完全一致的，像三颂和二雅中就有一些沉闷乏味之作。但绝大多数作品因为都是有感而发，扎根于现实土壤，所以富于生气、韵味，具有很强烈的艺术魅力。《诗经》在诗歌意境、表现手法、体裁形式、语言技巧等方面积累了十分丰富的经验，给予后来诗歌发展以无穷的启示和巨大的影响。下面从几方面说明《诗经》的艺术特色。

一、赋比兴的表现手法

古人总结《诗经》有三种基本的表现手法：赋、比、兴。最早提出这三个概念的是《周礼·春官·太师》，之后《毛诗序》又做了申明。

所谓“赋”，是指直陈其事，即诗人把思想感情和有关事物平铺直叙地表现出来；“比”，是比喻；“兴”是指由客观事物触发诗人的灵感，引起诗人的咏唱，故大多在诗歌的发端。

“赋”，在颂诗和大雅中用得多，《国风》中用得也很普遍。如《七月》，铺写农夫一年中的农事和生活，用的即是赋法。再如《静女》《君子于役》《郑风·将仲子》等，也都是单纯用赋的例子。赋常常和比兴结合起来运用，用宋代朱熹的话说，叫做“赋而比”“赋而兴”（见《诗集传》），这在《诗经》中也很普遍。

“比”，在《诗经》中用得也相当普遍，手法多种多样。有的是整首诗用比，如《魏风·硕鼠》《豳风·鸱鸮》等，有的是一首诗的部分用比。部分用比的，有些用明喻，如“有女如云”“有女如荼”（《郑风·出其东门》），“首如飞蓬”（《卫风·伯兮》），等等；有些用暗喻，如《邶风·终风》用“终风且暴”比喻丈夫的狂荡暴虐、喜怒无常，《小雅·青蝇》用“营营青蝇”比喻谗言害人的小人，等等；有些是用比喻形容事物的外部特征，如用“其崇如墉，其比如栉”（《周颂·良耜》）形容粮垛之高、之密，用“有女如玉”（《召南·野有死麕》）形容女子的洁白，等等；有些则又是用比喻形容事物的内部特征或者抽象难言的情感、心理、思想，如用“中心如醉”“中心如噎”（《王风·黍离》）形容忧思，用“我心非石，不可转也”“我心非席，不可卷也”（《邶风·柏舟》）形容决心不会动摇，用“螽斯羽，诜诜兮”（《周南·螽斯》）形容子孙众多，等等。比喻大量而又准确的使用，大大增强了诗歌的形象感和表现力。

“兴”，在《诗经》中用得比比喻还要多，其作用比较复杂。有的只是为了引领下文、调节韵律，但这种情况较少，更多的则是兴句与下文存在着隐约婉曲的内在联系，起着比喻、象征、烘托环境、渲染气氛、引发联想、加强情绪等作用。例如《周南·关雎》：“关关雎鸠，在河之洲。窈窕淑女，君子好逑。”这几句诗写一个男子在河边听到关关和鸣的雎鸠声，于是想到自己的心上人——那位身材窈窕的姑娘。开头两句的“兴”，在诗中具有比喻的意味又不是比喻，具有象征的意味又不仅仅是象征，是对人物环境的描写又不局限于对环境的描写，其意义是复杂的。再如《周南·桃夭》：“桃之夭夭，灼灼其华。之子于归，宜其室家。”这几句诗描写新娘出嫁，开头两句用茂盛的桃树、艳丽的桃花起兴，为全诗渲染出一种热闹、热烈的青春气息，与婚礼的喜庆气氛恰相契合。而这首诗后两章中的“桃之夭夭，有蕡其实。”“桃之夭夭，其叶蓁蓁”，又使人由桃树结实和枝繁叶茂联想到新娘以后生育子女和家庭的昌盛，作用也是多方面的。

比兴这两种表现手法是古人的创造发明。古人在抒发内心情感的时候，常常深切地感到情感的朦胧抽象，微妙难言。在长期的社会实践中，他们逐渐观察到自然事物与人类的社会生活有着多方面的联系，对于人类的社会生活有着多方面的象征意义，同人们的情绪感受有着不可名状的相通之处。美丽的鲜花使人联想到容貌美好的姑娘，风雨交加的景象总使人产生凄凉之意，瓜瓞绵绵让人想到子孙蕃盛，旭日初升每每唤起心中美好的希望。也就是说，人类的情感和社会生活同自然界存在着一种“对应关系”。基于这种关系，人们微妙难言的内心世界和一些抽象蒙胧的事物就可以借助有声有色的自然物表达出来。比兴这两种表现手法就是这样产生出来的。

《诗经》中的比兴已经用得相当纯熟了。那些用得巧妙，并且和赋法完美结合的作品，达到了情景交融的艺术境界，如《秦风·蒹葭》：

蒹葭苍苍，白露为霜。所谓伊人，在水一方。溯洄从之，道阻且长。溯游从之，宛在水中央。

蒹葭萋萋，白露未晞。所谓伊人，在水之湄。溯洄从之，道阻且跻。溯游从之，宛在水中坻。

蒹葭采采，白露未已。所谓伊人，在水之涘。溯洄从之，道阻且右。溯游从之，宛在水中沚。

这首诗表现诗人对意中人可望而不可即的无限惆怅。每章开头的两句用的是起兴，它们描画出一幅芦苇茂密、露重霜浓的秋景，渲染出一种迷蒙、凄清的氛围。这种景象、氛围有力地衬托了诗人的心境。《郑风·野有蔓草》《王风·君子于役》等等也莫不如此。这类作品，对后世诗歌意境的创造，有直接的启发。

二、句法、章法和韵律

《诗经》的典型句式是四言句，四言句占了《诗经》总句数的90%以上。四言句在节奏上大多是一顿二拍，以两个字为一拍，如：

关关/雎鸠，在河/之洲。窈窕/淑女，君子/好逑。

节奏简单明快，读来朗朗上口。但略嫌短促单调。

《诗经》虽然以四言为常格，但是并不强求一律，也兼用三、五、六、七言句，甚至长到八、九言的句子，短到一、二言的句子也偶尔用之。如《魏风·伐檀》就是四、五、六、七、八言间错使用，充分保持了口语的自然节奏，既有效地传达出诗人愤激的情绪，在音调上也很和谐悦耳。《诗经》的句式，可以说既整齐和谐，又参差变化。

《诗经》章法最有特色的是"重章叠咏"。所谓"重章叠咏"，是指一首诗的各章，不仅句数相等，而且语言几乎完全相同，中间只变动少数字词，以反复咏唱的一种形式。这种章法显然同《诗经》作品都是歌词有关。运用"重章叠咏"最典型的例子要算《周南·芣苢》：

采采芣苢，薄言采之；采采芣苢，薄言有之。
采采芣苢，薄言掇之；采采芣苢，薄言捋之。
采采芣苢，薄言袺之；采采芣苢，薄言襭之。

全诗三章，十二句，中间只变换了六个动词，写出采摘果实由少变多，最后满载而归的情景。乍看去，你会觉得单调啰唆，可是须知道，这并非书面文学，而是妇女集体劳动时所唱的歌啊。试着闭目想去：平原旷野，或山坡浅谷，采摘车前子的妇女三三五五，一边劳动，一边群歌互答，此伏彼起，歌声朗朗。这该是多么欢乐的场景啊。假如不是这样一唱三叹地咏歌，全诗用两三句话就可以写出，简练是简练了，可是也失去了叫人回肠荡气的韵味。

除了像《芣苢》这样采用同一诗章重叠以外，还有部分诗章重叠，而首章或尾章不重叠的，如《周南·卷耳》《齐风·东方未明》；也有前面几章和后面几章各自重叠的，如《郑风·丰》，等等。

采用“叠句”，也是使各章勾连起来的一种形式。所谓“叠句”，是指不同诗章叠用相同的诗句，如《豳风·东山》每章都用“我徂东山，慆慆不归。我来自东，零雨其濛”四句开头，而《周南·汉广》每章都用“汉之广矣，不可泳思。江之永矣，不可方思”四句结尾。这种形式，可以归入“重章叠咏”之中，

“重章叠咏”的种种形式，都是由音乐曲式所决定的，曲式的纷繁多样，造成了“重章叠咏”形式的灵活多变。“重章叠咏”的运用，对深化意境，渲染气氛，强化感情，突出主题，增强节奏感、音乐感，都起到了很重要的作用。

《诗经》协调声音除了依靠音乐曲谱以外，也还注意发挥语言本身的韵律美。其方法有二，一是押韵，二是多用叠音词和双声叠韵词。

《诗经》的押韵方法最常见的是一韵到底，隔句用韵，韵脚在偶数句上，如《周南·卷耳》；句句用韵的也很多，如《郑风·出其东门》，以上是使用了一个韵部。有一些作品使用了两个甚至两个以上的韵部，形成一般换韵、交韵、抱韵各种形式。总之，《诗经》韵式五花八门，它几乎包括了后世古今体诗的所有押韵方法。

叠音词和双声叠韵词的使用也堪称《诗经》的一大特色。所谓“叠音词”，就是叠字词，如“关关”“夭夭”等。双声词是由两个声母相同的字所构成的词，如“参差”“踟蹰”“栗烈”等。叠韵词是由两个韵母相同的字所构成的词，如“窈窕”“绸缪”“委蛇”等。《诗经》中运用叠音词和双声叠韵词的例子不胜枚举，如《关雎》，就有八处用了双声叠韵词，一处用了叠音词，形成了明朗优美、流转动人的音调，而这种音调同诗中所表达的那种深挚热切的爱情情调恰恰是互相契合的。

押韵和叠音词、双声叠韵词的运用表现了我国古代诗人对于诗歌音律的最初探索与尝试。

三、词汇与修辞

《诗经》中的词汇非常丰富。大量的名词，表明作者对主客观事物有了广泛的认识，例如，仅仅草本植物的名称就有上百个，鸟兽之名也有上百个。至于同人类生活密切的家畜，辨析得更加细致，单单是与马有关的词汇，就有几十个。

《诗经》中所大量使用的动词和形容词，显示出作者敏锐的观察力和驾驭语言的能力。有人统计，仅是表示手的动作的动词，就不下五十个；《大雅·生民》一连用了十个形容词来形容谷物生长不同阶段的状态，用了“旆旆”“穟穟”“幪幪”“唪唪”四个叠字词来形容谷物的茂盛；再如《豳风·东山》以“慆慆”来状时间之久，以“濛”来写细雨绵绵，以“熠耀”描绘鸟羽之亮丽；均准确而生动。

《诗经》中使用了大量虚字，有些虚字是后世不用的，这些独特的虚字甚至成为

《诗经》四言诗的标志。例如：只——“母也天只，不谅人只!”（《鄘风·柏舟》）；且——“狂童之狂也且!”（《郑风·褰裳》）；思——“今我来思”（《小雅·采薇》）……以上虚字都是句末所用，事实上，句首和句中虚字也很多，如“聿”“匪”“维”“言”“允”“载”“薄”等。这些句首句中的虚字和句末虚字一起，构成了《诗经》中众多的虚字结构。这些虚字结构也多为《诗经》所独用，因而造成了《诗经》四言诗独特的风格。

《诗经》中的修辞手法也多种多样，后世常用的修辞手法几乎都能在其中找到。比喻和起兴不必说了，夸张如“谁谓河广，一苇杭之”（《卫风·河广》），一般对偶如“穀则异室，死则同穴”（《王风·大车》），隔句对如“昔我往矣，杨柳依依；今我来思，雨雪霏霏”（《小雅·采薇》），对比如“不见复关，泣涕涟涟；既见复关，载笑载言”（《卫风·氓》），模拟如“伐木丁丁，鸟鸣嘤嘤”（《小雅·伐木》），等等。

总之，《诗经》的语言形式多姿多彩，很富于表现力，因而也很富于生命力。很多诗句化为成语，如“辗转反侧”（《周南·关雎》）、“风雨如晦”（《郑风·风雨》）、“信誓旦旦”（《卫风·氓》），等等，直到今天仍然活跃在人们的语言中。

第四节 《诗经》在文学史上的地位和影响

《诗经》处在我国诗歌发展之源，奠定了我国诗歌的优良传统，仅凭这一点，其在文学史上的崇高地位就可以想见了。

《诗经》对后世的影响广泛而深远，可以说它哺育了一代又一代诗人。其影响主要有如下一些方面。

首先，《诗经》中几乎见不到所谓“为艺术而艺术”的无病呻吟之作，一切都是有感而发。特别是《国风》中的作品，无不“饥者歌其事，劳者歌其事”，紧密贴近现实，抒写真情实感。而大小雅中的文人之作，也都是来源于真生活、真感情，普遍表现出对现实政治、国家命运和人民疾苦的热切关注，表现出真诚积极的人生态度。“风雅”所表现出来的这种创作精神，给了后世文学无穷的启示。自屈原开始的历代进步诗人，可以说，都是这种精神的继承者。具有卓识的作家往往高举着“风雅”的大旗，指导个人的创作，或是同浮靡的诗风进行斗争。例如刘勰在批判汉代以来许多作家片面追求辞采的风气时便说：“昔诗人（指《诗经》作者）什篇，为情而造文；辞人（指汉代以来辞赋家）赋颂，为文而造情。何以明其然？盖风雅之兴，志思蓄愤，而吟咏情性，以讽其上，此为情而造文也；诸子之徒，心非郁陶，苟驰夸饰，鬻声钓世，此为文而造情也。故为情者要约而写真，为文者淫丽而烦滥。而后之作者，采滥忽真，远弃风雅，近师辞赋，故体情之制日疏，逐文之篇愈盛。”（《文心雕龙·情采》）初唐陈子昂曾一针见血地指出齐梁以来的浮靡诗风的症结就在于“风雅不作”，“兴寄都绝”

（《与东方左史虬修竹篇序》），他开出的疗救的药方便是恢复“风雅”传统。李白曾痛心地慨叹：“大雅久不作，吾衰竟谁陈”（《古风》其一）。杜甫公开宣称自己“别裁伪体亲风雅”……这些例子说明，“风雅”精神已经成了后世诗歌校正方向、健康发展的一座灯塔。

其次，《诗经》十分成功地运用了比兴手法，在触物感发、借物言情、塑造鲜明的艺术形象、构成情景交融的境界方面留下了大量宝贵的经验，因而成为后世诗人取法的宝库。特别是兼有多种意味的起兴，后来发展为与所咏之词融为一体，构成浑融的诗歌意境。这对于我国古典诗歌形成重风神、重韵味、讲含蓄的艺术风格起了重大作用。此外，《诗经》在诗体形式、语言艺术等方面也给后世提供了取之不尽的借鉴之资。

最后，《诗经》以抒情诗为主的特征也在很大程度上影响了我国古代诗歌的发展。如果说《诗经》早期尚有少量的祭神、记事之作，那么后来就完全是抒情言志之作了，而且其中有许多是具有永久艺术魅力的名篇。后世的诗歌由这个源头出发，终于流衍成一个抒情诗的浩瀚大海。可以说，《诗经》奠定了我国民族诗歌以抒情为主的基本美学特征。

关键概念

风雅颂　　四家诗　　赋比兴　　重章叠咏

思考题

1. 简述《诗经》概况。
2. 简要说明秦汉时期《诗经》流传的情况。
3. 《诗经》主要反映了古代哪些方面的社会生活？各有哪些代表作品？
4. 举例说明《诗经》作品具有怎样的艺术特点。
5. 《诗经》对后世文学发展产生了哪些重要影响？

第三章　散文的黄金时代

本章提示

（1）了解春秋战国时期我国散文蓬勃兴起的各种原因及当时散文的主要类型。（2）在历史散文方面，着重掌握《左传》的有关情况：《左传》概貌，《左传》的思想倾向和《左传》的文学成就；同时需要掌握《国语》和《战国策》的有关知识，了解《战国策》与《左传》相比在文学上的变化。（3）在诸子散文方面，首先要求了解先秦说理文发展经历了哪几个阶段以及每一个阶段各有哪些主要作品，然后着重掌握《论语》《孟子》《庄子》三书的有关情况：作者生平与思想简况；散文的艺术风格或总体文学成就。（4）阅读一批有代表性的先秦历史散文和诸子散文作品。

第一节　散文勃兴的原因

春秋战国之际，散文勃兴，形成我国散文史上的一个黄金时期。

散文勃兴的原因是很复杂的，最深层的原因是社会制度的大变革，而引发社会制度大变革的基础动力则是经济的迅猛发展和阶级关系的调整。这一时期生产工具有了很大改进，最突出的是铁制器具的推广和用牛耕作，使农业出现了空前繁荣，手工业、运输业、商业也全面进步。生产力的提高使得大面积开发荒地有了可能。于是，一些诸侯、卿大夫开始在朝廷所颁赐的“公田”之外拥有了大量“私田”，其经济实力大大扩张，直接冲击“王室”“公室”。旧的土地所有制和旧的经济关系随之发生变化。新一代阶级——地主和雇农出现了，小自耕农出现了。诸侯国内部的阶级斗争日趋激烈，集中体现于“变法”上。地主阶级欲通过变法保障自己的经济利益，而旧贵族则竭力维护旧制度以延续自己的特权地位，这种阶级的较量常常伴随着流血与杀戮。同时，诸侯国之间争夺土地、人口、财富和统治权的战争也越加频繁，大国争霸，兵连祸结，动荡不宁。

与社会制度大变革相适应，思想文化领域也发生了一场大革命。维系旧制度的一整套思想观念体系逐渐瓦解，“礼崩乐坏”；旧贵族在教育和文化上的特权逐渐消失，“私学”取代了“官学”，更广泛的阶层有了接受教育的机会。“士”的队伍迅速扩大，人才辈出。

孔子

激烈的兼并战争和阶级斗争，使得统治者对人才充满渴求，争相延揽人才，来为自己出谋献策，奔走外交。同时，他们也比以往更加注意“修史”，以便从历史中总结经验，吸取教训。这也需要依赖知识分子。于是，“养士”之风一时大盛。如魏文侯、齐威王、齐宣王、燕昭王等就都以礼贤下士著称。齐宣王还曾建立了一个“稷下学宫”，专门招聚各方人才，给以优厚待遇，任其讲学议论。以养士著称的还有战国四公子——赵平原君、齐孟尝君、魏信陵君和楚春申君。其门下食客皆号称三千。秦丞相吕不韦的食客据说也有三千人之众。

在这样的社会背景之下，“士”阶层登上了社会的大舞台，其才华被空前地激发出来，思想界活跃异常。知识精英关注历史，关注社会，关注人生，针对现实的种种问题踊跃发表见解，提出学说，并且互相辩难，争论不已。用孟子的话来形容当时的情况，叫做“诸侯放恣，处士横议”。这种可贵的“百家争鸣”的局面促使一大批思想家、政治家、史学家、军事家涌现出来。他们的见解学说被记录下来，传播开去。他们的论著同时就是重要的散文作品。

当时的散文作品分为两类：以记录历史人物言行、制度沿革、历史事件为内容的历史散文和以阐发政治见解、社会理想、哲学思想为内容的诸子散文。

第二节 历史散文

一、先秦历史散文发展概况

我国是一个非常重视历史文献的国家，先秦就有史书存留下来。之后，仅所谓“正史”，便有二十四史和《清史稿》。从传说中的黄帝到清朝末年，历史记录一直绵延不绝，从来没有中断。世界上没有任何一个国家拥有如此完整、如此庞大的史书系列。

古代王室很早就有了史官的设置，班固《汉书·艺文志》说：“古之王者世有史官，君举必书，所以慎言行，昭法式也。左史记言，右史记事，事为《春秋》，言为《尚书》，帝王靡不同之。”最初的历史文献都是由史官撰写的。史官之间还有分工，有的专管记言，有的专管记事。

我国现存最早的记言记事的文字，当属甲骨卜辞。虽然是占卜活动的记录，但其实际内容涉及战争、祭祀、农业生产、渔猎、气候等许多方面，是了解殷商社会宝贵的历史材料。甲骨卜辞大多只是一些零星的句子，稍微完整一些的如：“癸卯卜，今日雨。其自西来雨？其自东来雨？其自北来雨？其自南来雨？”（郭沫若《卜辞通纂》）“壬申卜贞王田鸡，往来亡灾，王□（占），曰吉。获狐十三。”（罗振玉《殷墟书契前编》）这些语意完整的卜辞，可视作我国叙事散文的萌芽。

商周时期的铜器铭文，比起甲骨卜辞来有了发展，文字普遍加长了，多的达到几百字，叙事已经具有一定规模了。如西周初年的大盂鼎，铭文有291字，记载周康王二十三年贵族盂受策命时，周王昭告周立国的经验和殷商丧国的教训。西周中期的曶鼎，铭文有400字，记载周王对贵族曶的策命，以及曶与其他贵族进行的奴隶交易和诉讼。这些铭文，反映出叙事散文的进步。

我国第一部记言记事文字的总集是《尚书》。《尚书》即上古之书的意思，儒家称之为《书经》，与《诗经》并称“诗书”。全书分虞书、夏书、商书、周书四个部分。虞书和夏书系后人伪作，比较可信的是商书、周书中的某些篇章。其中既有记言的，如商书中的《盘庚》，周书中的《洛诰》《大诰》等，也有以记事为主的，如周书中的《金縢》《顾命》等。这些篇章结构完整，叙述清楚，层次分明，表现出一定的语言技巧，比起甲骨卜辞和铜器铭文有了很明显的发展，对我国历史散文的成熟有直接的影响。

但《尚书》只是历史文献的汇集，还不是一部体系完整的史书。我国最早的体系完整的史书采用的是编年体，据文献记载，其出现大约在周王朝。及至春秋时期，编年体史书的修纂已经受到许多诸侯国统治者的重视。当时这种编年史一般都叫做“春秋”，《墨子》里称墨翟曾见“百国春秋”，其《明鬼》一篇著录有周之春秋、燕之春秋、宋之春秋、齐之春秋。但是，流传下来的只剩下《鲁春秋》了，“春秋”于是变成了一个专有名词。

鲁国的《春秋》之所以独得流传，一个至关重要的原因是孔子曾对它作了修订，并且用它来教授弟子。孔子在这部书中融入了自己的政治伦理观念和史学思想。因而，后来的儒家学者把它奉为“五经”之一。

《春秋》记事起于鲁隐公元年，止于鲁哀公十四年，记录了这二百四十二年间鲁国、周王朝以及其他各诸侯国的历史。全书只有一万六千余字。它的记事像后世的新闻标题，一件历史大事往往仅用一两句话加以概括。它按年记事，有条不紊，语言高度简括。而在如此简略的行文中，常常通过一些字词暗寓褒贬。这就是所谓“春秋笔法”或“微言大义”，颇为后人所称道。但其缺点也是明显的，就是多数记录“语焉不详”，历史事件的来龙去脉不做交代，更谈不上对人物性格的刻画，所以它并非真正意义上的叙事散文。

到了春秋战国之交，社会由奴隶制向封建制急剧转化，阶级斗争异常激烈，诸侯争霸，战乱频仍，各阶级人物都注意从历史中总结经验，吸取教训，因此历史著作越来越受到重视。以前的只记录帝王训诰的《尚书》和大事记性质的《春秋》已嫌过于简陋。时代的需要，再加上文化学术的进步，促使我国历史散文呈现出飞跃的发展，于是产生出一批新型的历史著作。最有代表性的是《左传》《国语》《战国策》，其中文学成就最高的当为《左传》。

二、《左传》

1.《左传》与《春秋》

《左传》在西汉时被称为《左氏春秋》，因为汉代人认为它是为传述《春秋》而作，故东汉人改称为《春秋左氏传》，简称《左传》。当时传述《春秋》的还有另外两部：《公羊传》和《谷梁传》，它们与《左传》合称《春秋》三传。《公羊传》和《谷梁传》写于汉代，以解释《春秋》的用语用词为主；而《左传》则写成于战国，虽然书中也有一些解释《春秋》“义例”“书法”的话，却是以记录史实为主。《左传》的价值与作用远非《公羊传》和《谷梁传》可以比拟。《左传》记事也是起于鲁隐公元年（前722），但止于鲁哀公二十七年（前468），最后还附有鲁悼公四年（前463）的事一条。

《左传》比《春秋》内容要丰富得多，这一点从字数就可以看出来，《春秋》只有一万六千多字，《左传》则有十八万多字。《春秋》记事如新闻标题，许多大事“语焉不详”，王安石讥之为“断烂朝报”，而《左传》记事详明，情节曲折，语言优美，乃是一部卓越的历史著作和文学著作。比如“秦晋殽之战”，《春秋》之有关记载仅有两句：“三十有三年春，王二月，秦人入滑。”“夏四月辛巳，晋人及姜戎败秦师于殽。”而《左传》则从晋文公死后，卜偃借此预言秦师将过晋写起，叙述了杞子向秦穆公暗通情报，秦穆公决定发师袭郑；叙述了蹇叔的劝阻与苦师的行动；叙述了王孙满对傲慢无礼的秦国军队的批评，弦高的犒师以及郑国对杞子的驱逐；叙述了晋国内部对秦军的不同态度；在殽地战役之后，又叙述了晋襄公对秦军三帅的释放，先轸的责怪，晋国追赶者与秦军三帅的对话等，真可谓委曲详尽了。

《左传》作者，汉代学者说是鲁国太史左丘明。但是唐代以后，学者对左丘明著《左传》说提出了异议。现在一般认为《左传》成于战国初年一位作者之手。

2.《左传》的思想倾向

《左传》内容宏富，思想也是相当复杂的。

就其主要思想倾向来说，有如下几点。

第一，鲜明的民本思想。表现在人与神的关系上，更重视人，书中贯穿着“重人事，轻天命”的观念。书中多处讲过“天道远，人道迩”（昭公十八年）、“夫民，神之主也，是以圣王先成民而后致力于神”（桓公六年）一类的话。表现在民与君的关系上，比较重视民的作用。襄公十四年记载，卫献公暴虐不仁，卫国人把他驱逐出国境。晋国国君问师旷，这样做不是太过分了吗？师旷则认为不是卫国人民过分，而是卫国国君太过分了，他让百姓失望，不赶走他干什么？他还说：“天之爱民甚矣，岂其使一人肆于民上，以从其淫，而弃天地之性，必不然矣。”这种民本思想是值得肯定的。

第二，对统治阶级罪恶的批判。作者常以嫌恶的心情揭露统治者凶残暴虐、荒淫无耻等丑恶本性。例如宣公二年，记载了晋灵公“厚敛以雕墙”，“从台上弹人而观其辟丸也”，“宰夫胹熊蹯不熟，杀之，置诸畚，使妇人载以过朝”这样三件事，斥责他“不君”。再如文公六年，秦穆公卒，用活人殉葬，书中借君子之口指斥他：“死而弃民，难以在上。”等等。

第三，用历史发展的观点看待社会变革，特别是阶级关系的调整。例如，昭公时，鲁国新兴势力的代表季氏掌握了政权，而旧贵族利益的代表昭公由于失掉民心而被季氏驱逐出境，最后死在境外。《左传》如实地记录了这件史实，并没有指责季氏，还用史墨的话评论说：“鲁君世从其失，季氏世修其勤，民忘君矣。虽死于外，其谁矜之？社稷无常奉，君臣无常位，自古以然。故《诗》曰：‘高岸为谷，深谷为陵’，三后之姓，于今为庶”（昭公三十二年）。过去有些维护正统的道学家曾批评《左传》作者“习乎时世之所趋，而不明乎大义之所在”（吕大圭《春秋五论》）。“左氏之病，是以成败论是非，而不本于义理之正。尝谓左氏是个滑头熟子、趋炎附势的人”（朱熹《朱子语类·春秋一》）。这些话恰恰从反面说明了《左传》作者历史观的进步性。

《左传》中也有一些陈腐落后的东西，如对宗法伦理观念、正统等级观念的宣扬等等，这是需要注意的。

3.《左传》的文学成就

古代的历史记录是有分工的，《汉书·艺文志》说：“左史记言，右史记事”，《尚书》和《春秋》分别为记言和记事的代表。到《左传》，则做到“言事相兼”（刘知几《史通》卷二《载言》），并且都达到了很高的水平。从古奥艰涩、诘屈聱牙的《尚书》和新闻标题式的《春秋》，到文笔优美、引人入胜的《左传》，是一个长足的进步。

《左传》文学上的成就主要表现在以下几方面。

第一，善于写复杂的历史事件，不仅来龙去脉交代得清清楚楚，而且妙于剪裁，妙于制造文章波澜。尤其难能可贵的是在充满故事性的叙述中，注意刻画人物性格，有些历史人物刻画得栩栩如生。如僖公二十三年《晋公子重耳之亡》一节即是如此：

晋公子重耳之及于难也，晋人伐诸蒲城。蒲城人欲战，重耳不可，曰：“保君父之命而享其生禄，于是乎得人；有人而校，罪莫大焉。吾其奔也。”遂奔狄。从者狐偃、赵衰、颠颉、魏武子、司空季子。

狄人伐廧咎如，获其二女叔隗、季隗，纳诸公子。公子取季隗，生伯儵、叔刘；以叔隗妻赵衰，生盾。将适齐，谓季隗曰：“待我二十五年，不来而后嫁。”对曰：“我二十五年矣，又如是而嫁，则就木焉。请待子。”处狄十二年而行。

过卫，卫文公不礼焉。出于五鹿，乞食于野人，野人与之块。公子怒，欲鞭之。子犯曰：“天赐也。”稽首受而载之。

及齐，齐桓公妻之，有马二十乘。公子安之，从者以为不可。将行，谋于桑下。蚕妾在其上，以告姜氏。姜氏杀之，而谓公子曰：“子有四方之志，其闻之者，吾杀之矣。”公子曰：“无之。”姜曰：“行也！怀与安，实败名。”公子不可。姜与子犯谋，醉而遣之。醒，以戈逐子犯。

及曹，曹共公闻其骈胁，欲观其裸。浴，薄而观之。僖负羁之妻曰：“吾观晋公子之从者，皆足以相国。若以相，夫子必反其国；反其国，必得志于诸侯。得志于诸侯，而诛无礼，曹其首也。子盍蚤自贰焉？”乃馈盘飧，寘璧焉。公子受飧反璧。

及宋，宋襄公赠之以马二十乘。

及郑，郑文公亦不礼焉。叔詹谏曰：“臣闻天之所启，人弗及也。晋公子有三焉，天其或者将建诸，君其礼焉。男女同姓，其生不蕃，晋公子，姬出也，而至于今，一也；离外之患，而天不靖晋国，殆将启之，二也；有三士足以上人而从之，三也。晋郑同侪，其过子弟，固将礼焉，况天之所启乎？”弗听。

及楚，楚子飨之，曰：“公子若反晋国，则何以报不谷？”对曰：“子女玉帛，则君有之；羽毛齿革，则君地生焉。其波及晋国者，君之余也。其何以报君？”曰：“虽然，何以报我？”对曰：“若以君之灵，得反晋国，晋楚治兵，遇于中原，其辟君三舍。若不获命，其左执鞭弭，右属櫜鞬，以与君周旋。”子玉请杀之。楚子曰：“晋公子广而俭，文而有礼；其从者肃而宽，忠而能力。晋侯无亲，外内恶之。吾闻姬姓，唐叔之后其后衰者也。其将由晋公子乎？天将兴之，谁能废之？违天必有大咎。”乃送诸秦。

秦伯纳女五人，怀嬴与焉。奉匜沃盥，既而挥之。怒曰：“秦晋匹也，何以卑我？”公子惧，降服而囚。他日，公享之。子犯曰：“吾不如衰之文也，请使衰从。”公子赋《河水》，公赋《六月》。赵衰曰：“重耳拜赐。”公子降，拜，稽首。公降一级而辞焉。衰曰：“君称所以佐天子者命重耳，重耳敢不拜？”

重耳就是后来成为“春秋五霸”之一的晋文公。他由于家族内乱在外流亡了十九年。作者从其曲折复杂的经历中精心选取材料，既写了困顿生活对他的磨砺，也写了安逸生活对他的考验，既写了他时时遭遇的被人冷落、轻视甚至是亵慢不恭的情况，也写了他有时不得不面对的在“礼遇”的幌子下的政治敲诈。这样，通过具有典型性的几件事例，便十分精练地概括出重耳在漫长的流亡生涯中所经受的种种磨难与考验，同时也写出了他性格的变化。文中写他将要离开狄，对自己的妻子说：“待我二十五年，不来而后嫁”；写他经过卫国五鹿，由于饥饿，向乡下人乞食，乡下人送给他一个土块，他勃然大怒，竟想用鞭子抽打对方；写他在齐国，由于生活逸乐，就不愿意离开，最后是侍从之臣将他灌醉，才使他踏上返回晋国之路；这些情节都表明重耳曾经是一个不谙世事、骄纵傲慢、贪图安逸的贵族公子。可是经过长期的流亡生涯之后，他变了。文中写他在曹国，对于曹国官员僖负羁向他赠送食物，并在食物中暗藏了玉璧之事，他处理得很有分寸，“受飧反璧”，既接受了对方情意，又表明自己不贪；写他在楚国，当楚王设享礼款待他，问他以后如果得志，该如何报答时，他做出了外示以礼而内含骨气、不卑不亢的回答；写他在秦国，当秦穆公女儿怀嬴对他的傲慢表示不满时，他出于政治需要，立刻反躬自省，将自己囚禁起来，表示谢罪；写他在郑重的外交场合不失尊严与身份地与秦穆公周旋；这些情节都说明，昔日的那位贵介公子已经成长为一个有志气，有胆识，有机智，有肚量，目光远大，成熟而干练的政治家了。

《晋公子重耳之亡》的情节也安排得跌宕起伏，引人入胜，很富于故事性、戏剧性。本来，作为一部排斥虚构和想象、必须“实录”的历史著作，是很难做到使内容故事化、戏剧化的，但是《左传》作者通过巧妙的选材、组织和描写，做到了这一点。让我们读一读描写重耳由卫国到齐国的两小段。在卫国，重耳已经落魄到要饭的地步了，读者不免要为这位公子担忧。下面紧接着写他到齐国，生活境遇一下子变好了，“齐桓公妻之，有马二十乘”，读者不由松了一口气。从文势上说，这是一层转折。但不幸的是这位公子贪图安逸，不想离开齐国，忘掉宏图大业了。这又是一层转折。幸而“从者以为不可”，秘密谋划如何离开齐国。这又是一转。然而事出意外，他们的密谋被养蚕的侍妾听到，并且报告给了重耳的妻子姜氏。姜氏是齐桓公的女儿，她要是不愿意让重耳走，那些侍从之臣的密谋就会破产。这又是一转。想不到姜氏竟杀了蚕妾，还语重心长地劝说重耳去实现自己的抱负，又一转。但重耳却不听劝告，坚持要留在齐国，又一转。姜氏只好与子犯商议，把重耳灌醉，打发他上路，又一转。最后，重耳醒来，恼怒得“以戈逐子犯”，又一转。这两小段，不过一二百字，却写出了如许多的曲折，真可谓千回百转、变幻莫测了。“文似看山不喜平”，正是这种波澜起伏的情节安排产生出了引人入胜的艺术魅力。

从《晋公子重耳之亡》全文来看，其情节安排也是如此，“过卫乞食”之后，紧接着是“在齐谋桑”；过曹过郑“皆不礼焉”之后，紧接着又是在楚在秦备受礼遇。错综穿插，抑扬顿挫，纷至沓来，使得读者的心一张一弛，不能不为作者的描写所吸引。

第二，善于写战争。书中记录的战争多达几百起，很多写得十分生动。这首先与作者的识见有关。他不是把战争简单地只看成军力的抗衡，而是已经认识到战争是十分复杂的社会现象，决定战争胜负的因素绝不单纯是军力。经济的状况、政治的斗争、外交的策略……无不影响战争的走向。而诸因素中，最具有决定意义的是战争的性质和民心的向背，所谓“师直为壮，曲为老”。因而，《左传》写战争，大多都不是只写战场较量，而是从战前写起。那些最出色的战争描写，往往用浓墨重彩写民心，写政治，这正表现出了作者对于战争不凡的见解。例如庄公十年齐鲁长勺之战，在描写双方交战之前，用了不短的篇幅记录了曹刿与鲁庄公的对话，直到曹刿听到庄公说出察狱以情的话，才说“可以一战”。再如僖公三十二年、三十三年秦晋殽之战，真正写到双方交战的只有一句：“夏四月辛巳，败秦师于殽，获百里孟明视、西乞术、白乙丙以归。”简略到不能再简略了。但却用了许多笔墨叙述秦穆公如何不听忠臣劝告，一意孤行，“以贪勤民”，“劳师袭远”，叙述秦国军队如何傲慢无礼，轻敌少谋，以至秦国之败，早在读者预料之中。类似的例子还有很多。

另外，作者写战争，不只是简单地交代过程，往往穿插了许多看似闲笔的细节，绘声绘色，活灵活现，大大增强了其文学性。唐代刘知几批评《左传》：“论其细也，则纤芥无遗；语其粗也，则丘山是弃”（《史通·二体》）。从历史学的角度说，刘知几的批评是有道理的，因为历史著作不能津津于琐事而弃大事于不顾；可是从文学的角度说，“纤芥无遗”却恰恰是其优长之所在。

例如《晋楚邲之战》，在双方交战后就插入了如下的细节：晋国军队溃不成军，仓皇渡河，“中军、下军争舟，舟中之指可掬也”。还有，一辆战车陷入泥坑不能自拔。楚国士兵围上来，教晋国士兵如何摆脱困境。战车冲出泥坑后，晋国士兵一边回头一边解嘲说：“吾不如大国之数奔也。”类似的细节本来在史书中是可以不写的，不写，也无损于史书的价值。写了，却参差错落，不好安排。《左传》不仅写了，而且安排得井然有序。一场大战，正是有了这些绘声绘色的细节描写，才变得活灵活现，有血有肉，浮雕一样地呈现在我们的面前。这些细节又并非全是闲笔，它们对于揭示战争胜负的原因是有帮助的。倘若抽掉这些细节，关于战争的描写就会变得干巴巴，没有味道。

第三，善于写行人辞令。《左传》善于描写战争和行人辞令是文章家公认的，朱自清先生就说："《左传》的文学本领，表现在记述辞令和描写战争上。春秋列国，盟会频繁，使臣会说话不会说话，不但关系荣辱，并且关系利害，出入很大，所以极重辞令。《左传》所记当时君臣的话，从容委曲，意味深长，只是平心静气地说，紧要关头却不放松一步，真所谓恰到好处。这固然是当时风气如此，但不经《左传》著者的润饰功夫，也绝不会那样在纸上活跃的。"（《经典常谈·春秋三传第六》）僖公三十年《烛之武退秦师》就是一个好例。当时，晋文公和秦穆公分别率领大军包围了郑国，郑国危在旦夕。郑文公请老臣烛之武往见秦穆公。烛之武掉三寸不烂之舌，凭着一席话说退了秦师，使得晋师也退了兵，从而挽救了郑国。真可谓一席话胜百万兵。下面就让我们看一看烛之武是如何说的：

> 秦、晋围郑，郑既知亡矣！若亡郑而有益于君，敢以烦执事。越国以鄙远，君知其难也；焉用亡郑以陪邻？邻之厚，君之薄也。若舍郑以为东道主，行李之往来，共其乏困，君亦无所害。且君尝为晋君赐矣，许君焦、瑕，朝济而夕设版焉，君之所知也。夫晋何厌之有？既东封郑，又欲肆其西封，若不阙秦，将焉取之？阙秦以利晋，惟君图之。

这番话开头两句为的是消除对方的敌对心理和戒备情绪，表明自己完全是为对方着想的，以使对方能够静下心来听自己说话，否则说得再动听也没有用。因此一开口，就先退一步，退是为了进。下面话锋一转，进入了正题。先说明灭亡郑国对秦国其实一点好处也没有，一是无法治理："越国以鄙远，君知其难也。"二是反而会增强晋国实力："焉用亡郑以陪邻，邻之厚，君之薄也。"然后说明相反的情况，即保存郑国对秦国有益无害："若舍郑以为东道主，行李之往来，共其乏困，君亦无所害。"接下来用事实说明秦的盟国晋言而无信，反复无常。最后揭露晋国的狼子野心，指出今天灭亡了郑国，明天就有可能掉转头入侵秦国。这番话首先分析亡郑与存郑对于秦国的利害，这是立足于眼前而言，为的是打动秦国不要亡郑；然后分析秦晋之间的关系，这是就历史和未来而言，为的是离间秦晋关系，拆散其联盟。烛之武揣摩透了三方形势和对方心理，因此说理十分透彻，层层深入，从"于秦无利"说到"对秦有害"，终于说服对方，不仅不再亡郑，反而帮助郑国戍守；不仅拆散了秦晋联盟，反而使秦同郑国建立联盟，足见这番辞令的逻辑力量了。需要指出的是，为当时史官所记录的这番辞令本来就会很精彩，但它最后落于纸上却必然经过《左传》著者的妙手剪裁与润饰，否则，决不会这样精粹凝练。

《左传》中像《烛之武退秦师》这样的辞令很多，如僖公四年《楚屈完对齐侯问》，成公三年《知罃对楚子》，成公十三年《吕相绝秦》等，无不具备从容委曲、谨严奥博之美。

此外，《左传》的叙述语言也非常美，其特点一是“文约义丰”，二是具有形象感。例如宣公十二年《晋楚邲之战》中的“中军、下军争舟，舟中之指可掬也”，宣公十二年《楚师围萧》中的“师人多寒，王巡三军，拊而勉之。三军之士皆如挟纩”，等等，都是很好的例子。《左传》中还运用了大量生动的俗谚，如“辅车相依，唇亡齿寒”“虽鞭之长，不及马腹”等，丰富了书面语言。刘知几说《左传》的语言“言近而旨远，辞浅而义深。虽发语已殚，而含意未尽，使夫读者望表而知里，扪毛而辨骨，睹一事于句中，反三隅于字外”（《史通·叙事》），评价是相当高的。

《左传》在叙事散文的历史上具有崇高的地位。朱自清先生说“《左传》是史学的权威，也是文学的权威”，乃是中肯之论。其叙事的生动简练、肖物传神和富于文学色彩，后来的许多历史著作都望尘莫及。它对于后世的史传、散文乃至小说都产生了深远的影响。

三、《国语》

《国语》是我国第一部国别史，记事起于周穆王，止于鲁悼公，凡分《周语》《鲁语》《齐语》《晋语》《郑语》《楚语》《吴语》《越语》，共七万余字，二十一卷。因主要是记言，故称《国语》。大约成书于战国初年。

《国语》思想倾向有与《左传》相一致之处，如对民意的重视。《周语上》记载厉王暴虐，并且用监视和杀戮手段消除人民的“谤言”。邵公劝谏说：“防民之口，甚于防川。川壅而溃，伤人必多，民亦如之。是故为川者决之使导，为民者宣之使言。”《鲁语上》记载长勺之战前曹刿与鲁庄公讨论作战的凭借，内容和《左传》相近，也是在听到庄公说“听狱以情”之后，认为可以一战，并且说：“知夫苟中心图民，智虽弗及，必将至焉。”这些思想都是很有意义的。

《国语》的文学成就不如《左传》。此书是各国史料的汇编，缺少剪裁与润饰，风格不统一，艺术水平也不一致。写得差的，平沓冗弱，枯燥乏味。写得好的，也有不输给《左传》者。如《晋语》写晋献公诸子争位，骊姬谮杀太子申生，重耳流亡国外以及返回晋国夺得政权，整个过程写得波澜起伏，人物情态刻画也比较精细。《越语》写句践报仇雪耻的经过，以及和范蠡商讨伐吴的对话，曲折尽情，很有特点。

四、《战国策》

《战国策》也是一部国别体史书，杂记东周、西周、秦、齐、楚、赵、魏、韩、燕、宋、卫、中山 12 国之事，叙事起于战国初，止于秦灭六国。相传此书为战国末至秦汉间史官和策士辑录，原有《国策》《国事》《事语》《短长》《长书》等异名。西汉刘向进行了整理，编定为33卷，定名为《战国策》。

这部书的内容，主要是写战国时代纵横家的言论与活动。在诸侯争霸的背景下，一些谋臣策士揣摩局势特点，辨析各国利害关系，奔走于各诸侯之间，献计献策，进行政治和外交的活动。这些人当时被称为纵横家。他们的情况比较复杂，有些人以博取功名富贵为人生目标，政治上推崇权谋谲诈，不大讲政治原则，所以常常是朝秦暮楚，反复无常。但也有的人品高洁，为人排难解纷而无所取；有的坚持正义，为反抗强暴而甘愿赴汤蹈火；有的固守信念，视个人自由高于一切。这些纵横家的人生观和政治态度虽然形形色色，但是其精神状态却有着一致性，无不高度自信，个性张扬，显示出“平视王侯”的气概。通过他们，可以看出“士”阶层的崛起与活跃。

与《左传》相比，《战国策》在文学上出现许多引人注目的变化。

首先，在人物形象刻画上，《战国策》的笔墨更为集中。这得益于体例，因为是国别体，可以避免编年体史书不得不将材料打散的无奈，把人物的主要事迹尽放在一篇之中，从而使人物形象和性格得到更充分的展示。例如《燕策三·燕太子丹质于秦亡归》，写了燕太子丹容留秦国樊於期将军，向田光请教国事，尊礼荆轲等情节，同时写了荆轲劝说樊於期自杀，告别太子丹，献图刺秦王等情节，太子丹和荆轲的形象都刻画得十分鲜明突出。此种长处在《国语》中已经初步显露，而在《战国策》中更进一步发挥和强化，为以人物为中心的纪传体的创立做了铺垫与准备。

其次，《战国策》刻画人物的手段也更加多样。紧张激烈的矛盾冲突，波澜起伏的故事情节，个性毕露的言行，传神的形态，典型的细节，无不加以采用，以求惟妙惟肖，尽态极妍。有时为了写活人物，甚至使用夸张，不惜凭借想象与虚构。例如书中写得非常成功的人物苏秦，很多事迹行为就不全是历史事实，至于《秦策一》写其深夜喟叹与独白，更无可疑问是出于虚拟。夸张虚构不合史著的要求，因此《战国策》颇为后世史学家所诟病，但显然，夸张虚构会使故事更引人入胜，人物形象更活灵活现。

由于以上原因，《战国策》所写人物较之《左传》普遍更为鲜明生动。苏秦聪明、自信、刻苦自励、深于世故、追逐名利的特征，老臣触詟忠心为国、循循善诱的形象，荆轲沉毅、机智、无所畏惧而又带点冷漠的个性，聂政孝顺、仁厚、爽直而又勇于决断的性格，无不跃然纸上，如浮雕一般浮现在读者面前，到现在虽已相隔两千多年，其形象依然历历在目。

再有，《战国策》的行文风格也不同于《左传》。《左传》是战国初年的产物，其用词使句严谨简约，而《战国策》所纂集的多是战国末期的文章，可能还有若干篇章是秦汉间人所作，文风明显受到纵横家影响。纵横家游说诸侯，以言辞打动人主，说话喜欢夸大其辞，盛大其势，联类引譬，耸动人心。《战国策》记录这些纵横家的言论活动，自然而然濡染上这种风气。无论说理、叙事、状物，都铺张扬厉，气势纵横，有声有色。大量运用比喻、夸张、对偶、排比等等修辞手法，大量使用寓言故事、逸闻掌故，描写务求穷形尽相，叙述有意铺张渲染，使得其文章呈现出“辩丽横肆”的特色。例如秦策一《苏秦始将连横》中苏秦游说秦惠王的一段：

> 大王之国，西有巴、蜀、汉中之利，北有胡貉、代马之用，南有巫山、黔中之限，东有肴、函之固。田肥美，民殷富，战车万乘，奋击百万，沃野千里，蓄积饶多，地势形便，此所谓天府，天下之雄国也。以大王之贤，士民之众，车骑之用，兵法之教，可以并诸侯，吞天下，称帝而治。

还有形容苏秦从秦国落魄而归的一段：

> 说秦王书十上而说不行，黑貂之裘敝，黄金百斤尽，资用乏绝，去秦而归，羸縢履蹻，负书担橐，形容枯槁，面目犁黑，状有归色。

其文风于此可见一斑。

《战国策》对后世史传文学、古文和辞赋都产生了较大影响。如司马迁《史记》就吸收了《战国策》的写作技巧，有些精彩的篇章、段落，司马迁甚至原样录入。汉代初年贾谊、邹阳的文章都明显有《战国策》铺张扬厉的遗风，宋代“三苏”文章纵横驰骋，也同学习《战国策》有关。此外，《战国策》的铺陈描写和骈俪化倾向对辞赋的产生也起了促进作用。

第三节　诸子散文

一、先秦说理散文发展的几个阶段

先秦说理文是从幼稚逐渐走向成熟的，大致经历了三个发展阶段。

《论语》和《老子》是第一个阶段。《论语》是语录体，主要记录孔子与弟子的对话，多三言两语，有段而无篇。孔子的思想尽管通过全书系统地表现出来，可是书中却没有任何一个充分论证、结构完整的篇章。所以，《论语》只能说是我国说理文的萌芽状态。《老子》探讨的是抽象的哲学问题，表述十分精练，篇幅多很短小，由于采用了韵文为主、韵散结合的形式，很多篇更像是哲理诗，论述未能充分展开，所以也还不是结构完整的说理文。但《论语》和《老子》对先秦说理文的影响却是巨大的。

《墨子》《孟子》《庄子》是第二个阶段。这几部著作都还留有语录体的痕迹，《孟子》尤为明显。虽然其篇幅加长，有一些章节还能就一个中心论点反复论辩，可是其所采用的仍然是对话形式。时代早于《孟子》的《墨子》，书中有许多“子墨子言曰”，告诉我们这同样是弟子们对老师言辞的记录。只不过，《墨子》文章有了揭示全篇主旨的标题，论述能够围绕中心展开且讲究内在逻辑，结构也趋于完整。《庄子》与《孟子》同时，许多篇章仍然有不少对话，但从全篇看，却非对话体，那些对话往往是作为论述某一个论题的例证而用。《孟子》《墨子》《庄子》，处在由语录体向专论文逐渐过渡的过程中。

《荀子》和《韩非子》是第三个阶段。它们中的专题论文，往往是长篇大论，就一个论题做周密而深入的论证，中心突出，结构完整，逻辑严密，标志着我国的说理文完全成熟。

诸子散文中，文学成就最高的是《孟子》和《庄子》。

二、《论语》

1. 孔子生平、思想与《论语》概貌

《论语》集中反映了孔子的思想。

孔子（前551—前479），名丘，字仲尼，鲁国人，春秋末期思想家、教育家，儒家创始人。少“贫且贱”，长大后做过“委吏”“乘田”等小官。五十岁，由鲁国中都宰升任司寇，不久免职。周游列国，到处碰壁。晚年致力于教育和整理古代文献。

孔子思想的核心是“仁”。关于“仁”，他做过种种解释，而最根本的一条就是“仁者爱人”。由此出发，他提出了所谓“忠恕”之道，即“己所不欲，勿施于人”，“己欲立而立人，己欲达而达人”。由此出发，他要求统治者“为政以德”，最高目标是“博施于民而能济众”，反对暴君苛政。

孔子认为施行“仁”，必须要以“礼”为规范，所谓“克己复礼曰仁”。他所说的“礼”，指的是旧有的等级制度。所以其“仁”的思想，一旦落实到具体的人伦关系的时候，又往往暴露出局限性。

孔子在教育上的贡献特别大，他是最早开办“私学”的人。他主张“有教无类”，门下弟子据说多达三千，其中著名的就有七十二人，有许多是出身贫贱的。这一做法打破了旧贵族对文化教育的垄断。

《论语》所记是孔子与门生弟子讲学论道的言论。由于记录者不是一人，所以书中的称谓、体例和文章风格不完全一致。《汉书·艺文志》云：“当时弟子各有所记，孔子既卒，门人相与论纂，故谓之《论语》。”大体可信。

《论语》曾毁于秦火，汉代出现了三种不同的本子：古《论语》、齐《论语》和鲁《论语》。前两种已佚。鲁《论语》凡二十篇。

2.《论语》的文学成就

《论语》主要是记言，在它之前的《尚书》也是记言的。同《尚书》相比，《论语》已经发生了很大变化。

变化主要表现在语言上。较之《尚书》，《论语》的语言变得平易晓畅，用的就是当时的口语，但又经过提炼，故十分洗练，概括力强，三言两语中往往包含着丰富的内容、深刻的哲理，耐人回味。比如："朝闻道，夕死可矣"（《里仁》），"士志于道，而耻恶衣恶食者，未足与议也"（同上），"不患人之不己知，患其不能也"（《宪问》），"君子坦荡荡，小人长戚戚"（《述而》），"君子不以言举人，不以人废言"（《卫灵公》），"人无远虑，必有近忧"（同上）等等，无不警策深刻，引人思索，读后会留下难忘的印象。

《论语》还常常用形象化的语言来表达深刻的道理，如"子曰：'岁寒，然后知松柏之后凋也。'"（《子罕》）"子曰：'为政以德，譬如北辰居其所而众星共之。'"（《为政》）等。这些话的内涵非常丰富，凝聚了大量的生活经验，凝聚了对人生、对社会的深沉思考，既明快又含蓄，既简易又深刻。

值得注意的是，《论语》还使用了大量的口语虚词，惟妙惟肖地模拟出说话人的口吻，有效地传达出其感情。例如"伯牛有疾，子问之，自牖执其手，曰：'亡之，命矣夫！斯人而有斯疾也！斯人而有斯疾也！'"（《雍也》）"颜渊死，子曰：'噫！天丧予！天丧予！'"（《先进》）——孔子的学生一患重病，一不幸早亡，以上两段描写孔子伤心之状，如在目前。再如"季氏富于周公，而求也为之聚敛而附益之。子曰：'非吾徒也。小子鸣鼓而攻之，可也。"（《先进》）——冉求为季氏搜刮财富，孔子气愤异常，这一段传神地写出了其愤急的情绪。

《论语》中有一些稍长一点的段落，对人物的音容笑貌描写得更为细致，也更为生动。如《子路曾皙冉有公西华侍坐》：

> 子路、曾皙、冉有、公西华侍坐。子曰："以吾一日长乎尔，毋吾以也。居则曰：'不吾知也！'如或知尔，则何以哉？"子路率尔而对曰："千乘之国，摄乎大国之间，加之以师旅，因之以饥馑；由也为之，比及三年，可使有勇，且知方也。"夫子哂之。"求！尔何如？"对曰："方六七十，如五六十，求也为之，比及三年，可使足民。如其礼乐，以俟君子。""赤！尔何如？"对曰："非曰能之，愿学焉。宗庙之事，如会同，端章甫，愿为小相焉。""点！尔何如？"鼓瑟希，铿尔，舍瑟而作，对曰："异乎三子者之撰。"子曰："何伤乎？亦各言其志也。"曰："暮春者，春服既成，冠者五六人，童子六七人，浴乎沂，风乎舞雩，咏而归。"夫子喟然叹曰："吾与点也！"三子者出，曾皙后。曾皙曰："夫三子者之言何如？"子曰："亦各言其志也已矣。"曰："夫子何哂由也？"曰："为国以礼，其言不让，

是故哂之。惟求则非邦也与？安见方六七十如五六十而非邦也者？惟赤则非邦也与？宗庙会同，非诸侯而何？赤也为之小，孰能为之大？”

这一段主要写对话，由于语气描摹逼真，因而有效地传达出说话人的性格。孔子的循循善诱、蔼然可亲，子路的坦率，冉有、公西华的谦逊，曾皙的洒脱，无不跃然纸上。不多的几个修饰语和几处描写人物神情与动作的词语，如“率尔”“喟然”“鼓瑟希，铿尔，舍瑟而作”等，起到了加强感情色彩和衬托、点染的作用。

《论语》这些形象化的描写，使它具备了一定的文学色彩。

《论语》对后世的影响主要在思想方面，但是又不纯然是思想方面，其简洁而含蓄的语言，形象化的描写，明快疏朗的文风，都影响了后世文学。并且正因为其思想影响的无比巨大，这种文学的影响也深远绵长。

三、《孟子》

1. 孟子其人其书

孟子（前 372—前 289），名轲，字子舆，邹（今山东邹县）人，生活于战国中期。尝“受业于子思之门人”，是孔子之后儒家学派的代表人物。他一生周游列国，积极宣传自己的政治主张。在梁（即魏）、齐活动的时间最长，虽然受到礼遇，可是主张并不被接受。于是，“退而与万章之徒序诗书，述仲尼之意，作《孟子》七篇”（《史记·孟子荀卿列传》）。

“《孟子》七篇”每篇分为两卷，共 14 卷。五代后蜀时，此书被列入“十一经”；南宋时，朱熹把它与《论语》《大学》《中庸》合称为“四书”。

孟子政治思想的核心是“仁政”，即要求统治者“爱民”，能够“与民同乐”；使民有“恒产”，“养生丧死无憾”（《梁惠王上》）；要求统治者“省刑罚，薄赋敛”（同上），反对暴君苛政。基于此，他对当时社会的黑暗和贫富悬殊表示了极大的义愤，形容当时的状况是：“庖有肥肉，厩有肥马，民有饥色，野有饿莩”（同上），还说：“民之憔悴于虐政，未有甚于此时者也”（《公孙丑上》）。这种思想是从孔子“为政以德”发展而来的，可是比孔子要激烈得多。他甚至讲出了“民为贵，社稷次之，君为轻”（《尽心下》）这样的话，认为如果当政者施行暴政，人民就可以用“不仁”的方法报复。

孟子性格刚烈傲岸，藐视统治者，鄙视权贵，曾说：“说大人则藐之，勿视其巍巍然”（《尽心下》），“富贵不能淫，贫贱不能移，威武不能屈，此之谓大丈夫”（《滕文公下》）。他还有着博大的胸襟与抱负，充满自信心。曾表示（见《公孙丑下》）：“夫天未欲平治天下也，如欲平治天下，当今之世，舍我其谁也？”孟子的这种性格、胸襟与气概，决定了其散文的艺术风格。

2.《孟子》散文的艺术特点

《孟子》散文艺术的最主要特点就是前人所说的“气盛”，即气势浩大，酣畅淋漓，锐气逼人，与《论语》的风格存在明显的差异。《论语》和缓纡徐，如春风细雨润物，如蔼然长者坐而论道；而《孟子》则咄咄逼人，锐利无比，如天风海雨袭人，如雄辩家慷慨陈词。

《孟子》散文的“气盛”首先表现在论点鲜明，爱憎强烈，感情充沛。孟子敢于坚持自己的思想观点，从不苟且，不阿谀，即使与国君交谈，也语夹锋芒，毫不含糊。如梁惠王自以为治理国家非常尽心，但百姓却并不比邻国多，于是向孟子请教，孟子直言不讳地批评其施政同邻国施政相比其实只是打败仗逃跑时五十步与百步之别，揭露梁王治下的现实是“狗彘食人食而不知检，途有饿莩而不知发”，还说这无异于“刺人而杀之”。孟子与梁惠王另一次谈话也说魏国的现实是“庖有肥肉，厩有肥马，民有饥色，野有饿莩”（均见《梁惠王上》），都大胆尖锐，显示出“堂堂之正”。

其“气盛”还表现在长于辩论，充满论战性。战国时期纵横家游说之风甚盛，他们口若悬河，铺张扬厉，极富鼓动性。孟子受其影响很大。不少人说他好辩，他解释说：“予岂好辩也哉，予不得已也。”这正说明“好辩”是其文章的特色之一。

孟子辩论的技巧很高，他常常采用逻辑推理的方法，一步一步把对方逼到无力招架的境地，如《梁惠王上·寡人愿安承教章》：

> 梁惠王曰：“寡人愿安承教。”孟子对曰：“杀人以梃与刃，有以异乎？”曰：“无以异也。”“以刃与政，有以异乎？”曰：“无以异也。”曰：“庖有肥肉，厩有肥马，民有饥色，野有饿莩，此率兽而食人也。兽相食，且人恶之；为民父母，行政，不免于率兽而食人，恶在其为民父母也？仲尼曰：‘始作俑者，其无后乎！’为其象人而用之也。如之何其使斯民饥而死也？”

再如《梁惠王下·孟子谓齐宣王章》：

> 孟子谓齐宣王曰：“王之臣有托其妻子于其友而之楚游者，比其反也，则冻馁其妻子，则如之何？”王曰：“弃之。”曰：“士师不能治士，则如之何？”王曰：“已之。”曰：“四境之内不治，则如之何？”王顾左右而言他。

这两章都是从一个显而易见的道理出发，一步步引申，推演到治国之道，最后让对方要么乖乖地听着自己的批评，要么回避话题，尴尬至极。

孟子有时也采用欲擒故纵的方法，预设一个圈套，然后由对方的论点出发，引导对方不知不觉钻进圈套之中。如《滕文公上·有为神农之言者许行章》写孟子与陈相的一次辩论。原为儒者的陈相抛弃了儒家学说改而信奉了许行的学说，提倡“君臣并耕”，也就是说，要求所有的人都要参加谋求衣食的劳动，反对社会分工。作为儒家思想坚定捍卫者的孟子当然不同意这种观点，但是他并没有马上声色俱厉地予以反击，而是从对方的论点出发，提出一连串的问题，使对方不知不觉地露出破绽：

> “许子必种粟而后食乎?”曰：“然。”“许子必织布而后衣乎?”曰：“否，许子衣褐。”“许子冠乎?”曰：“冠。”曰：“奚冠?”曰：“冠素。”曰：“自织之与?”曰：“否，以粟易之。”曰：“许子奚为不自织?”曰：“害于耕。”曰：“许子以釜甑爨，以铁耕乎?”曰：“然。”“自为之与?”曰：“否，以粟易之。”

在这样的追问下，最后让对方自己讲出了“百工之事，固不可耕且为也”的话。既然百工之事不可耕且为，那么，君主治理国家，难道就可以耕且为吗？这时，道理已明，孟子才滔滔不绝地正面论述自己的观点。

不管采用哪一种论辩方法，孟子总能占据上风。他在辩论时还经常引经据典，如《诗经》《尚书》和各种古史，使得其论证更有力量，更富于气势。通过对论辩过程的记述，其文章更显得跌宕起伏，波澜壮阔。

其“气盛”还表现在语言上。《孟子》中大量运用了排比、对比、勾连等句法，把全部论说之辞蝉联为一个整体，以造成逼人之势。如《公孙丑下·天时不如地利章》：

> 孟子曰：“天时不如地利，地利不如人和。三里之城，七里之郭，环而攻之而不胜。夫环而攻之，必有得天时者矣；然而不胜者，是天时不如地利也。城非不高也，池非不深也，兵革非不坚利也，米粟非不多也；委而去之，是地利不如人和也。故曰：域民不以封疆之界，固国不以山溪之险，威天下不以兵革之利。得道者多助，失道者寡助。寡助之至，亲戚畔之；多助之至，天下顺之。以天下之所顺，攻亲戚之所畔；故君子有不战，战必胜矣。”

由于用了排比与勾连，这样长的一段话一气呵成，仿佛江河一泻千里，不可阻遏。

历代文论家都对《孟子》散文“气盛”的特点给予了高度评价，如苏辙就说：“孟子曰：‘我善养吾浩然之气’，今观其文章，宽厚弘博，充乎天地之间，称其气之小大。”(《上枢密韩太尉书》)

《孟子》散文艺术的另一个突出特点是善用譬喻。其譬喻用得非常多，且多以人们所熟悉的日常事物作比，既形象生动又自然亲切。如《梁惠王上·齐桓晋文之事章》用“为长者折枝”和“挟泰山以超北海”比喻“不为”和“不能”之事，用“缘木求鱼”比喻行为与目的之间的矛盾；《梁惠王下·齐人伐燕章》用“若大旱之望云霓”比喻百姓盼望仁政，等等。有的整段整章用比，如《滕文公下·攘鸡》《公孙丑上·揠苗助长》《告子上·奕秋诲二人奕》《离娄下·齐人有一妻一妾》，等等。《齐人有一妻一妾》章尤为生动：

> 齐人有一妻一妾而处室者，其良人出，则必餍酒肉而后反。其妻问所与饮食者，则尽富贵也。其妻告其妾曰："良人出，则必餍酒肉而后反；问其与饮食者，尽富贵也，而未尝有显者来，吾将瞯良人之所之也。"
>
> 蚤起，施从良人之所之，遍国中无与立谈者。卒之东郭墦间，之祭者，乞其余；不足，又顾而之他——此其为餍足之道也。
>
> 其妻归，告其妾，曰："良人者，所仰望而终身也，今若此——"与其妾讪其良人，而相泣于中庭，而良人未之知也，施施从外来，骄其妻妾。
>
> 由君子观之，则人之所以求富贵利达者，其妻妾不羞也，而不相泣者，几希矣。

用这样一个故事为喻，将那些追求富贵利达者蝇营狗苟、丧失人格的丑恶嘴脸暴露无遗，其讽刺真可谓入木三分，辛辣至极。

譬喻的大量运用，大大增强了《孟子》散文的形象感和说服力，故前人评论《孟子》"长于譬喻，辞不迫切，而意以独至。"（汉赵岐《孟子注题辞》）

《孟子》散文在中国散文史上的地位很高，唐宋古文家如韩愈、柳宗元、三苏等都十分推崇，他们都下工夫研究、学习过《孟子》的文章技巧，受到很大影响。

四、《庄子》

1. 庄子其人其书

庄子名周，战国时期宋国蒙人，曾作过蒙漆园吏。时代较孟子稍后，生平材料不多，仅知其生活贫苦，但鄙弃功名富贵，不求闻达，力求保持独立人格和精神自由。著有《庄子》一书。

据《汉书·艺文志》载，《庄子》有52篇，今存33篇。分为三部分：内篇七、外篇十五、杂篇十一。一般认为，内篇为庄子自著，而外篇、杂篇的思想与内篇不尽一致，可能掺杂了庄子后学以及道家其他派别的作品。

庄子生活在一个动荡、混乱、黑暗的时代，因此，他充满了愤世嫉俗的情绪，对现实世界给予了无情而尖锐的批判："今处昏上乱相之间"（《山木》）；"方今之时，仅免刑焉。福轻于羽，莫知之载；祸重于地，莫知之避"（《人间世》）；"今世殊死者相枕也，桁杨者相推也，刑戮者相望也"（《在宥》）；"窃钩者诛，窃国者侯。诸侯之门，而仁义存焉"（《胠箧》）……这些话，或抨击统治者的昏聩残忍，或描写人民的深重苦难，或揭露社会的无比荒谬性，为后人勾画出无限悲惨的乱世景象。庄子这种愤世嫉俗的情绪和大胆批判黑暗现实的精神在特定的历史时期曾经产生过一定的积极作用。

不过，庄子由愤世嫉俗导向了悲观厌世，乃至对整个人生和社会发展都采取了虚无主义的态度。他主张“无为”，用逃避现实来“苟全性命”，提出倒退回生产力低下的上古时代的社会理想。其思想的消极性也是很明显的。

从哲学上说，庄子的理论来源于老子并有所发展。“道”同样是其哲学的基础和最高原理。他认为，“道”无所不在，世界万物都是由“道”派生的。《知北游》中有一段对话形象地阐明了这一思想：

> 东郭子问于庄子曰：“所谓道，恶乎在？”庄子曰：“无所不在。”东郭子曰：“期而后可？”庄子曰：“在蝼蚁。”曰：“何其下邪？”曰：“在稊稗。”曰：“何其愈下邪？”曰：“在瓦甓。”曰：“何其愈甚邪？”曰：“在屎溺。”东郭子不应。

庄子的意思是说，连“蝼蚁”“稊稗”“瓦甓”“屎溺”这样低级的事物都存在着“道”，高级的事物当然也就不言而喻了。

既然世界万物都是由“道”派生的，那么，从“道”的观点看，世界上的是非、彼此、物我都是相对的，没有区别，所以庄子提出齐万物，一生死。这等于否定了一切事物质的差别，滑向了相对主义。

庄子在对无所不包的“道”的体悟中，获得了超越时空局限的最大精神自由，想象驰骋于天地之间，翱翔于过去与未来之间。

庄子的哲学观深刻影响了其美学思想和散文的艺术风格。

2.《庄子》散文的风格特征

《庄子·天下》有一段话：“以谬悠之说，荒唐之言，无端崖之辞，时恣纵而傥，不以觭见之也。”用来形容其散文奇谲恢诡、变化无穷的艺术风格是很切当的。

读《庄子》，恐怕没有人不惊异于其寓言之多、之幻。庄子自称其写作是“寓言十九”，可见寓言是他最喜欢、最主要的表现方式。其笔下的大量篇章，都是以寓言为主干构成。《逍遥游》一开篇，就讲述了鲲鹏、蜩、学鸠、斥鴳、列子等一系列寓言，用这些大大小小、形形色色皆“有所待”的人与物做铺垫，然后才点明作者所追求的是一种能够“乘天地之正，而御六气之辩，以游无穷”的真正的逍遥境界，即像“至人”“神人”“圣人”那样做到“无己，无功，无名”，做到“无待”。简单地说明主题之后，接着又用了许多寓言，形象地表达何谓“无己、无功、无名”，最后以樗木树于无何有之乡作结，余音袅袅，让人回味无穷。《养生主》则在开头几句简略揭示宗旨，然后便讲述了庖丁解牛、右师单足、泽雉不愿蓄养于笼中、秦失吊老聃等长短不一的一连串寓言，篇末则用了“薪尽火传”的比喻，使读者始终在形象的世界里体悟养生的真谛。《秋水》更是通篇都运用了寓言以及形象化的描写，就连主旨也是借河伯与北海若的对话讲出的。

《庄子》的寓言不仅多，而且奇，这一点同其余诸子相比，非常突出。墨子、孟子、荀子、韩非子都是讲寓言的高手，其寓言题材比较一致，基本不出日常生活或者历史故事、历史传说的范围，而《庄子》寓言的题材却大大拓展，什么鲲鹏、小雀、海鳖、井蛙、枯骨、蝼蚁、蜗牛、“肌肤若霜雪，绰约若处子”的美妙神人（《逍遥游》）、“颐隐于脐，肩高于顶，会撮指天，五管在上，两髀为胁”的畸形怪人（《人间世》）……无不奔赴笔端，供其驱使；神的世界、鬼的世界、无生命的世界，任其往来徜徉。

《庄子》寓言不仅题材出人意表，显示出超常的想象力，其境界也每每想落天外，莫测端倪。例如《逍遥游》开篇一段：

> 北冥有鱼，其名为鲲。鲲之大，不知其几千里也。化而为鸟，其名为鹏。鹏之背，不知其几千里也。怒而飞，其翼若垂天之云。是鸟也，海运则将徙于南冥；南冥者，天池也。《齐谐》者，志怪者也；《谐》之言曰：“鹏之徙于南冥也，水击三千里，抟扶摇而上者九万里，去以六月息也。”野马也，尘埃也，生物之以息相吹也。天之苍苍，其正色邪，其远而无所至极邪？其视下也，亦若是则已矣。

请看，这是何等壮阔奇幻的景象！再如《外物》写任国公子钓鱼的一段：

> 任公子为大钩巨缁，五十犗以为饵，蹲乎会稽，投竿东海。旦旦而钓，期年不得鱼。已而大鱼食之，牵巨钩铭没而下。骛扬而奋鬐，白波若山，海水震荡，声侔鬼神，惮赫千里。任公子得若鱼，离而腊之，自制河以东，苍梧以北，莫不厌若鱼者。

看，这又是多么不可思议的场面！还有，《则阳》写蜗牛左右角各有一国：触氏，蛮氏，它们相与争地而战，伏尸数万，旬有五日而后返。看，这又是何等怪奇荒诞的境界！

庄子之所以能够编撰如此大量奇幻的寓言，构建如此怪奇的形象世界，根本原因在于他的哲学思想，在于他对宇宙本质的独特领悟。他由对“道”的体认去纵览宇宙，把握人生，“道通为一”，因此在他眼中，万物一齐，没有本质的区别。于是其想象力能够很轻易地穿越时空，消除物我的界限，跨越生死的门槛。髑髅可以同他高谈阔论，并发出“吾安能弃南面王乐而复为人间之劳乎”的感喟（《至乐》）；一梦醒来，“不知周之梦为胡蝶与？胡蝶之梦为周与？”（《齐物论》）——河伯与大海津津有味地讨论起哲学问题，都成了思想深邃的哲人；大小、寿夭的概念转换起来更是易如反掌：“天下莫大于秋毫之末，而泰山为小；莫寿于殇子，而彭祖为夭。”（《齐物论》）

《庄子》用大量寓言构成说理文的写法，使其章法呈现出一种独特风貌。寓言和寓言之间，段和段之间，若断若连，忽起忽落，变化无穷。看似散漫无踪，实则形散神不散，深邃的思想和浓郁的感情是将一粒粒珍珠串连起来的看不清的线，是贯注于字里行间的意脉，是赋予各个元件生命的灵魂。《庄子》这种通过寓言的象征暗示进行说理的方式，避开了一味用抽象的概念和逻辑推理来表达，使得其文章充满诗意，具有了极为浓烈的散文诗风味，在先秦说理文中独树一帜。

《庄子》艺术上另外一个非常值得关注的特点是它的语言。其语言有如流水潺湲，随物赋形，白云卷舒，自然起落，不仅语汇十分丰富，而且句式变化多端，如《马蹄》中的一段：

> 马，蹄可以践霜雪，毛可以御风寒。龁草饮水，翘足而陆，此马之真性也。虽有义台路寝，无所用之。及至伯乐，曰："我善治马。"烧之，剔之，刻之，雒之，连之以羁絷，编之以皂栈，马之死者十二三矣！饥之渴之，驰之骤之，整之齐之，前有橛饰之患，而后有鞭策之威，而马之死者已过半矣！

真是错综变化，圆转自如。

鲁迅《汉文学史纲要》说《庄子》文章"汪洋辟阖，仪态万方，晚周诸子之作，莫能先也"当是定论。

《庄子》无论思想还是艺术都给予后世巨大影响。司马迁、嵇康、李白、苏轼、曹雪芹，直至鲁迅，都能看出《庄子》影响的痕迹。

关键概念

春秋三传　　先秦历史散文　　诸子散文

思考题

1.《左传》表现出哪些进步的思想倾向？
2.《左传》的文学成就表现在哪些方面？结合作品说明之。
3. 简略说明《国语》概况。
4. 与《左传》相比，《战国策》在文学方面发生了哪些重要变化？
5. 我国先秦说理文的发展经历了哪几个重要的阶段？
6. 举例说明《论语》的语言特色。
7. 举例说明《孟子》散文的艺术特点。
8. 举例说明《庄子》散文的艺术风格。

第四章　屈原和楚辞

本章提示

(1) 弄明白“楚辞”一词的含义和楚辞体制的基本特征。(2) 搞清楚影响楚辞产生的客观因素。(3) 了解楚辞创造者屈原的简要生平。(4) 重点掌握屈原代表作《离骚》的思想内容和文学成就。(5) 掌握屈原《九歌》《九章》《天问》《招魂》等作品的有关情况。(6) 认识屈原在文学史上的地位和对后世的影响。(7) 了解屈原之后楚辞的流变，特别是宋玉在楚辞创作上的成就。(8) 重点阅读《离骚》以及《九歌》中的《东君》《湘君》《湘夫人》《国殇》，《九章》中的《橘颂》《哀郢》《涉江》，宋玉《九辩》等作品。

第一节　楚辞的体制特征及产生

一、楚辞的体制特征

《诗经》之后二百多年间，我国散文进入了一个黄金时代，历史散文和诸子散文争奇斗艳，大放异彩。可是，由于四言诗的衰微，诗坛却长期呈现出荒凉的景象。直到战国后期，楚辞异峰突起，才打破了这一荒凉的局面，迎来了诗歌创作的又一个春天。

楚辞，本意是楚地的歌辞。这一词汇，据现存资料，最早见于《史记·酷吏列传》：“买臣以楚辞与助俱幸”，大约是汉代初年才出现的，是汉代人为这种地方色彩十分鲜明的新诗体所起的名称。汉成帝时（前 32—前 7），刘向整理古代文献，把战国末年楚国人屈原、宋玉的作品以及汉代人模拟这种体裁所写的作品汇辑成书，定名为《楚辞》，于是，“楚辞”又成了一部诗歌总集的名字。

由于屈原《离骚》是楚辞的代表作，因此，后人又把楚辞称为“骚体”。另外，由于楚辞和汉代赋作之间存在着渊源关系，所以屈原作品又被称为“屈赋”。

我们平时说到楚辞一词，主要是就诗歌体裁而言的。那么这种诗体同《诗经》四言诗比较起来究竟有哪些不同呢？两者的不同可以说表现在各个方面。从地域看，四言诗产生于黄河流域，是北方各国通行的一种诗体；而楚辞则产生于江汉流域，是扎根于南国沃土的一朵奇葩。从流行的时间看，四言诗曾经盛行了五个世纪，在漫长的发展历史中不断出现一些优秀作品，可谓经久不衰；而楚辞在战国后期突然兴起，一下子登峰造极，而随之也便衰歇，秦汉之后已无发展，它倏起倏落，从兴起到衰歇，前后不过几十年。从创作者看，四言诗形成于民间，四言杰作大多数是民歌；而楚辞则几乎是由楚国的天才诗人屈原一手完成的，楚辞的代表作品差不多集中在屈原一人身上。

至于体制形式，两者的不同之处更多，具体说来有如下一些方面。

1. 句式

楚辞中虽然也有以四言句为主的诗篇（例如《九章·橘颂》），但是，四言句不是楚辞的典型句式。楚辞的典型句式是五字句和六字句（语气词“兮”不计在内）。节奏上，五字句以“三二”为主，例如：

名余曰/正则（兮），字余曰/灵均。

（《离骚》）

有时也间用“二三”节奏，例如：

登高/吾不悦兮，入下/吾不能。

（《九章·思美人》）

六字句的节奏以“三三”为主，例如：

操吴戈（兮）/披犀甲，车错毂（兮）/短兵接。

（《九歌·国殇》）

有时也间用“二四”节奏或“四二”节奏，如：

朝搴/陂之木兰兮，夕揽/洲之宿莽。

（《离骚》）

凭不厌乎/求索。

（《离骚》）

像这样节奏不同、字数不等的句子互相穿插交错，就使得楚辞的音调显得疾徐顿挫，比起《诗经》四句诗来，节奏的变化丰富多了。

2. 语气词“兮”及其他虚词的运用

语气词“兮”在《诗经》的一些诗中就已经有所应用，但数量不多，用法简单。而楚辞所有篇章都用“兮”，且用法多种多样，或两句之间用“兮”，或一句中间用“兮”，或两句之后用“兮”。“兮”字的运用成为楚辞形式上的一个突出标志。楚辞中还运用了其他各类虚词，如“之”“于”“而”“乎”“焉”等。虚词使用的种类之多和数量之多，大大超过《诗经》。“兮”字和其他虚词的频繁使用，就使得楚辞别具一种深婉悠长、声情荡漾的韵味。

3. 地方色彩

《诗经》中的民歌采自不同的地域，但其地方色彩已经不易分辨，而楚辞所以姓“楚”，就因为它始终保持着浓厚的地方色彩。除了使用楚地地名和物名以外，吸收大量方言俗语入诗，是构成楚辞浓厚地方色彩的重要原因。

二、楚辞的产生

文学发展的历史告诉我们，任何一种文体的产生，都必然由于存在着它赖以产生的基础，必然由于一定的客观因素的催化与酿就，楚辞的产生也不例外。从根本上说，这种诗体乃是战国后期楚国特定环境的产物，是多种客观因素交互作用的结果。

首先，楚辞承受了悠久丰厚的楚国文化的滋养。我们知道，楚国本来是僻处南夷的一个独立部落，经过长期发展，形成了自己一套特殊的政治、经济、军事的制度，文化方面同北方中原各国相比，也别具风貌。中原各国早在西周初年由于宗法制度的确立，就已经摆脱了巫术宗教文化的阶段，进入宗法文化的历史阶段，至春秋战国，理性主义的思潮更席卷各个诸侯国，思想家多对“怪力乱神”采取了怀疑乃至否定的态度；而楚国进入文明世界较晚，周王室东迁以后，它才获得飞跃进步，并在短时间内，成长为一个有实力问鼎中原的泱泱大国。由野蛮至文明迈进的步伐如此急骤迅猛，乃至原始氏族社会的思维内容和文化因子大量残存、积淀下来。另外，楚国北方与中原各国接壤，而东、西、南三方则与比它落后和原始的部族毗邻，处于不同文化的交叉点上，各种不同发展阶段的文化兼收并蓄，交互渗透融合。这一切，决定了楚国文化仍然处在“一片奇异想象和炽烈情感的图腾——神话世界之中”（李泽厚《美的历程》），仍然弥漫着浓重的原始宗教气氛，决定了楚国文化的各个方面：宗教、哲学、文学、音乐、舞蹈、绘画……都与中原各国迥然不同，别具异彩。楚辞正是在这块特殊的文化土壤中萌生滋长起来的。

对楚辞产生影响最为直接的要算是楚地民歌了。楚地民歌的历史十分悠久，《吕氏春秋·音初》所载《候人歌》据说创作于大禹时期，是最原始的“南音”。虽然只有一句：“候人兮猗”，却可以约略看出，它与北方歌谣形式不尽相同。发展到后来，其特点越来越鲜明突出了。出现于春秋时期并流传至今的几首楚歌便已经和《诗经》四言诗大异其趣，如《越人歌》：

今夕何夕兮？搴舟中流。今日何日兮？得与王子同舟。蒙羞被好兮，不訾诟耻。心几烦而不绝兮，知得王子。山有木兮木有枝，心悦君兮君不知。

（刘向《说苑·善说》）

再如《孺子歌》：

沧浪之水清兮，可以濯我缨；沧浪之水浊兮，可以濯我足。

（《孟子·离娄》）

这些楚地民歌产生于屈原生前二三百年，从语气词“兮”的使用，句式的长短参差，都说明楚辞与它们一脉相承。

楚地的“巫风”对楚辞的影响更为显著。楚国是个巫风极盛的国家，王逸《楚辞章句》云：“昔楚国南郢之邑，沅湘之间，其俗信鬼而好祠。”《汉书·地理志》也说楚地：“信巫鬼，重淫祀。”在楚国，下至平民百姓，上至君王，对原始宗教活动——巫术都无限迷狂。事必问卜，日月星辰、山川鬼神受到名目繁多的祭祀，甚至关乎民族生死存亡的大事，也靠问卜祭祀来解决。楚国巫风的盛行促成了巫歌巫舞的繁荣，因为祭祀时，歌舞为仪式所必需，“其祠，必作歌乐鼓舞以乐诸神”（《楚辞章句·九歌序》），以至《尚书·伊训》说“敢有恒舞于宫，酣歌于室，时谓巫风”。兴旺发达的巫歌巫舞必不可免地要对楚辞的产生发生多方面的影响。大量史料证明，《九歌》原来即为祭祀时的巫歌，屈原的《九歌》正是在此基础上加工而成的。《招魂》也由巫歌巫舞脱化而来，其正文完全以主祭大巫的口气吟唱。还有，巫歌巫舞大量取材于上古神话传说的题材内容也为楚辞所承袭。至于巫歌巫舞所表现出来的那种神奇迷离的浪漫精神和飘逸、灵动、艳丽的美学风格，更是与屈原的楚辞作品存在着渊源关系。

此外，楚国其他各种艺术门类以及楚国风土人情等等也无不对楚辞的产生发生了不同程度的影响。总之，只有在南楚文化的沃土上，楚辞这一地方特色鲜明的诗体才得以萌芽长叶开花结果，这是决然无疑的。

其次，楚辞的生长还受到了中原文化的沾溉。春秋以后，楚国日益强大，与北方中原各国的交往越来越多，特别到战国，楚国成为七雄之一，与北方中原六国争夺天下，“横则亲帝，纵则楚王”，战争不断，盟会频繁，促进了各国经济、文化的交流。楚国士人自觉地学习中原文化，楚国的君臣在盟会上或议事时也经常征引《诗经》《尚书》中的话，和中原的风气一样。屈原在《天问》《橘颂》两首诗中纯熟而又富有创造性地运用四言体诗，正是学习《诗经》的结果。而其他诗作长短参差的句式、大量虚词的使用、语气的贯注，又可看出诸子散文濡染之迹。

综上所述，完全有理由说，楚辞这种结构宏阔，内容广博，比起四言体更趋于散文化、口语化，更富于抒情性的崭新的文学样式，乃是南楚文化与中原文化交融的产物，是南北两大文化系统合流的结果。

以上讲的是楚辞赖以产生的客观因素。客观因素具备以后，楚辞的产生还需要另一个决定性条件，这就是天才诗人的出现，而屈原正是适应这种需要而出现的罕见奇才。正如刘勰所说："不有屈原，岂见《离骚》?"（《文心雕龙·辨骚第五》）

第二节　屈原的生平和作品

屈原，名平，字原，生活于楚怀王和顷襄王时期。他是楚王室的远房宗亲，有着过人的才华，史称他"博闻强志，明于治乱，娴于辞令"（《史记·屈原贾生列传》）。起初深得楚怀王信任，被任为左徒，"入则与王图议国事，以出号令；出则接遇宾客，应对诸侯"（同上）。他主张对内举贤任能、修明法度，对外联齐抗秦。他决心凭借自己的政治地位，充分发挥自己的才能，大力推进政治改革，使国势日趋衰落的楚国重新强盛起来。但是，由于他的改革主张与措施从根本上触犯了反动贵族集团的利益，因而遭到宗室重臣的强烈反对和恶毒诬陷。怀王让他创制宪令，草稿未定，上官大夫靳尚便乘机谗毁，说："每一令出，平伐己功，以为'非我莫能也'。"昏聩的怀王听信谗言，"怒而疏屈平"。于是屈原被迫离开郢都，流放汉北。在此期间，秦诡言割让土地，诱使楚与齐断交，怀王贪利，竟听信之。发觉被骗后，两次伐秦，均大败。怀王不得已，复召屈原使齐，修复两国关系。后秦昭王诱怀王入秦盟会，屈原劝谏不要前往，怀王未采纳，结果被秦扣留，客死于秦。顷襄王即位，屈原再次受到令尹子兰和上官大夫靳尚的谗害，被放逐于江南，漂泊于长江、洞庭湖、沅水、湘水间，永远不能返回郢都，其"美政"理想彻底破灭。深刻的社会矛盾，悲惨的个人遭遇，激荡起他内心的巨大忧愤，产生出借诗歌一吐而后快的强烈冲动。而他在长期的流放中，广泛地接触了楚地民歌，找到了一种最适宜的抒情形式，并且以他超群的才华、广博的修养，多方面地吸收各种各样的艺术经验，对这种形式加以锤炼、改造和提高。他借助这种新形式写下许多诗篇，淋漓尽致地表现了"信而见疑，忠而被谤"、报国无门的心灵悲剧。

在极度的痛苦绝望中，屈原终投汨罗江而死。

临死，屈原写下《怀沙》一诗，再一次揭露了楚国黑白颠倒、贤恶不分的黑暗现实："变白而为黑兮，倒上以为下。凤凰在笯兮，鸡鹜翔舞。"明确表示要以死明志："世溷浊莫吾知，人心不可谓兮。知死不可让，愿勿爱兮。明告君子，吾将以为类兮。"在这首绝命诗中，他记下了写作的时节："滔滔孟夏兮，草木莽莽。"这和传说中屈原死于夏历五月五日这个日子是相吻合的。

屈原的不幸受到后人同情，其强烈的爱国精神和高洁的人格受到后人无限景仰。端午节划龙舟、吃粽子的习俗，据考其由来与屈原无关，但是后人还是痴心地把它们和屈原之死联系在一起。端午节被赋予了更为深厚的历史内容。直到今天，每逢端午，世界各地的华人仍然以最虔诚的感情祭奠这位中华民族的伟大诗人。

屈原作品，《汉书·艺文志》记载有 25 篇，东汉王逸《楚辞章句》收入了 24 篇，即《离骚》、《九歌》(11 篇)、《天问》、《九章》(9 篇)、《远游》、《卜居》。但《远游》采用后世之典故，《卜居》是后人追述屈原事迹而作，显然并非出于屈原之手。《史记》明确说是屈原所作的《招魂》，却被王逸归于宋玉名下。这样，除去《远游》《卜居》，添上《招魂》，屈原作品存世的共 23 篇。

第三节 《离骚》

一、《离骚》的作期、篇题及其段落结构

《离骚》是屈原的代表作。其创作年代有说作于顷襄王时期者，有说作于怀王时期者。《史记·屈原贾生列传》持后说，并明确讲在怀王“怒而疏屈平”之后，屈原“疾王听之不聪也，谗谄之蔽明也，邪曲之害公也，方正之不容也，故忧愁幽思而作《离骚》。”很多学者认为这个说法比较符合《离骚》的实际内容。

《离骚》篇题，汉代人有两种解释，一说“离”是“罹”的假借字，“骚”是忧患之意，“离骚”是说遭受忧患，司马迁和班固均主此说；一说“离”就是离别，“离骚”意谓离别的忧愁，王逸主此说。然以前一种说法较为可信。

《离骚》是一首内容丰富、波澜壮阔的抒情长诗，它抒发了诗人献身君国的赤诚愿望，表达了对楚国黑暗腐朽政治的强烈愤慨，吐露了“正道直行、竭忠尽智”却无端被谗的哀怨和报国无门的深痛。

全诗可以分为三段。第一段是诗人对自己在现实政治斗争中遭遇的回顾，他首先从家世生平和自己的才德写起，接着便说明他所以不计较个人得失，一腔热忱，积极奔走，就是为了引导楚王走上使楚国强盛的正确之路：“岂余身之惮殃兮，恐皇舆之败绩。忽奔走以先后兮，及前王之踵武。”可是，他的一片赤诚不仅没有得到理解，反而招致结党营私小人的嫉害和构陷，“众女嫉余之蛾眉兮，谣诼谓余以善淫”。楚王偏听偏信，也疏远了他，“初既与余成言兮，后悔遁而有他”，“余虽好修姱以鞿羁兮，謇朝谇而夕替”。面对着险恶的环境，诗人虽然感到孤立无援，哀怨满怀，但仍然对自己的人生追求充满自信，甘愿为之献身：“亦余心之所善兮，虽九死其犹未悔!”并表示誓死不向黑暗势力妥协：“虽体解吾犹未变兮，岂余心之可惩!”显示出坚贞的情操和不

屈的意志。

第二段假托“女媭”对他劝诫和他向“重华”陈词，通过问答与申辩，用大量史实，进一步强调了自己信仰的正确和毫不动摇的决心。然后，诗人在热烈不羁的想象中，“周流天地，浮游求女”，展开了对实现理想之路不屈不挠的求索。但是他一次又一次的行动均遭受挫折，绝望的悲哀充溢心灵。

第三段写他在极度的苦闷彷徨中，向古代神巫请教出路。经神巫指点，他决定离国出走，另寻明君。可是当他驾飞龙，乘瑶车，翱翔于天际，居高临下地遥望见楚国之时，再也不想离去。这些充满想象的情节象征性地表现了他对人生道路的痛苦思索和艰难抉择，突出了对楚国的挚爱之情。

诗人的感情真是强烈到了极点，所以他在诗中一次又一次地剖明忠于君国的心迹，一次又一次地倾诉他的愤慨和哀怨，这种似乎情不由己的回环往复，其实是有文理可循的。三个段落的结构即是如此。清人王夫之和王邦采都分析过本诗三个段落的关系，认为在第一段中，全诗的主旨已经概括无遗，下面两段另辟神境，反复申言，是因为“言之不足，故嗟叹之也”。正是在这种情不自禁的反复喷发中，诗人的感情升华到了新的高度与境界。

二、《离骚》的思想内容

《离骚》是诗人在遭受政治打击后写下的，他的愤慨、哀怨都和政治斗争联系在一起，所以，这是一首政治色彩浓厚的抒情诗。诗中“上称帝喾，下道齐桓，中述汤武，以刺世事”（《史记·屈原贾生列传》），篇末“乱辞”更发出“既莫足与为美政兮，吾将从彭咸之所居”的感慨，由此可以看出，作为政治斗士的诗人其心所系。可以说，实现“美政”理想，是屈原一生为之奋斗的目标。《离骚》一诗形象而又扼要地陈明了诗人的“美政”理想。其内容主要有两点，一是选贤任能，二是修明法度，即诗中所云：“举贤而授能兮，循绳墨而不颇。”诗人有意列举了伊尹、傅说、吕望、宁戚等一批出身卑贱却得遇明君从而施展抱负的事例：“勉升降以上下兮，求榘矱之所同。汤、禹严而求合兮，挚咎繇而能调。苟中情其好修兮，又何必用夫行媒？说操筑于傅岩兮，武丁用而不疑。吕望之鼓刀兮，遭周文而得举。宁戚之讴歌兮，齐桓闻以该辅”，为的就是申明应该不分社会地位的高低贵贱来选拔任用人才。同时他还反复申明“绳墨”“规矩”，并列举出历史上那些“纵欲而不忍”的昏君如夏启、羿、浇、夏桀、商纣王等无不导致身灭国亡，而如夏禹、商汤、周文王、周武王都是凭着盛德茂行才享有天下的大量事例，以说明包括君主在内的所有人都必须遵守法度。联系战国末期楚国的现实，屈原的“美政”理想显然具有进步性，符合历史的发展趋向。

但是，屈原的“美政”理想却和楚国势力强大的“党人”的利益发生了尖锐冲突，由此，无耻佞臣的离间和楚王的疏远就无可避免了。这是关系楚国命运之争，故诗人毫不妥协。他对损害楚国根本利益的小人进行了全面的揭露与批判："众皆竞进以贪婪兮，凭不厌乎求索"，"民好恶其不同兮，惟此党人其独异。户服艾以盈要兮，谓幽兰其不可佩。览察草木其犹未得兮，岂珵美之能当？苏粪壤以充帏兮，谓申椒其不芳"，"众女嫉余之蛾眉兮，谣诼谓余以善淫"，"世溷浊而嫉贤兮，好蔽美而称恶"，"背绳墨以追曲兮，竞周容以为度"……这些诗句把那些小人贪得无厌、颠倒黑白、嫉害正人、投机钻营、苟合取容的嘴脸一一勾画出来。对楚王，诗人尽管表达了忠贞之心，但是，在大是大非面前，他仍然不苟且，严厉批评了楚王的昏聩糊涂、反复无常："怨灵修之浩荡兮，终不察夫民心。""余既不难夫离别兮，伤灵修之数化。"《离骚》所表现出来的不屈斗志和严正的批判精神是很值得珍视的。

《离骚》的又一个重要内容是表达诗人忠贞不渝的爱国之情。爱国之情是屈原为实现"美政"理想汲汲奔竞的原动力，也是他大无畏地同"党人"集团斗争的原动力。为了楚国，他可以舍弃个人的一切。其爱国感情，表现在对楚国现实的关切上："岂余身之惮殃兮，恐皇舆之败绩。忽奔走以先后兮，及前王之踵武。"也表现在对祖国国土的深深眷恋上，当他听了灵氛和巫咸的劝告，准备去国远游，在想象中翱翔于天际之时，忽然居高临下地看到祖国，便再也舍不得离去："陟升皇之赫戏兮，忽临睨夫旧乡。仆夫悲余马怀兮，蜷局顾而不行。"这种赤诚不二的爱国感情是极为感人的。当然，屈原的爱国之情，又是同忠君联系在一起的。因为当时国君在一定程度上的确是国家的象征，只有通过国君才能实现振兴国家之梦，所以这无可厚非。屈原忠贞不渝的爱国感情，已经化为中华民族宝贵的民族精神。

屈原其他方面的美好人格也在《离骚》中得到了展示。例如他通过象征的手法所表达的对于自我完善的不懈追求："扈江离与辟芷兮，纫秋兰以为佩。汩余若将不及兮，恐年岁之不吾与。""老冉冉其将至兮，恐修名之不立。朝饮木兰之坠露兮，夕餐秋菊之落英。苟余情其信姱以练要兮，长颇颔亦何伤。""制芰荷以为衣兮，集芙蓉以为裳。不吾知其亦已兮，苟余情其信芳。"他苦心探索真理和随时准备为理想献身的精神："路漫漫其修远兮，吾将上下而求索。""亦余心之所善兮，虽九死其犹未悔。"还有他独立耿介、不随从流俗的操守："固时俗之工巧兮，偭规矩而改错。背绳墨以追曲兮，竞周容以为度。忳郁邑余侘傺兮，吾独穷困乎此时也。宁溘死以流亡兮，余不忍为此态也。鸷鸟之不群兮，自前世而固然。何方圆之能周兮，夫孰异道而相安。"在楚国那样黑暗污浊的环境中，屈原出污泥而不染，始终保持了高洁刚正的情操，诚如司马迁所说："虽与日月争光可也。"《离骚》中抒情主人公形象成了历代文人不朽的楷模。

三、《离骚》的文学成就

在整个中国文学史上，《离骚》称得上是一首风格独特的奇诗。

奇主要奇在表现手法上。同《诗经》相比，二者的区别一目了然。《诗经》除了像《生民》等个别篇章带有一些传奇色彩之外，其余的无不取材于现实生活，手法平实、自然、亲切。而《离骚》却奇幻、浪漫，运用了大量的简直令人匪夷所思的超现实想象。特别是后两段，为了充分写出卓绝的斗争、不懈的求索、极度的苦闷彷徨、对人生道路的艰难抉择和对君国的挚爱，诗人思绪飞腾，构思出向古帝重华陈辞和向古代神巫问卜的情节，并开始了他轰轰烈烈、气象非凡的天国之行。如下面两小节：

跪敷衽以陈辞兮，耿吾既得此中正。驷玉虬以乘鹥兮，溘埃风余上征。朝发轫于苍梧兮，夕余至乎县圃。欲少留此灵琐兮，日忽忽其将暮。吾令羲和弭节兮，望崦嵫而勿迫。路曼曼其修远兮，吾将上下而求索。饮余马于咸池兮，总余辔乎扶桑。折若木以拂日兮，聊逍遥以相羊。前望舒使先驱兮，后飞廉使奔属。鸾皇为余先戒兮，雷师告余以未具。吾令凤鸟飞腾兮，继之以日夜。飘风屯其相离兮，帅云霓而来御。纷总总其离合兮，斑陆离其上下。吾令帝阍开关兮，依阊阖而望予。时暧暧其将罢兮，结幽兰而延伫。世溷浊而不分兮，好蔽美而嫉妒。

灵氛既告余以吉占兮，历吉日乎吾将行。折琼枝以为羞兮，精琼爢以为粻。为余驾飞龙兮，杂瑶象以为车。何离心之可同兮，吾将远逝以自疏。邅吾道夫昆仑兮，路修远以周流。扬云霓之晻蔼兮，鸣玉鸾之啾啾。朝发轫于天津兮，夕余至乎西极。凤皇翼其承旂兮，高翱翔之翼翼。忽吾行此流沙兮，遵赤水而容与。麾蛟龙使梁津兮，诏西皇使涉予。路修远以多艰兮，腾众车使径待。路不周以左转兮，指西海以为期。屯余车其千乘兮，齐玉轪而并驰。驾八龙之婉婉兮，载云旗之委蛇。

在想象中，他驾驭龙凤，麾使神灵，扣帝阍，求佚女，君临于神话传说之地，优游于云飞霞卷之天，远古和当前，幻想和现实，迷离惝恍，连成一片，五光十色，眩人眼目。其想象之大胆丰富，不惟《诗经》，后世也罕有其比。

屈原这种超现实想象的手法，显然来源于巫风浓重的楚国文化。谙熟巫歌巫舞的他（对民间祭歌《九歌》的加工就可以证明这一点），从民间广为流行的宗教故事中汲取题材，为我所用，易如反掌。对他来说，内心感情已经强烈到了只有借助宗教传说，才能予以酣畅淋漓地表达的境界。不过，需要指明的是，屈原的超现实想象绝对不同于上古神话，后者对超现实想象的运用是不自觉的，作者并不认为所想所说是非现实的，而认为是在正确地解释着自然现象与社会现象。屈原的时代不同，人类早已跨出人神不分、幻想世界与现实世界混同的阶段，进入理性自觉的时期。尤其在北方，思想文化中的原始宗教成分已经基本滤出。屈原属于当时思想最为先进的知识分子，思想与北方诸子相通。他大量运用神话传说并且身予其中绝非出于宗教迷狂，而只不过是把它们作为表达思想感情的手段罢了。因此，他才那样大胆而无忌，甚至改变神话传说原貌，拆卸组合，构建成新的情节，使之完全服从抒情主题的需要。神话传说不过是从属于艺术表达的表层的东西，理性因素才是《离骚》的深层本质，这使得《离骚》同“亵慢淫荒”的巫歌巫舞有了根本的不同。《离骚》开启了自觉运用超现实想象的新时代。

《离骚》之奇还表现在它创造性地运用了“美人、香草”的意象上。这两种文学意象其实同样来源于较为原始的楚地民间文化。借男女相悦相慕来比拟“神人以和”正是巫歌巫舞相当古老的传统，人神恋爱的成功象征祭祀的成功，人神的失恋则反映了双方交接的艰难，由此发展为借男女私情寄托君臣关系的写法乃是最自然不过的事情。而香草作为献祭之物和巫的饰物，并作为爱情的象征物，同样是流传久远的习俗。屈原受民间文化的启示，将这两种意象用于文学作品中，形成了一个复杂而巧妙的象征比喻系统。就美人意象来说，有两种情况，一是诗人自喻，用美人象征个人的高洁，如“众女嫉余之蛾眉兮，谣诼谓余以善淫”；由此出发将君王比作夫君，将自己的被疏远比作妇人的被遗弃：“初既与余成言兮，后悔遁而有他。余既不难夫离别兮，伤灵修之数化。”二是以美人比喻君王，如“惟草木之零落兮，恐美人之迟暮”，由此出发用“两美必合”象征明君贤相的遇合，用“周流求女”，象征追求志同道合的圣明之主。就香草意象来说，也有两种情况，一是用以指代美好的品德和杰出的才能，进而用采集香草和以香草为饰象征自我的刻苦修养，如“纷吾既有此内美兮，又重之以修能。扈江离与辟芷兮，纫秋兰以为佩”。二是和恶草相对，象征政治斗争的双方，如“民好恶其不同兮，惟此党人其独异。户服艾以盈要兮，谓幽兰其不可佩”。《离骚》中这两种意象反反复复地使用，使得诗歌意境朦胧，描写形象，色彩斑斓。较之《诗经》相对简单的比兴，由“美人、香草”意象所构成的象征比喻系统，显然具有更丰富的意旨和更强的表现力。

说到《离骚》的文学成就，不能不说到它的语言。读《离骚》，都会惊异于其文采的绚丽璀璨，故刘勰曾用“惊采绝艳”来形容之（《文心雕龙·辨骚》）。特别是它还穿插了一些颇为规整的对偶句，如“余既滋兰之九畹兮，又树蕙之百亩”，“朝饮木兰之坠露兮，夕餐秋菊之落英”等，使得语言更加美化。但是，需要注意的是，《离骚》中又有一些非常质朴本色的诗句，如“亦余心之所善兮，虽九死其犹未悔”，“虽体解吾犹未变兮，岂余心之可惩”，铿锵有力，掷地作响。它将两种不同风格的语言巧妙地融合在一起，阳刚，阴柔，相得益彰。这使人联想到出土的楚国漆器的色彩，多用大红、大黑，黑色为底，红色为图案，反差强烈，但又相互映衬，收到非常好的艺术效果。

以上是就《离骚》的主要文学成就而言，其实其成就不止这些。总之，《离骚》堪称我国文学史上不朽的旷世杰作，产生了极为深远的影响。诚如鲁迅《汉文学史纲要》所说："逸响伟词，卓绝一世……较之于《诗》，则其言甚长，其思甚幻，其文甚丽，其旨甚明，凭心而言，不遵矩度……其影响于后来之文章，乃甚或在三百篇之上。"

第四节 屈原的其他作品

屈原的作品是很丰富的，从内容到形式呈现出多姿多彩的风貌，显示了诗人超凡出众的艺术才能。下面介绍其他作品。

一、《九歌》

《九歌》是一组风格迥异于《离骚》的诗篇。《九歌》这一名称十分古老，《山海经》《左传》《离骚》《天问》都曾提到过它。自汉代以来，学者普遍认为它们原本是民间祭歌，屈原利用其形式进行了再创作。

《九歌》共11篇诗，为什么诗篇数量与"九"字不合？古今学者做出了多种多样的解释。现在一般认为，"九"字在古代代表多数，并非实指。《九歌》除最后一篇《礼魂》为送神之曲外，其余各篇共写了9类神，《东皇太一》写天帝，《云中君》写云神，《湘君》《湘夫人》写一对湘水配偶神，《河伯》写黄河之神，《山鬼》写山神，《大司命》写掌管生死寿夭之神，《少司命》写掌管子嗣之神，《东君》写日神，《国殇》写的是为国捐躯的楚国将士。

这组诗仍然保留着歌、乐、舞结合的特点。就歌词来说，既有"代言"的成分，又有"非代言"的成分。一般认为，"代言"部分系采用受祭神鬼的语气写成，由主巫来演唱；"非代言"部分则由群巫演唱，配合着起迎神、送神、娱神的作用。

《九歌》中有些诗描写了祭祀场面，表达了对神灵的热烈礼赞，如《东皇太一》《云中君》《东君》等。这些诗对所祭祀对象的描写实际是对自然现象与人性描写的一种综合。例如《东君》写日神，诗中对自然界的太阳做了形象逼真的刻画，同时将人间英雄的某些特征赋予了日神，它既高大完美，又带有人类普遍具有的情感甚至弱点。请看开头一段：

> 暾将出兮东方，照吾槛兮扶桑。抚余马兮安驱，夜皎皎兮既明。驾龙辀兮乘雷，载云旗兮逶蛇。长太息兮将上，心低徊兮顾怀。

这几句诗写日神初升，其实是对自然界太阳喷薄而出时壮丽景象的生动描绘：它从东方地平线缓缓升起，黑夜过去，大地一片光明。在黑暗与光明的交接中，显示出太阳的宏伟气势与声威。它升起时仿佛伴随着隆隆雷声，霞光一片，仿佛万面锦旗飘摇。但显然，诗人又把日神想象为人，以一种人格化的描写去表现太阳。最后两句尤其传神，初生的太阳在云际乍升乍降，摇曳不定，被诗人想象成日神怀恋家室，一再顾盼，不忍离去。此诗的末段描写日神手举长矢射落象征残杀的天狼星，这是由黑暗被驱散以后群星隐没所引发的想象，诗人将为民除害的人类英雄的品格赋予了日神。

有些诗是优美的恋歌，刻画神与神，或人与神的恋情，如《湘君》《湘夫人》《山鬼》等。诗中的这些水神和山神一点也不让人感到高高在上，森严可怖。他们被刻画成充满幽怨怅惘情绪的恋者，感情和心理活动完全与人相通，没有什么两样。下面以《湘夫人》为例：

> 帝子降兮北渚，目眇眇兮愁予。嫋嫋兮秋风，洞庭波兮木叶下。登白薠兮骋望，与佳期兮夕张。鸟萃兮蘋中，罾何为兮木上？沅有茝兮醴有兰，思公子兮未敢言。荒忽兮远望，观流水兮潺湲。麋何食兮庭中？蛟何为兮水裔？朝驰余马兮江皋，夕济兮西澨。闻佳人兮召予，将腾驾兮偕逝。筑室兮水中，葺之兮荷盖。荪壁兮紫坛，播芳椒兮成堂。桂栋兮兰橑，辛夷楣兮药房。罔薜荔兮为帷，擗蕙櫋兮既张。白玉兮为镇，疏石兰兮为芳。芷葺兮荷屋，缭之兮杜衡。合百草兮实庭，建芳馨兮庑门。九嶷缤兮并迎，灵之来兮如云。捐余袂兮江中，遗余褋兮醴浦。搴汀州兮杜若，将以遗兮远者。时不可兮骤得，聊逍遥兮容与。

这首诗主要刻画等待佳人时的心情，主人公望眼欲穿地期盼佳人，可是佳人未至，他充满了忧愁、惦念、失望、猜疑与不安，一会儿张望，一会儿抱怨，甚至因为久候未能得见佳人而要起小孩子一样的脾气，焦躁地将佳人的赠物丢弃到水中。这种恋人的心情与举动不是为人们所熟悉的吗？

《国殇》在《九歌》中是比较特别的一篇，其祭祀的对象不是什么神灵，而是人鬼，是为国捐躯的楚国将士的英魂：

> 操吴戈兮披犀甲，车错毂兮短兵接。旌蔽日兮敌若云，矢交坠兮士争先。凌余阵兮躐余行，左骖殪兮右刃伤。霾两轮兮絷四马，援玉枹兮击鸣鼓。天时坠兮威灵怒，严杀尽兮弃原野。出不入兮往不反，平原忽兮路超远。带长剑兮挟秦弓，首身离兮心不惩。诚既勇兮又以武，终刚强兮不可凌。身既死兮神以灵，子魂魄兮为鬼雄！

诗歌一开头，便用直叙的手法，将读者带入了一个短兵相接的鏖战场面，既突出了战斗的严酷，也渲染出失败的惨重。但是全诗丝毫没有颓唐和恐怖的情绪，反而充满了悲壮之情和勇武的气概，有力地表现了楚国将士无所畏惧、奋勇杀敌、视死如归的爱国精神。

《九歌》虽然是祭歌，但由于融入了浓重的人情味，融入了普通人的人生感喟，因而具有了强烈的抒情色彩。其艺术上的一个突出特点是善于把景物、环境、气氛与人物的心理感情融合起来描写。如《湘夫人》开头几句：

帝子降兮北渚，目眇眇兮愁予。嫋嫋兮秋风，洞庭波兮木叶下。

萧瑟的秋风，寒波涌动的洞庭湖，纷纷坠落的木叶，渲染出一种凄迷惆怅的情调，与因情人未至而失望的湘君的愁怨情绪恰相契合。短短几句诗，成为善于营造意境的典型范例，长期为人们所传诵。

《九歌》的语言风格有与《离骚》相通之处，有些地方写得率真本色，单纯自然，有些地方又写得绘声绘色，绚烂多姿，并且情味悠长，富于含蕴，令人有读之不尽，味之无穷之感。例如：

秋兰兮青青，绿叶兮紫茎。满堂兮美人，忽独与余兮目成。入不言兮出不辞，乘回风兮载云旗。悲莫悲兮生别离，乐莫乐兮新相知。

（《少司命》）

山中人兮芳杜若，饮石泉兮荫松柏。君思我兮然疑作。雷填填兮雨冥冥，猿啾啾兮又夜鸣。风飒飒兮木萧萧，思公子兮徒离忧。

（《山鬼》）

这些生动的文辞，都会给人留下深刻印象。

二、《九章》

《九章》是九篇抒情诗，包括《惜诵》《涉江》《哀郢》《抽思》《怀沙》《思美人》《惜往日》《橘颂》《悲回风》。它们并非一时一地之作，后人把它们辑在一起，合成一卷，起名为《九章》。

其中《橘颂》应该是诗人早期作品，它托物咏志，通过对橘树“受命不迁”“苏世独立”“秉德无私”等优秀品质的刻画，寄托了诗人的人格志趣：

后皇嘉树，橘徕服兮。受命不迁，生南国兮。深固难徙，更壹志兮。绿叶素荣，纷其可喜兮。曾枝剡棘，圆果抟兮。青黄杂糅，文章烂兮。精色内白，类可任兮。纷缊宜修，姱而不丑兮。

嗟尔幼志，有以异兮。独立不迁，岂不可喜兮。深固难徙，廓其无求兮。苏世独立，横而不流兮。闭心自慎，终不失过兮。秉德无私，参天地兮。愿岁并谢，与长友兮。淑离不淫，梗其有理兮。年岁虽少，可师长兮。行比伯夷，置以为像兮。

这是诗歌史上较早出现的咏物之作，它做到了后人为合格的咏物诗所定出的标准："不离不即"。所谓"不离"，是说其刻画不脱离所咏之物，始终符合所咏之物的特征；"不即"，是说其内容又不止于言物，而有所兴寄。《橘颂》将"咏物"与"言志"巧妙结合，成为这类作品的一个范例，影响了后来咏物诗的发展。在形式上，此诗用的是四言体，不同于其余八篇。

其余八篇都同《离骚》一样，反映了诗人在楚国政治斗争中的不幸遭遇，表达了诗人效忠宗国的愿望和对黑暗现实的失望，具有强烈的政治性。《哀郢》《涉江》《惜往日》是其中较为出色的篇章。

与《离骚》不同的是，这些诗篇主要是以直接倾诉和反复吟咏的方法来表现其内心激情的，较少运用神话传说和幻想夸张，较少奇幻的色彩。如《哀郢》中的一些段落：

将运舟而下浮兮，上洞庭而下江。去终古之所居兮，今逍遥而来东。羌灵魂之欲归兮，何须臾而忘返。背夏浦而西思兮，哀故都之日远。登大坟以远望兮，聊以舒吾忧心。哀州土之平乐兮，悲江介之遗风。……心不怡之长久兮，忧与愁其相接。惟郢路之辽远兮，江与夏之不可涉。忽若不信兮，至今九年而不复。惨郁郁而不通兮，蹇侘傺而含感。……乱曰：曼余目以流观兮，冀一反之何时？鸟飞返故乡兮，狐死必首丘。信非吾罪而弃逐兮，何日夜而忘之！

诗中径直吐露哀念故都的心情，层层叠叠，反复回旋，比起《离骚》，另具一种感人的力量，另有一种风味。

三、《天问》与《招魂》

《天问》是一首古今罕见的奇诗，其篇幅仅次于《离骚》。一般认为它是屈原被放逐以后的作品。诗中用问语提出了 172 个问题，涉及天地万物、阴阳四时、历史地理、人生道德、神话传说等，如开头一段：

曰：遂古之初，谁传道之？上下未形，何由考之？冥昭瞢暗，谁能极之？冯翼惟象，何以识之？明明暗暗，惟时何为？阴阳三合，何本何化？圜则九重，孰营度之？惟兹何功，孰初作之？斡维焉系？天极焉加？八柱何当？东南何亏？九天之际，安放安属？隅隈多有，谁知其数？

这首诗写出了诗人对自然与社会各种现象的思考，表现了他对人生的关怀和积极探求真理的精神，反映出他广泛的兴趣和渊博的知识。诗中所保存的有关历史和神话传说的材料，对文学史、历史、哲学史的研究都很有价值。

这首诗虽然以问话写出，但不觉得平板，句型参差错落，语言活泼跳荡，气势宏伟奔放，显示出诗人想象的活跃和才气的横逸。

《招魂》也是一首奇诗，它明显受到楚地民间流行的巫歌巫舞的影响。仅就形式而论，其正文完全以主祭大巫——巫阳的口气吟唱，呼唤着死者的灵魂返回故乡，那可以说是对祭祀仪式的逼真描绘：巫阳挥动着招魂器具，翩翩而舞，缓缓而歌。诗中语气词不用“兮”字，而用“些”（音 suò）字，用“些”正是楚国巫觋禁咒语之旧习。

至于本篇主旨，即究竟招谁之魂，向来众说纷纭。现在一般倾向于是屈原招楚怀王之魂。诗中用铺陈夸张的手法极力渲染天地四方的阴森恐怖，以反衬楚国的美好，呼唤客死异地他乡的楚怀王的灵魂归来。如下面几段：

魂兮归来，东方不可以托些！长人千仞，惟魂是索些。十日代出，流金铄石些。彼皆习之，魂往必释些。归来兮，不可以托些！

魂兮归来，南方不可以止些！雕题黑齿，得人肉以祀，以其骨为醢些。蝮蛇蓁蓁，封狐千里些。雄虺九首，往来倏忽，吞人以益其心些。归来兮，不可以久淫些！

魂兮归来，西方之害，流沙千里些！旋入雷渊，爢散而不可止些。幸而得脱，其外旷宇些。赤蚁若象，玄蜂若壶些。五谷不生，丛菅是食些。其土烂人，求水无所得些。彷徉无所倚，广大无所极些。归来兮，恐自遗贼些！

魂兮归来，北方不可以止些！增冰峨峨，飞雪千里些。归来兮，不可以久些！

东南西北，四方都写遍，完全用铺叙的手法。后面写楚国宫廷的富丽堂皇、饮食的精美丰盛、歌伎的妩媚、音乐的优美等也都务求尽态极妍的描摹。这种写法对赋的形成产生了直接的影响。

第五节　屈原的影响和楚辞的流变

一、屈原的影响

屈原是中国历史上出现的第一位伟大诗人。《诗经》之后，诗坛荒凉了二三百年。

以激昂嘹亮的歌声打破这一沉寂局面的正是屈原。从此，《诗经》的时代结束了，中国诗歌进入了楚辞的时代。屈原作为一个不世出的抒情歌手，开辟了诗歌由集体歌唱到个人独立创作的新纪元。

屈原对后世的影响是多方面的和巨大的。首先是他的人格魅力，受到后人的无限敬仰。他那不屈不挠地追求真理的精神，独立耿介的操守，忠贞不二的爱国情怀，感染了一代又一代的国人，已经化成为中华民族传统道德的一部分。

文学上，其作品也滋养了一代又一代的作家，正如刘勰所说："其衣被词人，非一代也。故才高者菀其鸿裁，中巧者猎其艳词，吟讽者衔其山川，童蒙者拾其香草。"（《文心雕龙·辨骚》）后代的许多诗人都对屈原的文学成就表示景仰，表示要向他学习。例如李白就说过："屈平词赋悬日月，楚王台榭空山丘。"（《江上吟》）杜甫也说："窃攀屈宋宜方驾，恐与齐梁作后尘。"（《戏为六绝句》）

具体到艺术表现，屈原作品对后世的影响最主要体现在两方面，一是其充满奇幻想象的浪漫精神和巧妙利用美人香草所构成的象征比喻系统。就浪漫精神而言，中国文学史上那些以想象力著称的诗人，如唐代李白、李贺，清代屈大均、龚自珍等，都曾写下大量借助神话故事、历史传说和运用夸张手法以抒发内心强烈感情的诗篇。在这方面，他们与屈原有着明显的血脉贯通之处。就利用美人香草的象征比喻手法而言，自屈原发端，形成了绵延至今的一个传统，能够加以巧妙运用者代不乏人。一般读者长久浸淫其中，对美人香草意象也能心领神会，完全明白其意向所指。屈原的这一创造，不仅给予后世作家无穷启示，而且还培养出具有相应鉴赏力的读者。二是楚辞体形式。屈原所开创的这种新形式，对于已经流行了几百年、相当稳定的四言体来说，是一次诗体的解放。它比起四言体，显然更伸缩随意，更灵活多变，更富有表现力。更为重要的是，它的许多句式，只要去掉"兮"字或其他虚词，就变成了五言句或者七言句，所以它对于我国古典诗歌中最重要的两种形式五言诗和七言诗的形成产生了很大影响。

在中国诗歌史上，屈原的作品与《诗经》是最早出现的两座巍然矗立的高峰，它们代表了两种不同的创作风格，成为后代诗人创作时所遵循的标尺，对古代诗歌发展有着特殊重要的意义。后代总是"诗骚"并提，就证明了这一点。

二、宋玉

屈原开辟了楚辞体的新纪元。在屈子的影响下，楚国诗坛一时云蒸霞蔚，才人郁起。《史记·屈原贾生列传》说："屈原既死之后，楚有宋玉、唐勒、景差之徒者，皆好辞而以赋见称。"但只有宋玉有作品流传下来。

关于宋玉生平，所知甚少。根据一些零星记载，他主要活动于楚顷襄王时期，由于出身低微，仕途偃蹇，很不得志。晚年失职，愈加困顿，最后饮恨辞世。他是一个

"风流儒雅"的才子，敏捷善辩，富于文采。其作品有《九辩》《风赋》《高唐赋》《神女赋》《登徒子好色赋》《对楚王问》等。代表作是《九辩》。

《九辩》思想性虽较屈原作品贫弱，"驰神逞想"也不如《离骚》，然"凄怨之情，实为独绝"（鲁迅《汉文学史纲要》）。这篇作品的"悲秋"内容几乎成为封建社会中永恒的主题。作为抒情诗，它不是以直接倾诉内心激情来打动读者的，而是用对萧瑟凄清的秋天景象的细致刻画与渲染，来加强感染力，引起读者共鸣的。请看开头的一段：

> 悲哉，秋之为气也！萧瑟兮，草木摇落而变衰。憭栗兮，若在远行；登山临水兮，送将归。泬寥兮，天高而气清。寂漻兮，收潦而水清。憯凄增欷兮，薄寒之中人。怆怳懭悢兮，去故而就新。坎廪兮，贫士失职而志不平。廓落兮，羁旅而无友生。惆怅兮，而私自怜。燕翩翩其辞归兮，蝉寂漠而无声。雁廱廱而南游兮，鹍鸡啁哳而悲鸣。独申旦而不寐兮，哀蟋蟀之宵征。时亹亹而过中兮，蹇淹留而无成。

这一段的主体很明显是写景。寒凛的秋气，凄清的山水，凋残的草木，悲吟的禽鸟，构成了一幅色调统一的肃杀的秋景，而贫士失志的悲苦融入其中。作者非常高明地借助种种意象实现了与读者感情的交流。此诗在形式上比屈辞更加自由，长长短短，极尽变化，甚至把"悲哉，秋之为气也"这样的散文句式直接入诗，因而也就更趋于口语化、散文化。

古人往往"屈宋"并称，尽管并不恰当，却多少能说明惟有宋玉才是屈辞的真正传人。

屈宋之后，运用楚辞体创作的人不绝如缕，例如西汉时期的贾谊、淮南小山、东方朔、王褒等都有楚辞作品传世。但是，楚辞却没有多少发展了。人们只不过袭用楚辞体的某些形式，如"兮"字的运用、句式的长短参差等，然而却以北方的理性主义取代了楚辞的浪漫想象，以质朴平实的风格改变了楚辞飞动活泼的气势，楚辞的地方色彩消退殆尽，楚辞体只剩下躯壳和皮毛了。

楚辞

思考题

1. 楚辞的诗体形式具有哪些特点？影响楚辞产生的重要客观因素有哪些？
2. 简要叙述屈原生平。
3. 论述《离骚》的思想内容和艺术特色。
4. 简要说明《九歌》的内容和艺术特点。
5. 说明屈原在文学史上的地位和对后世的影响。
6. 简要说明宋玉《九辩》的内容和艺术特点。

秦汉文学

秦汉文学概论

提 示

（1）了解秦代文学的状况，特别是汉代文学发展几个阶段的有关情况：社会背景，主要文体，代表作家，代表作品等。（2）认识汉代文学重要的基本特征：以廓大为美；以刚健为美；以朴拙生动为美。

一、秦代文学

公元前 221 年，秦始皇削平六国，统一天下，文学也随之进入了一个新的阶段。

从政治的角度看，秦朝颇多建树，是一个非常重要的时期，对后来封建社会的发展产生过深远的影响。可是，从文学的角度看，这却是一个非常贫乏苍白的时期。其所以如此，一是因为它寿命短，统一之后十几年就因为残暴统治垮台了。二是因为它施行了一系列钳制言论、禁锢思想、摧残文化的政策与措施。《史记·秦始皇本纪》记载，始皇三十三年，他采纳了丞相李斯的建议："史官非《秦记》皆烧之。非博士官所职，天下敢有藏《诗》、《书》、百家语者，悉诣守、尉杂烧之。有敢偶语《诗》《书》

者弃市。以古非今者族。吏见知不举者与同罪。令下三十日不烧，黥为城旦。所不去者，医药卜筮种树之书。”如此残暴的法令带来的自然是普天下噤若寒蝉的局面，文学的荒凉也就无可避免了。

《吕氏春秋》和李斯的文章《谏逐客书》一般都放到秦代文学来讲，但实际上，它们都产生于战国末期的秦国。

《吕氏春秋》，又名《吕览》，成书于秦王政八年（前 239），由吕不韦的门客所编，是杂家学派代表作。此书的编排经过精心设计，自成一个完整系统，这在先秦著作中绝无仅有。全书分为“十二纪、八览、六论”三大部分，近十五万言。“十二纪”是全书的主旨和纲领，“八览”着重阐述君道与统治术，“六论”带有杂篇性质。编者气魄很大，大有要将诸子百家的学术观点熔于一炉的意思。虽然事实上未能做到，但这种意图客观上反映出战国末年即将实现国家统一的历史趋势。书中提出了一整套政治主张，发表了许多哲学观点，在思想史和政治史上都产生过影响。它还保存了很多先秦史料和科学文化方面的珍贵资料，对研究先秦史和当时科学文化发展的情况都很有价值。此书文笔朴素而简练，往往借寓言故事说理，“刻舟求剑”“割肉自啖”等著名寓言都出自其中，说理清晰且形象生动，有一定的文学意味。

李斯曾为荀子学生，学成入秦，做过吕不韦门客，后官至丞相。政治上采纳商鞅、韩非的法治思想，为秦制定了许多法令。秦始皇死后，为赵高所谮，二世元年（前 209）下狱，二年被腰斩于咸阳。《谏逐客书》是其散文的代表作，作于秦王政十年（前 237），是他在秦国做客卿之时给秦王上的奏章。当时韩国派水工郑国说服秦王开凿水渠，企图耗费秦国人力不能进攻韩国。事被发觉，秦国的宗室重臣认为所有外国来秦的客卿都是为了本国利益搞离间勾当的，建议秦王下令驱逐所有客卿。李斯亦在被逐之列，于是上此奏章，劝谏秦王收回逐客令。这篇奏章的论说十分精彩，它对修渠一事只字未提，仿佛不屑于纠缠这些细枝末节，而从成就统一大业的高度来立论。文中首先列举了历史上客卿对于秦国的贡献，阐明倘无客卿，则秦国就没有今天的“富利之实”“强大之名”；然后用各国的珍奇物产和女色声伎大量为秦所用的事例做类比说明，进一步分析了“不问可否，不论曲直，非秦者去，为客者逐”做法的荒谬与有害；最后正面论述了应当以一种广阔的胸襟容纳“天下之士”，否则，无异“藉寇兵而赍盗粮”，“求国无危，不可得也”。这篇奏章有理有据，逻辑性强，极具说服力。故秦王终于为其所打动，收回了逐客令。此文的文学特点是议论纵横，气势奔放，多用排偶句，文采斐然，音调铿锵。如下面一段：

今陛下致昆山之玉，有随和之宝，垂明月之珠，服太阿之剑，乘纤离之马，建翠凤之旗，树灵鼍之鼓。此数宝者，秦不生一焉，而陛下说之，何也？必秦国之所生然后可，则是夜光之璧不饰朝廷，犀象之器不为玩好，郑卫之女不充后宫，而骏良駃騠不实外厩，江南金锡不为用，西蜀丹青不为采。所以饰后宫、充下陈、娱心意、说耳目者，必出于秦然后可，则是宛珠之簪、傅玑之珥、阿缟之衣、锦绣之饰不进于前；而随俗雅化、佳冶窈窕赵女不立于侧也。

由于其行文有明显的骈偶化趋势，因此被清代李兆洛称为“骈体之祖”（《骈体文钞》），对后来的文风发生过一定的影响。

秦始皇统一后，李斯还写过一些刻石文，如泰山、琅琊、会稽等处的刻石文。它们记载秦始皇的巡游封禅，大多为三句一韵的特殊诗体，对后世的碑铭文有一定影响。

二、汉代文学发展的几个阶段

1. 创始期

较之秦代文学，汉代文学从根本上有了改观，取得了多方面的巨大成就。

汉代文学发展的历程，大致可以划分为如下几个时期：创始期（从高祖到景帝）；鼎盛期（从武帝到宣帝）；中兴期（从元帝到东汉和帝）；变异期（从安帝到灵帝）。

先说创始期的文学。高帝到景帝时期，从政治上看，是平定一次又一次动乱，使大一统的封建统治逐渐巩固、稳定的时期；从经济上看，是克服长期战乱所造成的巨大破坏，休养生息，逐渐恢复元气的时期。统治者的主要注意力放在这两件大事上，而在思想文化方面，则采取了与之相适应的比较宽松的政策。思想上推崇黄老学说，主张“清静无为”；文化上废除了秦王朝一系列苛酷法令，“大收篇籍，广开献书之路”（《汉书·艺文志》）。这对于文学的复兴，起到了促进的作用。

在如上的大背景下，这时期的文学作品，题材多联系实际，内容质实深厚；形式与风格则基本沿袭战国文学的余绪。体裁主要为散文和赋两种。

散文的代表作家为贾谊和晁错。其散文多为政论散文，无论回顾历史，还是谈论现实，均带着很强的时代色彩。

贾谊的代表作是《过秦论》，内容是总结秦朝迅速覆亡的教训，以警醒汉代统治者不要重蹈覆辙。文风明显受战国纵横家影响，排比铺陈，夸张渲染，感情充沛，气势不凡，遣词造句讲究文采，很有艺术感染力。他的奏章《论积贮疏》和《陈政事疏》也很有名，前者告诫汉文帝重视农业生产，后者陈述自己的治国方略，虽然是议论政事，可是并没有板起面孔，而是带着对国家大业的深切关切，注入了真挚热烈的感情。

晁错的代表作是两篇疏牍文：《论贵粟疏》和《守边劝农疏》，就农业和国防问题立论。其文章带有战国法家遗风，缺少文采，然见解深刻，议论精辟，语言峭刻，逻辑性强。

汉初的赋作绝大多数秉承了战国楚辞的余绪，从浓重的抒情色彩，“兮”字的使用，都可辨识出楚辞影响的烙印，贾谊的《吊屈原赋》《鹏鸟赋》和淮南小山的《招隐士》最有代表性。枚乘的《七发》却是个例外，它虽然也对先秦文学多所借鉴，可是善于吸收融化，脱尽袭用之痕，表现出不同于楚辞的艺术特质，成为标志汉赋体制确立的奠基之作。

汉初的诗坛比较荒凉，但值得注意的是当时统治者普遍喜爱“楚声”曲调用于宫廷郊庙乐章，引起诗歌体制形式开始发生悄悄的变化。

2. 鼎盛期

从武帝到宣帝，西汉处于相对稳定时期，尤其武帝时，国力达于鼎盛，经济实力十分雄厚，版图空前扩大，对外交流非常活跃。西汉一朝各方面的代表人物集中出现于这一时期，如大经学家董仲舒，大史学家司马迁，大辞赋家司马相如，大军事家卫青、霍去病，大天文学家唐都、落下闳，大农学家赵过，大探险家张骞，等等，真是群星璀璨。这充分说明这是文化史上一个无比辉煌灿烂的时代。

文学创作也进入了兴盛期。首先是作为汉代文学代表的文学样式——散体大赋在此期间定型、成熟，涌现出司马相如、东方朔、枚皋、王褒等许多优秀的辞赋作家，创作出如《子虚赋》《上林赋》等一批具有典范意义的作品，在汉代文坛上熠熠生辉。

史传文学方面诞生了我国不朽的巨著《史记》，作者司马迁以“欲究天人之际，通古今之变，成一家之言”（《报任安书》）的宏伟气魄，全面记录了从传说中的黄帝到汉武帝时期三千年的历史，开创了以人物为中心写历史的方法，创作出我国最早的一批人物传记。其人物刻画之传神，叙事艺术之巧妙新奇，遣词用语之生动有力，以及它像诗歌一样的情韵与魅力，都为后世的历史散文所难以企及。

政府音乐机构——乐府的扩大与强化，是这一时期与文学事业密切相关的一件大事。自这时起，汉代的民间歌辞得以采集并保存，宫廷文人也和乐工配合写作乐府诗。乐府民歌在诗歌发展史上的意义尤为显著，它们给沉寂有日的诗坛输入了新鲜的血液。其直面现实的精神，崭新的诗体形式，前所未见的艺术手段，都成为吸引文人的要素，渐渐引发了诗歌的全面革新。

3. 中兴期

从西汉元帝到东汉和帝，社会经历了一个由衰落到动荡再到复兴的过程。而文学则挟鼎盛期所造就之势，继续前行，没有出现很大的波动，不过却也为其成就所拘，未能有所超越。

辞赋创作出现鼎盛期之后的第二个高潮，扬雄、班固是这一时期最重要的辞赋作家。扬雄的《甘泉赋》《河东赋》《羽猎赋》《长杨赋》，班固的《两都赋》都成为两汉辞赋史上的名篇。比较司马相如的作品，它们虽然有一些创新，可是无论在结构上还是在写法上，因袭的成分更多。

班固的《汉书》是继《史记》之后两汉史传文学的又一典范之作，其叙事的谨严有法，语言的精确雅赡，都为后代史家所称道，表现出与《史记》不一样的风格。但对《史记》的因袭处也有不少，其体例基本沿用《史记》，汉武帝以前的人物传记有许多几乎用了《史记》原文，只不过稍作加工与修饰罢了。

从总体上看，因循守旧、蹈袭模拟之风笼罩了这一时期的文坛，像扬雄、班固那样的大家尚不能免，其余的就更难以摆脱了。这种风气与思想界经学的传授方式有关。两汉处于独尊地位的经学一向极重师承，提倡谨守家法，寸步不移，轻易断以己意，必受学界谴责。这种重视家法、墨守成规的习气潜移默化地影响了汉代文人。只有那些能独立思考，勇于提出新见解的人，才能在文学创作中有所创新与建树。王充就是个例子，其《论衡》一书，见解新异，惊世骇俗。贯穿全书的对现实的强烈批判精神，朴实无华、接近口语的行文，都使得此书在当时文坛上独树一帜。

4. 变异期

东汉安帝以后，外戚与宦官轮流执掌权柄，政治越来越黑暗，待到灵帝时，四海鼎沸，已呈现出末世景象。在思想界，经学虽然仍然占据着重要地位，可是，它的虚伪性和空洞无用变得越来越突出。与这种背景相关，这一时期的文学作品同以往典范的汉代文学作品相比，开始发生多方面的变异，出现了一些引人注目的新质。

变化之兆首先表现于汉代文学的代表——辞赋上，而处于转折点上的作家则为张衡。他的《两京赋》是对班固《两都赋》的发展，巨制宏篇，登峰造极，可他同时又写出了第一篇抒情小赋《归田赋》，引领了抒情小赋时代的到来。汉末赵壹、蔡邕、祢衡相继有作，形成了抒情小赋的第一次高潮。

文人诗的变化意义更为深远。经过对乐府民歌长时间的学习模仿，文人诗发生了脱胎换骨的转变，原来一直被视为“正宗”的四言体和楚辞体很少有人问津了，乐府中的杂言体和五言体成为新宠。尤其是五言古体，在汉末进入成熟阶段，成为诗歌史上的一件大事。作为成熟标志的《古诗十九首》代表了文人五言诗的最高成就。一方面，这些诗吸收民歌精华，具有民歌的某些特质；另一方面，又渗透了文人的审美追求。汉末文人五言诗深刻影响了此后文人诗歌的走向。

三、汉代文学的总体特征

以廓大为美是汉代文学显著的风格特征之一，这种审美风尚的形成与那个时代息息相关。两汉正处于我国封建社会上升时期，国家空前统一，经济繁荣，国力强盛，版图辽阔，对外交流活跃，使那个时代的文人充满了自豪感，胸襟大大开阔，眼界也大大开阔。他们充满了了解世界和占有世界的强烈欲望，因此，天上人间、古往今来的万事万物都置于他们的观照之中。作赋者要“苞括宇宙，总揽人物”（《西京杂记》卷二引司马相如语），修史者则“欲究天人之际，通古今之变，成一家之言”（司马迁《报任安书》）。他们要用笔把丰富多彩、琳琅满目的世界展示出来，在司马相如、扬雄、班固、张衡的大赋中，山岳江川、宫殿市廛、万千生民、百土百物、歌舞狩猎乃至殊方异类都被容纳进来；在司马迁、班固的史书中，内容则天文地理、经济文化、政治军事、风土民情无所不包，人物则帝王后妃、将相官吏、文人士子、游侠商贾乃至引车卖浆者流无所不容。汉代文学作品在描述领域、范围、对象的广度上，不仅为前世文学所不及，就连后世的文学也难以达到。汉代文学海涵地负般的容量使它具有了雄伟的气魄和恢弘的气势。

以刚健为美是汉代文学又一显著的风格特征，这种审美风尚同样是时代使然。在武帝朝前后和东汉初年两个兴盛时期，上至帝王，下至武将文臣，普遍具有一种盛世情怀，渴望开拓，渴望为国建功，青史留名，而鄙弃浑浑噩噩，蝇营狗苟。霍去病豪迈地讲出“匈奴未灭，无以家为”（《史记》卷一百一十一《卫将军骠骑列传》），司马相如向往“非常之人”建“非常之功”（《难蜀父老文》），班超的欲望是“立功异域，以取封侯”（《后汉书》卷四十七《班梁列传》），马援则说“男儿要当死于边野，以马革裹尸还葬耳，何能卧床上在儿女子手中邪”（《后汉书》卷二十四《马援列传》），无不豪气冲天。即使到了东汉末年的衰世，人们依然胸怀博大，重视事功。陈蕃说：“大丈夫处世，当扫除天下，安事一室乎?”（《后汉书》卷六十六《陈蕃传》）范滂则“登车揽辔，慨然有澄清天下之志”，他们的言行都很有代表性。成就一番大事业，追求人生不朽，成为两汉时期普遍的人生理想。反映到文学作品中，无论史传文学、政论文章，还是辞赋，无不洋溢着一种积极进取、奋发有为的精神，回荡着激扬高亢、刚健豪迈的音调。

朴拙、生动之美是汉代文学的又一风格特征。汉文学作品总体上说是质朴的，汉乐府民歌“采摭闾阎，非由润色”，保持着生活的本色；史传文学大处落墨，绝少雕章琢句；散体大赋虽然讲文采，可是其东南西北、上下左右面面俱到的章法，不留空白、极尽形容的表现手法，也处处透露出浓重的“拙”气。然而，却不能不承认，汉代文学充满动感，饱满有力，大气磅礴，无比生动。正像汉代画像砖和霍去病墓前的石刻一样，尽管在造型的比例，细节的刻画上远不及后代作品，可是其力度、气度，却几乎再也难以企及。

思考题

1. 总括说明秦代文学的状况。
2. 汉代文学经历了哪几个阶段？每个阶段各有哪些代表作家、代表作品？
3. 汉代文学从总体上看具有怎样的风格特征？

第一章 汉 赋

本章提示

(1) 了解赋的来源、产生时间和主要文体特征。(2) 认识汉赋演变的几个阶段：从骚体赋到散体大赋再到抒情小赋，认识这几种赋体的基本特点及其形成原因，认识各个阶段的代表作家、代表作品。(3) 掌握贾谊《吊屈原赋》《鹏鸟赋》，枚乘《七发》，司马相如《子虚赋》《上林赋》，张衡《归田赋》的主要内容与写作特点。

第一节 赋的产生及文体特征

据现存材料，作为文体的赋应当产生于战国后期。最早将自己的文章命名为赋的是荀子，他原有赋十篇，现存《礼》《知》《云》《蚕》《箴》五篇。这些赋都是用出谜和猜谜的方式结构全篇，出谜者从各个角度铺叙事物特征，猜谜者换种说法也对该事物的特征铺叙一番，最后才点破谜底。如《箴》：

> 有物于此，生于山阜，处于室堂；无知无巧，善治衣裳；不盗不窃，穿窬而行，日夜合离，以成文章；以能合纵，又能连横；下覆百姓，上饰帝王；功业甚博，不见贤良；时用则存，不用则亡。臣愚不识，敢请之王。
>
> 王曰：此夫始生钜，其成功小者邪？长其尾而锐其剽者邪？头铦达而尾赵缭者邪？一往一来，结尾以为事；无羽无翼，反覆甚极；尾生而事起，尾邅而事已；簪以为父，管以为母；既以缝表，又以连里：夫是之谓箴理。——箴。

赋在写作上最显著的特点是铺陈描写，结构上常常采用问答体。用这些特点去衡量，荀子的赋基本符合，只是还不够十分明显突出，因为其篇幅短小，均在二百字左右。

此后，赋对各种文体兼收并蓄，继续发展，到汉代，成为处于时代中心位置的文体形式，盛极一时。后世把它看成是汉代文学的代表，因有所谓“汉赋”之称，和唐诗、宋词、元曲并提。

赋这种文体与作为《诗经》表现手法之一的“赋”有一定关系，但在它产生和初步发展的过程中，多方面吸收营养，形成了新的体制。对它影响较大的有战国纵横家的文章和楚辞。纵横之文多以宏丽恣肆的文辞铺张描写，章太炎在泰东书局 1921 年版的《章太炎的白话文》中说：“纵横家的话，本来几分象赋，到天下一统的时候，纵横家用不着，就变做辞赋家。”这是很有道理的。楚辞中也有大量铺排之辞，如《离骚》中驱使龙凤，叩天阍，求佚女的描写，《招魂》中对天地四方之险恶和楚国居室、饮食、女乐之美好的描写，都极尽铺陈之能事。纵横家之文和楚辞结构上又都喜用主客问答的形式。凡此种种特点，对赋的影响最为直接和巨大。另外，赋还吸取了先秦史传文学的叙事手法，将其融入诗歌。因此可以说，汉赋是一种综合型的文学样式。

通过最典型的汉赋作品考察，赋具有如下一些主要特征：“不歌而诵”，与音乐分家；铺张扬厉，极尽形容；韵散间出，介于诗文之间；篇章结构上多用问答形式。

第二节 汉初骚体赋和枚乘的《七发》

汉赋经历了由骚体赋到散体大赋再到抒情小赋三个发展阶段。

汉代文学创始期流行的是骚体赋，形式上主要受楚辞影响，篇幅都不甚长，内容多抒发身世感慨，情调一般比较抑郁。贾谊的《吊屈原赋》和《鹏鸟赋》是有代表性的两篇。

《吊屈原赋》是贾谊于汉文帝四年（前 176）被贬为长沙王太傅，南渡湘水，历经屈原放逐之地时所作。赋中表达了对屈原高尚人格的景仰和“被谗放逐”终至“自沉汨罗”的命运的同情。赋中写道：

> 遭世罔极兮，乃陨厥身。呜呼哀哉，逢时不祥！鸾凤伏窜兮，鸱枭翱翔。阘茸尊显兮，谗谀得志；贤圣逆曳兮，方正倒植。世谓随、夷为溷兮，谓跖、跻为廉；莫邪为钝兮，铅刀为铦。吁嗟默默，生之无故兮。斡弃周鼎，宝康瓠兮。腾驾罢牛，骖蹇驴兮；骥垂两耳，服盐车兮。章甫荐屦，渐不可久兮。嗟苦先生，独离此咎兮。

这一段用一连串的比喻和对比，形象地刻画出楚国黑白颠倒、完全丧失了公正的社会现实，揭示了造成屈原不幸命运的根本原因。联系作者无端被谗、遭受贬谪的遭遇，可以看出，此赋明显融入了作者对自身不幸的悲哀，既是为屈原伤悼，又是自我伤悼，感情深挚而沉痛。

《鹏鸟赋》也是作于他贬谪长沙之时。一次，一只鹏鸟（一说即猫头鹰）飞入馆舍，落在坐位旁。他认为不祥，自以为寿命不得长久，于是作此赋以自我开导。

赋中假借与鹏鸟的对话，表达了福祸相倚、造化无常的思想和“德人无累，知命不忧”的处世态度。从该作的思想上看，显然受到道家影响。

这两篇赋，从“兮”字的使用，浓重的抒情性等方面都可以见出脱胎屈原作品的明显痕迹。

西汉初年的枚乘也是一位辞赋大家，其赋作流传至今的有五篇，《七发》最为重要。

此赋写楚太子有病，吴客前去探视，“说七事以启发太子”（《文选》卷三十四李善注），因以名篇。

吴客认为楚太子患病的根由在于“久耽安乐，日夜无极”“纵耳目之欲，恣支体之安”，要想治愈，必须改变不健康的生活方式，遂讲述音乐、饮食、车马、宫苑、田猎、观涛、要言妙道七件事，一步步启发太子。讲到前四件事情时，因为其与太子原来的生活没有本质的不同，所以不能引起太子的兴趣。当讲到田猎和观涛，情况开始变化，因为其生活已经超出宫廷的范围，太子有了兴趣，病也有了起色。但尚未触及思想深处，于是吴客又进一步讲述“天下要言妙道”以警醒太子，太子终于“据几而起”，“涊然汗出，霍然病已”。

《七发》辞藻丰富，善于铺排描写，故刘勰说它“腴辞云构，夸丽风骇”（《文心雕龙·杂文》）。七件事中，以观涛的描写最为精彩。文中将广陵潮比做千军万马、喊杀震天、所向披靡的军阵，从状貌、声势、力量等方面作多角度比较，把潮水排山倒海的壮观景象刻画得让人魂悸魄动。请看如下一段：

> 其始起也，洪淋淋焉，若白鹭之下翔；其少进也，浩浩溰溰，如素车白马帷盖之张；其波涌而云乱，扰扰焉如三军之腾装；其旁作而奔起也，飘飘焉如轻车之勒兵。六驾蛟龙，附从太白；纯驰浩蜺，前后络绎。颙颙卬卬，椐椐强强，莘莘将将；壁垒重坚，沓杂似军行。訇隐匈礚，轧盘涌裔，原不可当。观其两旁，则滂渤怫郁，闇漠感突；上击下律，有似勇壮之卒，突怒而无畏。蹈壁冲津，穷曲随隈，逾岸出追；遇者死，当者坏。……诚奋厥武，如振如怒；沌沌浑浑，状如奔马。混混庉庉，声如雷鼓。发怒庢沓，清升逾跇，侯波奋振，合战于藉藉之口；鸟不及飞，鱼不及回，兽不及走。

真是极尽形容与铺排，而这正是汉代散体大赋的典型特征。还有此赋采用的主客问答的形式，也是散体大赋的一般结构方式。因此可以说，《七发》具备了散体大赋的一切特点，是标志散体大赋（或称新体赋）确立的第一篇作品。它影响了以后赋的发展，在赋史上有着特殊的意义。它还引起后来文人的模仿，以七段成篇，形成所谓“七体”，如傅毅作有《七激》，刘广世作有《七兴》，张衡作有《七辩》，等等。

第三节　司马相如和散体大赋

一、散体大赋的特点及其形成的原因

从汉武帝起，散体大赋就取代了骚体赋，成为占主导地位的赋体形式。其表现对象主要是客观外界事物，如繁华的京师市邑，浩大的宫殿苑囿，丰饶的水陆物产，壮观的田猎歌舞场面，等等，正像刘勰所说，是写“京殿苑猎”（《文心雕龙·诠赋》）。其写作上最突出的特点是铺张描述。试以司马相如《上林赋》中描写八条河川流经上林苑的一段为例：

> 君未睹夫巨丽也，独不闻天子之上林乎？左苍梧，右西极。丹水更其南，紫渊径其北。终始灞浐，出入泾渭；酆镐潦潏，纡馀委蛇，经营乎其内。荡荡乎八川分流，相背而异态。东西南北，驰骛往来，出乎椒丘之阙，行乎洲淤之浦，经乎桂林之中，过乎泱漭之野。汩乎混流，顺阿而下，赴隘陿之口，触穹石，激堆埼，沸乎暴怒，汹涌澎湃。滭弗宓汩，偪侧泌瀄。横流逆折，转腾潎洌，滂濞沆溉。穹隆云挠，宛潬胶盭。逾波趋浥，涖涖下濑。批岩冲拥，奔扬滞沛。临坻注壑，瀺灂霣坠，沈沈隐隐，砰磅訇磕，潏潏淈淈，湁潗鼎沸。驰波跳沫，汩濦漂疾。悠远长怀，寂漻无声，肆乎永归。然后灏溔潢漾，安翔徐回，翯乎滈滈，东注太湖，衍溢陂池。

引文稍长了一些，但其实还只是描写河水流经上林苑中的一部分。文中使用了大量以“三点水”为偏旁的字，配成双声、叠韵、叠字词，对河水的流向、水势、动态静态、水中生物等各方面的情况作多角度的细致刻画。并且这种不留“空白”、实到极点的冗长描写是在全篇展开的。下面依次写山石、宫馆、林木等，也都是极尽形容。每逢叙述转折处，反复使用“于是乎”“乃是”“尔乃”等连接词，全篇就像一幅慢慢展开的长长的画卷。

散体大赋所以形成这样的特点，是由多方面的因素造成的。

首先，与当时的社会现实生活和政治状况有密切的联系，同当时这些作家们所处的环境地位、思想状况、写作动机有密切的联系。从武帝刘彻到宣帝刘询的时代，汉

朝国势最为强盛。中央集权制的强化，官僚机构的完善，对边疆少数民族的征服，版图的扩充，使得当时中国成为世界上最富庶、最强大的帝国。在这一时代，人们的普遍心理状况是自豪和充满自信的，视野是开阔的。在敏感的文人看来，这个时代实在是一个值得大事颂扬的"盛世"。我们知道，文学同人们的感性与理念密切相关，反映着人们的心理状态。散体大赋用绚丽夸饰的语言，铺陈描述的手法，来描写壮观气象，正和汉帝国的确立以及当时人们的心理状态及时代精神有着极密切的关系。

其次，汉武帝好大喜功，且本人又喜爱文学，曾招纳了许多文学之士在自己身旁，提倡鼓励辞赋的写作，以"润色鸿业"。其后的几位皇帝亦复如此。《史记》《汉书》中就曾经记录过皇帝命令当时著名的辞赋家创作的情形：

> 从行至甘泉、雍、河东，东巡狩，封泰山，塞决河宣房，游观三辅离宫馆，临山泽，弋猎射驭狗马蹴鞠刻镂，上有所感，辄使赋之。
>
> （《汉书》卷五十一《枚皋传》）
>
> 上令褒与张子侨等并待诏，数从褒等放猎，所幸宫馆，辄为歌颂，第其高下，以差赐帛。
>
> （《汉书》卷六十四下《王褒传》）

由上述记载可以看出，当时辞赋家的创作，主要不是书写自己的情怀，而多是奉命而作，表现统治者感兴趣的东西，并对统治者进行颂扬。因此，赋的题材以"京殿苑猎"为主，很少主观抒情成分，其表现手法倾向于以宏丽夸饰的文辞进行铺写，也就不奇怪了。

可以说，散体大赋基本上是一种宫廷文学，是为封建统治阶级"润色鸿业"服务的。

二、司马相如与扬雄

如果说枚乘是标志着散体大赋确立的作家的话，那么，司马相如就是代表散体大赋最高成就的作家。

司马相如（前179—前117），字长卿，蜀郡成都人。景帝时，为武骑常侍。景帝不好辞赋，相如于是告病，往投梁孝王，与邹阳、枚乘等游。数岁，著《子虚赋》。梁孝王去世，相如归蜀。相如为人风雅，善鼓琴，与临邛富商女卓文君结为伉俪。汉武帝读了《子虚赋》，激赏之，蜀人杨得意告知作者是司马相如，立召之，相如复作《上林赋》以奏，拜为郎。后曾奉命使巴蜀。因病免官，死于茂陵。

司马相如的作品除《子虚赋》《上林赋》外，还有《长门赋》《美人赋》《哀二世赋》《喻巴蜀檄》《难蜀父老》。

《子虚赋》《上林赋》是司马相如代表作，也是汉赋的代表作。两赋的作期虽然前后相差十年，但是构思贯通，内容衔接，实际是一篇完整作品的上下章。《子虚赋》假托楚国使臣子虚向齐国的乌有先生夸耀楚王游猎云梦的盛况，乌有先生批评子虚“不称楚王之德厚，而盛推云梦以为高，奢言淫乐而显侈糜”，然后顺势讲出了齐国地域之辽阔，物产之丰饶。《上林赋》紧承上篇，写亡是公对子虚、乌有提出批评，指出其言论：“不务明君臣之义、正诸侯之礼，徒事争于游戏之乐、苑囿之大，欲以奢侈相胜，荒淫相越，此不可以扬名发誉，而适足以贬君自损也。”之后，亡是公大肆铺陈上林苑的壮丽以及天子射猎的盛况，以压倒齐楚，渲染大一统帝国的无比繁荣富庶。最后，以天子幡然悔悟，发出“此太奢侈”的感叹，并“解酒罢猎”，发布一系列崇德爱民的措施收束全篇。此二赋通过子虚、乌有先生、亡是公三个人的对话，否定了诸侯之间比强斗富的思想行为，肯定了汉帝国的声威，同时对统治者的奢侈淫靡进行讽谏。

司马相如作赋很苦，据说他做《子虚》《上林》二赋时进入一种封闭状态，不与外界相通，殚精竭虑，冥思苦索，几百天以后才做成。曾有人向司马相如请教作赋之法，司马相如的回答是：“合綦组以成文，列锦绣而为质，一经一纬，一宫一商，此赋之迹也。赋家之心，苞括宇宙，总览人物，斯乃得之于内，不可得而传。”（《西京杂记》卷二《百日成赋》）这是他的深得其中三昧之谈。这里提出了“赋之迹”和“赋家之心”两个概念，前者说的是关于作赋的材料与表现，后者说的是作赋者的修养与灵感。从《子虚》《上林》二赋内容的宏阔、用事的广博、结构的雄伟、文采的绚烂，可以看出它们很好地体现了“合綦组以成文，列锦绣而为质”和“苞括宇宙，总览人物”这样的作赋主张。此二赋极尽铺陈之能事，场面描写十分壮观，如《上林赋》中的一段：

> 于是乎游戏懈怠，置酒乎颢天之台，张乐乎胶葛之宇。撞千石之钟，立万石之虡，建翠华之旗，树灵鼍之鼓，奏陶唐氏之舞，听葛天氏之歌，千人唱，万人和，山陵为之震动，川谷为之荡波。

类似的描写在全篇一波又一波地展开，同时又互相勾连，给人磅礴雄肆、一泻千里之感。比较起以往的赋作，此二赋在艺术表现上具有很大的创造性，成为汉赋的典范之作。

司马相如的其他赋作，也都在一定程度上体现了其作赋主张。

散体大赋的另一代表作是扬雄。扬雄（前 53—18），字子云，蜀郡成都人。少而好学，慕乡先贤司马相如之赋，常以为楷模，进行仿作。成帝时，以文才被朝廷所征，官给事黄门郎。常从帝左右，每每通过辞赋进行讽谏。其几篇代表赋作均撰于此时。扬雄晚年对赋的看法有了转变，认为赋徒事淫丽，起不到讽谏作用，随辍笔不复作，转而钻研学问。

扬雄赋以《甘泉》《河东》《羽猎》《长杨》四篇最著名。他的主观意识是要进行讽谏，但由于这几篇赋的主要篇幅或夸饰宫殿之壮丽，或渲染祭祀之隆重，或铺陈田猎之盛大，讽谏之意反而隐没不彰，倒是赋的“丽靡之辞”与“闳侈钜衍”（《汉书》卷八十七下《扬雄传》）的气势给人留下了深刻的影响。

扬雄赋无论写宫殿、祭祀还是田猎，均融入了大量想象成分，缥缈灵动，颇具浪漫色彩。不过，总体来看，其赋作多模拟，少创新。

第四节 抒情小赋的兴起

一、抒情小赋勃兴的原因

在散体大赋盛行的时候，有些作家就曾写下一些抒情小赋，如司马迁的《悲士不遇赋》、扬雄的《逐贫赋》等，只不过不占主流地位。可是，东汉安帝以后，这种情况发生了很大的转变，以描写客观外界事物为主要内容，以铺陈夸饰为主要艺术手段的散体大赋衰落，而以抒发主观情志为主要内容，艺术手法相对更为灵活的抒情小赋则蓬勃兴起。

这种转变首先是因为社会状况有了巨大变化，东汉王朝前期的繁盛一去不复返了，自安帝始，外戚、宦官争权，豪强横行于内，异族叛离于外，加以帝王贵族奢侈成风，横征暴敛，民不聊生，汉王朝全面崩溃之势已成。这种黑暗腐败的政治局面，只会使文人失望，无功可歌，无德可颂。另外在这种混乱时期，人们往往局处一隅，亲身接触的只是乱糟糟的闭塞的一小块天地。广阔视野的丧失和心志的郁结，使得赋的表现重心由客观外界转移到自我的内心世界。

其次，这种转变也同散体大赋自身的发展有关。散体大赋的作者一般只是致力于“怎样写”，而不太关心或不能完全决定“写什么”，这样他们注目的只是遣词造句的方法，为修饰而修饰，为表现而表现，艺术与现实隔绝，于是就使得散体大赋走上绝路，发生了自我否定的质变。

再次，这一时代，由于朝野的混乱，强权就是“正义”，在党锢的重压下“口将言而嗫嚅”，人们确实感到语言在现实面前的无能，甚至还常常招灾惹祸。于是讨厌饶舌，尊重寡默的风气开始在文人中间形成。久而久之，在人们意识里，冗长的语言不仅无价值，而且粗野鄙俗，沉默寡言才是美丽和典雅的。散体大赋逐渐趋向于短小，反对语言冗长的意识也是一股发生潜在影响的力量。

二、张衡与其他抒情小赋作家

在散体大赋向抒情小赋转变的过程中，张衡是一位起着重要作用的作家。

张衡（78—139），字平子，南阳西鄂人，东汉中期著名的科学家和文学家。他留下的辞赋有十几篇，其中既有散体大赋，也有抒情小赋。散体大赋以《二京赋》为代表，此赋模拟班固《两都赋》，“精思傅会，十年乃成”（《后汉书》卷五十九《张衡列传》），故规模更为宏大，成为以京都为题材的赋作中篇幅最长者。但其影响最大的还是抒情小赋《归田赋》，赋中表达了超脱污浊尘世，归隐田园的愿望：“超埃尘以遐逝，与世事乎长辞。”曲折地流露出对于现实政治的不满。作者用一种清新优美的语言描写出想象中春日田园的美好景色和适情任性的生活：

> 于是仲春令月，时和气清，原隰郁茂，百草滋荣。王雎鼓翼，鸧鹒哀鸣，交颈颉颃，关关嘤嘤。于焉逍遥，聊以娱情。尔乃龙吟方泽，虎啸山丘。仰飞纤缴，俯钓长流。触矢而毙，贪饵吞钩。落云间之逸禽，悬渊沉之魦鰡。……

作者恬淡自乐的心情渗透于字里行间，情景交融，构成和谐的意境。

《归田赋》是中国文学史上第一篇描写田园隐居乐趣的作品，又是第一篇比较成熟的骈体赋，在内容、形式和写作艺术上都深刻影响了后来辞赋的发展。

及至东汉末年，赋坛上更是抒情小赋一枝独秀。很多赋作都表达了对黑暗现实和腐败朝政的批判与抨击，情绪较之张衡的《归田赋》激烈多了。赵壹和蔡邕的赋作就都是如此。

赵壹的代表作是《刺世疾邪赋》，赋中以非常尖锐的言辞揭露了是非颠倒、鬼魅横行的社会状况：“佞谄日炽，刚克消亡。舐痔结驷，正色徒行”，“邪夫显进，直士幽藏”，表示要与这个世道决绝：“宁饥寒于尧舜之荒岁兮，不饱暖于当今之丰年。乘理虽亡而非亡，违义虽生而非存。”从批判的深度和力度看，辞赋中罕有其比。

蔡邕最有名的是《述行赋》，作于桓帝延熹二年（159）。当时，宦官徐璜、左悺等五侯专权，闻蔡邕善鼓琴，以朝廷名义令蔡邕到京。蔡邕行至偃师，称病而还。他“心愤此事，遂托所过述而成赋”。赋中叙述了路途的艰困和内心的郁愤，并揭示了当时社会贫富极为悬殊的状况：“穷变巧于台榭兮，民露处而寝湿；消嘉谷于禽兽兮，下糠秕而无粒。”情绪同样是相当愤激的。此赋还大量引述史实典故，用历史的兴亡警示当世，显示了作为学者之赋的特点。

赋　　骚体赋　　散体大赋　　抒情小赋

思考题

1. 简述贾谊《吊屈原赋》《鹏鸟赋》的思想内容。
2. 简述枚乘《七发》的思想内容、艺术特点及在辞赋发展史上的意义。
3. 简述司马相如《子虚赋》《上林赋》的内容及写作特点。
4. 简述张衡《归田赋》的内容及在辞赋发展史上的意义。
5. 试说明散体大赋在题材和写作上的基本特点以及此种特点形成的原因。

第二章　司马迁和《史记》

本章提示

（1）了解司马迁的简要生平和作品，了解其历史观。（2）弄清楚《史记》的体例。（3）认识《史记》中人物传记在人物刻画、篇章结构、抒情性表达、语言风格等方面所取得的文学成就。（4）准确评价《史记》在文学史上的地位和巨大影响。（5）了解《汉书》的有关情况。（6）阅读《史记》中《项羽本纪》《魏其武安侯列传》《李将军列传》等一些作品。

第一节　司马迁的生平

司马迁（前145—?），字子长，夏阳龙门（今陕西韩城）人。父亲司马谈（？—前110），汉武帝时任太史令，曾“学天官于唐都，受《易》于杨何，习道论于黄子”（《史记·太史公自序》），有着广博的学问修养。司马谈撰写了《论六家要旨》一文，对先秦至汉初的六个主要学术流派进行分析，一一指出其得失，见解精辟，评论切当。他对各种学术观点兼容并包的精神和推尊道家的思想，对司马迁产生了不小的影响。

司马迁10岁以前住在家乡，“耕牧河山之阳”（《太史公自序》）。后来随父亲到长安。他从小受到良好的教育，10岁时就已经能够诵读用古籀文写下的文献，后来又多方求师，曾经向经学大师董仲舒学习公羊派《春秋》，向孔安国学习古文《尚书》，打下了扎实的学问基础。

20岁以后他曾经作过两次大游历。第一次是在20岁时，他漫游了长江中下游及山东、河南等地，在会稽考察了传说中大禹的遗迹，在沅水、湘水一带凭吊屈原，在曲阜参观了孔子讲学活动之所，在刘邦发迹的丰沛之地访问了萧何、曹参、樊哙等人的故家，在大梁瞻仰了信陵君门客侯嬴看守过的“夷门”。第二次是在35岁时，他已经出仕做了郎中，奉汉武帝之命安抚西南地区的少数民族，到过邛、笮、昆明等地

(今四川西部和云南宝山、腾冲一带)。除以上两次大游历，他还随从汉武帝东临碣石，西到空峒（今甘肃平凉），北至边塞，足迹半天下。每到一地，他都探察山川形势，了解风俗人情，收集遗闻轶事，大大开阔了眼界，丰富了生活经验，增加了对社会的了解，学到了许多书本上学不到的东西，为以后写作《史记》收集了很多新鲜材料。

司马迁完成安抚西南少数民族的使命归来时，听说父亲随汉武帝封禅泰山，因病滞留洛阳，便赶去探望父亲。父亲临终，郑重地嘱咐他完成自己未能实现的修史的宏愿，说："余死，汝必为太史。为太史，无忘吾所欲论著矣。"还语重心长地叮咛："自获麟以来四百有余岁，而诸侯相兼，史记放绝。今汉兴，海内一统，明主贤君忠臣死义之士，余为太史而弗论载，废天下之史文，余甚惧焉，汝其念哉！"司马迁俯首流涕，说："小子不敏，请悉论先人所次旧闻，弗敢阙。"(《太史公自序》）从此下定了修史的决心。三年后，他继任为太史令。上任之初，他曾广泛地翻阅国家收藏的各种文献资料，为修史做准备。太初元年（前 104)，在参加了历法的修订之后，开始着手写作《史记》。

正当他以高度的热情进行这项工作时，意想不到的灾祸降临头上。天汉二年（前 99)，李陵抗击匈奴，兵败投降。消息传来，举朝震惊。司马迁因为李陵辩解触怒武帝，被捕下狱且被施以宫刑，形体与精神受到极大摧残。他曾想到死，但又想到自己的著作尚未完成，想到"人固有一死，死或重于泰山，或轻于鸿毛"，死就应当死得有价值，他惧怕"没世而文采不表于后世"，于是便"隐忍苟活"，以求实现自己成一代之史、"藏诸名山，传之其人"的宏愿。出狱后，任中书令，但只是"扫除之吏""闺阁之臣"，与宦者无异。他曾经这样描述当时的心情："肠一日而九回，居则忽忽若有所亡，出则不知其所往，每念斯耻，汗未尝不发背沾衣"（本段以上引文俱见《报任安书》)。从此，他更勤奋著书，将一腔愤懑不平的激情倾注到《史记》的写作中。由于心态的变化，其修史动机开始有所调整与改变。开始修史之时，他主要是为了继承父亲遗志，总结前代历史，特别是记录新一代的历史人物，歌颂"明主贤君忠臣死义之士"，弘扬有汉一代的辉煌。可是遭受宫刑以后，他更多地将修史与个人的身世之悲联系在一起，通过著书发泄内心的愤怨与不平。他在《报任安书》中说过一段很有名的话："盖西伯拘而演《周易》；仲尼厄而作《春秋》；屈原放逐，乃赋《离骚》；左丘失明，厥有《国语》；孙子膑脚，兵法修列；不韦迁蜀，世传《吕览》；韩非囚秦，《说难》《孤愤》；《诗》三百篇，大抵圣贤发愤之所为作也。此人皆意有郁结，不得通其道，故述往事，思来者。"他与历史上那些发愤著书者的心是相通的，也要用著述倾诉内心的"郁结"，因此其笔下的许多人物传记越来越多地融入了自己的寄托，感情越加深沉，内涵越加丰富。

征和二年（前 91)，他在给任安的信中说："仆窃不逊，近自托于无能之辞，网罗天下放失旧闻，略考其行事，综其终始，稽其成败兴坏之纪，上计轩辕，下至于兹，为十表、本纪十二、书八章、世家三十、列传七十，凡百三十篇，亦欲以究天人之际，通古今之变，成一家之言。”根据这段话，《史记》的写作在这时候应该已经基本完成。从太初元年（前104）正式开始写作算起，前后经历了14年。

司马迁大约死于武帝末年，即公元前87年前后。

司马迁除了写有《史记》以外，还有《悲士不遇赋》和《报任安书》存世。《悲士不遇赋》篇幅短小，主要抒发不被重用的伤悲情绪，作期不详，推测大约撰写于他遭受宫刑之后。《报任安书》是给任安的回信，信中叙述了自己因李陵事件牵连而遭受宫刑的经过，倾诉了蒙此奇耻大辱的极大痛苦，流露出对封建专制淫威的无比愤慨，表达了“隐忍苟活”、完成修史大业的决心和毅力。全文写得激情滚滚，气势宏放，凝结着司马迁的满腔血泪，是了解他晚年思想与写作状态的十分宝贵的第一手资料。

第二节 纪传体的开创和司马迁的历史观

一、纪传体的开创

《史记》初名《太史公书》，东汉后期始称《史记》。

《史记》以前的史书皆为编年体或国别体，《史记》开创了纪传体，是我国第一部纪传体通史。全书由12本纪、10表、8书、30世家、70列传组成。其中“本纪”叙述历代最高统治者的政绩和沿革，是全书的纲领；“表”是各个历史时期的简单大事记；“书”是有关经济、文化、天文、历法等方面的始末文献；“世家”主要叙述贵族侯王的历史；“列传”主要是各种不同类型、不同阶层人物的传记，少数列传叙述了少数民族的历史。以上5种体例互相配合，构成了一个有机的整体，全面而系统地记录了上自传说中的黄帝下至西汉武帝时代3 000多年的兴衰。这一体例，为以后绝大多数的封建正史所沿袭。

纪传体是一种全新的纪录历史的方法，其核心是人物传记。司马迁之所以能够开创出这种体例，有着客观的因素。第一，春秋战国以来社会生产力的迅速提高，促成了旧的生产关系的解体和新的生产关系的产生，以家庭为单位的农业小生产蓬勃发展。在这种大背景下，个人的作用显得更加突出，各阶层人物的个性被发现了。代表各阶层利益的优秀人物——诸子百家尤为活跃，他们风起云涌于政治和文化的舞台，表现出空前的自信心和奋发有为的精神，充分展示了光彩照人的个人魅力。这给司马迁以人物活动来反映历史，提供了历史的前提。第二，从《尚书》《春秋》到《左传》《国语》《战国策》，越来越重视对于历史人物活动的描写，后3部历史著作已经出现了用较长篇幅集中刻画某一位历史人物的片断，人物的形象、性格塑造得栩栩如生。诸子百家的著作虽然以说理为主，但也往往写到人物的活动，常常运用历史故事、寓言、传说，这些都对司马迁写作人物传记有所启发。第三，经过秦末动乱建立起来的汉王朝已有百年，产生了新一代的历史人物，实在有加以记载的必要。上面提到司马谈临终嘱咐司马迁所说“今汉兴，海内一统，明主贤君忠臣死义之士，余为太史而弗论载，废天下之史文，余甚惧焉”正是这种时代要求的反映。

二、司马迁的历史观

作为一个史学家，对其写作影响最大最直接的就是其历史观。司马迁的历史观可以说贯穿于《史记》写作的始终，从历史材料的取舍安排，到全书的体例、结构、描写手法、遣词用语无不深受其影响。因此，要想论说《史记》的文学成就，不能不首先谈到他的历史观。

司马迁是一个有着进步历史观的史学家，其进步的历史观体现在许多方面，例如他对于经济在历史发展中作用的关注。《史记》中设了《平准书》《货殖列传》两篇，讲述生产交易和货币流通情况，这是历史著作中的创例，表明他开始自觉地总结、研究经济问题，表明他多多少少看到了经济因素在历史发展中的作用，而这个问题是为先秦儒家和史家所忽略的。《货殖列传》云：“渊深而鱼生之，山深而兽往之，人富而仁义附焉。富者得势益彰，失势则客无所之。”又云：“凡编户之民，富相什则卑下之，伯则畏惮之，千则役，万则仆，物之理也。”这种认为经济地位决定政治地位的看法，也可谓卓见。再如他对于“天道”和“君权神授”观的怀疑。历来的统治者为了证明其王朝的建立符合天意，证明其统治的合理性、必然性，总是喜欢宣扬“天道”，鼓吹“君权神授”，因而编造了许多神话、仙话，把最高统治者特别是开国皇帝吹得无比神奇，无限夸大他们在历史中的个人作用。而司马迁却不是这样。他在《伯夷列传》中曾发出“余甚惑焉！傥所谓天道，是邪非邪”的疑问。《史记》写汉朝开国皇帝刘邦，既写了其宽容大度、知人善任的一面，也刻画出了他无赖行径和流氓气质；写“今上”武帝，更是用了许多笔墨去揭露其愚昧、残忍、挥霍无度、刻薄寡恩等弱点与丑行；语意实在是不大恭敬，等于把“受命皇帝”从神坛上拉到地上。

下面着重谈谈司马迁历史观中“藉人以明史”的思想和“原始察终，见盛观衰”的历史因果观。

先说“藉人以明史”。司马迁修史首先遇到的一个重要问题是，为什么人作传？当然，有些人是不得不写的，例如帝王，因为关系到历史纪年，为修史所必需。但此外，仍有广泛的选择空间。他所选择的人物，不取决于其人的官职或社会地位，而是取决于其人的实际行为表现，取决于其在历史上的作用。《张丞相列传》中的一段话表明了他选择什么人入史的原则：“自申屠嘉死之后，景帝时开封侯陶青、陶侯刘舍为丞相，及今上时，柏至侯许昌、平棘侯薛泽、武强侯庄青翟、高陵侯赵周等为丞相，皆以列侯继嗣，娖娖廉谨，为丞相备员而已，无所能发明功名有著于当世者。”就是说，这些丞相不过是充数罢了，都是些无所作为的人，所以他用一句话带过了好几位，并不给他们一一作传。后来的史官大多数不是这样，对于那些大官，不管有功无功，有为无为，都一一为之作传。司马迁不为那些无所作为的丞相作传，相反，他却选取了许多下层人物入史，如游侠、倡优、商人等，并且常常笔酣墨饱，充满激情地加以刻画。最典型的例子是为秦末农民起义领袖陈涉作传，并且将这样一个出身佣者的人列入“世家”，这在历代正史中绝无仅有。他甚至把陈涉同儒家心目中的古代圣人相提并论：“桀纣失其道而汤武作，周失其道而《春秋》作，秦失其道而陈涉发迹。诸侯作难，风起云蒸，卒亡秦族，天下之端，自涉发难。”充分肯定了陈涉推动历史前进的不朽功绩。他所以这样写，就是因为他认识到陈涉在历史上的作用远非那些徒居高位的庸碌官员所可比拟。通过以上例子，可以看出司马迁为人立传的原则，体会他“藉人以明史”的思想。梁启超对此极为称道，说：“后世诸史之列传，多藉史以传人；《史记》之列传，惟藉人以明史，故与社会无大关系之人，滥竽者少。换一方面看，立传之人，并不限于政治方面，凡与社会各部分有关系之事业，皆有传为之代表。”（《要籍解题及其读法》）这一评价是很切当的。

再说历史因果观。司马迁叙事，往往追根溯源，注意对历史事件因果关系的探究。他认为历史事件不是孤立的、偶然的，总有来龙去脉，因此必须放到整个历史过程中加以考察。一个时代的盛衰尤其是如此，往往在表面看来有如烈火烹油般的盛世中，就已经包含了衰落的因素，用他的话说叫做“原始察终，见盛观衰”（《太史公自序》）。《史记·平准书》中有一段话就清楚地阐述了这种观念：“至今上即位数岁，汉兴七十余年之间，国家无事，非遇水旱之灾，民则人给家足，都鄙廪庾皆满，而府库余货财。京师之钱累巨万，贯朽而不可校。太仓之粟陈陈相因，充溢露积于外，至腐败不可食。众庶街巷有马，阡陌之间成群，而乘字牝者傧而不得聚会。守闾阎者食粱肉，为吏者长子孙，居官者以为姓号。故人人自爱而重犯法，先行义而后绌耻辱焉。当此之时，网疏而民富，役财骄溢，或至兼并豪党之徒，以武断于乡曲。宗室有士公卿大夫以下，争于奢侈，室庐舆服僭于上，无限度。物盛而衰，故其变也。”这段话首先叙述了汉武帝即位之初数年内社会富足的状况，然后指明正是在这种兴盛的局面中，孕育了导致衰落的种种因素，如糜费奢侈，势族兼并，法网松弛，豪富武断乡曲等。在这段话之后，司马迁记述了以后发生的种种社会问题，就无不与此时的弊端相关。人物传记中，司马迁也非常重视探寻历史事件的因果关系，而不是停留在表面现象的陈述。例如他认为项羽败亡的根本原因在于“自矜功伐，奋其私智而不师古”和“欲以力征经营天下”，这一思想可以说贯穿于《项羽本纪》始终，因此篇末批判项羽“天亡我，非用兵之罪也”的说法，就非常令人信服了。再如《蒙恬列传》写蒙氏兄弟被杀，蒙恬自谓因为修长城，“绝地脉”使然，司马迁则认为是“轻百姓力”的结果，指出：“夫秦之初灭诸侯，天下之心未定，痍伤者未瘳，而恬为名将，不以此时强谏，振百姓之急，养老存孤，务修众庶之和，而阿意兴功，此其兄弟遇诛，不亦宜乎！”当然，司马迁对于许多历史事件和人物命运的因果关系判断并不十分准确，甚至有时误入宿命论的歧途，但是不可否认的是，司马迁对历史因果关系的苦苦思索与揭示，使得他的人物传记更深刻，更加血脉贯通，也更加精光四射。

第三节 《史记》中的人物传记

《史记》中最有文学价值的是人物传记，读《史记》，犹如走进了历史人物的画廊。在这座画廊里，有帝王、后妃、将相、官吏、文学家、侠士以及市井细民，林林总总，形态各异。其中刻画非常成功的人物不下百位，他们无不个性鲜明，跃然纸上。

司马迁极善于抓住人物的个性特征，加以传神的描写。写项羽，便写出了他那拔山盖世的气概和喑呜叱咤的精神；写刘邦，便写出了他的豁达大度、善于用人而又有点流氓无赖气质的特点；写灌夫，便写出了他敢作敢当、鲁莽暴躁、使酒任性的性格。尤其难能可贵的是，即便是同一类型的人物，司马迁也能够敏锐地抓住他们之间的细微差别加以刻画，因此很少有完全雷同的形象。例如，同是以礼贤下士闻名的战国四公子，信陵君的人格、胸怀都为其他三位所不及，而其他三位：孟尝君、平原君和春申君也是风貌气质各有特点；同为汉高祖谋臣，张良正道而行，而又带有几分神秘色彩，陈平却比较诡诈，喜欢出阴招，可是又富于人情味；同为刺客，豫让坚忍而狠鸷，聂政孝顺而淳厚，荆轲深沉而冷静。因而日本汉学家斋藤正谦对此做出了高度评价：“子长同叙智者，子房有子房风姿，陈平有陈平风姿。同叙勇者，廉颇有廉颇面目，樊哙有樊哙面目。同叙刺客，豫让之与专诸，聂政之与荆轲，才一出语，乃觉口气各不同。《高祖本纪》，见宽仁之气，动于纸上；《项羽本纪》，觉喑呜叱咤来薄人。读一部《史记》，如直接当时人，亲睹其事，亲闻其语，使人乍喜乍愕，乍惧乍泣，不能自止。是子长叙事入神处。”（《史记会注考证》引《拙堂文话》）

陕西韩城市太史公祠

下面分几方面谈谈司马迁人物传记的特点。

一、多种多样塑造人物的手法

为了塑造出个性鲜明的人物形象，司马迁采用了多种多样的手法。

把人物放在矛盾集中的场景中加以刻画是司马迁常用的手法之一，《项羽本纪》“鸿门宴”一节就是一个典型的例子。这里首先简略地介绍一下有关情节。鸿门宴是楚汉相争的一个转折点，在此之前，项羽和刘邦受命一起攻打关中。开始时，项羽一路西进，势不可当。可是由于他面对的是秦军主力，又由于他的政治措施残暴，遭到顽强的反抗，所以他的行动反而不如刘邦迅速。刘邦比他先一步到达关中，攻破咸阳，并派兵把守由河南进入陕西必经的险隘关口——函谷关。当初怀王与诸将约定，先入定关中者称王。项羽兵至函谷关，关上有刘邦的军队把守，不得入关。他又听说刘邦已攻破咸阳，大怒，遂攻破函谷关，驻军在戏西。刘邦驻军在霸上，相距几十里。项羽发布命令：明天一早让军士吃得饱饱的，准备击破刘邦军。当时项羽军有 40 万人，刘邦军只有 10 万人，众寡悬殊。项羽的季父项伯与张良有交情，为了救张良，连夜赶往刘邦军告诉张良。刘邦于是也知道了这个消息，第二天一早赶往鸿门谢罪。鸿门宴正是在这样一个剑拔弩张、杀气腾腾的气氛下展开的。宴会上，范增数次示意项羽杀死刘邦，项羽不理不睬。范增招来项庄舞剑，欲借机刺杀刘邦。项伯也舞剑保护刘邦。正在万分危急的时候，樊哙带剑闯进军门，指责项羽。而张良一直从中斡旋。最后是刘邦借上厕所的机会悄悄溜走。这真是一个戏剧性的场面，有明争，有暗斗，有欲置人于死地的进逼，有急中生智的斡旋，表面看是一次寻常的宴会，其实是一场紧张激烈的政治斗争，觥筹交错之中处处潜伏着杀机。在这种紧张得令人屏气凝神的场景中，各个人物的性格得到了比平时更为充分的表现，刘邦胆怯而有机智，项羽粗豪而少城府，张良随机应变、富于智谋，樊哙胆力过人、无所畏惧，以及范增、项伯等人的性格都得到远比平常更为生动而饱满的表现。这场斗争复杂而紧张，很不好写。而司马迁写起来却从容不迫，优游自如。宋代刘辰翁评论这一节文字“历历如目睹，无毫发渗漉，非十分笔力，模写不出”（《班马异同评》），是很恰当的。

通过具有典型性的事件行动来刻画人物形象是司马迁又一常用手法。《李将军列传》描写汉代名将李广，着重写了三件事。第一件是，景帝令一名宠幸宦官跟从李广学习军事。这位宦官有一次率领几十名骑兵，和三个匈奴人遭遇。匈奴人不仅射伤宦官，而且将宦官手下的骑兵射杀殆尽。李广知道了，推断说：这一定是匈奴的射雕手。于是率领百名骑兵追赶，在射杀二人、生俘一人之后，突然碰上匈奴几千人大军。李广手下大惊失色，想赶快逃走。李广却非常冷静，分析说，我们距离大军几十里，如果逃走，匈奴追杀我们，一下子就会把我们消灭。而我们留下来，匈奴必以为我们是诱兵，不敢贸然进攻。于是李广反而命令手下进前到距离匈奴军阵仅二里的地方停下来，并下马解鞍，纵马卧。匈奴兵果然不敢进击，至半夜，以为有汉军埋伏于附近，遂撤去。李广百骑得以平安回到军中。第二件是，一次李广受伤被俘，被匈奴人置于两马之间的网兜中，押解往见单于。途中他佯装昏迷，偷眼看一匈奴人骑好马，乘敌人不备，突然跃起，取马夺弓而逃，会合剩余部下返回塞内。匈奴几百骑兵追赶，他用弓箭射杀追骑，因此得以逃脱。第三件是，李广率4 000骑兵追击匈奴单于，猝遇匈奴左贤王率领的4万骑兵，被包围，其部下人人恐惧。他首先派儿子李敢冲击敌人军阵，以安定军心。然后把士兵布成圆形军阵，所有人都面朝外，弯弓待发。他亲用大弓射敌人副将。到傍晚，士兵都吓得面无人色，他神色不变，更加注意整顿军队，最后终于坚持到援兵到来。传记中说李广一生与匈奴发生的战斗大小六十余次，但作者着力描写的只是如上三次战斗。正是通过这三次非常特殊的战斗，李广的惊人箭法、过人胆量、不凡的治军才能都被刻画得让人过目不忘。

充分利用细节描写表现人物性格，也是司马迁喜爱使用的手法之一。《万石君列传》描写大官僚石奋和他的儿子们谨小慎微、惟命是从的性格，运用了如下两个细节：

> 建为郎中令，书奏事，事下，建读之，曰："误书！马者与尾当五，今乃四，不足一，上谴死矣。"甚惶恐。
>
> 万石君少子庆为太仆，御出，上问车中几马，庆以策数马毕，举手曰："六马"。庆于诸子中最为简易矣，然犹如此。

通过这样两个典型细节，就把石奋这个官僚家庭官运亨通的秘诀揭示得淋漓尽致。《李斯列传》开头写了这样一件事：

> （李斯）年少时为郡小吏，见吏舍厕中鼠，食不洁，近人犬，数惊恐之。斯入仓，观仓中鼠，食积粟，居大庑之下，不见人犬之忧。于是李斯乃叹曰："人之贤不肖譬如鼠矣，在所自处耳。"

虽然只是一件生活琐事，却将李斯为人见机行事、阿世苟合与贪图富贵的人生观揭示出来。在利用细节描写方面，《陈涉世家》也有一个让人难忘的细节：

> 陈涉少时，尝与人佣耕，辍耕之垄上，怅恨久之，曰："苟富贵，无相忘！"佣者笑而应曰："若为佣耕，何富贵也？"陈涉太息曰："嗟乎，燕雀安知鸿鹄之志哉！"

通过这样一个细节，作者深刻揭示了陈涉对现实的强烈不满，这样就显得陈涉后来的反抗行动不是偶然的。同时，也说明了他与伙伴之间的思想隔阂，隐隐透露出后来他脱离自己的弟兄、导致起义失败的原因。

此外，在《高祖本纪》《项羽本纪》《酷吏列传》等篇章中也都用了一些内涵非常丰富的细节，对塑造人物性格有非常好的效果。

运用对比突出人物性格，同样是司马迁喜用的手法，正是在对比当中，不同人物的性格，或者是同一类型人物的不同性格，刻画得越加鲜明。例如《项羽本纪》中，用宋义的畏敌如虎与项羽的勇武无敌对比，用刘邦的长于心计与项羽的豪放粗疏对比，使得项羽的性格特征显得格外突出。在《李将军列传》中，用匈奴射雕手的箭法与李广的箭法对比，用程不识的治军才能与李广的治军才能对比，用平庸之人李蔡的命运与李广的命运对比。前两项对比，属于正面烘托，突出了李广箭法的神奇和治军才能的不同凡响；后一项对比，属于反面衬托，使得李广的不幸发人深思并且具有了撞击人心扉的力量。

运用个性化的人物语言表现人物性格，是司马迁的又一手法。例如刘邦和项羽未发迹时都见过秦始皇，项羽见到后说："彼可取而代也!"口无遮拦，冲口而出，表现了他强悍爽直的个性；刘邦见到后却说："嗟乎！大丈夫当如此也。"说得委婉含蓄，写出他贪婪多欲而又谨小慎微的性格。再如《魏其武安侯列传》写灌夫使酒骂座一节：

> 饮酒酣，武安起为寿，坐皆避席伏。已，魏其侯为寿，独故人避席耳，余半膝席。灌夫不悦，起行酒，至武安，武安膝席曰："不能满觞。"夫怒，因嘻笑曰："将军贵人也!"属之。时武安不肯。行酒次至临汝侯，临汝侯方与程不识耳语，又不避席。夫无所发怒，乃骂临汝侯曰："生平毁程不识不值一钱，今日长者为寿，乃效女儿呫嗫耳语!"武安谓灌夫曰："程、李俱东西宫卫尉，今众辱程将军，仲孺独不为李将军地乎?"灌夫曰："今日斩头陷胸，何知程、李乎!"

这里写灌夫醉中发怒的话，极具个性，并且由此能够看出当时说话人的环境，反映出酒席宴上各方的政治势力和地位。当灌夫看到众人对炙手可热的武安侯的恭维和对失势的魏其侯的冷淡，已经很恼怒了，但是他对着武安侯，却仍旧嬉笑着说："将军贵人也!"一看而知，这句话隐含着对武安侯的讽刺与不满，反映出武安侯凌驾一切的权势。接下来灌夫骂临汝侯的话，就完全是借题发挥，指桑骂槐了。当武安侯乘机挑拨他与李广的关系时，他便不顾一切，破口而出："今日斩头陷胸，何知程、李乎!"话锋虽然是对着武安侯的，可是连程不识和李广全都得罪了。灌夫的三句话，一句比一句分量重，火气大，不讲什么策略，不顾什么情势，活画出一个"无术而不逊"使酒骂座的莽夫面目来。

二、匠心独运的传记结构

司马迁非常讲究人物传记的艺术结构，他能够根据不同内容、不同的类型安排不同的结构，灵活多变而又针线细密，极富创造性。这在一个人的传记和几个人的合传中有不同的表现。

《项羽本纪》写项羽一生，一切事件都围绕他展开。由他反秦初起到解钜鹿之围，一跃成为诸侯军霸主，然后一路西进，击破函谷关，与刘邦军队对峙。鸿门宴和分封诸侯之后，其军事行动则又开始由西向东，回到彭城。接下来是彭城大战，荥阳之围，广武相持，鸿沟划界，垓下之围，直到乌江自刎。项羽的行动成为贯穿这篇传记的一条主线，而各个战役和重大政治事件，便是这条主线上的一座座高峰，因而形成了这篇传记在结构上单线发展和岗峦起伏的特色。

《魏其武安侯列传》是几个人的合传，所以采取了另外的结构方式。传中人物窦婴和田蚡是外戚，灌夫是失势的将军。这篇传记以写魏其侯窦婴入手，紧接着便插入武安侯田蚡，写他们争权夺利，勾心斗角。正当他们矛盾展开之时，又横楔入灌夫。于是三个人的事情互相纠葛，难解难分。矛盾发展到高潮，灌夫下狱。接着是窦婴和田蚡面对面的争辩，此时连武帝和王太后也卷入了。最后是以王太后作靠山的田蚡获胜，灌夫被灭族，窦婴弃市。但是当田蚡获胜之时，突然又得暴病而亡，矛盾的三方面同归于尽。这篇人物传记的结构与《项羽本纪》明显不同，它不再是单线发展，而是几条线互相穿插，纵横交错，是一种网状的结构。然而它丝毫不乱，利利落落，脉络分明。

《酷吏列传》写的人物更多，十名酷吏各成一传，十传互相勾连，前后回应，合成一大传。其中，宁成传附郅都事，张汤传附赵禹事，义纵传附宁成事，杨仆传附王温舒事，仿佛许多圆环相扣而成。

总之，司马迁人物传记的结构，波澜起伏，摇曳多姿，极尽变化之能事，让人爱读。

三、浓重的抒情气氛

司马迁的人物传记之所以让人爱读，还同其浓重的抒情性有关。清人刘熙载说："太史公文，兼括六艺百家之旨，第论其恻怛之情，抑扬之致，则得于《诗三百篇》及《离骚》居多。"又说："学《离骚》得其情者为太史公，得其辞者为司马长卿。"（《艺概》卷一《文概》）鲁迅先生说《史记》是"史家之绝唱，无韵之《离骚》"（《汉文学史纲要》），都指出了司马迁人物传记抒情性的特点。

《史记》可以说是司马迁用全部心血乃至生命写成的爱的颂歌、恨的咒曲。像《史记》这样感情强烈的史书前所未有，后世也罕有其匹。多数史学家以冷静客观的态度来修史，而司马迁则让自己的感情倾注于笔下。他具有很浓重的诗人气质，故笔下人物传记往往闪现着理想之光，或包蕴着愤怒之火。《魏公子列传》的主角信陵君是司马迁所喜爱的人物，文中称公子者凡 127 次，其倾慕崇敬之情，了然可见。《李将军列传》写李广更是饱含深情，多角度地写出了李广英勇机智、仁德忠厚、正直廉洁、武艺高强的品质。当写到李广被迫自杀时云："广军士大夫一军皆哭，百姓闻之，知与不知，无老壮皆为垂涕。"在这多少有些夸张的叙述中渗透了司马迁对于李广的深深同情。至如篇末的赞语，他就更让自己的感情任意宣泄出来：

> 传曰："其身正，不令而行；其身不正，虽令不从。"其李将军之谓也！余睹李将军，悛悛如鄙人，口不能道辞。及死之日，天下知与不知，皆为尽哀。彼其忠实心诚信于士大夫也！谚曰："桃李不言，下自成蹊。"此言虽小，可以喻大也。

显然，在李广身上，寄托了作者的感慨。

有些人物传记几乎通篇以抒情议论构成，如《伯夷列传》，用绝大部分篇幅抒情，直接赞颂伯夷、叔齐的人品高洁。有些人物传记夹叙夹议，于叙事中插入长长的抒情段落，如《屈原贾生列传》，在简括地介绍屈原的出身、才能以及被楚怀王疏远的原因之后，便用了相当长的篇幅抒情：

> 屈平疾王听之不聪也，谗谄之蔽明也，邪曲之害公也，方正之不容也，故忧愁幽思而作《离骚》。"离骚"者，犹离忧也。夫天者，人之始也；父母者，人之本也。人穷则反本，故劳苦倦极，未尝不呼天也；疾痛惨怛，未尝不呼父母也。屈平正道直行，竭忠尽智以事其君，谗人间之，可谓穷矣。信而见疑，忠而被谤，能无怨乎？屈平之作《离骚》，盖自怨生也。"国风"好色而不淫，"小雅"怨诽而不乱。若《离骚》者，可谓兼之矣。上称帝喾，下道齐桓，中述汤武，以刺世事。明道德之广崇，治乱之条贯，靡不毕见。其文约，其辞微，其志洁，其行廉，其称文小而其指极大，举类迩而见义远。其志洁，故其称物芳。其行廉，故死而不容自疏。濯淖污泥之中，蝉蜕于浊秽，以浮游尘埃之外，不获世之滋垢，皭然泥而不滓者也。推此志也，虽与日月争光可也。

真是洋洋洒洒，激情滚滚。后面叙述到屈原第二次放逐之后，又有一大段议论。有些人物传记往往在叙事中引入诗赋歌谣，如《刺客列传》写荆轲赴秦刺杀秦王，燕太子丹与众宾客送之易水之上，写到这里，文中引录了荆轲所唱之歌："风萧萧兮易水寒，壮士一去兮不复还。"慷慨悲壮，营造了浓重的抒情氛围。

司马迁好像不是在写散文，而是在写诗，这就赋予这部书一种浪漫的色彩与情调。

宋代苏辙说司马迁“为文疏宕，有奇气”（《上韩太尉书》）。所谓“疏宕”“有奇气”，是就风格而言的，而形成这种风格的原因，部分就来源于作者诗一般的激情。

四、雄深雅健的语言风格

《史记》人物传记的语言风格随传主个性、命运的不同也呈现出较大差异，有的雄恣悲壮。有的冷峻深刻，有的奇谲诙诡，有的轻捷飘忽，然而，综合观之，《史记》各篇的语言风格又有统一的一面：朴拙，雄浑，精练，准确，有力。韩愈用“雄深雅健”四个字形容之。

试以《项羽本纪》中的一段对话为例。鸿门宴之前刘邦闻知项羽大军第二天一早就要攻击汉军时，文中写到：

> 沛公大惊曰：“为之奈何？”
> 张良曰：“谁为大王为此计者？”
> 曰：“鲰生说我曰：‘距关毋内诸侯，秦地可尽王也。’故听之。”
> 良曰：“料大王士卒足以当项王乎？”
> 沛公默然曰：“固不如也。且为之奈何？”

第一个“曰”字前加了“大惊”二字，准确地把刘邦惊惶失措的神态表达出来，他几乎不假思索，冲口说出“为之奈何”这句话。当张良问他谁为此计时，刘邦的回答只用了一个“曰”字，因为此时他已经能够控制自己的情绪，且回答的问题已无须多加考虑。当张良近一步问他是否足以抵挡项王时，在刘邦的答话之前则加上了“默然”二字，是说他思考了一会才回答，把他内心对双方兵力的估价，甚至交战后果的预测都写出来了。修饰词语不多，然而传神写意，异常准确生动。

再比如《刺客列传》中写荆轲刺秦王一段：

> 轲既取图奏之，秦王发图，图穷而匕首见。因左手把秦王之袖，而右手持匕首揕之。未至身，秦王惊，自引而起，袖绝。拔剑，剑长，操其室。时惶急，剑坚，故不可立拔。荆轲逐秦王，秦王环柱而走。群臣皆愕，卒起不意，尽失其度。……秦王方环柱走，卒惶急，不知所为，左右乃曰：“王负剑！”负剑，遂拔以击荆轲，断其左股。荆轲废，乃引其匕首以擿秦王，不中，中桐柱。秦王复击轲，轲被八创。轲自知事不就，倚柱而笑，箕踞以骂曰：“事所以不成者，以欲生劫之，必得约契以报太子也。”于是左右既前杀轲，秦王不怡者良久。

不过几百字，可是把刺杀的整个过程交代得清清楚楚，写出了当时紧张的气氛。

写秦王和群臣的神情与心理，秦王是事发时“惊”，继而“卒惶急，不知所为”，事定后“不怡者良久”；群臣是“皆愕，卒起不意，尽失其度”；着墨不多，但异常准确生动。写荆轲尤妙，除了开始刺杀时的几个动作做了简单交代，后来的追杀几乎不着一字，完全通过秦王的举止神情反映出他的勇猛迅急，就像电影镜头，秦王是画面的中心，他则被虚化了。直到被砍伤倒地后，其形象才又变得清晰起来。文中写他知道事情不能成功后，用了“倚柱而笑，箕踞以骂”八个字，将这位侠士临终前无所畏惧、至死不屈的悲壮情景无比生动地展现出来。

像以上这样用语精练、准确、有力的例子，在《史记》中是俯拾皆是、不胜枚举的。

司马迁还很讲究语言的节奏，十分善于通过语言节奏传达出特定的气氛，如《项羽本纪》中写项羽率军与秦军决战的一段：

> 项羽乃悉引兵渡河，皆沈船，破釜甑，烧庐舍，持三日粮，以示士卒必死，无一还心。于是，至，则围王离。与秦军遇，九战，绝其甬道，大破之。杀苏角，虏王离。涉闲不降楚，自烧杀。

用了一连串的短句，干净，利落，紧凑，以表现一连串紧张迅猛的军事行动。楚军势如破竹的气势、霆击飚举般的声威都得到绝好的展现。

为了丰富语言，司马迁还常常引用古书。但他不照搬，而是把词义艰深、诘屈聱牙的改为浅近易懂的书面语，且不失原意，这是他的高明之处。他也常常采用民谣、谚语和俗语。例如《淮南衡山列传》中引当时民歌：“一尺布，尚可缝；一斗粟，尚可舂。兄弟二人不能相容。”用以讽刺汉文帝兄弟间争权夺利而不顾骨肉亲情；《魏其武安侯列传》中引儿歌：“颍水清，灌氏宁；颍水浊，灌氏族。”用以揭露灌夫横行乡里和表达百姓对他的怨恨；《李将军列传》中引谚语：“桃李不言，下自成蹊”，用以比拟李广虽然讷口少言，不事张扬，可是却由于其具有优秀品质和杰出才能而受到广大人民的衷心爱戴；类似的例子还有很多。民谣、谚语、俗语的运用往往起到画龙点睛或者辅助理解的作用，也使得《史记》语言更加多姿多彩、鲜活生动。

第四节 《史记》的地位和影响

《史记》无论在史学上还是在文学上都享有崇高的地位，它对后世的影响是多方面的。

在史学上，《史记》是我国纪传体史书的奠基之作，后代的所有正史都采用了纪传体。正如清代赵翼所说：“司马迁参酌古今，发凡起例，创为全史……自此例一定，历代作史者遂不能出其范围。”（《二十二史札记》卷一）更重要的是，作为史学家的司马迁，他那种“不虚美，不隐恶”的求实态度，勇于揭露暴政酷刑的批判精神，为正义和真情立言的高尚人格，都给了后代史书编纂者无穷的启迪。

在文学上，《史记》是我国传记文学的光辉开端，它那一篇篇血肉丰满、精光四射的人物传记成为传记文学的经典之作。它也是古代散文的典范，其写作技巧、语言特点、文章风格都为唐朝以后历代散文家所推重与取法。例如韩愈就高度赞美《史记》，称《史记》“雄深雅健”，其《张中丞传后叙》《毛颖传》等文，带有很明显的《史记》影响的痕迹。欧阳修散文纡徐唱叹、风神疏朗的特点，亦可以见出与《史记》的某种联系。至于明代的前后七子、清代的桐城派，更是大力标举《史记》，将它作为学习的楷模。在语言上，《史记》多用散行单句，不追求对仗，不避讳重复用字，工于素描，通俗易懂，同时富有表现力。所以，当后世出现片面追求骈俪或古奥的风气时，有见识的散文家往往标举《史记》加以匡正，把《史记》作为古文的典范。

《史记》对后世小说戏剧的发展也产生了重要影响，且不说其中的许多故事例如“窃符救赵”“赵氏孤儿”“渑池会”“马陵道”“萧何追韩信”等均成为后世小说戏剧的取材对象，仅就如何安排故事情节、塑造人物形象来说，它也为后世小说戏剧提供了极其丰富的艺术经验。例如将人物置于矛盾冲突中加以刻画，充分运用个性化的语言和细节凸显人物性格等，皆供后世的小说家、戏剧家取资。

第五节 班固和《汉书》

班固（32—92），字孟坚，扶风安陵（今陕西咸阳）人。明帝时因私撰《汉书》下狱，经弟班超辩白得释，被任为兰台令史。不久升为郎，典校秘书，受命继续《汉书》的编纂。经二十余年大体完成。部分“志”“表”是在他死后由妹班昭和马续补写的。和帝时，班固受窦宪狱牵连而死。

司马迁的《史记》记事止于武帝太和年间。其后一些学者曾作过续补，其中班固父班彪的《史记后传》最为著名。班固便以《史记》的汉代部分和《史记后传》为基础，编成《汉书》。其体例基本承袭《史记》，只改“书”为“志”，取消“世家”，并入“列传”。全书有12本纪、8表、10志、70列传，共100篇，叙述了从汉高祖元年至王莽地皇四年（前206—23）共229年的历史。它成为我国第一部纪传体的断代史。

历史上“史汉”并称，或“班马”并称，可见班固《汉书》在史学上的地位。不过，二者实在是有很大的不同，班固的思想境界根本无法与司马迁相比。他在《汉书·司马迁传赞》中曾批评司马迁：“是非颇谬于圣人，论大道则先黄老而后六经，序游侠则退处士而进奸雄，述货殖则崇势力而羞贱贫，此其所蔽也。”可见他是用儒家思想来衡量司马迁，表明他完全不了解司马迁，这也正是他不及司马迁的地方。《司马迁传赞》中还讲过这样一段话："呜呼，以迁之博物洽闻，而不能以知自全。既陷极刑，幽而发愤，书亦信矣。迹其所以自伤悼，《小雅·巷伯》之伦。夫惟《大雅》'既明且哲，以保其身'，难矣哉!""既明且哲，以保其身"这句话，班固在《离骚序》中也曾引用以批评屈原，可见这是他的人生信条。因此东汉王逸批评他是"婉娩以顺上，逡巡以避患"。他不具有司马迁那种相对独立的学者立场，更失去了司马迁深刻的批判意识，完全是从维护封建统治的立场来评价历史事件和人物的。

不过，班固仍然称得上是一位严肃且有才华的史学家。他作为东汉的史官记述西汉的历史，自有其方便之处。站在儒家传统立场，他对西汉政治的阴暗面也有相当多的揭露。在体例和内容上，《汉书》也有许多优长之处。例如其中的"志"，比起《史记》中的"书"，就有很大进步。像《食货志》系统地论述历代经济制度，在历史研究中极具价值，是一种创新；《艺文志》著录当时可以见到的图书，并简要论述了古代不同派别的学术思想，成为后世目录学之组；此外，新设的《地理志》和《刑法志》也都开拓了史学领域。在人物传记中，班固喜欢全文收录当时的奏章、辞赋等作品，大量政治、文学史料正是靠着此书才得以保存，这也增加了其历史价值，故颇为史家所称道。

班固写作人物传记，不像司马迁那样饱含激情，冷静而客观，因此其人物传记大多缺乏《史记》那种感染力，逊色多多。但也还是有一些传记比较成功，《苏武传》《张禹传》《东方朔传》《朱买臣传》《霍光传》《外戚传》是公认的名篇。《苏武传》尤其为后人所称道，它颂扬了苏武坚贞不屈的民族气节，生动地塑造出一个不辱使命的民族英雄形象。这一形象，成为中华民族民族精神的一种象征，成为千百年来无数志士仁人崇敬、学习的楷模。而苏武的形象之所以深深印在后人心中，显然同作者出色的刻画是分不开的。文中通过种种手法来凸显苏武的性格，有些地方是直接描写苏武的举动言谈，例如，文中写苏武听说匈奴单于欲扣留汉使之时，知道必遭凌辱，深恐有负汉廷，就想自杀。而当单于果然派人来召时，他对手下说："屈节辱命，虽生，何面目以归汉?"随即"引佩刀自刺"。被救活后，单于派汉朝降臣卫律劝降苏武。卫律先以死亡相威胁，"举剑欲击之"，"复举剑拟之"，苏武始终岿然不动。卫律复使用利诱和威逼两手，苏武不仅不为所动，更严词申斥之。之后文中写道：

> 律知武终不可胁，白单于。单于愈益欲降之，乃幽武置大窖中，绝不饮食。天雨雪，武卧啮雪与旃毛并咽之，数日不死。匈奴以为神，乃徙武北海上无人处，使牧羝，羝乳乃得归。……武既至海上，廪食不至，掘野鼠去草实而食之。杖汉节牧羊，卧起操持，节旄尽落。

以上这些直接描写苏武举止言谈的段落都生动地展示出苏武不为利诱、不畏强暴、宁死不屈的精神。有些地方使用反衬的手法突出苏武，例如写单于听说苏武自杀后，“壮其节，朝夕遣人候问武”；还有上面提到的当单于知道苏武不为威逼和利诱所动时，“愈益欲降之”；以及苏武被置于窖中断绝饮食，数日不死，“匈奴以为神”。用敌人的敬重来映衬，就使得苏武的崇高气节显得越加光辉动人。有些地方又运用了对比的手法，除了和卫律的对比外，给人印象更深的是和李陵的对比。李陵是苏武旧交，奉单于命令劝说苏武投降。他告知，苏武兄弟皆已获罪朝廷而死，母亲去世，妻子改嫁，妹妹子女存亡不可知。然后他用关心朋友的语气劝说苏武：“人生如朝露，何久自苦如此！陵始降时，忽忽如狂，自痛负汉，加以老母系保宫，子卿（苏武字）不欲降，何以过陵？且陛下春秋高，法令无常，大臣亡罪夷灭者数十家，安危不可知，子卿尚复谁为乎？愿听陵计，勿复有云。”苏武的回答非常坚定：“武父子亡功德，皆为陛下所成就，位列将，爵通侯，兄弟亲近，常愿肝脑涂地。今得杀身自效，虽蒙斧钺汤镬，诚甘乐之。臣事君，犹子事父也，子为父死亡所恨。愿勿复再言。”当李陵再劝时，苏武说：“自分已死久矣！王必欲降武，请毕今日之欢，效死于前！”李陵不由喟然而叹：“嗟乎，义士！陵与卫律之罪上通于天。”通过对比，苏武的形象更显高大。可以说，在历代正史中，班固的《苏武传》是写得相当成功的一篇。

《汉书》的语言风格也与《史记》有所不同，《史记》朴拙雄直，《汉书》则典雅详赡；《史记》多散行单句，《汉书》则工整凝练，排偶增多。此种不同显示了汉代散文由散趋整、由俗趋雅的走向。喜欢典雅骈俪文风的人，对《汉书》的评价甚至在《史记》之上。

思考题

1. 司马迁生平中与他写作《史记》关系密切的有哪几件事？
2. 简要说明司马迁的历史观。
3. 举例说明司马迁在刻画人物形象时主要运用了哪些写作手法。
4. 试论《史记》人物传记的结构特点。
5. 为什么鲁迅称《史记》是“无韵之《离骚》”？
6. 简要说明《史记》对后世的影响。
7. 简要说明《史记》与《汉书》在思想和艺术上的差异。

第三章 汉乐府诗

本章提示

(1) 了解乐府的有关知识，如乐府的设立，汉武帝对乐府的改造，“乐府”一词含义的演变等。(2) 掌握汉乐府诗的主要题材内容类型及其代表性作品。(3) 了解汉代叙事诗的主要艺术特点：作者自觉的叙事意识、详略得宜的叙事手法、个性化的人物对话和举止、语言上的质朴本色、构思与写法上的求新尚奇。(4) 认识汉乐府诗在我国诗体发展史上的意义。(5) 熟读《孔雀东南飞》《陌上桑》等一批汉乐府诗并背诵《东门行》《十五从军征》《枯鱼过河泣》《上邪》《上山采蘼芜》等作品。

第一节 乐府的设立和乐府诗的采集

西汉初年的诗坛是很不景气的，几乎没有什么优秀作品出现。直到乐府诗兴起，才扭转了诗歌的厄运，推动了诗歌的前进。汉乐府诗，尤其是其中的民歌，以富有表现力的崭新的诗体形式，生动地展现了广阔的社会生活画卷，取得了卓越的思想成就和艺术成就，成为继《诗经》、楚辞之后我国诗歌史上第三个高潮。

要谈乐府诗，需要首先从乐府谈起。乐府，本义是指封建王朝设置的管理音乐的机关。它的设立，前人多以为是在汉武帝时，其实不然。1977 年在陕西临潼秦始皇陵附近出土的秦代编钟上就镌有“乐府”二字，证明了乐府的设立实际上要早得多。但由于资料缺乏，秦代乐府的状况已很难了解。汉承秦制，西汉初年仍然有乐府的建置。不过，此时的乐府规模不大，职能也不多，大约掌管的只是郊庙朝会的乐章。到汉武帝时，乐府的面貌发生了根本性的变化。汉武帝为了适应大一统帝国“定郊祀之礼”的需要以及统治者享乐的需要，把乐府扩充为规模空前庞大的官署，所属人员增加到八百多人。乐府领导由杰出的音乐家李延年担任，属吏有“令”“音监”“游徼”等名目。此外，还有司马相如等一些文学家与之配合，写作歌词。乐府职能也不再限于仅仅掌管郊庙朝会的乐章。它一方面要为一些贵族文人创作的诗歌制音度曲，一方面还要负责采集全国各地的民歌俗曲。正因为汉武帝对乐府做了这样一系列重大改革，所以使得后人误以为乐府是汉武帝创立的。

在乐府的各项职能中，最有意义的一项工作就是采集民歌俗曲。《汉书·艺文志》记载：

> 自孝武立乐府而采歌谣，于是有赵、代之讴，秦、楚之风，皆感于哀乐，缘事而发，亦可以观风俗，知薄厚云。

这里的“赵、代、秦、楚”只是举其要，实际上采集的地域还要广阔，几乎遍及黄河、长江流域。经过如此大张旗鼓的采集，大量的民歌俗曲从全国各地流入宫廷，得以汇聚、写定、传播和保存，成为中国诗歌史上一件了不起的大事。

汉武帝之后的几个皇帝：昭、宣、元、成，80年间，一仍旧贯。东汉时管理音乐的机关改为太予乐署和黄门鼓吹署。后者尤其重要，实际发挥着乐府的作用，东汉乐府诗主要是由黄门鼓吹署收集和保存的。现存的汉代乐府民歌大多数产生于东汉。

魏晋之后至唐，历朝也均建有类似的音乐机关。不过，从魏晋开始，“乐府”一词的含义发生了某些变化，“乐府”不仅仅是音乐官署的名称了，人们把这种音乐官署所采集并演唱的诗篇——汉代人原来叫做“歌诗”的——以及后世文人的模仿制作也称作“乐府”，以和未曾合乐的“徒诗”相区别。于是“乐府”一词又引申为一种特别的诗体的名称了。如梁昭明太子萧统编纂《文选》，在“赋”“骚”“诗”之外，就另立了“乐府”一门，刘勰《文心雕龙》也于《明诗》篇之外，另标《乐府》一篇。

宋朝人郭茂倩对自汉至唐的乐府诗广采博收，编辑成《乐府诗集》，成为保存乐府诗最完备的本子。他按照来源和用途的不同将所收集的乐府诗划分成十二类：(1) 郊庙歌辞；(2) 燕射歌辞；(3) 鼓吹曲辞；(4) 横吹曲辞；(5) 相和歌辞；(6) 清商曲辞；(7) 舞曲歌辞；(8) 琴曲歌辞；(9) 杂曲歌辞；(10) 近代曲辞；(11) 杂歌谣辞；(12) 新乐府辞。汉乐府诗保存在其中的郊庙歌辞、鼓吹曲辞、相和歌辞和杂曲歌辞者四类之中。鼓吹、相和、杂曲中有几十首汉代无名氏的作品，后世称为“古辞”，“古辞”的大部分都是民歌。

第二节 两汉社会生活的广阔画卷

两汉乐府诗，不管是民间之作，还是文人之作，都来源于现实生活，都是有感而歌，并且往往是由于生活中的具体事件触动，引发了灵感和吟唱，正如班固所说，是

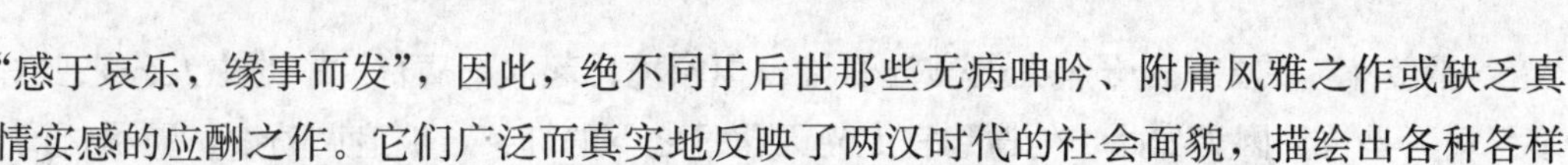

“感于哀乐，缘事而发”，因此，绝不同于后世那些无病呻吟、附庸风雅之作或缺乏真情实感的应酬之作。它们广泛而真实地反映了两汉时代的社会面貌，描绘出各种各样的生活场景，表达了社会各阶层的愿望与呼声。下面分几类加以介绍。

一、苦难者的悲吟

描绘人生苦难的篇章，是汉乐府诗中最动人心弦的部分。让我们首先听一听来自社会最底层的呻吟吧。《妇病行》是很有代表性的一篇：

> 妇病连年累岁，传呼丈人前一言。当言未及得言，不知泪下一何翩翩。“属累君两三孤子，莫我儿饥且寒。有过慎莫笪笞，行当折摇，思复念之。”
>
> 乱曰：抱时无衣，襦复无里。闭门塞牖，舍孤儿到市。道逢亲交，泣坐不能起。从乞求与孤买饵，对交啼泣，泪不可止。“我欲不伤悲不能已！”探怀中钱持授交。入门见孤儿，啼索其母抱。徘徊空舍中，行复尔耳，弃置勿复道。

诗中写的显然是一个非常贫苦的家庭，一开始便展现了其生活中最为悲惨辛酸的一幕：妇人即将病死的时刻，放心不下地反复叮咛丈夫千万不要让孩子受冻挨饿，一定要疼爱孩子。接着刻画丈夫的举动与心情：他又何尝不爱孩子？可是面对徒有四壁的家和啼饥号寒的孩子，却束手无策，悲不自禁，预感到孩子必将夭折的命运。

《孤儿行》也属于这一类作品中的佳作：

> 孤儿生，孤儿遇生，命独当苦。父母在时，乘坚车，驾驷马。父母已去，兄嫂令我行贾。南到九江，东到齐与鲁。腊月来归，不敢自言苦。头多虮虱，面目多尘。大兄言办饭，大嫂言视马。上高堂，行取殿下堂，孤儿泪下如雨。使我朝行汲，暮得水来归；手为错，足下无菲。怆怆履霜，中多蒺藜；拔断蒺藜肠月中，怆欲悲。泪下渫渫，清涕累累。冬无复襦，夏无单衣。居生不乐，不如早去，下从地下黄泉。春气动，草萌芽，三月蚕桑，六月收瓜。将是瓜车，来到还家。瓜车反覆，助我者少，啗瓜者多。“愿还我蒂，兄与嫂严，独且急归，当兴校计。”
>
> 乱曰：里中一何譊，愿欲寄尺书，将与地下父母：兄嫂难与久居。

诗中的孤儿并非出身一个贫穷家庭，可是父母死后，竟沦为兄嫂的奴隶，受尽虐待，饱尝辛酸，恨不能早早一死。这首诗既写出了亲情之薄，也反映出奴隶生活的实际状况。以上两首诗都写得非常朴素，完全用白描手法交代出诗中主人公的生活状况，却让人感到辞酸调苦，有很强的感染力，几乎令人无法卒读。

《平陵东》的主人公虽然也是普通百姓，但家境比起《妇病行》中的主人公来要好多了，可是也正因为如此，他遭到官吏光天化日之下的绑架，被追逼勒索，受尽折磨，不得不让家人卖尽家产来赎身：

平陵东，松柏桐，不知何人劫义公。劫义公，在高堂下，交钱百万两走马。两走马，亦诚难，顾见追吏心中恻。心中恻，血出漉，归告我家卖黄犊。

这首诗透露出造成大批良善百姓倾家荡产、无以聊生的一个重要原因。

《东门行》一诗同样反映了贫民的痛苦生活，与上述几首诗不一样的是，它不仅写了苦难，更着重表现了走投无路的百姓的不满与反抗：

出东门，不顾归，来入门，怅欲悲。盎中无斗米储，还视架上无悬衣。拔剑东门去，舍中儿母牵衣啼："他家但愿富贵，贱妾与君共餔糜。上用仓浪天故，下当用此黄口儿。今非！""咄，行！吾去为迟！白发时下难久居。"

诗中开头写出了主人公思想的反复：他本来已经决意造反，可是还是回家来了。说明了他对于家的顾恋，但凡有可能，也不愿意铤而走险。但一旦回到家，苦难的现状就不容回避："盎中无斗米储，还视架上无悬衣"，衣食无着，难以为生。腹中火焰不由自主再次腾起，于是终于拔剑而起，走上反抗道路。由这首诗让人很自然地联想起西汉末和东汉末农民大起义发生的原因了，那燎原之势不正是由这星星之火汇聚而成的么？

二、征战者的哀歌

人民倍感痛苦的事情还有战争。汉乐府诗中有不少属于这类题材的作品。

自汉武帝起，对外战争就开始频繁起来。有些战争是为了抵御外来侵略，不得已而为之；有些战争却是为了开边拓土，炫耀武力，满足帝王的欲望。例如元鼎五年（前 112）武帝遣军十万发动的征南越之战就是这样一场师出无名的战争。《东光》一诗写出了从征者的悲怨之情：

东光乎？仓梧何不乎？仓梧多腐粟，无益诸军粮。诸军游荡子，早行多悲伤。

战士们所经多是南方的所谓瘴疠之地，湿气甚重。此诗开头说"东方已亮"，"苍梧却不亮"，写的便是早晨浓雾弥漫，不见太阳的景象。北方之人到此地，无不深以为苦。且不说打仗死人，就是行军，也不知有多少人会中途倒下。难怪他们"早行多悲伤"了。

在数不清的战争中，不知有多少人丧身疆场，永远成了异乡之鬼。《战城南》具体描写了一场战争之后的惨景：

> 战城南，死郭北，野死不葬乌可食。为我谓乌："且为客豪！野死谅不葬，腐肉安能去子逃？"水深激激，蒲苇冥冥。枭骑战斗死，驽马徘徊鸣。梁筑室，何以南何以北。禾黍不获君何食？愿为忠臣安可得？思子良臣，良臣诚可思。朝行出攻，暮不夜归！

诗的前一半，勾勒出一幅愁惨而恐怖的画面：一场恶战之后，在蒲苇丛生的洼地上，死尸横卧，乌鸦盘桓啄食，未死的战马在徘徊悲鸣，天地间被一种昏暗惨烈的气氛所笼罩。"为我谓乌"以下几句，写诗人请求乌鸦先为死者招魂，然后再去吃。细细体味其感情，真是悲伤之极。诗的后一半，作者满怀着对这些"朝行出攻，暮不夜归"的将士的哀悯，联想到，男丁都死去了，田地谁种？于是发出了"禾黍不获君何食"的愤怒质问，有力地控诉了统治者穷兵黩武的罪恶。

那些侥幸从战场上活着回来的战士，命运其实也好不了多少。《十五从军征》写的就是这样一位役满归来的老兵：

> 十五从军征，八十始得归。道逢乡里人："家里有阿谁？""遥看是君家，松柏冢累累。"兔从狗窦入，雉从梁上飞。中庭生旅谷，井上生旅葵。舂谷持做饭，采葵持做羹。羹饭一时熟，不知贻阿谁。出门东向看，泪落沾我衣！

诗中主人公征战一生，回到家乡时已垂垂老矣。开头两句，写出了战争之长久和战士之痛苦，使人联想到当时人口的锐减和生产的凋敝。比起那些战死者，老者似乎是幸运的，可是，当他历尽苦难，回到魂萦梦牵的家，见到的却是亲人俱亡、坟茔累累、荒草满庭。他身只影单，内心充满了无限凄楚。"哀莫大于心死"。从这一点说，他的痛苦一点也不比那些尚不得返回的战士强。

以上三首诗，一写出征者的哀怨，一写战死者的悲惨，一写返乡者的凄凉，全面反映了战争给人民带来的肉体与心灵的创痛。

三、思乡人的愁叹

汉乐府诗中还有一些抒发思乡之情的作品。这些人离乡背井的原因不清楚，或是为了服役，或是为了躲避战乱，或是为了逃荒求生，或是为了游宦求学，总之都怀着一份不得已的情愫。请看如下几首诗：

悲歌可以当泣，远望可以当归。思念故乡，郁郁累累。欲归家无人，欲渡河无船。心思不能言，肠中车轮转。

（《悲歌》）

秋风萧萧愁杀人，出亦愁，入亦愁，座中何人，谁不怀忧？令我白头。胡地多飙风，树木何修修。离家日趋远，衣带日趋缓。心思不能言，肠中车轮转。

（《古歌》）

高田种小麦，终久不成穗。男儿在他乡，焉得不憔悴。

（《高田种小麦》）

这三首诗把游子无法归乡的沉痛抒发得淋漓尽致。他们“郁郁累累”，肝肠寸断，并且无人可以倾诉，无法得到宽慰，以致头为之变白，身为之憔悴；有时思念极了，想办法来排解：“远望可以当归”，可是又怎能骗得了自己的内心呢？“秋风萧萧愁杀人，出亦愁，入亦愁，座中何人，谁不怀忧？”简直无法逃避这弥天的忧愁了。

《枯鱼过河泣》似乎也是写离乡者的心情的，但不是直抒胸臆，而是采用了寓言的形式：

枯鱼过河泣，何时悔复及！作书与鲂鱮，相教慎出入。

一条离开河水即将枯死的鱼，语重心长地叮咛伙伴们千万要小心，切不可贸然离开自己的托身之所。不同于上面三首诗的是，这首诗流露的不仅仅是思乡之愁，而完全是离乡者失去凭依后濒死的绝望了。

思妇诗与游子诗就像手心手背连为一体，不能分离。汉乐府诗中的思妇诗同样感人肺腑，《饮马长城窟行》就是这样一首让人不能释怀的作品：

青青河畔草，绵绵思远道。远道不可思，宿夕梦见之。梦见在我傍，忽觉在他乡。他乡各异县，展转不相见。枯桑知天风，海水知天寒。入门各自媚，谁肯相为言！

客从远方来，遗我双鲤鱼。呼儿烹鲤鱼，中有尺素书。长跪读素书，书中竟何如？上言加餐食，下言长相忆。

诗的前一半细腻入微地写出了思妇的相思之苦和孤凄之情，正当她几乎不能自持之际，忽然得到了丈夫的书信，可是，信中“上言加餐食，下言长相忆”，却没有透露出她最关心的归期，稍微宽解的心仿佛一下子又沉入冰水之中。

四、爱情和妇女命运的咏唱

《上邪》是汉乐府诗中最著名的一首情歌，它是一位深情而又热烈的女子的海誓山盟：

上邪，我欲与君相知，长命无绝衰。山无陵，江水为竭，冬雷震震，夏雨雪，天地合，乃敢与君绝！

诗中所说“山无陵”等五种情况绝难发生，一起发生就更无可能。那位姑娘表示，除非发生这五种情况，才会和心上人分开，这其实是说，即使地老天荒，爱情永远不变。此诗构想出人意表，真称得上是“短章中神品”。

如果说《上邪》是一位未婚女子对爱情的热烈表白，那么《陌上桑》写的就是一位已婚女子对爱情的坚决捍卫了：

日出东南隅，照我秦氏楼。秦氏有好女，自名为罗敷。罗敷喜蚕桑，采桑城南隅。青丝为笼系，桂枝为笼钩。头上倭堕髻，耳中明月珠。湘绮为下裙，紫绮为上襦。行者见罗敷，下担捋髭须。少年见罗敷，脱帽著帩头。耕者忘其犁，锄者忘其锄。来归相怨怒，但坐观罗敷。

使君从南来，五马立踟蹰。使君遣吏往，问是谁家姝？“秦氏有好女，自名为罗敷。”“罗敷年几何？”“二十尚不足，十五颇有余。”“使君谢罗敷，宁可共载不？”罗敷前置词：“使君一何愚！使君自有妇，罗敷自有夫。”

“东方千余骑，夫婿居上头。何用识夫婿？白马从骊驹。青丝系马尾，黄金络马头。腰中鹿卢剑，可值千万余。十五府小史，二十朝大夫；三十侍中郎，四十专城居。为人洁白皙，鬑鬑颇有须。盈盈公府步，冉冉府中趋。坐中数千人，皆言夫婿殊。”

诗从这位女子的惊人美貌写起，接着写太守的垂涎、调戏和女子的严辞拒绝，最后在她对自己丈夫酣畅淋漓的夸耀中戛然而止。至于那位太守如何自惭形秽，逃之夭夭，不言自明，读者自会发出会心的微笑。不过千万要注意的是，切不可将这位女子的夸夫坐实，它其实表现了女子斗争的智慧。

《有所思》和《白头吟》都是女子因爱人负心而歌。诗中主人公都抱着美好的愿望：“愿得一心人，白头不相离。”可是一旦得知爱人“有两意”，便表示一刀两断，从此“诀绝”，而丝毫也不犹豫徘徊，甚至把准备送给爱人的珍贵礼物也“拉杂摧烧之”，还要“当风扬其灰”，表现出高度的自尊和对真诚不二的爱情的珍视。

《上山采蘼芜》是一首弃妇诗：

上山采蘼芜，下山逢故夫。长跪问故夫："新人复何如？""新人虽言好，未若故人殊。颜色类相似，手爪不相如。""新人从门入，故人从阁去。""新人工织缣，故人工织素。织缣日一匹，织素五丈余，将缣来比素，新人不如故。"

这首诗叙述弃妇与前夫一次邂逅的简短问答。它妙在没有正面去写弃妇的幽怨，而是写丈夫的念旧。她的"颜色"不比新人差，手工活又比新人做得好，因而让前夫念念不止。由此可见她的被遗弃完全是无辜的，反映出封建社会妇女不能主宰自己命运的悲惨处境。

《孔雀东南飞》（又题《焦仲卿妻》或《古诗为焦仲卿妻作》）是长达一千七百多字的叙事诗，讲述了一个凄婉的婚姻悲剧。诗中主人公刘兰芝和焦仲卿是一对恩爱夫妻，可是却被不喜欢刘兰芝的婆婆生生拆散。刘兰芝回到娘家，又被其兄逼迫改嫁太守之子。最后，刘兰芝和焦仲卿赴水悬树，双双自尽，用死捍卫了忠贞不渝的爱情，表达了对包办婚姻的抗议，这一悲剧故事涉及封建社会爱情婚姻问题的方方面面，歌颂了坚贞的爱情观，暴露了礼教"吃人"的本质。像这样社会意义和思想意义深刻而巨大的爱情诗在古典诗歌中是罕见的。

第三节 汉乐府诗中的叙事诗

由"缘事而发"的特点所决定，两汉乐府诗中出现了占有相当比重的叙事诗。在《诗经》中，虽然也有一些带有叙事成分的诗篇，例如《氓》《生民》等，但是，它们都是以第一人称的口吻（"我"或"我们"）述说的，叙事从属于抒情，所以只能说它们是叙事诗的萌芽状态。至于《楚辞》，更全是抒情之作了。而两汉乐府诗中则已经出现了由第三者叙述的故事。有的写出了一个有一定情节的生活片段，有的写出了一个首尾完整的故事，人物的形象和性格都得到了鲜明生动的表现，故事性、戏剧性大大加强。汉乐府诗中叙事诗的出现，标志着我国叙事诗进入到一个成熟阶段。

乐府诗中也有不少抒情诗，但与叙事诗相比，显然叙事诗的成就更高，更能代表乐府诗的艺术特色。

汉乐府中叙事诗的作者已经具有了自觉的叙事意识，能够非常明晰地把叙事诗和抒情诗区别开来。作者只以讲故事人的身份出现，让故事本身来说话。长篇叙事诗《孔雀东南飞》只有"多谢后世人，戒之慎勿忘"等几句是作者直接抒情，至于像《陌上桑》《东门行》《十五从军征》《上山采蘼芜》等，作者把"我"完全隐藏在故事背后，事尽言尽，没有画蛇添足的说教，没有生硬插入的主观评论，而作者的感情倾向通过叙事已经表达出来，读者自能领会。这正是汉代叙事诗的高妙之处。

具体说来，汉乐府中的叙事诗在写作上具有如下一些特点。

一、详略得宜的叙事手法

汉乐府中的叙事诗大多数篇章都很短小，二三十字或五六十字。如何在这样短小的篇幅内交代故事原委，刻画人物形象，容纳更多内容？汉叙事诗的办法是：选择矛盾相对集中的事件，也就是说，选择一个时间、空间、人物关系都相对集中的生活横剖面来加以表现。《十五从军征》写一个征战几十年老兵的不幸，并没有铺开去叙述的他一生，而是把他的不幸压缩在他得以退役回家的一个场景中：亲人俱亡，坟冢累累，荒草满庭，形只影单。《东门行》写一个贫苦之人被饥寒所迫，走上造反道路的过程，没有把过程拖得很长，而是用这样一个聚焦镜头——丈夫既出复归，目睹无衣无食的现状，终于不顾妻子的苦苦哀求，毅然拔剑出走——来加以展现。《上山采蘼芜》写一个弃妇的无辜与不幸，是通过弃妇与前夫一次偶然相逢的简短对话揭示的。这样，汉叙事诗就能以少少许胜多多许，留出“空白”，让读者发挥自己的想象加以填充。

但是，这并不是说，一味求简就好。该详处，该铺陈处，例如需要气氛渲染、场面衬托，细节刻画处，汉叙事诗并不吝惜笔墨。例如《陌上桑》写罗敷美貌和夸耀丈夫，是多么细致，完全是一种赋的笔法。再如《孔雀东南飞》写刘兰芝被婆婆驱遣后严妆打扮的一段：

> 鸡鸣外欲曙，新妇起严妆。著我绣裌裙，事事四五通。足下蹑丝履，头上玳瑁光。腰若流纨素，耳著明月珰。指如削葱根，口如含朱丹。纤纤作细步，精妙世无双。

描写太守准备迎亲预送聘礼的一段：

> 交语速装束，络绎如浮云。青雀白鹄舫，四角龙子幡，婀娜随风转。金车玉作轮，踯躅青骢马，流苏金镂鞍。赍钱三百万，皆用青丝穿。杂綵三百疋，交广市鲑珍。从人四五百，郁郁登郡门。

以上都浓墨重彩，着意摇曳。此等处，对加重抒情气氛，增强诗意，都起到了很重要的作用。

二、个性化的人物对话和举止

充分运用对话刻画人物，推动情节，是汉乐府叙事诗的一大特点。无论长篇、短篇，几乎每一篇都有对话。有的对话占了篇幅的一半以上，《东门行》《陌上桑》《孔雀东南飞》无不如此，《上山采蘼芜》更加突出，除了前三句做一简单交代，其余均为对话。

有的诗采用了独白，如《孤儿行》，让孤儿直接向读者倾诉，姑且可以把它视作诗中人物与读者的对话。

这些对话语言都贴近人物身份，符合人物性格，口吻毕肖，充分个性化。同时又经过提炼，有相当浓度。它们对刻画人物起到了非常重要的作用。如《东门行》，作者没有强求诗行的整齐划一，而是充分保持了生活语言的节奏，把参差错落的语言组织在一首诗里，有效地传达出人物的语气、情绪。《孔雀东南飞》中写刘兰芝与人的对话特别多，对象不同，情景不同，其说话的语气也全然不同。例如她离开婆家时的三段话，一段是她听到焦仲卿让她暂且回家，等待以后迎娶的叮咛之后所说：

勿复重纷纭！往昔初阳岁，谢家来贵门。奉事循公姥，进止敢自专？昼夜勤作息，伶俜萦苦辛。谓言无罪过，供养卒大恩。仍更被驱遣，何言复来还？妾有绣腰襦，葳蕤自生光。红罗复斗帐，四角垂香囊。箱帘六七十，绿碧青丝绳。物物各自异，种种在其中。人贱物亦鄙，不足迎后人。留待作遣施，于今无会因。时时为安慰，久久莫相忘。

一段是她对婆婆所说：

昔作女儿时，生小出野里。本自无教训，兼愧贵家子。受母钱帛多，不堪母驱使。今日还家去，念母劳家里。

还有一段是她对小姑子所说：

新妇初来时，小姑始扶床；今日被驱遣，小姑如我长。勤心养公姥，好自相扶将。初七及下九，嬉戏莫相忘。

诗人对刘兰芝的身份、处境、心理拿捏得非常准确，因此这三段话的分寸掌握得恰到好处，只能是出自刘兰芝之口，绝对不可以套在别人身上。对焦仲卿说的话，表现出刘兰芝的理智和对于自己未来命运极为清醒的判断，流露出对丈夫的款款深情，并宛曲地叮咛丈夫不要忘记自己。对婆婆的话既不越礼，又软中带硬，语夹芒刺，表达了对婆婆虐待的抗议。对小姑子的话则完全是对闺中同辈人的语气了，显示出她们平日相处时的融洽与欢乐。读这三段话，仿佛亲闻其声，亲睹其人，刘兰芝温婉、善良、忠贞同时又倔强、自尊、有主见的个性显露无遗。焦仲卿的话也写得非常精彩，他深爱兰芝可是又不敢违拗母亲的两难处境，他忠于爱情却有些软弱的矛盾性格主要是通过对话反映出来的。诗中有些人物的话不多，例如婆婆，诗中只写了她与儿子焦仲卿的几段话，但同样抓住了人物的个性特征，做到了口吻毕肖。比如当焦仲卿请求不要赶走刘兰芝时，她说的一段话：

何乃太区区！此妇无礼节，举动自专由。吾意久怀忿，汝岂得自由！东家有贤女，自名秦罗敷。可怜体无比，阿母为汝求。便可速遣之，遣去慎莫留！

还有，当焦仲卿表示如果赶走刘兰芝，他将“终老不复取”时，她说的又一段话：

小子无所畏，何敢助妇语！吾已失恩义，会不相从许！

十分传神地活画出其专制、凶恶、蛮横的面目。此外，刘兰芝母亲和兄长的话也都只有三言两语，但都带有鲜明的个性色彩。

汉乐府中的叙事诗对人物举止的刻画也一样做到了同人物性格与情绪相吻合。关于举止的描写常常只是一两个词语，但却极善于捕捉典型特征。如《东门行》中用“牵衣啼”表现妻子对丈夫的苦苦劝止，《妇病行》中用“不知泪下一何翩翩”表现濒死的妇人对孩子的担心，《孔雀东南飞》中用刘兰芝被遣归前“事事四五通”的着意打扮表现她欲去而又不忍遽去的心理和坚忍刚毅、从容不迫的性格，用“仰头答”表现她对兄长的反抗，还有用“捶床便大怒”表现焦母的凶悍，用“大拊掌”表现刘母的惊异和失望，都有很好的效果。

汉叙事诗人物对话和举止的个性化，在我国古代的叙事诗中显得很突出。后世文人叙事诗写到人物对话与举止，往往不顾及人物身份与个性，过分诗化，过分雅化，例如以叙事诗著称的唐代白居易和清代吴梅村的作品就是如此。从这一点说，汉乐府叙事诗要胜出一筹。

三、质朴本色和求新尚奇

汉乐府叙事诗的质朴本色主要体现在语言上，其语言从生活中来，不刻意雕琢修饰，不堆砌辞藻，自自然然，十分富于生活气息。但同时又很新鲜活泼、饱满有力。所以，明代胡应麟云：“汉乐府歌谣，采摭闾阎，非由润色。然质而不俚，浅而能深，近而能远，天下至文，靡以过之。”（《诗薮·内编》卷一）又云：“矢口成言，绝无文饰，故浑朴真至，独擅今古。”（《诗薮·内编》卷六）

但是，在整体构思和写法上，汉乐府叙事诗又往往呈现出一种求新尚奇的倾向。

例如对女子美貌的描写，以前普遍采用细致刻画身体、容颜的办法，身高如何，体形如何，肤色如何，眉眼鼻嘴如何，一一叙来，往往务求尽态极妍，《诗经·硕人》和相传宋玉所作的《登徒子好色赋》可为代表。而《陌上桑》则通过描写服饰和他人的反映来表现，确实是一种创新。尤其通过他人反映之法，空灵巧妙，比对容貌寸步不离、不厌其烦地细细描画高明多了。前面提到过的《上山采蘼芜》几乎全篇都用对话的写法也是既新且奇，不仅前所未见，连后代也难以见到。再比如《孔雀东南飞》结尾一段：

> 两家求合葬，合葬华山傍。东西植松柏，左右种梧桐。枝枝相覆盖，叶叶相交通。中有双飞鸟，自命为凤凰；仰头相向鸣，夜夜达五更。行人驻足听，寡妇起彷徨。多谢后世人，戒之慎勿忘！

诗人用松柏梧桐枝枝覆盖、叶叶相连、鸳鸯相向而鸣的描写象征爱情永久不变。这种想象，在当时的民间传说中可能存在，但写入文学作品中却是第一次，也够新鲜的了。

如果说以上的例子还偏于写法求新的话，那么两汉乐府中一批叙事性寓言诗就着重体现出尚奇的一面了。如《乌生》：

> 乌生八九子，端坐秦氏桂树间。唶我（乌鸦的哀鸣声）！秦氏家有游遨荡子，工用睢阳强（强，硬弓）、苏合弹。左手持强弹两丸，出入乌东西。唶我！一丸即发中乌身，乌死魂魄飞扬上天。阿母生乌子时，乃在南山岩石间。唶我！人民安知乌子处？蹊径窈窕安从通？白鹿乃在上林西苑中，射工尚复得白鹿脯。唶我！黄鹄摩天极高飞，后宫尚复得烹煮之。鲤鱼乃在洛水深渊中，钓钩尚得鲤鱼口。唶我！人民生各各有寿命，死生何须复道前后？

此诗写乌鸦死后魂魄的申诉：先写自己如何惨死于荡子的弹弓之下，接着自责藏身不密，然后转念寿命无常，白鹿、鲤鱼、黄鹄善于藏身，不也常常遭人毒手？最后归结于天命。

再如《蜨蝶行》：

> 蜨蝶之遨游东园，奈何卒逢三月养子燕，接我苜蓿间。持之我入紫深宫中，行缠之傅欂栌间。雀来燕。燕子见衔哺来，摇头鼓翼何轩奴轩。

此诗采用蝴蝶自叙的口吻写一只蝴蝶被燕子衔去喂养小燕的故事。

同类型的诗歌还有前面提到过的《枯鱼过河泣》，写一条即将枯死的鱼哭泣着给同伴写信，劝说他们接受自己的教训，出门一定要小心。以上这些诗歌肯定各有兴寄，遗憾的是其寓意已不可尽知。但是它们都有一个共同的鲜明特点，就是无不尚奇求异，想落天外，作者显然在自觉地追求一种别样的构思与写法。

第四节 汉乐府诗在诗体发展史上的意义

汉乐府诗在诗体发展史上有着特殊重要的意义。

西汉初，文人的诗作之所以奄奄无生气，根本的原因之一是他们没有跳出四言诗和楚辞体的藩篱，而这两种诗体均已趋于穷途末路，节奏、韵律都和已经发生变化了的语言不合拍，无力反映新的社会生活。因此，开创一代新诗体已经成为诗歌继续发展的当务之急。这一历史任务，由汉乐府诗完成了。

诗体的变革最先发生于用于郊庙祭祀的乐章，这同汉初统治者对“楚声”的喜爱有关。由于“楚声”的掺入，汉乐府之鼻祖《安世房中歌》率先显出变化的端倪，17章有4章用了三言体（如第八章）和三、七言相杂的杂言体（第六章）。这两种体式都由骚体诗改造而来，但又和楚辞面貌不同。及至汉武帝时，由于“新声曲”的流行，郊庙乐章《郊祀歌》出现更大变化，纯用四言体的已经退居次要位置，多数用了三言体或杂言，尤以七言句的增加和连用为一大特色。例如《天地》篇，27句中有13句为七言句，或4句连用，或8句连用；《景星》篇共24句，后12句均为七言句。一篇诗中有如此多的七言句连用，确属史无前例。它们对后世杂言诗的发展和七言诗的形成起了推动和催化的作用。

汉武帝时的《铙歌十八曲》（属于鼓吹曲）的曲调来源于北方少数民族，本系军乐，后来才填写歌词或借用其他歌词。其句法、体式与中土常见的句法、体式不同，18首全部是杂言体，格外灵活自由。例如前面提到过的书写恋情的著名诗篇《上邪》，仅有8句，却二、三、四、五、六言兼备，很能代表《铙歌十八曲》在形式上长短错落、随意变化的风格。《诗经》中虽然已经出现了杂言诗，但数量既少，变化也不大，根本不能与《铙歌十八曲》相提并论。因此我国诗歌史上的杂言体，当以《铙歌十八曲》为滥觞。

至如民间歌谣中的杂言体作品，句法就更加伸缩自如，艺术上也更显得成熟精粹。如“相和歌辞”中的《东门行》，篇幅短小，却一、二、三、四、五、六、七言句无所不有，其韵律似乎未经苦心经营，只是随意书写，却大有行云流水之妙，克服了《铙歌十八曲》中某些篇章的诘屈聱牙之病。

民间歌谣中，除杂言体外，还有较多的五言诗。西汉时数量尚有限，东汉时则越来越多，并且艺术上越来越成熟，出现了如《上山采蘼芜》《十五从军征》《枯鱼过河泣》《陌上桑》《孔雀东南飞》等一批不朽的杰作。无论长篇还是短章，五言体的运用都臻于得心应手、炉火纯青的境界。像《枯鱼过河泣》，4 句诗竟然写出一个精警的寓言故事，寄寓了作者极为痛切深沉的感慨，引发读者极为广阔丰富的联想，确实精妙无比。而被后人推崇为“长诗之圣”（明代王世贞《艺苑卮言》卷二）的《孔雀东南飞》就更是出类拔萃，其叙事之生动，刻画之传神，语言之自然，莫不令人击节叹赏，而和谐婉转的韵律又与之相配合，相得益彰。像这样艺术高度成熟的五言之作，就是后代也是罕有其匹的。

汉乐府诗可以说是我国古代诗体发展中一个承上启下的特殊阶段，它呈现出诗歌在打破先秦古老诗体之后新兴诗体定型之前的不稳定状态。在句式上，二言、三言、四言、五言、六言、七言直至八、九、十言都有；在体式上，既有句式整齐的齐言诗，也有长短句穿插的杂言诗；在篇幅上，长的可达到几百句，短的只有 4 句；在韵式上，有句句押韵，有隔句押韵，也有隔两三句押韵的。汉乐府诗真称得上是古典诗歌中的自由体。

汉乐府诗自由的形式给予后世的影响自然也是多方面的。后世的多种诗体差不多都导源于“兼备众体”的汉乐府诗。特别是汉乐府诗中的五言体，影响更大。它为人们提供了反映现实、抒写情志、驰骋才思的有力的艺术手段，逐渐为越来越多的文人所认可，所接受，终于取代四言体和楚辞体，一跃成为后世长期居于正统地位的重要诗歌样式。

关键概念

乐府　　《乐府诗集》

思考题

1. 汉乐府诗从题材内容上大致分成哪几类？各有哪些代表性作品？
2. 为什么说汉乐府诗标志着我国古代叙事诗的成熟？
3. 汉乐府叙事诗在叙述故事、刻画人物方面具有哪些特点？
4. 汉乐府诗质朴本色和求新尚奇的特征各有哪些表现？
5. 论述汉乐府诗在古代诗体发展上的意义。

第四章　东汉文人五言诗

本章提示

（1）了解五言诗的起源和文人五言诗的初步发展。（2）重点掌握东汉末年产生的《古诗十九首》的主要思想内容与艺术特色。（3）熟读《古诗十九首》中的一些作品，背诵《行行重行行》。

第一节　文人五言诗的初步发展

一、五言诗的起源

五言诗的出现经过了一个相当漫长的发展过程。

远溯到《诗经》，就已经可以见到在个别章节之中夹杂着较多的五言句了，例如《召南·行露》的第二章："谁谓雀无角，何以穿我屋？谁谓女无家，何以速我狱？虽速我狱，室家不足。"五言句占了多一半，因此刘勰在谈及五言诗时曾说："《召南·行露》，始肇半章。"（《文心雕龙·明诗第六》）当然，半章毕竟还算不得五言诗，但类似的五言的零章断句却正是后代五言诗得以诞生的胚胎。

以后，五言诗在民歌民谣的母体中慢慢生长，前面提到过的产生于春秋末年的《沧浪歌》是五言诗成长过程中的一个重要标记，这首诗若去掉一、三句中的"兮"字，便是通篇五言了。及至西汉初年，以五言为主要成分的民歌民谣就相当普遍了。影响所及，连宫廷中人物也学会了运用这种形式，例如刘邦姬戚夫人舂米谷时所唱的歌：

子为王，母为虏。终日舂薄暮，常与死为伍。相离三千里，当谁使告汝。

（《汉书·外戚传》）

还有汉武帝时宫廷音乐家李延年所唱的歌：

北方有佳人，绝世而独立。一顾倾人城，再顾倾人国。宁不知倾城与倾国，佳人难再得。

（《汉书・外戚传》）

值得注意的是，这两首歌在韵式上大体上采用了五言诗的标准韵式——隔句用韵。这时候，五言诗已如“十月怀胎”，马上就要“一朝分娩”了。

据现存资料看，汉武帝至汉成帝时开始出现了通篇五言的民歌俗谚，如《汉书・贡禹传》所记汉武帝时的一首谣谚：

何以孝弟为？财多而光荣。何以礼义为？史书而仕宦。何以谨慎为？勇猛而临官。

再如《汉书・尹赏传》所载的民歌：

安所求子死，桓东少年场。生时谅不谨，枯骨后何葬。

这些民歌俗谚尽管在艺术上还十分稚拙粗陋，但在体制上则已然基本定型了。

进入东汉以后，五言的民歌俗谚迅速增多，其中的民歌还大量地被采入乐府。较之西汉的五言之作，这时的五言民歌有了长足的进步，篇幅普遍加长，内容更加丰富，艺术日臻完美，《陌上桑》、《孔雀东南飞》等一批千古不朽的杰作标志着它所达到的高度水平。至此，五言诗完全成熟了。

二、文人五言诗的初步发展

西汉后期，当五言诗在民间崛起的时候，文人写诗却仍然用着四言体和楚辞体，他们把五言体视为“俗调”，鄙夷不屑。但是，历史的发展向来都和抱残守缺者的意志相反，既然四言体和楚辞体已经不能胜任反映新的社会生活，表达新的思想感情，适应新的语言状况，满足新的审美要求，它也就不能不被淘汰了。

在民间成熟的五言诗，显示了远胜过四言诗与楚辞体的极大的优越性。比起四言诗，它虽然每句只多了一个字，但却具备了更大的弹性，可以更方便地容纳双音词和单音词，解决了双音词和单音词配合的问题。它的“二三”节奏（具体细分，又可分为“二一二”“二二一”两种类型），有奇有偶，变化多端，圆转流走，更富于韵律美。而比起楚辞体，它又见出严整的长处。因此可以说它是兼备了四言诗和楚辞体两方面的优势，于严整中求变化，于变化中见严整。

随着民歌的流传，新鲜活泼、富于表现力的五言体逐渐引起文人们的注意。东汉初年，在一些大胆的文人笔下出现了最初的仿作。

以前有人认为文人五言诗出现于西汉，并且把一些五言古诗分别系于枚乘、苏武、李陵、班婕妤或卓文君名下，其实这种说法根本站不住脚，受到后人有力的批驳。现在已成定论的看法是文人五言诗始于东汉。现存最早的作品当推班固的《咏史》。

班固是东汉前期的史学家、文学家，他的《咏史》写的是西汉文帝时少女缇萦为赎父罪诣阙上书的故事：

> 三王德弥薄，惟后用肉刑。太仓令有罪，就逮长安城。自恨身无子，困极独茕茕。小女痛父言，死者不可生。上书诣阙下，思古歌鸡鸣。忧心摧折裂，晨风扬激声。圣汉孝文帝，恻然感至情。百男何愦愦，不如一缇萦。

这首诗写得实在不算高明，它过分黏滞于史实，缺乏想象与发挥，缺乏形象与文采，难怪钟嵘不客气地指出它“质木无文”了（《诗品序》）。一代文豪写出的五言诗竟是如此的呆板平直，这个事实反映出文人在最初运用五言体时的生疏与笨拙。

东汉中期，一般文人仍然未能打破四言为“正体”，五言为“流调”的观念，因此写作五言诗的依旧寥寥。流传至今的五言诗只有张衡的《同声歌》。这是一首乐府诗，采用了屈骚中以夫妇比拟君臣的传统方法表达作者竭诚事君的愿望。诗云：

> 邂逅承际会，得充君后房。情好新交接，恐栗若探汤。不才勉自竭，贱妾职所当。绸缪主中馈，奉礼助烝尝。思为莞蒻席，在下蔽匡床。愿为罗衾帱，在上卫风霜。洒扫清枕席，鞮芬以狄香。重户结金扃，高下华灯光。衣解巾粉御，列图陈枕张。素女为我师，仪态盈万方。众夫所希见，天老教轩皇。乐莫斯夜乐，没齿焉可忘。

此诗构思巧妙，感情真挚，语言流畅，比起班固之作，水平提高了很多。

文人五言诗到东汉末年桓灵之际才多了起来，其原因，同经学衰微，人们文学观念的变化有关，也同人们渐渐熟悉了这种形式有关。这时的五言诗，既有有主名的作品，也有大批无主名的作品。有主名的作品有辛延年的《羽林郎》、宋子侯的《董娇饶》、秦嘉的《赠妇诗》三首、蔡邕的《翠鸟》二首、郦炎的《见志诗》二首、赵壹的《疾邪诗》二首。无主名的作品有见于《文选》的《古诗十九首》，误题为苏武、李陵的七首和散见于《文选》《玉台新咏》的几首。由于有了这样较为广泛深厚的创作实践基础，这时期的文人五言诗确实今非昔比了，它们走出了“质木无文”的初始阶段，跨进了成熟的境地。成熟的明显标志便是著名的《古诗十九首》。

第二节 《古诗十九首》的思想内容

据当代学者考证，《古诗十九首》当出现于东汉末年，最迟不会晚于桓帝时期。其作者不是一人，而是多人，身份皆为社会中下层文人。由于其题材内容与体格韵味大略相同，萧统编《文选》时将它们编在一起，《古诗十九首》的名称也是萧统所命。

《古诗十九首》题材不够宽广，大多数为游子怀乡或思妇闺愁之作，少数为失志者不平之鸣。19 首诗中没有一首是明朗、轻松、欢乐的歌唱，无不浸透着忧郁、沉重、悲哀的情调。下面就让我们看看这最主要的两类题材，并说明其产生的社会背景。

一、游子思妇的苦情

游宦风气盛行是东汉中、后期一个值得注意的社会现象。《后汉书・王符传》说："自和、安之后，世务游宦，当途者更相荐引。"徐干《中论・谴交》描写了汉末大大小小的官吏接待游宦者的情景："冠盖填门，儒服塞道，饥不暇餐，倦不获已"，"送往迎来，亭传常满"。于是士人"乃离其父母，去其乡邑"，"窃选举、盗荣宠者，不可胜数"，"桓灵之世，其甚者也"。这种游宦的风气是由当时的选举制度造成的。东汉奉行养士，质帝时，太学生多达 3 万人。质帝曾经颁诏："令郡国举明经，年五十以上、七十以下诣太学。自大将军至六百石，皆遣子受业，岁满课试，以高第五人补郎中，次五人太子舍人。又千石、六百石、四府掾属、三署郎、四姓小侯先能通经者，各令随家法，其高第者上名牒，当以次赏进。"（《后汉书・质帝纪》）故一般士子都要走州郡，上京师，谒权门，以谋求进身之阶。由此，我们就可以明了为什么当时"游子""荡子"如此之多了。

游子离乡背井，漂流异地，常常久客于外，滞留难归。于是，浓浓的思乡之愁便时时纠结于心头，挥之不去，凝结成一首首幽怨的诗篇。如：

涉江采芙蓉，兰泽多芳草。采之欲遗谁？所思在远道。还顾望旧乡，长路漫浩浩。同心而离居，忧伤以终老。

（《涉江采芙蓉》）

去者日以疏，来者日以亲。出郭门直视，但见丘与坟。古墓犁为田，松柏摧为薪。白杨多悲风，萧萧愁杀人。思还故里闾，欲归道无因。

（《去者日以疏》）

明月何皎皎，照我罗床帏。忧愁不能寐，揽衣起徘徊。客行虽云乐，不如早旋归。出户独彷徨，愁思当告谁？引领还入房，泪下沾裳衣。

（《明月何皎皎》）

与游子诗相对应的是思妇诗，独守空闺的妇人的愁苦更难以释怀，她们每因相思而憔悴，常常夜不成寐，辗转反侧，甚至变得痴痴呆呆，恍恍惚惚。请读一读如下几首诗：

行行重行行，与君生别离。相去万余里，各在天一涯。道路阻且长，会面安可知？胡马依北风，越鸟巢南枝。相去日已远，衣带日已缓。浮云蔽白日，游子不顾反。思君令人老，岁月忽已晚。弃捐勿复道，努力加餐饭。

（《行行重行行》）

孟冬寒气至，北风何惨慄。愁多知夜长，仰望众星列。三五明月满，四五蟾兔缺。客从远方来，遗我一书札，上言长相思，下言久离别。置书怀袖中，三岁字不灭。一心抱区区，惧君不识察。

（《孟冬寒气至》）

这些思妇诗恐怕多数是出于游子的虚拟，但却写得情态逼真，它们曲折地表达了游子在穷愁潦倒的客愁中对家室的苦苦思恋。

游子思妇的感情，在古代具有普遍性，因而这类诗篇很容易撩动读者的心弦，引起强烈的共鸣。

二、失意之士的不平之鸣和忧生之嗟

游子抛家别舍、奔波远方是为了谋求一官半职，他们常常坦诚无隐、直截了当地倾诉内心的欲求："何不策高足，先据要路津。无为守贫贱，轗轲长苦辛"（《今日良宴会》），"盛衰各有时，立身苦不早……奄忽随物化，荣名以为宝"（《回车驾言迈》）。可是，封建机构的容纳是有限的，多数士子都会白忙一场。东汉后期卖官鬻爵、贿赂公行的黑暗局面更让士子们感到前途渺茫。一种被压抑、没有出头之日的绝望攫住他们的心，事事物物都会触发其痛苦，听到高楼上飘来的弦歌声，就会感叹："不惜歌者苦，但伤知音稀"（《西北有高楼》）。见到京都大邑中权贵的豪宅甲第，就会愤慨于双方天地相悬的差别，流露出对现实的忧思与不满："极宴娱心意，戚戚何所迫"（《青青陵上柏》）。想到飞黄腾达的朋友的薄情寡义，更是耿耿于怀："昔我同门友，高举振六翮。不念携手好，弃我如遗迹。南箕北有斗，牵牛不负轭，良无盘石固，虚名复何益"（《明月皎夜光》）。

游子们有时联想到人生的短促，会怀疑自己所追求的人生价值是否真有意义，转而产生干脆放浪形骸、纵情享乐的念头："荡涤放情志，何为自结束"（《东城高且长》），"不如饮美酒，被服纨与素"（《驱车上东门》），"为乐当及时，何能待来兹"（《生年不满百》），这些诗句表面放达，骨子里却是无奈的绝望。

久客在外而又落拓失意的游子和独守空闺的思妇对时序的变换格外敏感：“思君令人老，岁月忽已晚”（《行行重行行》），“白露沾野草，时节忽复易”（《明月皎夜光》），“此物何足贵，但感别经时”（《庭中有奇树》），“回风动地起，秋草萋已绿。四时更变化，岁暮一何速”（《东城高且长》）。自然时间长度是一样的，可是心理时间却因人而异，在游子思妇眼里，时光变得格外迅速，因此他们加倍感到生命之短促和人生之无常：“人生天地间，忽如远行客”（《青青陵上柏》），“人生寄一世，奄忽若飙尘”（《今日良宴会》），“人生非金石，岂能长寿考”（《回车驾言迈》），“人生忽如寄，寿无金石固”（《驱车上东门》）。这种对人生短促的思考与感喟，古往今来的人都会自然而生，可是，在《古诗十九首》里却表现得格外集中与强烈，显得格外深沉与凄怨。

三、对《古诗十九首》的一种解读

《古诗十九首》的思想情调给人的感觉是消沉、悲观、颓唐的，可是，放置到一定的历史阶段去考察，却能做出别样的解读。

汉末的危机与动荡使得几百年来的统治思想——经学的弊端被放大了，越发显出了它的空疏、烦琐与无用。对经学顶礼膜拜、不敢有丝毫不敬的状况不复存在，读罢《古诗十九首》，几乎感受不到经学的气味，看不到经学所阐发的那套关于道德节操和人生意义的价值标准。相反，你见到的是和传统理念相悖的诉求：获取功名富贵，夫妻相守相伴，两情相悦相知，甚至是想抓住短促的一生及时行乐，满足感官的需要：“昼短苦夜长，何不秉烛游？为乐当及时，何能待来兹”（《生年不满百》），“荡涤放情志，何为自结束。燕赵多佳人，美者颜如玉”（《东城高且长》），“服食求神仙，多为药所误。不如饮美酒，被服纨与素”（《驱车上东门》），说得坦率、干脆，不加掩饰。这是在打破经学思想禁锢后对人生欲望的坦诚直言，是对生命意义的重新思索，实质上标志着生命意识的自觉和人的觉醒，标志着新的世界观与人生观的萌发。只有在敢于对传统观念和外在权威提出质疑和挑战之后，才会出现这种人性的大胆释放与表白。这正是《古诗十九首》在那个时代产生的意义之所在，也正是它不同于后世公开宣扬享乐至上的文学作品的重要原因。

第三节 《古诗十九首》的艺术特色

古往今来的评论家都对《古诗十九首》做出高度评价，刘勰称它们是“五言之冠冕”（《文心雕龙·明诗》），钟嵘说它们“文温以丽，意悲而远，惊心动魄，可谓几乎一字千金”（《诗品》上），明代胡应麟盛赞说：“古诗短体如十九首，长篇如《孔雀东南飞》，皆不假雕琢，工极天然，百代而下，当无继者。”又说：“诗之难，其十九首乎！畜神奇于温厚，寓感怆于和平；意愈浅愈深，词愈近愈远；篇不可句摘，句不可字求。……世以晚近之才，一家之学，步其遗响，即国工大匠，且瞠乎后，况其余者哉!"(《诗薮·内编》卷二）今人张中行先生则说这十九首诗“情厚，味厚，语言也厚”，“如果一定要评定高下的位置，说空前或者不妥，因为其前还有《诗经》；说绝后是大致不差的，因为平和温厚如陶诗，我们读，还有‘知’的味道，《古诗十九首》诗憨厚到‘无知’，这是文人诗无论如何也赶不上的”（《诗词读写丛话》五《读诗》)。《古诗十九首》为什么会获得如此之高的评价呢？其艺术魅力何在？

大家知道，我国是一个抒情诗的大国，而《古诗十九首》可以说是抒情诗的典范，在我国抒情诗的发展史上堪称一座里程碑。它为后世提供了丰富的艺术经验，概括说来有如下一些方面。

一是意与境的统一。“意”指的是诗人的主观情志，而“境”则既指物境，也指事境。《古诗十九首》的作者都是有着较高文化素养的文人，他们承继了《诗经》、楚辞及其他文学遗产的优良传统，深谙“借物传情”的奥妙，因此其诗作很少径直言情，多是以景起兴，或借事发端。先看两个“以景起兴”的例子：

> 回车驾言迈，悠悠涉长道。四顾何茫茫，东风摇百草。所遇无故物，焉得不速老？盛衰各有时，立身苦不早。人生非金石，岂能长寿考？奄忽随物化，荣名以为宝。
>
> （《回车驾言迈》）

> 驱车上东门，遥望郭北墓。白杨何萧萧，松柏夹广路。下有陈死人，杳杳即长暮。潜寐黄泉下，千载永不寤。浩浩阴阳移，年命如朝露。人生忽如寄，寿无金石固。万岁更相迭，圣贤莫能度。服食求神仙，多为药所误。不如饮美酒，被服纨与素。
>
> （《驱车上东门》）

这两首诗，一是由景象的更新感到生命的速朽，一是由累累的坟墓想到人寿的短暂，而无论是“四顾何茫茫，东风摇百草”的春景，还是“白杨何萧萧，松柏夹广路”的景象，都和诗人茫然、黯淡、空虚的心理浑然交融。

让我们再看一个“借事发端”的例子：

> 西北有高楼，上与浮云齐。交疏结绮窗，阿阁三重阶。上有弦歌声，音响一何悲！谁能为此曲？无乃杞梁妻！清商随风发，中曲正徘徊。一弹再三叹，慷慨有余哀。不惜歌者苦，但伤知音稀。愿为双鸿鹄，奋翅起高飞。
>
> （《西北有高楼》）

此诗带有明显的叙事意味。诗人由偶然听到高楼飘来的乐曲写起，然后写自己不禁驻足、细细品味曲中的慷慨悲哀之意，进而流露出对歌者难遇知音的同情，最后希望能与歌者成为“双鸿鹄”，比翼高飞。被高不可攀的阁楼闭锁的歌者，缥缥缈缈、一弹三叹的乐曲，落落寡合、踽踽独处的诗人，构成一个完整的境界。

也有的诗既含物境，也含事境，《凛凛岁云暮》即是一例：

凛凛岁云暮，蝼蛄夕鸣悲。凉风率已厉，游子寒无衣。锦衾遗洛浦，同袍与我违。独宿累长夜，梦想见容辉。良人惟古欢，枉驾惠前绥。愿得常巧笑，携手同车归。既来不须臾，又不处重闱。亮无晨风翼，焉能凌风飞？眄睐以适意，引领遥相睎。徙倚怀感伤，垂涕沾双扉。

开篇刻画了蝼蛄悲鸣、凉风惨厉的冬夜景象，然后写思妇想到远方丈夫尚缺寒衣，并因思生梦，恍惚见丈夫驾车来迎，携手同归。然而，未及同床共衾，丈夫就倏忽而去。妇人醒后，引领遥望，更觉感伤。诗中物境、事境无不与妇人的心境和谐相融。

《古诗十九首》几乎每一首都像上面四首诗一样，形成了意与境交融、情与景交融的境界。其感人至深，这是一个极为重要的原因。

二是明白晓畅与含蓄蕴藉的统一。从语言上看，《古诗十九首》不作艰深之语，不用冷僻之词，一切平平道来，如“相去万余里，各在天一涯。道路阻且长，会面安可知”（《行行重行行》），“客从远方来，遗我一书札。上言长相思，下言久离别”（《孟冬寒气至》），“明月何皎皎，照我罗床帏。忧愁不能寐，揽衣起徘徊。客行虽云乐，不如早旋归”（《明月何皎皎》），没有一句费解。正如明代谢榛所说：“《古诗十九首》平平道出，且无用工字面，若秀才对朋友说家常话，略不作意”（《四溟诗话》卷三）。但同时，《古诗十九首》的语言又是经过提炼的，准确而形象，有相当浓度，并且诗人的感情浓烈而醇厚，诗中又不乏思辨色彩，有许多读后就不会忘记的名言警句，因此《古诗十九首》给人的感觉又是含蓄蕴藉、诗意饱满的，例如下面的诗句：“生年不满百，常怀千岁忧”（《生年不满百》），“盈盈一水间，脉脉不得语”（《迢迢牵牛星》），“此物何足贵，但感别经时”（《庭中有奇树》），“伤彼蕙兰花，含英扬光辉。过时而不采，将随秋草萎”（《冉冉孤生竹》）等，无不具有这样的特点。明代陆时雍说：《古诗十九首》“深衷浅貌，短语长情”（《古诗镜总论》）。“浅貌”和“短语”讲的是语言的朴素自然，这种语言给人的感觉是单纯而明朗的，写景写情如此，才能做到王国维所说的“不隔”（《人间词话》）；“深衷”和“长情”讲的是意蕴的深厚蕴藉，具备这种意蕴，才不会一览无余，肤浅无味，才能“使人思”（《古诗归》）。《古诗十九首》做到了“浅貌”“短语”与“深衷”“长情”的和谐统一，这正是它的过人之处。

三是民歌风格和文人技巧的统一。《古诗十九首》受汉乐府民歌影响是显而易见的，自然单纯的语言，复沓回旋的咏唱，取自日常生活的譬喻，双关语的融入，在在透露出民歌的风韵。可是，这又毕竟是文人之作，所以在语言运用和表现手法上还是显示出相当高超的技巧。例如典故的运用，《行行重行行》开头两句"行行重行行，与君生别离"中的"生别离"出自屈原《九歌·少司命》"悲莫悲兮生别离"一句，虽然只有三个字，实际隐含了"悲莫悲兮"（没有比这更令人悲伤的了）的意思在其中。其后"道路阻且长，会面安可知"两句，又用了《诗经·秦风·蒹葭》"所谓伊人，在水一方。溯洄从之，道阻且长。溯游从之，宛在水中央"的意境。《明月皎夜光》"南箕北有斗，牵牛不负轭"二句，是对《诗经·小雅·大东》"维南有箕，不可以簸扬；维北有斗，不可以挹酒浆"，"睆彼牵牛，不以服箱"六句的浓缩，指有名无实的事物。前一句"南箕北有斗"属于探下省，字面上虽然省略了"不可以簸扬""不可以挹酒浆"，但是这个意思却可以从下面一句"牵牛不负轭"得到补充。典故的运用，很明显收到了文约意丰的效果。再如对偶的锤炼。从《古诗十九首》中可以看到许多对偶工整的句子，像"青青陵上柏，磊磊涧中石""不惜歌者苦，但伤知音稀""《晨风》怀苦心，《蟋蟀》伤局促"等。《行行重行行》中"胡马依北风，越鸟巢南枝"二句系本于《韩诗外传》"代马依北风，飞鸟栖故巢"，但略加变化，就显得工切多了。另外还值得提及的是《古诗十九首》中对叠字词的巧妙运用。如《青青河畔草》："青青河畔草，郁郁园中柳。盈盈楼上女，皎皎当窗牖。娥娥红粉妆，纤纤出素手。"《迢迢牵牛星》："迢迢牵牛星，皎皎河汉女。纤纤擢素手，札札弄机杼。……盈盈一水间，脉脉不得语。"这些诗句连用叠字词，分别形容事物的颜色、声音、意态等，不仅一点也不呆板，反而显得非常生动活泼，可谓出神入化，难怪后人为之击节称赏。由以上所述，可以清楚看出《古诗十九首》高度的形式技巧和语言艺术，这正是它们不同于汉乐府民歌的地方。不过需要说明的是，这些文人的艺术技巧，并不同于刻意雕琢，没有丧失自然质朴的本色。

最后还不能不提到《古诗十九首》在格律音节上的进步。我们知道，在诗歌形式的诸种要素中，节奏美和声调美是绝对不可以缺少的。《古诗十九首》以前的诗歌，其声调基本是靠音乐来调谐的。然而，《古诗十九首》已经脱离音乐，变成了"徒诗"，因此，就不能不靠语言本身的声调来调谐了。其作者在这方面做出了初步的探索。尽管当时还没有产生"平仄"的概念，可是，按照清人王士祯的《古诗声调谱》，《古诗十九首》绝大部分诗句的用字做到了平仄相间，所以，诵读起来，朗朗上口，可以明显感到谐婉流畅的韵律之美。汉代乐府诗歌由于音乐失传，后世也成为案头读物，因而在声调上同《古诗十九首》一比，便大为逊色了。当然，《古诗十九首》作者在字声上的探索很大程度还是在实践中自发调节的，并没有作为诗律规定下来，但是其筚路蓝缕、开辟草莱之功，却不容抹杀。

关键概念

五言诗

思考题

1. 简述五言诗的起源。
2. 《古诗十九首》主要表达了怎样的思想感情？
3. 《古诗十九首》在诗歌写作上提供了哪些重要的艺术经验？

魏晋南北朝文学

魏晋南北朝文学概论

提 示

（1）了解魏晋南北朝文学的发展历程，了解各个阶段重要的文学现象、代表性作家、代表性作品。（2）认识这一时期的文学已经进入到自觉的阶段，对这一时期的文学同先秦两汉相比在各方面所发生的重要变化能够准确把握。

一、魏晋南北朝文学的发展历程

魏晋南北朝文学史从汉献帝建安元年（196）开始，到隋文帝统一全国（589）结束，一共经历了393年。建安虽然是汉献帝年号，但是汉献帝实际上是空名皇帝，这时军阀混战，各自割据一方，曹操“挟天子以令诸侯”，已经控制了汉献帝，成为实际的掌权者，因此魏晋南北朝文学史由此计起。

这是中华民族历史上一个长期混乱的时代，各民族之间互相残杀，统治阶级内部也不断发生流血斗争，给各族人民造成了深重的灾难。但是，这同时又是一个中华各民族大交流、大融合的时代，是一个酝酿着新变的时代，它为唐代的大发展、大进步准备了条件。在文学上，这也是一个非常重要的承上启下的时代。此时期文学发展历程如下。

1. 建安、正始文学

建安文学是魏晋南北朝文学的光辉起点，它实际上包括了魏朝前期的文学。

建安文学是在社会空前动荡，而思想界空前活跃的背景下出现的。东汉末年发生的黄巾起义沉重打击了豪强地主的势力，东汉王朝名存实亡。在镇压黄巾起义的过程中，很多军阀乘机而起，俱怀觊觎皇位之心。他们为争夺权力连年混战，造成了生产凋敝、田园荒芜、哀鸿遍野的惨景。曹操于建安七年所作《军谯令》云："吾起义兵，为天下除暴乱，旧土人民，死丧略尽，国中终日行，不见所识。"其《蒿里行》形容当时惨景："白骨露于野，千里无鸡鸣。"王粲《七哀诗》亦云："出门无所见，白骨蔽平原。"由这些出自当时历史亲历者的记录，就可以约略见出这场大动乱悲惨的程度了。

在社会巨大的动乱中，原来居于思想领域统治地位的经学越发显得空疏无用，而道家、法家、名家、兵家思想却适应时代需要得到发展，打破了经学独尊的保守沉闷局面，思想界呈现出自战国之后久未见到的百家争鸣的景象。

社会大动乱极大地刺激了文人的创作激情，而封建统治的松动与思想的大解放又给他们提供了前所未有的宽松的创作环境，这些难得的条件促成了建安时代文学的大繁荣。

建安时代的优秀作家集中于曹操和曹丕治下的北方。这些作家都亲历了汉末的大动乱，被一幕幕惨绝人寰的景象所激动，充满感伤幽怨。他们渴望尽早结束乱世，在削平群雄、实现天下统一安定的过程中建功立业，以展示个人才华，体现个人价值。于是，反映社会动乱和民生疾苦，拯世济民的宏愿，就成了他们文学创作的主要内容，而慷慨悲凉、刚健有力的风格就成为其共有的特征。诚如刘勰《文心雕龙·时序》所说："观其时文，雅好慷慨，良由世积乱离，风衰俗怨，并志深而笔长，故梗概而多气也。"建安文学所表现出来的这种时代特征被后人称为"建安风骨"。

这时期的文学以诗歌的成就最为突出。文人的诗歌创作打破了汉代长期的沉寂局面，形成了一个高潮，涌现出一批著名诗人和大量杰出的诗作。五言诗已经被广大文人所接受，成为抒情叙事的最主要的形式，完整的七言诗也开始出现。不难看出，这时期的文人创作，从诗体到语言，从表现手法到节奏韵律，无不笼罩在汉乐府和汉末文人五言诗的巨大影响之下。

辞赋的创作也相当活跃。就赋的形式来说，散体大赋已经无可挽回地衰落了，这一时期的赋作几乎成了抒情小赋一统天下，题材扩大了，主观感情色彩更加浓重了，个性化特点也更加鲜明了。

至于散文，较之两汉，风格陡变，一洗繁缛局促之旧颜，变得无拘无束，清峻通脱。

紧承着建安文学出现的是正始文学。正始是魏齐王曹芳的年号（240—248），文学史上习惯用正始文学泛指魏朝后期的文学。

这一时期，政治状况发生了很大变化。曹操当年施行用人“惟才是举”的政策，打击了世族豪强的势力。但打击并不彻底，为了统治的需要，有时又做出妥协，以换取世族豪强的支持。曹丕代汉自立后，推行“九品中正制”，旧世族的势力进一步抬头，同时曹魏集团也上升为新的豪门大地主。正始时期，曹魏集团已经腐化，代表旧的豪门世族利益的司马氏集团逐渐掌握了军政大权。他们处心积虑准备篡权，一面用血腥手段镇压异己势力，一面虚伪地打出“名教”旗号，笼络人心，政治黑暗而恐怖。

在这种政治局面下，汉末的“清议”之风逐渐为清谈之风所取代，一种与老庄哲学有着明显联系的学说——玄学兴起。这种崇尚虚无和消极避世的富于思辨的理论，深刻影响了当时文人的人生观和世界观，也影响到他们的文学创作。

正始文学正是在这样一种背景下出现的。面对着恐怖的政治局面，作家们“口将言而嗫嚅”，虽然关注着现实，却不敢直接反映现实，于是文学创作转而走向内心深处，着重表现在政治高压下灵魂内在的矛盾、冲突与抗争，婉曲地吐露对现实的不满。建安文学最常见的主题：建功立业的热切表白，对动荡现实的展示与怨愤，在这时的文学创作中退出了，取而代之的是心灵分裂的痛苦，是崇高与渺小、正义与屈辱、执著与软弱的尖锐对立和碰撞。作家的感情依然是慷慨激昂的，表现出来却是隐晦曲折、深隐不显的。就内容的丰富性和深刻性来说，正始文学并不输给建安文学，可是色调却不如建安文学明朗，声音也不如建安文学嘹亮，带有更多的老庄思想的色彩。

正始文学的代表作家为阮籍和嵇康，他们都兼善诗文，不过，阮籍诗歌的成就更为突出，嵇康散文的成就更突出些。他们的创作揭露礼教的虚伪，隐刺司马氏集团的残暴，概叹人生的艰危，吐露忧生畏祸的不安，与建安文学精神一脉相承，而风格却是沉郁深婉的。

2. 两晋文学

公元265年，司马炎建立晋朝，不久统一了全国。太康（280—289）前后，出现了短时期的安定与繁荣。此时的文坛也呈现繁荣局面，涌现出号为“三张、二陆、两潘、一左”的诗人群。他们踵武前贤，创作相当活跃。可是，除了左思外，其余诗人皆以模拟为能事，以排偶为追求，虽然在形式上做了许多有益的探索，可是总体上说，却丧失了建安、正始文学的那种风力，诚如刘勰所指出的那样，此时的诗歌“采缛于正始，力柔于建安，或析文以为妙，或流靡以自妍，此其大略也”（《文心雕龙·明诗》）。在这种弥漫一时的风气中，惟有出身寒微的左思卓尔不群，其代表作《咏史》八首，表达对门阀制度的抗议，笔力矫健，情调高亢，很有风骨。

西晋末年，司马氏集团内部开始了争权夺利的残杀，少数民族乘虚进入中原，西晋灭亡。在世族大姓的拥戴下，南逃的司马睿登基于建康，于公元317年建立东晋。

东晋历时103年。自东晋开始，中国历史上出现了长达272年的南北分裂局面。

西晋永嘉年间（307—313），士族雅爱清谈玄理，流风所及，诗坛上出现了大讲玄理的玄言诗。这种诗，“理过其辞，淡乎寡味”（钟嵘《诗品序》），丧失了艺术性。及至东晋，由于玄佛合流，玄言诗更得到畸形发展，占据诗坛达百年之久。大诗人陶渊明的出现，才为苍白的东晋诗坛增添了亮色。陶渊明开创了田园诗，给古典诗歌开辟了新的表现领域。其诗作，语言自然平淡而又醇美蕴藉，具有浓郁的生活气息和浑然天成的意境，进入了一个更高层次的艺术境界。其辞赋和散文也臻于至美的境地。他成为整个魏晋南北朝成就最高的作家。

东晋时还出现了合乎今天概念的小说，从题材上可分成两类：志怪小说和轶事小说。志怪小说有王嘉的《拾遗记》、干宝的《搜神记》等，《搜神记》可为这一类的代表作。轶事小说有葛洪的《西京杂记》、裴启的《语林》等，这些最早的轶事小说为这一类小说的集大成之作《世说新语》在不久之后的刘宋时期出现做了准备与铺垫。

3. 南朝文学

公元420年，刘裕代晋自立，历史进入南北朝时期。以建康为中心，169年间南方经历了宋、齐、梁、陈四个朝代，走马灯一般，“你方唱罢我登场”。但这种朝代更迭多数发生于宫廷内部，除了“侯景之乱”，其余均未对社会经济造成巨大破坏，因而比起北方来，相对是安定的，经济发展比较迅速。这四个朝代依然延续着门阀世族制度，世族依然享有政治、经济上的种种特权，变得越来越腐化，越来越无能。

世族文人是当时文学创作的主体。由于他们养尊处优，普遍缺乏健康、深切的生活感受，因此，南朝文学从总体上看有些“贫血”，骨柔力弱。南朝文人沿着西晋太康文人追求形式华美的路子前行，倾全力于辞采、对偶、声律、用典等方面，“俪采百字之偶，争价一句之奇，情必极貌以写物，辞必穷力而追新”（刘勰《文心雕龙·明诗》），形式主义文风泛滥。但是，他们在形式上的探索并不是毫无意义的，其所积累起的艺术经验为后来唐代文学吸纳，化作了唐代文学的骨血。

刘宋时期最重要的诗人是谢灵运和鲍照。前者第一个大力写作山水诗，打破了玄言诗的统治，引导了向山水诗的转变。山水诗的兴起对于扩大诗歌题材，提高诗歌的表现技巧，有着积极的意义。后者像左思一样，出身寒微，不属于世族文人，因而他那种高亢激切的吟唱在当时显得个性十足，格外嘹亮与特别。他在七言乐府方面大胆地进行了革新，改进了七言诗的形式，扩大了七言诗的影响。

齐梁诗坛最值得注意的是诗体的变化。在声韵学发展的基础上，周颙发现了汉语的四声，沈约把四声的知识运用到诗歌的声律上，提出“四声八病”之说，并与谢朓、王融等共同创立了“永明体”，对诗歌字声的配合以及对偶做了严格而明确的规定，形成了具有较好音响效果和结构形式的新诗体，从而实现了我国诗歌由非格律诗到格律诗的质的飞跃，为唐代近体诗的形成做了必要的准备。“永明体”成了古体诗向近体诗

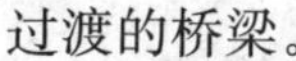

过渡的桥梁。

梁简文帝做太子时兴起一种以宫廷生活为主要内容，风格轻艳浮靡的诗，号为“宫体诗”。“宫体诗”风行梁陈两朝，成为当时诗歌创作的主流。此种创作风气一直到唐代初年尚未见衰歇，直到陈子昂出，才从根本上扭转过来。

与世族文人诗歌呈现出不同面貌的是南朝民歌。现存南朝民歌虽然内容比较狭窄，90％以上都是情歌，但其浓郁的生活气息，真挚细腻的表达，清新浅近的语言，小巧活泼的体制，都给当时的诗坛吹进了一股新鲜的风。

南朝文学讲求形式华美的风气还促成了骈体文的兴盛。此种文体几乎通篇运用对偶，且重辞采，重用典，汉语四声发现后，又重声律，把汉语语言形式美发挥到极致。它在东汉时出现萌芽，至魏晋时正式形成，南朝达到高潮。这时骈文几乎占领了一切文字领域，不仅文学作品用骈文，连应用文如官府公文、奏疏、书信也都用骈文写。赋也增加了骈俪的成分，出现了骈赋。鲍照的《芜城赋》、孔稚珪的《北山移文》、江淹的《恨赋》与《别赋》、吴均的《与朱元思书》等都是骈文名篇。刘勰的《文心雕龙》也是用骈文写成的。但是总的说来，这种文体过分讲究形式，束缚思想感情的自由表达，局限性很大。

4. 北朝文学

西晋灭亡以后，北方混战了一百多年，直到公元439年，北魏太武帝（拓跋焘）才统一了北方。北魏孝文帝（拓跋宏）迁都洛阳，实行均田制，执行发展经济的政策，并且在文化典章制度上推行汉化政策，加速了民族同化的进程，增强了国力。但后来由于内部矛盾分裂为东魏和西魏，再后来又分别为北齐和北周所取代。最后北周平北齐，隋又取代北周，并平定了南方的陈而统一天下。

兵荒马乱中的北方在文化上落后于南方。文学最有成就的部分是民歌。北朝民歌与南朝民歌迥然不同，题材上，南朝民歌绝大多数抒写男女恋情，而北朝民歌则广泛反映了北方的社会现实；风格上，南朝民歌清新秀美，而北朝民歌则豪放刚健，《木兰诗》是其代表。

文人创作却相对消沉，他们普遍奉南朝文学为正宗，一味模拟，缺少个性和创造。庾信由南入北，才为北朝文学打开局面。庾信本是梁朝的宫廷文人，梁朝末年出使西魏，被扣留，至死也未能回到故乡。他将北方文学的清刚豪健之风与南朝文学高度发达的形式技巧相融合，创作出一批抒发乡关之思和身世之感，风格苍凉劲健的诗赋，因此成为南北朝文学的集大成者。

在南朝，骈文统治了文坛，而在北朝，散文却取得了不俗的成绩，出现了称为“北朝三书”的三部散文著作：郦道元的《水经注》、杨衒之的《洛阳伽蓝记》和颜之推的《颜氏家训》。它们或善于刻画山水，或长于记述故事与人物，或侧重于阐明事理，风格或疏朗，或秾丽，或质朴，各有独特的韵致。

二、魏晋南北朝文学的重要新变

同先秦两汉文学相比，魏晋南北朝文学发生了一些引人注目的变化。择要说来，有如下几个方面：

1. 文学进入自觉的阶段

先秦两汉时期，文学观念是不清晰的，文学和历史、哲学不分。但是到了魏晋南北朝时期，人们的文学观念渐渐明晰起来。文学开始从广义的学术中分离出来，取得了独立的地位。宋文帝设立文学馆，与儒学、玄学、史学三馆并列；范晔著《后汉书》，始设《文苑列传》，都是证明。这时还发生了"文笔之辨"，试图区分应用文与文学作品，对什么是文学做出更为严格的界定。刘勰《文心雕龙·总术》云："今之常言，有文有笔，以为无韵者笔也，有韵者文也。"这是从形式上着眼对"文"和"笔"加以区分的。梁元帝萧绎《金楼子·立言篇》则云："至如不便为诗者如阎纂，善为章奏如伯松，若此之流，泛谓之笔。吟咏风谣，流连哀思者，谓之文。……至如文者，惟须绮縠纷披，宫徵靡曼，唇吻遒会，情灵摇荡。"这段话不仅涉及形式，更进一步从本质特征上着眼对"文"和"笔"加以区分了。

随着对文学本质认识的加深，一大批文学理论、文学批评著作涌现出来，现存最早的文学批评专著是曹丕的《典论·论文》。该文探讨了文学发展中一些具有共性的问题，篇幅虽然不长，但却是标志着我国古代的文学批评进入一个新时期的重要文章。西晋陆机的《文赋》比《典论·论文》论述的问题更多，也更为深入，涉及文学创作的构思、立意、修辞以及各种文体的体制风格和功能等等方面，在文学理论上有了长足的进步。齐梁时代刘勰的《文心雕龙》更是文学理论与文学批评的集大成之作。全书共50篇，包括总论5篇，文体论20篇，创作论19篇，批评论5篇和1篇说明自己创作目的以及全书结构的《序志》。这部书在文学史上第一次构建起文学理论和文学批评的完整体系。书中既论述了文学发展与社会风俗、政治兴衰的关系，又论述了文学发展的内部规律；既探讨了各种文体的起源、演变及其特点，又评论了历代作家的风格成就；既总结了许多文学创作的宝贵经验和揭示了创作活动的奥秘，又提出了一整套文学批评的方法。它"体大而虑周"（清章学诚《文史通义·诗话》），在古代文学理论与文学批评的著作中是空前绝后的。与《文心雕龙》差不多同时出现的钟嵘的《诗品》是又一部文学批评的名著。作者受汉末以来品评人物风气的启发，对两汉至梁代的一百多位诗人做了独到的分析，概括其艺术风格，指出其风格之渊源，提出了许多富有启发意义的精辟见解。

这一时期还出现了几部文学总集，如梁朝萧统的《文选》和陈朝徐陵的《玉台新咏》，这既是对于文学认识深入的自然结果，也是出于当时对于文学读本的需要。

与观念变化相应的是此时的文学创作更自觉地追求形式美，用事和对偶的讲求，四声在诗歌中的运用，辞采、修辞的研练，极大地提升了文学的艺术技巧。这些艺术经验为唐代作家充分吸收，化作了唐代文学的有机组成部分。可以说，没有这一时期艺术经验的积累，形神兼具的唐代文学就不可能出现。

以上种种情况表明，魏晋南北朝时期我国文学进入了自觉的阶段。

2. 体裁、题材的丰富

比起先秦两汉文学，这一时期的文学从体裁到题材都极大地丰富了。

先说体裁。东汉后期五言古诗在文人手中才趋于成熟，作品总量不多。而魏晋以后，五言古诗已成为最重要的诗体样式。在继承汉乐府和汉末文人五言诗传统的基础上，经过一代又一代有个性的诗人创造性地运用，呈现出多姿多彩的盛观。七言古诗在这时也得以规范化和最终成熟，产生出一批佳作，为唐代这种诗体大放异彩开了先声。南北朝民歌中大量五言四句或七言四句的小诗及其文人的仿作，最终流衍成唐代绝句的洪流。标志着我国格律诗确立的“永明体”更是为诗坛增添了新的品种，“永明体”诗人的艺术实践促成了初唐时近体诗的定型。散文方面也产生了新的文体——骈文，这是一种抒情性很强的诗化的散文，汉语语言形式美在这种文体中得到最大限度的发挥。骈文的兴盛还使得这一时期的辞赋增加了骈俪的成分而形成骈赋。此外，小说在这时也粗具规模，一些著名的志怪小说和轶事小说成为我国小说史颇有光彩的开端。

再说题材。在这一时期的文学中，传统题材如战争、羁旅、思乡、爱情婚姻、生活苦难等得到了更为深入和新颖的表现，而新的题材也层出不穷。咏史、游仙、隐逸，以前只是零星闪现，现在则蔚成大观；田园、山水、边塞，更全然是新的垦辟。文学表现的疆域极大地拓展了。

3. 玄学、佛教对文学的渗透

哲学、宗教对文学往往产生重要影响，魏晋南北朝时期的玄学和佛教对文学的渗透从而引发文学的变化就是明显的例子。

先说玄学对这一时期文学的影响。

玄学兴起于正始年间，代表人物为何晏与王弼。他们用老庄思想对儒家经典作了全新的诠释，提出了一套新的世界观和人生观，其哲学命题涉及宇宙本体、人生意义和人的思维规律，具有浓厚的思辨色彩。

玄学主要论题中对文学影响最大的有如下几个方面：

第一，“自然观”。玄学所说的“自然”，指的是一种非人为的、自然而然的状态。玄学家崇尚自然，主张顺应自然，保持自然纯朴、素朴、浑朴的状态。对于人而言，就是保持天性，保持至诚的本真的精神境界。影响到文学艺术，于是以“自然”为上的审美理想便得以确立。就是说，文学艺术必须是自然的，必须是人本性的自然流露，不雕琢，不矫情，达于无技巧的自然境界。阮籍、嵇康、陶渊明等人的作品，轶事小说集《世说新语》，都凝结着这样的审美理想。尽管这样的审美理想在魏晋南北朝的文学创作中尚不占主流，但影响已经初步显现，至于对以后的文学发展其影响就更加巨大和深远了。

第二，“言意之辨”。据哲学史，关于言意关系的理解，当时大致有三种观点：“言不尽意”论，“得意忘言”论和“言尽意论”论。对文学影响大的是前两家。这两家的观点启示作家，语言的表现力是有限的，无法穷形尽相、毫发不爽地展现微妙难言的内心世界和丰富多变的客观世界，但却可以通过语言所构成的意象、意境，通过象征、暗示、隐喻等艺术手段，唤起读者丰富的联想，引导他们体会弦外之音，味外之味，做到所谓“言有尽而意无穷”。魏晋南北朝的作家受玄学启发，领悟了这一妙谛，创作中注意以虚写实，以少胜多，尽量把艺术想象的空间留给读者去品味、揣摩和补充。这一时期不少诗、文、赋都达于这一妙境。

再说佛学对这一时期文学的渗透。

佛教是在西汉末年传入中国的，东汉时开始翻译佛经，陆续出现了安世高、支谦等翻译家。及至魏晋南北朝，翻译事业更加兴盛，西晋时的竺法护译经 159 部，前秦和后秦时的鸠摩罗什译经 35 部，东晋时的佛驮跋陀罗译经 15 部，梁陈时的真谛译经 49 部，均成绩卓著。这些翻译大师把小乘禅学、大乘般若学陆续引进了中国。

随着佛经的大量翻译，佛教教义逐渐为越来越多的中国人所接受，尤其到东晋以后，崇信者愈众，上自帝王，下至平民百姓，盛况空前。梁武帝甚至宣布：“惟佛教是正道”，还四次舍身入寺，更是推波助澜。

佛教东来形成了中国文化与外来文化的一次大交流、大碰撞。从而导致了中国知识和思想世界的变化，导致了中国社会文化，包括中国人生活、风俗和观念的变迁，对于文学艺术，也发生了具有震撼性的巨大影响。

且不说建筑、音乐、绘画等，单从文学来看，影响也是十分显著的。当时的许多文学家，都与佛教界有着密切的关系，不同程度地接受了佛教思想。例如玄言诗人许询、孙绰，还有王羲之，都与支道林有很深的交谊，谢灵运更是一位精通佛学的文学家，沈约、江淹、徐陵、庾信等也都笃信佛教，刘勰曾依沙门僧祐，在寺庙中居住十余年，更是人所共知。佛教对这些文学家创作的渗透，表现在许多方面。

首先是想象力的拓展。过去中国人的时间观念，最远可以上溯到三皇五帝，空间观念最大知道九州。可是佛教却说时间有所谓“无量无边劫”，空间有所谓“三千大千世界”，也就是说，时间和空间都无限大。就人的生命过程来说，会经历前世、现世、来世“三世”，不停地流转延绵，随之而来的便是因果报应、生死轮回的观念，等等。这些新奇的思想，自然会极大地激发文人的想象力，拓展思维的空间。

其次，佛教中的许多故事情节更是直接为文人所吸纳，例如鲁迅先生举过的例子——吴均《续齐谐记·阳羡鹅笼》的故事，与康僧会翻译的《旧杂譬喻经·壶中人》的故事相仿，应该即是来源于佛经。此时，记录因果报应之类故事的小说大量出现，如刘义庆《幽明录》、王琰《冥祥记》、颜之推《冤魂志》等，皆同佛教有关。

再次，佛经翻译还丰富了汉语词汇，如下列至今使用仍然相当频繁的词汇，“世界”“刹那”“因缘”“境界”“功德无量”等，都来源于佛经。

此外，佛经翻译还促进了我国音韵学的发展，促进了对汉字声调的研究。受西来僧徒利用梵音拼注汉字的启示，有学者更深入地分析汉语的声音结构，分析出汉语的声母和韵母。魏人孙炎《尔雅音义》初步建立反切，之后，魏人李登《声类》、晋人吕静《韵集》等韵书相继问世。在此基础上，对汉字声调的辨析自然日趋精密。陈寅恪《四声三问》认为，汉字四声的最终发现，同佛经转读有关。因为古印度声明论按声之高下，分声为三阶。佛教传入，此三声的分法也随之输入。中国文士依据和模拟佛经转读的三声，分汉语为平、上、去三声，后又加上一个入声，终于创立四声之说。四声的发现，给予此时和以后文学发展的影响是不言而喻的。

4. 文学创作趋向个性化

汉代以前的文学家不多，多数作家的主要身份是思想家、史学家、政治家，他们的作品虽然具有文学色彩，但归根结底属于哲学、史学、政治学的范畴。真正的文学家仅有屈原、司马相如、扬雄等屈指可数的一些文人。大量文学作品如《诗经》、汉乐府民歌和汉末文人五言诗，已无从知晓其作者，我们只能把它们视为一个时代的集体的歌唱。

进入魏晋南北朝以后，情况发生了巨变，文学家一代又一代大批涌现出来。建安时期的“三曹”、王粲、刘桢、蔡琰，正始时期的阮籍、嵇康，西晋的陆机、左思，东晋的陶渊明，南北朝的谢灵运、鲍照、谢朓、庾信，等等，几百年间，群星辉耀。这些文学家出身不同，经历各异，才性有别，而他们的主体意识较之以往又大大加强，因而，文学在他们手中充分个性化了。他们各有擅长的表现领域，各有习惯的运思方式，各有自己运用熟练的语汇和修辞手段，因而形成了各自独特的艺术风格。例如曹操的古直悲凉，曹植的风骨华彩相兼，阮籍的婉曲隐约，嵇康的锋利峻切，陶渊明的自然平淡，谢灵运的富丽精工，鲍照的奇矫俊逸，谢朓的清新流丽，庾信的凄怨精切，均带有极其鲜明的个性色彩，无法复制，无可替代。他们异彩纷呈的文学创作，共同组成了魏晋南北朝文学丰富多样的景观。

关键概念

玄言诗

思考题

1. 同先秦两汉文学相比，魏晋南北朝文学在题材、体裁方面发生了哪些重要变化？
2. 为什么说魏晋南北朝文学进入了文学自觉的阶段？
3. 简略说明玄学、佛教对魏晋南北朝文学的影响。

第一章　建安和正始文学

本章提示

（1）弄清楚“建安文学”和“建安风骨”的含义，了解建安文学兴盛的原因。（2）掌握曹操和曹植生平；结合作品理解曹操与曹植诗歌的内容、艺术特点以及他们在诗歌发展上的贡献，理解其散文、辞赋创作的成就。（3）背诵曹操的《龟虽寿》《观沧海》《短歌行》《蒿里行》，曹植的《白马篇》。（4）了解曹丕、七子和蔡琰文学创作的基本情况。（5）弄清楚正始文学发生的社会背景和总体风格特征。（6）掌握正始文学的代表作家阮籍、嵇康的生平思想及其文学创作的基本情况。（7）掌握阮籍《咏怀诗》的思想内容、艺术特征以及阮籍在五言诗发展上的贡献。（8）理解嵇康《与山巨源绝交书》的讽刺艺术。

建安时代，在曹氏父子的招聚和感召下，天下的文学之士云集魏都，形成了规模不小的文坛。他们互相唱和，彼此切磋，促成了文学创作的高潮。其中的佼佼者有“三曹”“七子”和蔡琰。他们的作品直面现实，各逞才藻，既呈现出一种共同的慷慨悲凉的时代风格，又各具鲜明的文学个性；既普遍笼罩在汉乐府诗的巨大影响之下，又都有所开拓与创新，推进了乐府民歌向文人诗的转变。

正始时期的作家处在与建安作家不同的政治环境和哲学思潮之中，思想观念发生了很大变化，文学创作随之出现了明显转变。尽管其基本精神与“建安风骨”存在着一致之处，但其风貌却迥然有别。沉郁遥深成为这一时期文学的主要风格特征。

第一节　曹操和曹丕

一、曹操

曹操（155—220）字孟德，沛国谯（今安徽亳县）人。出身微贱，少时豪放不羁，有大志，好权术。董卓作乱，他散家财，招义兵，参加了讨伐董卓之役。公元196年迎献帝迁都许昌，自任大将军和丞相，“挟天子以令诸侯”，握有了政治上的主动权。等到他击败了最大的竞争对手袁绍之后，就成了北方的实际统治者。

曹操是汉末杰出的政治家、军事家，同时又是建安文学的中心人物。首先，他是建安文坛的组织者。他凭借政治地位对当时四方的知名之士竭力收揽，几乎网罗无遗。曹植《与杨德祖书》云：“昔仲宣独步于汉南，孔璋鹰扬于河朔，伟长擅名于青土，公干振藻于海隅，德琏发迹于大魏，足下高视于上京。当此之时，人人自谓握灵蛇之珠，家家自谓抱荆山之玉。吾王于是设天网以该之，顿八纮以掩之，今悉集兹国矣。”可见其治下人才之盛。曹操本人喜爱文学，故他对待那些文学之士比较尊重，不像过去统治者那样“以倡优畜之”，而是“置之列位”，提供了相对稳定的创作环境。于是那些文学之士竞相创作，互相切磋，形成了“彬彬之盛，大备于时”（钟嵘《诗品》）那样一种局面。其次，曹操本人也勤奋创作，王沈《魏书》说他“文武并施，御军卅余年，手不舍书，昼则讲武策，夜则思经传，登高必赋，及造新诗，被之管弦，皆成乐章”，因而成为建安文学的杰出代表。他在诗歌和散文方面都堪称开一代风气的人物，其积极创作的精神和写作的态度对当时作家起到垂范、倡导的作用。

曹操存世的诗歌有二十余首，全部是乐府诗。从内容上大致可分为两类，一类是述志抒怀之作。这类诗有的表达了其社会理想，如《度关山》和《对酒》，前者提出“天地间，人为贵”，反对“劳民为君，役赋其力”，主张治国当有“轨则”，提倡节俭和“兼爱尚同”；后者描绘了一幅作者心目中理想的社会蓝图：“太平时，吏不呼门。王者贤且明，宰相股肱皆忠良。咸礼让，民无所争讼。三年耕有九年储，仓谷满盈。斑白不负戴……人耄耋，皆得以寿终。恩德广及草木昆虫。”联系当时残破、动乱的社会现实，诗人的社会理想应该说是有一定积极意义的。有的阐明了对人生的看法，如《步出夏门行·龟虽寿》：

> 神龟虽寿，犹有竟时；腾蛇乘雾，终为土灰。老骥伏枥，志在千里；烈士暮年，壮心不已。盈缩之期，不但在天，养怡之福，可得永年。幸甚至哉，歌以咏志。

开头用“神龟”和“腾蛇”为喻，说明“有生必有死”的自然规律，强调无论谁也逃不脱这一自然法则。但诗人同时又强调在有限的生命中应当保持昂扬奋发的精神，并且认为人的寿命不全由上天决定，也存在着由人掌握的一面。这显然是一种积极的辩证的人生观。还有的诗抒发了统一天下的壮志豪情，如《短歌行》：

> 对酒当歌，人生几何！譬如朝露，去日苦多。慨当以慷，忧思难忘。何以解

忧？惟有杜康。青青子衿，悠悠我心。但为君故，沉吟至今。呦呦鹿鸣，食野之苹。我有嘉宾，鼓瑟吹笙。明明如月，何时可掇？忧从中来，不可断绝。越陌度阡，枉用相存。契阔谈宴，心念旧恩。月明星稀，乌鹊南飞。绕树三匝，何枝可依？山不厌高，海不厌深。周公吐哺，天下归心。

诗中通过直抒胸臆和反复回旋的咏唱将苦苦思念人才和完成天下一统大业的心情表达得淋漓尽致。

我国现存第一首完整的山水诗《步出夏门行·观沧海》似乎也可以归入述志抒怀这一类诗歌当中：

东临碣石，以观沧海。水何澹澹，山岛竦峙。树木丛生，百草丰茂。秋风萧瑟，洪波涌起。日月之行，若出其中；星汉灿烂，若出其里。幸甚至哉，歌以咏志。

虽然通篇描写的是大海波涌浪翻、无比壮阔的景象，但景中传情，从中分明可以见出作者的澎湃激情和博大胸襟。

另一类是反映艰苦的战争生涯和汉末社会动乱、人民苦难之作。前者如《苦寒行》和《却东西门行》，一首描写了行军的艰苦："行行日以远，人马同时饥。担囊行取薪，斧冰持作糜。"一首披露了将士的怀乡之情："戎马不解鞍，铠甲不离傍。冉冉老将至，何时返故乡？"都融合了作者真实的感受，没有亲身经历者是很难写出来的。后者如《薤露行》和《蒿里行》，一写大将军何进欲诛灭宦官，将野心家董卓招进京师之事；一写诸侯军起兵讨伐董卓之役和军阀混战所造成的惨相。《蒿里行》一篇尤其有名：

关东有义士，兴兵讨群凶。初期会盟津，乃心在咸阳。军合力不齐，踌躇而雁行。势力使人争，嗣还自相戕。淮南弟称号，刻玺于北方。铠甲生虮虱，万姓以死亡。白骨露于野，千里无鸡鸣。生民百遗一，念之断人肠。

诗中所描写的历史事件时间跨度很大，由初平元年（190）写到建安二年（197），重点是初平元年关东义军联合讨伐董卓的事件。诗人以高度简括的诗笔，浓缩了这一段复杂的历史，如实地写出了讨伐董卓的战役失败的原因，揭露了义军将领各怀异志、畏缩不前、争权夺利的丑态，抨击了袁绍、袁术等人意欲与汉廷分庭抗礼的野心，表达了对长期遭受战乱苦难的百姓的深深同情。这首诗笔力苍劲，意绪悲凉慷慨，反映现实真实深刻，因此得到后人很高评价，有人说它是"汉末实录，真诗史也"（明钟惺《古诗归》卷七）。

从艺术上看，曹操的诗显示出很鲜明的大政治家的色彩，在他的作品中，见不到儿女私情，见不到琐细小事，总是大处落墨，总是以开阔的视野关注和扫描社会人生。其笔下动辄千里万里，千年万年，仿佛在追求着时间的永恒和空间的无限："白骨露于野，千里无鸡鸣。"（《蒿里行》）"鸿雁出塞北，乃在无人乡。举翅万余里，行止自成行……田中有转蓬，随风远飘扬。长与故根绝，万岁不相当。"（《却东西门行》）"日月之行，若出其中。星汉灿烂，若出其里。"（《观沧海》）……无不显得意境十分阔大。对汉末动乱和人民苦难的如实描绘以及他时时流露出的浓重的悲天悯人情怀，又使他的诗具有一种悲凉的韵味。此外，其百折不挠、压倒一切的性格特征也渗透到诗歌中，所以他的诗又总是充溢着昂扬奋发的精神，从不给人以萎弱之感。"老骥伏枥，志在千里；烈士暮年，壮心不已。"（《龟虽寿》）"山不厌高，海不厌深，周公吐哺，天下归心。"（《短歌行》）无不大声噌吰，令人振奋。有人称"此老诗歌中有霸气"（明谭元春语，见《古诗归》卷七），原因恐即在于此。从语言上看，他的诗很质朴，不修饰，去雕琢，直抒胸臆，用前人的话说是"本色"，但同时又很苍劲，高度浓缩，如"淮南弟称号，刻玺于北方"（《蒿里行》），分别用五个字概括一件历史大事，这是何等的笔力！以上这些因素综合起来，造成了曹操的诗气势雄豪、气概不凡、悲凉慷慨的风格特点。敖器之说："魏武帝如幽燕老将，气韵沉雄"（《敖陶孙诗评》），是十分形象准确的。

曹操在诗歌史上做出了如下一些贡献：第一，他的许多诗都接触到社会政治的重大题材，这是对《诗经》同类题材作品的继承。《诗经》之后和曹操之前，这类作品比较少见。而曹操之后，这类记录一代历史，反映社会政治生活的作品越来越多。在这方面，曹操的影响不可低估。第二，曹操开了借乐府旧题写时事的先例，如《薤露行》、《蒿里行》本来都是挽歌，他打破旧规，题目不变，内容却换成了汉末政局大事。这种创新对于后来杜甫、白居易写作乐府诗都是很好的启迪。第三，他的诗对后来山水诗的兴起，增强诗歌的理趣，以及丰富诗歌的用典等方面都产生了一定的影响。

曹操在散文写作上也做出了贡献。其散文以教令为主，此种文体，以往都写得典重而板滞，特别是汉代，受经学和辞赋影响，还沾染上酸腐、繁芜之病。而曹操所作，只是用简洁朴素的文笔把要说的话自由地写出来，无所顾忌，不拘常格。例如《举贤勿拘品行令》：

> 昔伊挚、傅说出于贱人，管仲，桓公贼也，皆用之以兴。萧何、曹参，县吏也，韩信、陈平，负污辱之名，有见笑之耻，卒能成就王业，声著千载。吴起贪将，杀妻自信，散金求官，母死不归，然在魏，秦人不敢东向，在楚则三晋不敢南谋。今天下得无有至德之人放在民间，及果勇不顾，临敌力战；若文俗之吏，高才异质，堪为将守；负污辱之名、见笑之行，或不仁不孝，而有治国用兵之术：其各举所知，勿有所遗。

"仁"与"孝"是封建社会伦理道德的纲纪，曹操却公开讲出了只要"有治国用兵之术"，哪怕是"不仁不孝"之人也要求部下加以举荐的话，可见其是何等大胆和坦诚了。再如《让县自明本志令》，这是一篇为了回击政敌说他有"不逊之志"而剖明心迹之作。文中自述身世志愿和所建立的功勋，极为坦率，毫无忌讳，直截了当地声明："今孤言此，若为自大，欲人言尽，故无讳耳。设使国家无有孤，不知当几人称帝，几人称王。"又直截了当地说出自己不愿放弃兵权的原因："然欲孤便尔委捐所典兵众以还执事，归就武平侯国，实不可也。何者？诚恐已离兵而为人所祸也。既为子孙计，又已败则国家倾危，是以不得慕虚名而处实祸，此所不得为也。"句句发自内心，绝无矫饰，这些话都是别人不敢说的。正因为放笔直书，个性毕露，所以让人感到亲切。

东汉的文风至曹操，发生了很大变化，因此鲁迅称曹操是"改造文章的祖师"（魏晋风度及文章与药及酒的关系》）。

曹操去世以后，曹丕继续领导着文坛。

二、曹丕

曹丕（187—226），字子桓，曹操次子。在与曹植争宠过程中胜出，被立为太子。公元220年代汉自立，在位五年多，史称魏文帝。他在政治上效法汉文帝，主张清静无为。但趋向保守，即位那年，采纳了陈群建议的"九品中正法"，使世族门阀的势力开始抬头。

曹丕非常重视和热爱文学，积极从事文学创作。据《诗品》记载，他有一百多首诗，然现存仅四十首左右，另有赋和散文若干篇。

他的诗有些抒发了军旅生活中的感受，如《饮马长城窟行》《董逃行》《至广陵于马上作诗》写大军无往不克的声威；《陌上桑》《黎阳作诗三首》写征士"栉风沐雨""载仆载僵"的艰辛和思乡的情怀；这是他随父南征北讨生活的反映。有些描写了饮宴游赏的情景，如《善哉行》《于谯作诗》写与客人一起酣饮、听曲等快心之事；《芙蓉池作诗》《于玄武陂作诗》写游览名园胜景的怡悦之情；这是其贵族生活的写照。有些则取材于前人所说的"闾里小事"，如《燕歌行》写妇人对丈夫的思念，《善哉行二首》之二、《钓竿行》写恋情，《清河见挽船士新婚与妻别诗》写拉纤的兵士与妻子的分别，等等，这类代人言情的作品最值得注意，它们往往写得情思缠绵，深婉动人，《燕歌行》其一最有代表性：

> 秋风萧瑟天气凉，草木摇落露为霜，群燕辞归鹄南翔。念君客游多思肠，慊慊思归恋故乡，君何淹留寄他方？贱妾茕茕守空房，忧来思君不敢忘，不觉泪下沾衣裳。援琴鸣弦发清商，短歌微吟不能长。明月皎皎照我床，星汉西流夜未央。牵牛织女遥相望，尔独何辜限河梁？

此诗写一妇人秋夜思念在远方的丈夫，心理刻画细腻，又善用景色烘托，十分深婉感人，清代王夫之说它“倾情，倾度，倾色，倾声，古今无两”（《古诗评选》卷一）。

同乃父相比，曹丕的诗歌有了比较大的变化。首先表现在体裁上，他的诗不全是乐府诗了，有一部分是五言徒诗。所运用的形式也更为多样化，四言、五言、六言、七言、杂言诸体皆备。尤其要提到的是《燕歌行》，这是我国现存第一首成熟的七言之作。七言诗早在汉代的谣谚中即已存在，可是文人的七言诗，此前虽有东汉张衡的两篇，一篇为《四愁诗》，可是它每章第一句都夹有感叹词“兮”字，不能算是完整的；另一篇附在《思玄赋》末尾，又非独立之作。曹丕的这首《燕歌行》在七言诗发展史上占有重要地位。另外，《大墙上蒿行》为一首长篇杂言歌行，共364字，从三字句到九字句都有，参差变化，形式新异，王夫之说：“长句长篇，斯为开山第一组。鲍照、李白领此宗风，遂为乐府狮象。”（同上）其次表现在语言上，曹操的语言古直苍劲，而曹丕的语言要么非常通俗，如“居世一何不同？上留田，富人食稻与粱，上留田，贫子食糟与糠”（《上留田行》），“长兄为二千石，中兄被貂裘，小弟虽无官爵，鞍马驱驱，往来王侯长者游”（《艳歌何尝行》），所以钟嵘说他的诗“率皆鄙质如偶语”（《诗品》卷中）；要么十分清丽流转，如《燕歌行》《杂诗》等。从总体风格而言，曹操的诗可说是一位政治家的诗，而曹丕的诗却是文人诗了。曹操的诗雄莽粗豪，杂言无端，仅以壮气贯穿之而已，而曹丕的诗则结构精巧，表达细腻，故前人说他“婉娈细秀，有公子气，有文人气”（钟惺《古诗归》），或说：“子桓诗有文士气，一变乃父悲壮之习矣。要其便娟婉约，能移人情”（沈德潜《古诗源》卷五）。

曹丕的散文主要是一些书札，多叙怀念友朋之情，写得深切真挚，一如他的诗歌一样“能移人情”。例如《与吴质书》：

> 二月三日丕白。岁月易得，别来行复四年。三年不见，《东山》犹叹其远，况乃过之？思何可支！虽书疏往返，未足解其劳结。
>
> 昔年疾疫，亲故多离其灾，徐、陈、应、刘，一时俱逝，痛可言邪！昔日游处，行则接舆，止则接席，何曾须臾相失。每至觞酌流行，丝竹并奏，酒酣耳热，仰而赋诗。当此之时，忽然不自知乐也。谓百年己分，可长共相保。何图数年之间，零落略尽，言之伤心。顷撰其遗文，都为一集。观其姓名，已为鬼录。追思昔游，犹在心目，而此诸子化为粪壤，可复道哉！……
>
> 间者历览诸子之文，对之抆泪。既痛逝者，行自念也。孔璋章表殊健，微为繁复。公干有逸气，但未遒耳，至其五言诗之善者，妙绝时人。元瑜书记翩翩，致足乐也。仲宣独自善于辞赋，惜其体弱，不足起其文，至于所善，古人无以远过。昔伯牙绝弦于钟期，仲尼覆醢于子路，痛知音之难遇，伤门人之莫逮。诸子但为未及古人，自一时之俊也。今之存者，已不逮矣。后生可畏，来者难诬，然

恐吾与足下不及见也。……

书信中一点也见不出帝王高高在上的威严，就像普通人与朋友促膝谈心，娓娓道来，追述往昔之欢，痛悼故人之逝，评点诸子之文，字里行间充满了无比感伤的深情，真是恻恻动人。同类的文章还有《与朝歌令吴质书》《与钟大理书》等，均写得辞情并茂，对后世抒情散文的发展有一定影响。

曹丕还著有我国历史上第一篇文学批评专论：《典论·论文》，该文从反对文人相轻谈起，分析了建安七子在文学创作上各自的长处与短处，进而论述了造成作家各有短长的两个问题：一是不同文体有不同特点。他把文体分为四科，指出“奏议宜雅，书论宜理，铭诔尚实，诗赋欲丽”。正因为文体特点是如此的不同，所以多数作家各有所善，很少有人能够兼备众体。二是作家才性与创作的关系。他认为：“文以气为主，气之清浊有体，不可力强而致。”这里所谓“气”，大致是指作家才性在文章中的反映。由于各人禀受之“气”不同，无法勉强改变，所以文章风格也就有所差别。曹丕的论述尽管比较简单，但是他毕竟提出了问题，给予后来者以很大的启发。他还在该文最后特别强调了文学的作用与地位：

盖文章经国之大业，不朽之盛事。年寿有时而尽，荣乐止乎其身，二者必至之常期，未若文章之无穷。是以古之作者，寄身于翰墨，见意于篇籍，不假良史之辞，不托飞驰之势，而声名自传于后。

将文章看得如此重要，并给予如此明确的表述，在文学史上是第一次，这正反映出当时作家文学创作的自觉意识。

第二节　曹　植

曹植（192—232），字子建，曹丕弟。少时即聪慧异常，“年十余岁，诵读诗、论及辞赋数十万言，善属文”（《三国志·魏书·曹植传》）。曹操见其文，以为别人代笔，铜雀台落成，命诸子作赋，曹植“援笔立成，可观”，曹操甚异之。曹植还喜爱民间文学，善跳舞，会击剑，多才多艺。据《三国志·魏书·王粲传》注引《魏略》记载，当时的大名士邯郸淳第一次去见他，他“延入坐，不先与谈”，而是取水洗澡，傅粉，“科头拍袒”，在客人面前跳起了胡舞，接着“跳丸击剑”，又背诵俳优小说数千言。然后才“整仪容”，与客人谈论起哲学、历史、文学、政事以及用兵之术。邯郸淳惊叹不已，目之为“天人”。以上例子说明，在兄弟中，曹植的才华的确是最为出众的，但也显示出其豪放不羁的性格。曹操本欲立他为太子。可是他“任性而行，不自雕励”，又频频使曹操失望，终被会要权术的曹丕战胜。曹丕即位后，立刻诛杀了曹植的心腹丁仪、丁廙兄弟，还总想置曹植于死地。魏明帝曹睿在位时，他照样受到压抑，欲有所为而不得，于是怅然绝望，郁郁寡欢，忧愤而死，仅活了41岁。自曹丕即位后的11年中，他做过安乡侯、鄄城侯、鄄城王、雍丘王、东阿王，最后是陈王，死后谥“思”，故后人称之为“陈思王”。这时他名义是侯王，实际上形同囚徒，如他在《求自试表》中所形容，像“圈牢之养物”。

曹植的一生以曹操之死为界很分明地分为前后两期。前期，他像曹丕一样过着贵公子的生活，在性格与精神上深受曹操影响，曾随曹操转战各地，自称：“生乎乱，长乎军。”（《陈审举表》）他渴望“戮力上国，流惠下民，建永世之业，流金石之功”（《与杨德祖书》），成就一番大事业。以上种种因素，养成了其恃才傲物、放纵不羁、乐观自信的个性。而后期，虽然仍然希望有所作为，可是备受压抑与打击，忧惧、苦闷，惶惶不可终日。

文学创作是生活的反映，是作家心理的外化。曹植的创作以曹操之死为界也很分明地分成前后两期。

曹植流传下来的作品包括诗歌七十多首，辞赋四十多篇，其他文体九十多篇，在建安作家中数量第一，尤以诗歌的成就最高。

曹植前期诗歌很多写到贵族生活，如《斗鸡》、《公宴》等。还有一些写到自己的志趣抱负，《赠丁翼》表示“君子通大道，无愿为世儒”，所谓“大道”，指的就是上面说的建立永世之业。《杂诗》（飞观百余尺）将自己的理想表述得更加明白：“国仇亮不塞，甘心思丧元。抚剑西南望，思欲赴太山。弦急悲声发，聆我慷慨言。”而最有代表性的当数《白马篇》：

《洛神图》

白马饰金羁，连翩西北驰。借问谁家子？幽并游侠儿。少小去乡邑，扬声沙漠垂。宿昔秉良弓，楛矢何参差。控弦破左的，右发摧月支。仰手接飞猱，俯身散马蹄。狡捷过猴猿，勇剽若豹螭。边城多警急，虏骑数迁移。羽檄从北来，厉马登高堤。长驱蹈匈奴，左顾陵鲜卑。弃身锋刃端，性命安可怀。父母且不顾，何言子与妻。名在壮士籍，不得中顾私。捐躯赴国难，视死忽如归。

诗中所刻画的忠勇爱国的“幽并游侠儿”的形象，其实就是作者理想的化身。他渴望着当国家处于危难的时候，挺身而出，凭借高超的武功，克敌制胜，做出一番轰轰烈烈的大事业。哪怕为国捐躯，也在所不惜。这首诗所说的，其实句句是作者的心声。曹植前期诗歌的基调大体都像以上诸诗一样，是乐观舒展、激昂奋发的。

曹植后期诗歌的基调却变得压抑、苦闷、悲愤，即便是述志之作，也失去了早期的明朗色彩，于激昂慷慨之中多流露出欲有所为而不得的悲哀。如《杂诗》(仆夫早严驾)，开篇表示愿为伐吴效力：“仆夫早严驾，吾行将远游。远游欲何之？吴国为我仇”，可是转念想到：“愿欲一轻济，惜哉无方舟”，一种不能施展才能的苦恼便弥漫开来。

控诉曹丕、曹睿父子的迫害是曹植后期诗歌的主要内容。《野田黄雀行》据考是由于其好友在曹丕即位后即遭到不幸而作，诗云：

高树多悲风，海水扬其波。利剑不在掌，结交何须多？不见篱间雀，见鹞自投罗？罗家见雀喜，少年见雀悲。拔剑捎罗网，黄雀得飞飞。飞飞摩苍天，来下谢少年。

诗中以罗家和鹞象征迫害者，以黄雀象征受害者，以拔剑捎罗网、解救黄雀的少年象征有能力解救陷于危难困厄者，寄寓了曹植无力营救朋友的悲哀与愤怒。

《吁嗟篇》以转蓬为喻形象地写出了他“十一年中而三徙都”(《三国志·陈思王传》)的处境和痛苦心情：

吁嗟此转蓬，居世何独然！常去本根逝，宿夜无休闲。东西经七陌，南北越九阡。卒遇回风起，吹我入云间。自谓终天路，忽然下沈泉。惊飙接我出，故归彼中田。当南而更北，谓东而反西。宕宕当何依？忽亡而复存。飘飖周八泽，连翩历五山。流转无恒处，谁知吾苦艰？愿为中林草，秋随野火燔。糜灭岂不痛，愿与株荄连。

诗的寓意是很明显的，诗人甚至觉得漂泊无定的生活比毁灭了还痛苦。这是对曹丕父子为了防范诸王、一再改换诸王封地做法的抗议。

《赠白马王彪》是这一类诗歌的代表作。据小序，黄初四年，曹植与白马王曹彪、任城王曹彰同赴洛阳“会节气”。任城王暴死于京师，曹植与白马王返回封地时，又被有司所阻，不得同行，于是他“愤而成篇”，将积郁多年的苦楚与不满吐露出来：

谒帝承明庐，逝将返旧疆。清晨发皇邑，日夕过首阳。伊洛广且深，欲济川无梁。汎舟越洪涛，怨彼东路长。顾瞻恋城阙，引领情内伤。

太谷何寥廓，山树郁苍苍。霖雨泥我途，流潦浩纵横。中逵绝无轨，改辙登高冈。修坂造云日，我马玄以黄。

玄黄犹能进，我思郁以纡。郁纡将何念？亲爱在离居。本图相与偕，中更不克俱。鸱枭鸣衡轭，豺狼当路衢。苍蝇间白黑，谗巧令亲疏。欲还绝无蹊，揽辔止踟蹰。

踟蹰亦何留？相思无终极。秋风发微凉，寒蝉鸣我侧。原野何萧条，白日忽西匿。归鸟赴乔林，翩翩厉羽翼。孤兽走索群，衔草不遑食。感物伤我怀，抚心长太息。

太息将何为？天命与我违。奈何念同生，一往形不归。孤魂翔故宇，灵柩寄京师。存者忽复过，亡没身自衰。人生处一世，去若朝露晞。年在桑榆间，影响不能追。自顾非金石，咄唶令心悲。

心悲动我神，弃置莫复陈。丈夫志四海，万里犹比邻。恩爱苟不亏，在远分日亲。何必同衾帱，然后展殷勤。忧思成疾疢，无乃儿女仁。仓卒骨肉情，能不怀苦辛？

苦辛何虑思？天命信可疑。虚无求列仙，松子久吾欺。变故在斯须，百年谁能持？离别永无会，执手将何时？王其爱玉体，俱享黄发期。收泪即长路，援笔从此辞。

诗中抒发了对任城王的深切悼念，对与白马王分手在即的依依不舍，表达了自己在岌岌可危的处境中惴惴不安的心境，同时也痛斥了小人挑拨手足之情的无耻行径。诗人感情深沉而痛迫，但他并没有放任其喷发，一泻无余，而是有控制地娓娓道来，中间穿插了叙事、写景以及对白马王的宽慰，仿佛强忍巨大痛苦，断断续续，哽咽而言，极为感人。

这一时期，曹植还写下一些游仙诗，如《仙人篇》《游仙》《升天行》《五游咏》《远游篇》等。其实他并不真的相信神仙存在，其《赠白马王彪》云："虚无求列仙，松子久吾欺"，就是证明。诗人之所以羡慕神仙，幻想能够同仙人一起"翱翔九天上，骋辔远行游"（《游仙》），"逍遥八纮外，游目历遐荒"（《五游咏》），实际上曲折地反映了他被限制了行动自由的现实处境和对自由的热烈向往。

曹植诗歌明显受到汉乐府民歌的影响，如《美女篇》对《陌上桑》写法的模仿，《赠白马王彪》中辘轳体的运用等，都是例证。但是，他更多地吸收了楚辞和汉末文人五言诗的艺术经验，极大地发展了诗歌尤其是五言古诗的艺术技巧，提升了其艺术水平。在他手里完成了乐府民歌向文人诗的转变。这种变化主要表现在如下几方面：

一是刻意追求文采。比起汉代诗歌来，曹植诗的语言显然更加讲究了，他力求使之精粹，以做到章无虚语，句无虚字；力求使之华美，以做到更鲜明、更生动地抒情状物。如“狐兔翔我宇”（《赠白马王彪》）中的“翔”字，“视死忽如归”（《白马篇》）中的“忽”字，“拔剑捎罗网”（《野田黄雀行》）中的“捎”字，就都用得很新鲜，且准确有力，想必都经过推敲。再如《公宴》中“秋兰被长坂，朱华冒绿池”二句，想必也做过一番斟酌。“被”字、“冒”字尤见匠心，仅两个字，就勾画出兰草、荷花茂密茁壮的景象。全句以色彩鲜明的语言写绚丽的秋色，收到很好的视觉效果。此外，其笔下的对偶句也大量增加，且更加工整。像《美女篇》，对偶句占了 1/3，语言精致而整饬，请看如下诗句：“攘袖见素手，皓腕约金环。头上金爵钗，腰佩翠琅玕。明珠交玉体，珊瑚间木难。罗衣何飘飘，轻裾随风还。顾盼遗光彩，长啸气若兰。”词藻艳丽，形象鲜明。以上这些方面，均可以见出曹植在整炼语言上所下的工夫。

二是注重开头结尾的锤炼。曹植诗歌的开头，往往突兀而来，高耸峭拔，意境阔大，气势不凡，一上来就给人不同寻常的感受。如《赠徐干》开头：“惊风飘白日，忽然归西山”，《杂诗》开头：“飞观百余尺，临牖御棂轩”，《白马篇》开头：“白马饰金羁，联翩西北驰”，就都具有这样的效果。所以清朝人沈德潜说：“陈思极工起调”（《说诗晬语》）。当然一首诗仅仅有好的开头是不够的，但有了好的开头，往往能一下子震撼人心，引人入胜。后代一些诗人受曹植启发，很注意“起调”，例如南朝时期的谢朓，就被认为是“善自发诗端”（钟嵘《诗品》中）。不过，有些人由于才力不足，仅构思出好的开头，接下来却“气力不接”，因而通篇欠佳。曹植的诗则没有这样的弊病，不仅开头好，下面也能接得上，气势贯通全篇。其结尾也很讲究，或戛然而止，掷地作响；或余音袅袅，令人回味。前者如《白马篇》结尾：“捐躯赴国难，视死忽如归。”后者如《吁嗟篇》结尾：“糜灭岂不痛，愿与株荄连。”即是如此。

三是注意韵律的和谐。曹植的诗歌多数都是徒诗，即便乐府诗，也几乎都“无诏伶人”，“事谢丝管”（刘勰《文心雕龙·乐府》），与徒诗无异。因此，要想使诗歌的音调和谐悦耳，必须靠字声来调谐。据南朝梁释慧皎《高僧传十三·经师论》记载，曹植懂梵音，“深爱音律，属意经音”。还说“梵呗（佛教徒所唱的赞偈），亦兆自陈思”。由此可见曹植写诗审音定韵，已带有很大的自觉性了。因此在他的诗中，做到平仄相间的诗句比起汉末文人五言诗更多了。这些诗句同词句的对仗结合，有时竟构成了合乎后世格律要求的律联，例如“孤魂翔故宇，灵柩寄京师”（《赠白马王彪》）、“游鱼潜绿水，翔鸟薄天飞。始出严霜结，今来白露晞”（《情诗》）、“玉樽盈桂酒，河伯献神鱼”（《仙人篇》）等，就都是词性相对、平仄相调的句子，这显然不能纯然归于巧合了。

曹植在艺术表现技巧上所付出的努力，使得他的诗歌已经明显不同于两汉时代的作品，正如明代胡应麟所云：“子建《名都》《白马》《美女》诸篇，词极赡丽，然句颇尚工，语多致饰，视东西京乐府天然古质，殊自不同。”（《诗薮·内编》卷二）王世懋

也说："古诗两汉以来，曹子建出而始为宏肆，多生情态，此一变也。"（《艺圃撷余》）

比较起汉乐府民歌和汉末文人古诗，曹植的诗歌显然更富于个性化特征。无论写什么题材，无论抒发怎样的感情，他的个性，他的才调，都鲜明地表现出来，形成了自己的风格。曹植的诗比起时时显露出模拟痕迹的曹丕诗作来，明显更胜一筹。

钟嵘《诗品》评论曹植的诗："骨气奇高，辞采华茂，情兼雅怨，体被文质。"就是说达到了风骨与文采的完美结合。

曹植的辞赋、散文也写得非常出色，也具备"骨气奇高，辞采华茂"的特点。他的辞赋都是抒情小赋，以《洛神赋》最为有名。这篇赋写一个"人神恋爱"的悲剧，其主旨已不可确考，有人认为是受屈原《离骚》"我令丰隆乘云兮，求宓妃之所在"二句的启发，"托词宓妃，以寄心文帝"（清何焯《义门读书记》），可备一说。赋中熔铸神话题材，渲染出一种神光离合、迷离惝恍的境界，将一个虚构的情节写得十分生动。对宓妃的形象的描写尤为细腻传神：

> 其形也，翩若惊鸿，婉若游龙。荣曜秋菊，华茂春松。仿佛兮若轻云之蔽月，飘飖兮若流风之回雪。远而望之，皎若太阳升朝霞；迫而察之，灼若芙蕖出渌波。秾纤得衷，修短合度。肩若削成，腰如约素。延颈秀项，皓质呈露。芳泽无加，铅华弗御。云髻峨峨，修眉联娟，丹唇外朗，皓齿内鲜，明眸善睐，靥辅承权。瑰姿艳逸，仪静体闲。柔情绰态，媚于语言。奇服旷世，骨像应图。披罗衣之璀粲兮，珥瑶碧之华琚。戴金翠之首饰，缀明珠以耀躯。践远游之文履，曳雾绡之轻裾。微幽兰之芳蔼兮，步踟蹰于山隅。于是忽焉纵体，以遨以嬉。左倚采旄，右荫桂旗。攘皓腕于神浒兮，采湍濑之玄芝。

这段描写受宋玉《神女赋》影响甚大，可是更加工整精致，骈词俪句，词采缤纷，美轮美奂。后面写宓妃多情的性格与作者失恋的惆怅，也很出色，富于想象力，富于艺术魅力。

曹植散文的佳什有《与吴季重书》《与杨德祖书》《求自试表》《求通亲亲表》等，前两篇书札写得文辞犀利，个性突出。后两篇表文骈俪成分较重，但不排斥散句，俱能以气运词，情感充沛，与后来一些徒有文采之美却缺乏内涵的骈文有明显的不同。

由于曹植的文学成就非常突出，所以六朝人对他极为推崇，钟嵘说："陈思之于文章也，譬人伦之有周孔，鳞羽之有龙凤，音乐之有琴瑟，女工之有黼黻。"（《诗品》卷上）谢灵运说："天下才共有一石，曹子建独得八斗，我得一斗，自古及今同用一斗。奇才敏捷，安有继之？"（李瀚《蒙求集注》）通过这些虽有些过分的话，足以见出曹植在当时人心目中的地位了。

第三节 “建安七子”和蔡琰

建安文学的代表作家还有“七子”和蔡琰。

《文姬归汉图》

“七子”之称来自曹丕《典论·论文》，指建安时期作家孔融、陈琳、王粲、徐幹、阮瑀、应玚和刘桢七人。七子中成就最突出的是王粲。

王粲（177—217），字仲宣，山阳高平（今山东邹县）人，少年时被蔡邕称为“有异才”。为避董卓余党之乱，流寓荆州，依附刘表，但始终不受重用。后归降曹操，任丞相掾、军谋祭酒、侍中等，赐爵关内侯。以病卒。

王粲的诗、赋都很出色。诗歌的代表作为《七哀诗》三首，第一首尤其有名：

> 西京乱无象，豺虎方遘患。复弃中国去，委身适荆蛮。亲戚对我悲，朋友相追攀。出门无所见，白骨蔽平原。路有饥妇人，抱子弃草间。顾闻号泣声，挥涕独不还。“未知身死处，何能两相完？”驱马弃之去，不忍听此言。南登灞陵岸，回首望长安。悟彼下泉人，喟然伤心肝。

这首诗在社会大动乱的广阔背景下，着重描写了一个因为饥饿所迫忍痛抛弃亲生幼子的妇人，深刻揭露了军阀混战带给人民的苦难，表达了作者的同情。清代吴淇评论此诗：“盖人当乱离之际，一切皆轻，最难割者骨肉，而慈母于幼子尤甚。写其重者，他可知矣。”（《六朝选诗定论》卷六）这是很有见地的。

王粲的诗歌主要围绕个人的身世感伤抒写，情发于中，故能真实感人；又因为常是感物而发，故能做到“局面阔大”（姚范《昭昧詹言》卷一引）。清代方东树认为其诗“苍凉悲慨，才力豪健，陈思而下，一人而已”（《昭昧詹言》卷二）。王粲作诗，每“思如泉涌”，“下笔成篇”（曹植《王仲宣诔》），但也常缺乏剪裁，因此后人说他“真实有余，澄滤不足”（陈绎曾《诗谱》）。

其辞赋代表作《登楼赋》是建安辞赋中的名篇。此赋开篇描写荆州一带的景色，然后即景抒情，抒写了作者滞留荆州时的思土怀乡之情：

> 遭纷浊而迁逝兮，漫逾纪以迄今。情眷眷而怀归兮，孰忧思之可任！凭轩槛以遥望兮，向北风而开襟。平原远而极目兮，蔽荆山之高岑。路逶迤而修迥兮，

川既漾而济深。悲旧乡之壅隔兮，涕横坠而弗禁。昔尼父之在陈兮，有“归欤”之叹音；钟仪幽而楚奏兮，庄舄显而越吟；人情同于怀土兮，岂穷达而异心！

这一节之后，作者又吐露了壮志难酬的痛苦。全赋写景与抒情完美结合，将读者带入一个深切感人的情境之中。文笔清通，音调谐婉，毫无汉代大赋那种铺陈堆砌之弊。

刘勰对王粲的诗赋做出了高度评价，称之为“七子之冠冕”（《文心雕龙·才略》）。

刘桢（？—217），字公干，做过曹操的丞相掾。他在六朝时诗名甚高，与曹植并称“曹刘”，可惜作品流传下来的不多。最为人所称道的是《赠从弟三首》之三：

亭亭山上松，瑟瑟谷中风。风声一何盛，松枝一何劲。冰霜正惨凄，终岁常端正。岂不罹凝寒？松柏有本性。

写得气壮韵高，很能体现其风格。

陈琳（？—217），字孔章，阮瑀（？—212），字元瑜，皆以章表书记闻名，但也能诗，陈琳的《饮马长城窟行》和阮瑀的《驾出北郭门行》都是运用乐府题目反映现实之作，具有浓郁的民歌特色。

孔融（153—208），字文举，孔子的二十世孙。他在“七子”中年龄最高，政治观点不同于其余六子，文学上也有独到之处。他擅长的是散文，代表作有《荐祢衡表》和《论盛孝章书》，均写得气势奔放，辞采飞扬，如《论盛孝章书》第一段：

岁月不居，时节如流。五十之年，忽焉已至。公为始满，融又过二。海内知识，零落殆尽，惟会稽盛孝章尚存。其人困于孙氏，妻孥湮没，单孑独立，孤危愁苦。若使忧能伤人，此子不复得永年矣。《春秋传》曰：“诸侯有相灭亡者，桓公不能救，则桓公耻之。”今孝章实丈夫之雄也，天下谈士，依以扬声；而身不免于幽执，命不期于旦夕。是吾祖不当复论损益之友，而朱穆所以绝交也。公诚能驰一介之使，加咫尺之书，则孝章可致，友道可弘矣。

虽然骈俪成分较重，然却不同于东汉文人堆砌之作，反映出新的变化。曹丕说他“体气高妙，有过人者”（《典论·论文》），刘勰说他“气盛于为笔”（《文心雕龙·才略》），于此可知其文章风格。

蔡琰是一位女诗人，然而其才华与成就一点也不输给七子。她字文姬，汉末著名学者蔡邕之女，博学多才，精通音律。汉末动乱中，曾被掳掠到南匈奴，嫁与左贤王，生二子。建安十二年（207），被曹操赎回，再嫁董祀。

后世题为蔡琰所作的三首诗仅五言《悲愤诗》一首可信，骚体《悲愤诗》当是伪作，而《胡笳十八拍》尚有争议。然而即使五言《悲愤诗》一首也足以奠定她在文学史上的地位了。这是一首自叙遭遇的叙事之作，诗中先写被董卓乱兵所掳、遭受非人待遇的经过，再写在胡地的生活，以及被赎归时与儿子分别的悲哀，最后写归乡后的凄凉与忧愁。由于所写俱为作者亲身经历，且又具有女性体物的敏感精细，因此刻画场景细腻入微，历历如在目前，让人有亲临其境之感，而写内心活动更所擅长，剔微抉隐，婉曲尽情，如其被赎归时与儿子和同样流落胡地的中原之人相别一节：

> 邂逅徼时愿，骨肉来迎己。己得自解免，当复弃儿子。天属缀人心，念别无会期。存亡永乖隔，不忍与之辞。儿前抱我颈，问“母欲何之？人言母当去，岂复有还时？阿母常仁恻，今何更不慈？我尚未成人，奈何不顾思？”见此崩五内，恍惚生狂痴。号泣手抚摩，当发复回疑。兼有同时辈，相送告离别。慕我独得归，哀叫声摧裂。马为立踟蹰，车为不转辙。观者皆歔欷，行路亦呜咽。

该节写得酣畅淋漓，悲怆感人，成为全诗的一个高潮。

此诗长达540字，此前尚无这样长篇的文人叙事诗。其通过个人遭遇折射社会现实的写法，其运用细节生动地再现各种场景和表现人物内心的手段，都给后来诗人较大影响。这种影响通过唐代杜甫的《北征》就可以看出来。

以上所有建安作家以他们直面现实、内容深厚、风格健朗、个性色彩鲜明的创作共同造就了这个时代文学的繁荣与辉煌。从此，建安文学便成为后代作家心目中代表着优良文学传统的一面旗帜，成为中国文学史上标明文学健康发展方向的一座碑石，给予后来文学以极为深远、巨大的影响。后代作家在反对绮靡萎弱的形式主义文风和强调作品的现实意义时，往往高悬起建安文学作为效法的典范。初唐陈子昂大声疾呼地提倡“汉魏风骨”，盛唐李白高唱“蓬莱文章建安骨”，就是有力的例证。

第四节 阮籍和嵇康

一、阮籍

正始时代也出现了一批作家，成就最为突出的是阮籍和嵇康。

阮籍（210—263），字嗣宗，陈留尉氏（今河南开封）人。父阮瑀，“建安七子”之一，曾为丞相掾。阮籍早年“好诗书”，怀有济世之志，有名于时。做过步兵校尉，人称阮步兵。在当时的政治斗争中，他成为曹魏集团和司马氏集团竭力笼络的对象。

他看不惯曹魏集团的腐败，又不满于司马氏集团的虚伪奸诈和篡权野心，故极力超脱于两大集团争斗之外。曹爽被杀后，司马氏集团加紧篡权步伐，大肆屠杀异己。阮籍惧遭杀身之祸，采取了玩世不恭、消极抵抗的态度。饮酒狂放，“不与世事”，“口不臧否人物”，成为他全身避祸的手段。

阮籍思想上标榜“自然”，行为上蔑弃礼法，包含着对抗司马氏虚伪提倡“儒家礼教”的意图。实际上他并非真的要毁坏礼教，只是由于不满于司马氏假礼教之名而行篡权之实罢了。因此当他的儿子阮浑想学他狂放任诞时，他表示反对。可见他的放诞是做出来的，正如鲁迅先生所指出的：“魏晋时代，崇奉礼教的看来似乎很不错，而实在是毁坏礼教，不相信礼教的。表面上毁坏礼教者，实则倒是承认礼教，太相信礼教……将礼教当作宝贝看待的。”（《魏晋风度及文章与药及酒之关系》）

阮籍痛恨司马氏对礼教的亵渎，可是又不敢公开揭露和反抗；他虽然慕奇士，耻荣名，可是却不得不担任司马氏强加给他的官职；他虽然采仙药，尚逍遥，可是又明知现实终究无法回避。由此造成了他灵魂的分裂、思想的矛盾、行为的怪异和感情上的痛苦。史书记载他“时率意独驾，不由径路，车迹所穷，辄恸哭而返”（《晋书·阮籍传》），正是其内心痛苦的反映。只有了解了上述情况，我们才能真正理解阮籍的文学创作。

阮籍的代表作是八十二首《咏怀诗》。它们非一时一地之作，其内容也是复杂的。总的说来，它们是诗人那颗充满矛盾与痛苦心灵的袒露，是诗人愤懑而凄厉的呐喊。

《咏怀诗》第一首可以看作全组诗的总纲：

> 夜中不能寐，起坐弹鸣琴。薄帷鉴明月，清风吹我襟。孤鸿号外野，翔鸟鸣北林。徘徊将何见，忧思独伤心。

诗中刻画了一位深夜不寐，充满了孤独、彷徨、绝望情绪的抒情主人公形象，其内心难以排解的悲哀、忧思笼罩全组诗，成为全组诗的基调。

这组诗中有的以追求美女失败喻指理想的不能实现，如“西方有佳人，皎若白日光。被服纤罗衣，左右珮双璜……悦怿未交接，晤言用感伤。”（其十九）有的以凤凰羽翼摧伤为喻，写自己满怀才华与壮志，却横遭打击压抑的不幸：“林中有奇鸟，自言是凤凰。清朝饮醴泉，日夕栖山冈。高鸣彻九州，延颈望八荒。适逢商风起，羽翼自摧藏。”（其七十九）有些直接吐露他在恐怖的政局中如履薄冰的惶惧不安：“一日复一夕，一夕复一朝。颜色改平常，精神自损消。……但恐须臾间，魂气随风飘。终身履薄冰，谁知我心焦。”（其三十四）“天网弥四野，六翮掩不舒。随波纷纶客，檵檵若凫鹥。生命无期度，朝夕有不虞。”（其四十一）有些又以草木由繁华转为憔悴曲写世事的反复：“嘉树下成蹊，东园桃与李。秋风吹飞藿，零落从此始。繁华有憔悴，堂上生荆杞。”（其三）“夭夭桃李花，灼灼有辉光。悦怿若九春，磬折似秋霜。”（其十二）此外，还有些诗慨叹生死之无常（其三十二、其五十三），有些诗表达了不能把握自身命运的无奈（其四、其二十四），等等。这些写心之作，尽管所咏之情非止一端，所写之事非止一件，可是它们的情调却很一致。它们把诗人那颗交织着重重矛盾与忧伤的心呈现在我们面前。

诗人不仅解剖自己的内心，也写了一些反映政局之作，只是手法相当隐曲罢了。如《咏怀诗》其三十一：

> 驾言发魏都，南向望吹台。箫管有遗音，梁王安在哉！战士食糟糠，贤者处蒿莱。歌舞曲未终，秦兵已复来。夹林非吾有，朱宫生尘埃。军败华阳下，身竟为土灰。

诗作表面上是咏战国时期的魏国，实则指曹魏政权，批评曹魏当权者的醉生梦死、荒淫腐朽，影射了其必然灭亡的下场。

再如其六十七：

> 洪生资制度，被服正有常。尊卑设次序，事物齐纪纲。容饰整颜色，磬折执圭璋。堂上置玄酒，室中盛稻粱。外厉贞素谈，户内灭芬芳。放口从衷出，复说道义方。委曲周旋仪，姿态愁我肠。

诗中揭露了礼法之士满口道义实则内心卑污的虚伪本质，表示了对他们的极大蔑视，这是对司马氏假礼法、假名教的辛辣讽刺。

阮籍对黑暗现实强烈不满，可是又忧谗畏祸，不敢直接发泄，这种心理状态决定了他一方面“使气以命诗”（《文心雕龙·才略》），诗中多牢骚，多感慨；另一方面又多用比兴，多用象征，言在此而意在彼，隐晦曲折。正如钟嵘《诗品》所云：“言在耳目之内，情寄八荒之表”，“厥旨渊放，归趣难求”，以致有许多诗今天已经难以确知其所指了。

阮籍在五言诗的发展上做出了贡献，首先，他开创了大型抒情组诗的形式，为用五言诗反映多方面的生活内容和复杂的心绪提供了新的方法和新的艺术经验。

其次，自五言诗产生以来，还没有一位诗人完全脱离乐府专门写作五言徒诗。五言诗的发展始终受到乐府诗的牵制。阮籍成了第一个全力写作五言徒诗的诗人，这样，他就为五言古诗脱离乐府影响而独立发展奠定了基础。

还有，阮籍运用五言诗细腻准确地刻画内心感受，形象生动地传达思想意绪的杰出本领及其诗歌含蓄不露、婉而多讽的艺术风格也都给后人以无穷的启示，对五言诗的发展起到了一定的推动作用。

阮籍的文章亦好“使气”，《大人先生传》是其代表作。文中借大人先生之口表达了阮籍“应变顺和”“通于自然”的思想，他把拘守礼法的世俗之士比作破裤子中的一群虱子：“逃乎深缝，匿乎败絮，自以为吉宅也。行不敢离缝际，动不敢出裤裆，自以为得绳墨也。饥则啮人，自以为无穷食也。然炎丘火流，焦邑灭都，群虱死于裈中而不能出。汝君子之处区内，亦何异夫虱之处裈中乎?”这里显然隐含着对司马氏虚伪提倡名教的讽刺。此文全篇用韵，采纳了赋体常用的借长篇大论的对话来表达内容的写法，并吸收了《庄子》寓言和楚辞的某些手法，骈散结合，很有特点。

二、嵇康

嵇康（223—363），字叔夜，谯国铚（今安徽宿县西）人。出身寒微，曾靠锻铁为生。质性自然，恬静寡欲，喜博览，好庄老。后与魏宗室通婚，官拜中散大夫。

他性格峻烈，坚决拒绝与司马氏集团合作，并对司马氏假名教之名行篡权之实的丑行进行过嘲讽，加之司马氏党羽钟会谗言陷害，终被杀。

嵇康“性绝巧”，博学多艺，能诗文，通音律，擅长锻铁与弹琴。为当时文人所钦敬，临刑前，太学生三千人请求拜他为师，未被当政者允许。他索琴弹了一首《广陵散》，叹息说：“我死后，《广陵散》将要失传了。”

思想上，嵇康同样标榜“自然”。不过，其“自然观”的内涵与阮籍是有差别的。两人虽然都是用“自然”与司马氏的“名教”对抗，但阮籍所说的“自然”含有“应变顺和”的意思，而嵇康的“自然”更强调保持纯朴的本性，强调“性不可化”。他们的个性差别也很大，阮籍虽然亦豪迈不羁，有傲世之情，但“喜怒不形于色”；虽然亦对司马氏不满，可是能够隐忍不言。而嵇康却刚烈异常，对司马氏的不满肆笔直陈，有言必尽。其遭到杀害，这是一个重要原因。

嵇康能诗善文，尤以散文的成就更为突出。代表作是《与山巨源绝交书》。山巨源名涛，“竹林七贤”之一，原是嵇康的朋友。他没有坚持隐退，出来做了司马氏的官员，先任尚书吏部郎，后迁大将军从事中郎。他想请嵇康替代自己原来的职务，于是嵇康写了这封有名的书信，与之绝交。这是一篇嬉笑怒骂、痛快淋漓的妙文，信中有一段历陈他不愿做官的原因：

> 阮嗣宗口不论人过，吾每师之，而未能及。至性过人，与物无伤，惟饮酒过差耳。至为礼法之士所绳，疾之如雠，幸赖大将军保持之耳。以不如嗣宗之贤，而有慢弛之阙，又不识人情，闇于机宜；无万石之慎，而有好尽之累，久与事接，疵衅日兴，虽欲无患，其可得乎？又人伦有礼，朝廷有法，自惟至熟，有必不堪者七，甚不可者二：卧喜晚起，而当关呼之不置，一不堪也。抱琴行吟，弋钓草

野，而吏卒守之，不得妄动，二不堪也。危坐一时，痹不得摇，性复多虱，把搔无已，而当裹以章服，揖拜上官，三不堪也。素不便书，又不喜作书，而人间多事，堆案盈机，不相酬答，则犯教伤义，欲自勉强，则不能久，四不堪也。不喜吊丧，而人道以此为重，已为未见恕者所怨，至欲见中伤者。虽瞿然自责，然性不可化，欲降心顺俗，则诡故不情，亦终不能获无咎无誉如此，五不堪也。不喜俗人，而当与之共事，或宾客盈坐，鸣声聒耳，嚣尘臭处，千变百伎，在人目前，六不堪也。心不耐烦，而官事鞅掌，机务缠其心，世故烦其虑，七不堪也。又每非汤、武而薄周、孔，在人间不止，此事会显，世教所不容，此甚不可一也。刚肠疾恶，轻肆直言，遇事便发，此甚不可二也。以促中小心之性，统此九患，不有外难，当有内病，宁可久处人间邪？

这里所陈述的“必不堪者七，甚不可者二”，实际是表示了对司马氏拉拢的断然拒绝。作者在信中借责骂山涛，狠狠嘲讽了司马氏虚伪、残酷的本质，显示了作者“刚肠疾恶”、坚决不与当局同流合污的高尚节操，同时也显示出高妙的讽刺艺术。

这篇文章的讽刺力量首先源于它的真实。文中作者毫不掩饰地向人们敞开了自己的内心世界，真实而具体地展示了自己的性情和爱好，包括长处和短处，优点和缺点。他没有用高尚、高雅的外衣将自己包裹起来，对自己甚至不无揶揄，比如说自己“头面常一月十五日不洗，不大闷痒，不能沐也。每常小便，而忍不起，令胞中略转乃起耳。”疏懒至此，自然不是优点。但正因为作者如此毫不掩饰地敞开心扉，才令人更真切地了解作者的个性，才令人更加喜爱作者个性中美好的一面：孤直耿介，刚肠疾恶。正因为作者是如此率真，所以当他论述“必不堪者七，甚不可者二”时，才使得当时礼法的虚伪、不近人情、压抑个性显得非常明显和可笑，使得山涛的行为显得十分渺小而愚蠢。

这篇文章的讽刺力量还由于它的含蓄。谩骂或简单地丑化对方不是讽刺，嵇康对山涛的讽刺最能说明问题。他采用了各种写法讽刺山涛，或故意用反语，例如说：“吾昔读书，得并介之人，或谓无之，今乃信其真有耳。”这是讽刺山涛硬充“达人”，既要高位，又要名节；或巧用比喻，例如将山涛欲拉自己出来做官说成是“羞庖人之独割，引尸祝以自助”，是“强越人以文冕”，是“已嗜臭腐，养鸳雏以死鼠也”等。这些讽刺均有含蓄的特点，幽默而不油滑，深刻而不肤浅，收到了很好的效果。

文如其人，嵇康文风激烈峻切，语言尖刻辛辣，行文无拘无束。《文心雕龙·才略》说嵇康“师心以遣论”，由《与山巨源绝交书》就可以看出这一特点。

嵇康的诗歌有四言、五言、七言和杂言，几首四言诗的成就较高，最有名的是《幽愤诗》和《赠秀才入军》。《幽愤诗》是他入狱后所作，抒发自己无端受冤的愤慨，也写到了自己的理想人生：“采薇山阿，散发岩岫，咏啸长吟，颐性养寿。”在高蹈隐居中保持独立的个性和自由的精神，不为外物所伤。《赠秀才入军》一共18章，是写给其兄嵇喜的，诗中想像嵇喜自由洒脱的军中生活，实则写出了嵇康自己向往的生活方式，如下面两章：

良马既闲，丽服有晖。左揽繁弱，右接忘归。风驰电逝，蹑景追飞。凌厉中原，顾盼生姿。

（第九章）

息徒兰圃，秣马华山。流磻平皋，垂纶长川。目送归鸿，手挥五弦。俯仰自得，游心太玄。嘉彼钓叟，得鱼忘筌。郢人逝矣，谁与尽言。

（第十四章）

前一章描写纵马骑射、豪勇自喜的情景，后一章描写行军休息时游乐弹琴、悠然自得的情景，无不反映出作者的人生意趣，刻画传神，韵味悠长，似有不尽之余音。

建安文学　建安风骨　三曹　建安七子　正始文学

思考题

1. 从总体上看，建安文学表现出怎样的特征？
2. 结合作品说明曹操诗歌的思想内容和艺术特色。
3. 试比较曹操、曹丕、曹植的诗歌在题材内容和艺术风格上的变化。
4. 结合作品说明曹植在古代诗歌艺术发展上的贡献。
5. 正始文学是在什么样的政治背景下出现的？在内容和写作上形成了哪些主要特点？
6. 论述阮籍《咏怀诗》在内容和艺术表现上的特点。
7. 说明嵇康《与山巨源绝交书》的讽刺艺术。

第二章 西晋文学

本章提示

(1) 认识西晋太康年间以陆机为代表的文学创作的基本倾向。(2) 掌握左思的《咏史诗》的内容和风格特点。(3) 了解刘琨、郭璞的诗歌创作。

正始文学还保持着建安文学的基本精神，但是到了西晋，文风丕变。世族文人片面地学习、追求并发展了曹植诗赋创作中所表现出的“辞采华茂”的一面，越来越醉心于形式和技巧，越来越忽视表现真实深刻的生活体验，越来越与社会现实疏离。他们的创作失去了建安文学的慷慨悲凉之音，也失去了正始文学的沉郁遥深之调，诚如刘勰所批评的，“体情之制日疏，逐文之篇愈盛”(《文心雕龙·情采》)“采缛于正始，力柔于建安，或析文以为妙，或流靡以自妍：此其大略也。”(《文心雕龙·明诗》)，就像某些浓妆艳抹的女人，外表艳丽异常，实际上却已经失去健康的体质了。

西晋初年傅玄、张华的创作已经露出了形式主义的苗头，及至太康年间，就更变本加厉，形成一股强大的不良的文风，陆机、潘岳等皆推波助澜。当时只有左思能够自拔于这种风气之外。

第一节 陆机和潘岳

太康年间出现了很多作家，著名的有“三张、二陆、两潘、一左”(张载、张协、张亢、陆机、陆云、潘岳、潘尼、左思)。其中文学成就最高的是左思，而最能代表这一时代文学风貌和创作风尚的则是陆机。

一、陆机

陆机(261—303)，字士衡，吴郡(今上海松江一带)人，吴国丞相陆逊之孙，大司马陆抗之子。吴亡后，“退居旧里，闭门勤学，积有十年”(《晋书·陆机传》)。太康末，与弟陆云入洛阳，得到张华的赏识与誉扬，被辟为祭酒。后又任平原内史，因而后世称他为“陆平原”，不久死于“八王之乱”。

陆机颇以才华自命，并认为显示才华的最好方式是文学创作，故他倾力于此，颇有心得，这一点，由其《文赋》就可以看出来。这篇赋总结了他长期创作的种种经验与体会，其中关于创作过程的论述尤为精彩：

> 其始也，皆收视反听，耽思傍讯，精骛八极，心游万仞。其致也，情曈昽而弥鲜，物昭晰而互进。倾群言之沥液，漱六艺之芳润，浮天渊以安流，濯下泉而潜浸。于是沉辞怫悦，若游鱼衔钩而出重渊之深；浮藻联翩，若翰鸟缨缴而坠曾云之峻。收百世之阙文，采千载之遗韵，谢朝华于已披，启夕秀于未振，观古今于须臾，抚四海于一瞬。

这些话，没有创作实践的人是绝对写不出来的。这篇辞藻宏丽的赋也的确显示出了他“天才秀逸”的禀赋。

但可惜的是，其文学创作的用力点放在了如何雕章琢句上，而忽视了文学的根本，其成就也就很有限了。

太康诗人诗歌创作有两大倾向，一是拟古，二是追求形式技巧的翻新。这两方面，陆机表现得最为突出。

从拟古方面说，其《赠冯文罴迁斥丘令诗》8 章、《与弟清河云诗》10 章是拟《诗经》，《拟古诗》12 首是拟《古诗十九首》，拟汉乐府诗的就更多。尽管这些作品大多模拟得惟妙惟肖，可是作者自己性情不出，题材内容、表现手法均缺少创新，终觉乏味。清代陈祚明说：“士衡诗束身奉古，亦步亦趋，在法必安，选言亦雅，思无越畔，语无溢幅。造情既浅，抒响不高。拟古乐府，稍见萧森；追步《十九首》，便伤平浅。至于述志赠答，皆不及情。”（《采菽堂古诗选》卷十）黄子云说陆机这类诗“踵前人步伐，不能流露性情，均无足观。”（《野鸿诗的》）均是一针见血的批评。

从形式技巧的追求上说，陆机有几个特点，一是喜用华辞丽藻，其《文赋》中所说“藻思绮合，清丽芊眠。炳若缛绣，凄若繁弦”，正是其标榜的诗风。二是描写喜欢尽态极妍，淋漓尽情，而不避繁琐，所以他下笔往往刺刺不能休。张华曾对他说：“人之为文，常恨才少，而子更患其多。”（《晋书・陆机传》）刘勰说：“至如士衡才优，缀辞尤繁”（《文心雕龙・镕裁》）。这些话都带有贬义。三是喜用对偶，其对偶使用数量之多，已大大超过曹植。有些对偶句，一看即知是勉强凑成，如《长歌行》“逝矣经天日，悲哉带地川”，《赠弟士龙一首》“指途悲有余，临觞欢不足”，均意思重复，呆板无味。其名作也如此，例如《赴洛道中作诗》二首：

> 总辔登长路，呜咽辞密亲。借问子何之？世网婴我身。永叹遵北渚，遗思结南津。行行遂已远，野途旷无人。山泽纷纡馀，林薄杳阡眠。虎啸深谷底，鸡鸣高树巅。哀风中夜流，孤兽更我前。悲情触物感，沉思郁缠绵。伫立望故乡，顾影凄自怜。

> 远游越山川，山川修且广。振策陟崇丘，安辔遵平莽。夕息抱影寐，朝徂衔思往。顿辔依高岩，侧听悲风响。清露坠素辉，明月一何朗。抚枕不能寐，振衣独长想。

多数诗句都用了对偶，给人感觉是一味在追求对偶，颇有点“对偶至上”的味道。清代沈德潜对他这一点批评得极为严厉，说他“意欲逞博，而胸少慧珠，笔又不足以举之，遂开出排偶一家”。又说：“士衡以名将之后，破国亡家，称情而言，必多哀怨，乃词旨敷浅，但工涂泽，复何贵乎？”（《古诗源》卷七）

二、潘岳

当时与陆机齐名的是潘岳，号为“陆海潘江”。潘岳，字安仁，荥阳中牟（今河南开封附近）人。晋惠帝时谄事权臣贾谧，后为孙秀所害。其创作趋向与陆机大略相同，词繁藻丽，骈偶成分很重。但他笔下有挚情，故比陆机诗略胜一筹。其《悼亡诗》三首叙丧妻之悲，低徊哀婉，最为深挚感人，颇为后人所称道。如其一：

> 荏苒冬春谢，寒暑忽流易。之子归穷泉，重壤永幽隔。私怀谁克从，淹留亦何益。黾勉恭朝命，回心反初役。望庐思其人，入室想所历。帏屏无仿佛，翰墨有馀迹。流芳未及歇，遗挂犹在壁。怅恍如或存，周惶忡惊惕。如彼翰林鸟，双栖一朝只。如彼游川鱼，比目中路析。春风缘隙来，晨霤承檐滴。寝息何时忘，沉忧日盈积。庶几有时衰，庄缶犹可击。

诗中刻画恍惚中以为亡妻尚存的刹那感觉，表达物在人亡的悲戚，均异常细腻准确，让人低徊不尽。后代写丧妻之痛的诗词多受到这几首诗的影响，就连诗题也普遍采用了“悼亡”。不过，总起来说，潘岳的诗仍然存在着用语过繁之弊，而缺少含蓄不尽之妙。

陆机、潘岳及大多数太康诗人所兴起的这样一种刻意追求形式技巧的诗风固然不好，但需指出的是，第一，这种文学创作发展的趋向并非全都取决于他们个人的因素，也包含着一种历史发展的必然。从质朴到华丽，从简单到繁复，是文学发展的规律。萧统早已指出了这一点：“盖踵其事而增华，变其本而加厉，物既有之，文亦宜然。”（《文选序》）第二，太康诗人在形式技巧上的穷力追新，对于提升古代诗歌的艺术美是有贡献的，他们在遣词用字、对偶、声律等等方面积累的艺术经验是一笔不能忽视的财富，不仅对南朝诗歌，就是对唐代诗歌也都产生过影响。

第二节 左 思

当倾力追求形式技巧在太康诗人中形成风气的时候，只有一位诗人特立独行，坚守自己的创作立场，写出了一批风骨遒劲的诗篇，取得了这一时代文学的最高成就。他就是左思。思字太冲，临淄（今属山东）人。出身寒微，晋武帝时，其妹左棻以才名被选入宫，全家迁居洛阳。思貌寝口讷，然辞藻壮丽。尝苦思十年，完成《三都赋》，当时豪贵之家竞相传写，洛阳为之纸贵。惠帝时，曾应贾谧之请为其讲授《汉书》。谧诛，退居宜春里，专心读书著述。后齐王冏命为记室，辞不就。太安中，张方作乱京师，举家迁居冀州，数岁后病死。

左思以《三都赋》显名，但真正奠定其文学地位的是《咏史》诗八首。

以《咏史》为题，始于班固。但班固之作粘滞于史实，缺少想象与文采，钟嵘因有“质木无文”之讥。其后，王粲、阮瑀均写有《咏史诗》，曹植《三良诗》也属于此类。

左思《咏史》八首虽因袭旧题，但并不因袭旧的写法。旧的写法大体是咏叹本事，而左思则是借古人古事以抒己情己怀，表现出极大的创新性。明代胡应麟说：“《咏史》之名，起自孟坚（班固），但指一事。魏杜挚《赠毌丘俭》，叠用八古人名，堆垛寡变。太冲题实因班，体亦本杜，而造语奇伟，创格新特，错综震荡，逸气干云，遂为千古绝唱。”（《诗薮·外编》卷二）这是很中肯的评价。

八首诗非作于一时，第一首作期最早，当作于公元 280 年灭吴以前。这首诗并未涉及史事，但与下面咏鲁仲连、咏扬雄等几首呼应，当看作一篇序诗。诗中表达了为国立功，功成之后归隐田庐的愿望：

> 弱冠弄柔翰，卓荦观群书。著论准《过秦》，作赋拟《子虚》。边城苦鸣镝，羽檄飞京都。虽非甲胄士，畴昔览《穰苴》。长啸激清风，志若无东吴。铅刀贵一割，梦想骋良图。左眄澄江湘，右盼定羌胡。功成不受爵，长揖归田庐。

这首诗写得辞情慷慨，可以看出作者高度自负的个性和不凡的怀抱。

第三首同第一首意思相近，借赞扬段干木和鲁仲连表明了同样的理想。

不过，八首中写得最多的是对不合理的门阀制度的控诉与抨击。左思出身寒微，尽管其妹做了晋武帝贵嫔，但其仕途依旧偃蹇，空有才华与抱负，根本得不到机会施展，因此他充满了愤懑。其四、其六、其七都热烈歌颂了奇伟的寒士，用以对比那些庸碌的豪门贵族，吐露了对豪门贵族的极度轻蔑。如其六：

荆轲饮燕市，酒酣气益震。哀歌和渐离，谓若旁无人。虽无壮士节，与世亦殊伦。高眄邈四海，豪右何足陈！贵者虽自贵，视之若埃尘。贱者虽自贱，重之若千钧。

其二更直接揭示了由门阀制度造成的“黄钟长弃，瓦釜雷鸣”的荒唐现实：

郁郁涧底松，离离山上苗，以彼径寸茎，阴此百尺条。世胄蹑高位，英俊沉下僚。地势使之然，由来非一朝。金张藉旧业，七叶珥汉貂。冯公岂不伟，白首不见招。

其五结合自己的意旨写得尤为慷慨激扬：

皓天舒白日，灵景耀神州。列宅紫宫里，飞宇若云浮。峨峨高门内，蔼蔼皆王侯。自非攀龙客，何为欻来游？被褐出阊阖，高步追许由。振衣千仞冈，濯足万里流。

他表示要与豪门权贵决裂，追步隐士许由，保持自己纯洁的节操与高尚的人格。

《咏史》八首各篇写法不一，“或先述己意，而以史事证之；或先述史事，而以己意断之；或止述己意，而史事暗合；或止述史事，而己意默寓”（张玉谷《古诗赏析》），且一篇之内往往吟咏多件史实，错综穿插，相当灵活自由。而不管所咏何事，都是服从于抒发作者感情的需要。此种写法，对后世咏史诗的发展产生了相当大的影响，因此后人评论说：“创成一体，垂式千秋。”（陈祚明《采菽堂古诗选》卷十一）

在格调上，左思诗意气豪迈，高唱入云，《诗品》称为“左思风力”。清代沈德潜将左思与陆机、潘岳等做了对比，说：“太冲胸次高旷，而笔力又复雄迈，陶冶汉魏，自制伟词，故是一代作手，岂潘、陆辈所能比埒。”（《古诗源》卷七）

但左思并非只能写豪迈之作，他也能写出充满温情的表现生活琐事之作，如《娇女诗》写其两个小女儿娇憨活泼的情态，就极为传神。

吾家有娇女，皎皎颇白皙。小字为纨素，口齿自清历。鬓发覆广额，双耳似连璧。明朝弄梳台，黛眉类扫迹。浓朱衍丹唇，黄吻烂漫赤。娇语若连琐，忿速乃明愲。握笔利彤管，篆刻未期益。执书爱绨素，诵习矜所获。其姊字惠芳，面目粲如画。轻妆喜楼边，临镜忘纺绩。举觯拟京兆，立的成复易。玩弄眉颊间，剧兼机杼役。从容好赵舞，延袖像飞翮。上下弦柱际，文史辄卷襞。顾眄屏风画，如见已指摘。丹青日尘暗，明义为隐赜。驰骛翔园林，果下皆生摘。红葩缀紫蒂，萍实骤抵掷。贪华风雨中，眒忽数百适。务蹑霜雪戏，重綦常累积。并心注肴馔，端坐理盘槅。翰墨戢闲案，相与数离逖。动为鑪钲屈，屣履任之适。止为荼荈据，吹嘘对鼎䥶。脂腻漫白袖，烟熏染阿锡。衣被皆重地，难与沉水碧。任其孺子意，羞受长者责。瞥闻当与杖，掩泪俱向壁。

诗人敏锐的观察力和捕捉细节的能力真让人惊异，诗中写了一连串生活琐事，而两个小女儿天真、顽皮的情态和诗人对女儿的挚爱正是通过这些琐事跃然纸上。后来陶渊明的《责子》诗、杜甫《北征》中的片断、李商隐的《骄儿诗》都受到它的影响。

第三节　刘琨和郭璞

西晋末年，社会发生动乱，太康年间文士云集、才华竞逐的局面不复存在。在文学创作出现萧条的时候，却出现了两位超迈太康群彦的诗人——刘琨和郭璞。

一、刘琨

刘琨（270—317），字越石，中山魏昌（今河北东南部）人。出身贵族，本来爱奢豪，嗜声色，慕老庄。西晋末年，外族入侵，国破家亡，亲友凋残，他“百忧俱至”，“哀愤两集”（《答卢谌书》），思想感情发生了变化。时任刺史、大将军的他奋勇投身于卫国斗争，成为著名爱国志士。后因战败，投奔幽州刺史鲜卑人段匹磾，和他相约共扶晋室。后因他的儿子得罪段匹磾，牵连入狱，不久被杀。

刘琨诗歌现仅存三首：《扶风歌》《答卢谌》《重赠卢谌》，均写于卫国斗争之中。他并非有意去“作”诗，只不过借以倾吐被国破家亡的现实激荡起的无比愤郁、无法阻遏的感情罢了。例如写于永嘉元年（307）九月赴并州刺史任上的《扶风歌》：

朝发广莫门，暮宿丹水山。左手弯繁弱，右手挥龙渊。顾瞻望城阙，俯仰御飞轩。据鞍长叹息，泪下如流泉。系马长松下，发鞍高岳头。烈烈悲风起，泠泠涧水流。挥手长相谢，哽咽不能言。浮云为我结，归鸟为我旋。去家日已远，安知存与亡。慷慨穷林中，抱膝独摧藏。麋鹿游我前，猿猴戏我侧。资粮既乏绝，薇蕨安可食？揽辔命徒侣，吟啸绝岩中。君子道微矣，夫子固有穷。惟昔李骞期，寄在匈奴庭。忠信反获罪，汉武不见明。我欲竟此曲，此曲悲且长。弃置勿重陈，重陈令心伤。

据《晋书·刘琨传》："琨在路上表曰：'九月末得发，道险山峻，胡寇塞路。辄以少击众，冒险而进。顿伏艰危，辛苦备尝。即日达壶口关。臣自涉州疆，目睹困乏，流移四散，十不存二。……'琨募得千余人，转斗至晋阳（并州州治，今山西太原）。府寺焚毁，僵尸蔽地，其有存者，饥羸无复人色。荆棘成林，豺狼满道。"由这段记载，可知刘琨作诗时感情是如何的沉痛与复杂了，所以他并不计较词藻、形式的工与拙，只想淋漓尽致地宣泄内心，将自己的所见所感表现出来。正是在这种不经意的如实抒写中，途中的困苦之状、炽热的爱国之情、对混乱局势的忧愁、对家人安危的担心、对抗敌不力的朝廷的怨愤，一并倾泻出来，交织成悲怆感人的旋律。

刘琨被段匹磾投入狱中后所作的《重赠卢谌》也是很感人的作品：

握中有悬璧，本自荆山璆。惟彼太公望，昔在渭滨叟。邓生何感激，千里来相求。白登幸曲逆，鸿门赖留侯。重耳任五贤，小白相射钩。苟能隆二伯，安问党与雠？中夜抚枕叹，想与数子游。吾衰久矣夫，何其不梦周？谁云圣达节，知命故不忧？宣尼悲获麟，西狩泣孔丘。功业未及建，夕阳忽西流。时哉不我与，去乎若云浮。朱实陨劲风，繁英落素秋。狭路倾华盖，骇驷摧双辀。何意百炼钢，化为绕指柔。

诗的前半段引述大量史实，表达了自己欲扶助晋室，挽狂澜于既倒的至诚愿望，同时寄希望于卢谌，希望他能完成救国使命。后半段则流露出遭世多艰，运去难为的悲慨。

刘琨诗悲壮激越，风骨接近建安之作，故钟嵘《诗品》说他"善为凄戾之词，自有清拔之气"，《文心雕龙·才略》说他"雅壮而多风"，清代沈德潜评曰："越石英雄失路，万绪悲凉，故其诗随笔倾吐，哀音无次，读者乌得于语句间求之！"刘琨在西晋末年的诗坛上的确显得卓荦不群。

二、郭璞

郭璞（276—324），字景纯，河东闻喜（今山西绛县附近）人。好经术，博学有高才，注释过《尔雅》《山海经》《穆天子传》《楚辞》等书。西晋灭亡，随晋室南渡。后因反对王敦谋反，被杀。

郭璞是由西晋进入东晋的人物。西晋末年，玄言诗已经兴起。能够自拔于玄言诗影响之外，取得较高创作成就的，当时只有他一人。其代表作为《游仙诗》，共19首，其中九首为残篇。秦汉时即出现过这类题材作品，而以"游仙"为题则始于曹植。游仙诗可分为两类，一类表达企慕神仙、追求长生之旨，算是正格的游仙诗；一类则借游仙之名，抒发愤世之情。郭璞的游仙诗属于后一类。因此钟嵘《诗品》谓其"词多慷慨，乖远玄宗”，“坎壈咏怀，非列仙之趣也”。

郭璞其实是一个有着用世之志的人，但屈沉下僚，坎壈失志，因此《游仙诗》中部分作品是表达壮志难酬之哀的，如第五首：

逸翮思拂霄，迅足羡远游。清源无增澜，安得运吞舟？珪璋虽特达，明月难暗投。潜颖怨青阳，陵苕哀素秋。悲来恻丹心，零泪缘缨流。

还有的作品抒发了高蹈隐逸之情，如第一首：

京华游仙窟，山林隐遁栖。朱门何足荣，未若托蓬莱。临源挹清波，陵冈掇丹荑。灵溪可潜盘，安事登云梯？漆园有傲吏，莱氏有逸妻。进则保龙见，退为触藩羝。高蹈风尘外，长揖谢夷齐。

诗中表示了对朱门荣华的鄙视和对仕进道路的否定，联系当时风云动荡的时局，诗人产生这种思想是很容易理解的。

郭璞的《游仙诗》与当时流行的“理过其辞，淡乎寡味”的玄言诗的一个明显不同是相当讲究文采和形象，并非抽象说理。因此刘勰用“艳逸”二字评价之（《文心雕龙·才略》），钟嵘也谓之“文体相辉，彪炳可玩”（《诗品》中）。元代陈绎曾甚至认为：“郭璞构思险怪而造语精圆，三谢皆出于此，杜、李精奇处皆取此”（《诗谱》）。当两晋交替、玄言诗笼罩诗坛之际，郭璞的《游仙诗》可谓独步一时。

关键概念

“三张二陆两潘一左”　咏史诗　游仙诗

思考题

1. 结合陆机的创作说明太康诗歌创作的不良倾向。
2. 论述左思《咏史》诗的思想内容和艺术风格。
3. 简略说明刘琨、郭璞诗歌的特点。

第三章　陶渊明

本章提示

（1）了解陶渊明的生平、思想、个性特点和作品的基本情况。（2）重点掌握陶渊明开创田园诗的原因和其田园诗的基本内容。（3）掌握陶渊明的咏怀诗和咏史诗。（4）结合作品认识其诗歌的艺术成就。（5）了解陶渊明在散文和辞赋创作上所取得的成就。（6）准确把握陶渊明在文学史上的地位和影响。（7）熟读陶渊明诗歌、散文和辞赋的代表性作品，背诵《归园田居》其一、三，《饮酒》其五，《杂诗》其二等。

玄学在魏末形成以后，士大夫很快便普遍接受这种思辨色彩浓厚的哲学，清谈玄理，成为一代风尚。东晋一朝，玄风尤甚，连诗坛也为玄风所笼罩。直到晋末陶渊明出，才用自己不谐流俗、风格独特的卓绝诗篇照亮了诗坛。

第一节　陶渊明的生平

陶渊明（365？—427），又名潜，字元亮，江州浔阳柴桑（今江西九江附近）人。他的一生，正处在晋宋易代之际。政治局面异常复杂，士族大姓之间、军阀之间争权夺利，社会动荡不宁。思想界儒学、玄学、佛学相互驳难，斗争也很激烈。

陶渊明的曾祖父陶侃曾任晋朝大司马，祖父做过太守，父亲也做过官，但官职不高。到陶渊明时家境更加衰落。

陶渊明一生可以分为三个阶段，第一个阶段是出仕之前。这一时期他是在家乡度过的，他做的主要事情就是读书。读书生活和家乡的美丽山水对他的性格是一种陶冶，“少无适俗韵，性本爱丘山”（《归园田居》其一），“少年罕人事，游好在六经”（《饮酒》其十六），“少学琴书，偶爱闲静，开卷有得，便欣然忘食。见树木交荫，时鸟变声，亦复欢然有喜。尝言五六月中，北窗下卧，遇凉风暂至，自谓是羲皇上人”（《与子俨等书》）。这些话，反映了他的情趣所在。

《归去来兮图》

不过，年轻的陶渊明还是怀有建功立业的热情的，“猛志逸四海，骞翮思远翥”（《杂诗》其五）一类诗句，便是他当年雄心勃勃的写照。

第二个阶段从他第一次出仕到辞去彭泽县令之时，这一时期他处于仕隐之间。第一次出仕是在 29 岁，任江州祭酒。他看不惯官场污浊，不久即辞职。后江州召为主簿，不应。但他对统治者仍存有幻想，且壮志犹存，所以几年后，到江陵又做了荆州刺史兼江州刺史桓玄的幕僚。当时桓玄掌握着长江中上游的军政大权，图谋篡晋的野心开始显露。陶渊明任职一段时间后，逐渐发觉并越来越厌恶桓玄图谋篡位的不轨之举，不愿为之效力。后其母亲去世，便辞官奔丧。

就在陶渊明居丧期间，晋安帝元兴元年（402），桓玄举兵东下，攻入建康，次年称帝。转年，刘裕起兵讨伐桓玄，攻入京城，杀死桓玄，恢复了晋安帝的皇帝名义。他自己做了镇军将军，掌握了国家大权。这时，陶渊明再一次出仕，做了刘裕的参军。安帝义熙元年（405）又改做建威将军刘敬宣的参军，不久刘敬宣“自表解职”，他奉命出使京都，完成使命后，便回到家中。

义熙元年八月他又求为彭泽县令。据《归去来兮辞序》，他这次求职，主要是为了解决家境艰难。可是，到这年的十一月他就辞官归隐了，在任只有八十几天。《归去来兮辞序》解释了辞官的原因：“及少日，眷然有归欤之情。何则？质性自然，非矫厉所得；饥冻虽切，违己交病。尝从人事，皆口腹自役；于是怅然慷慨，深愧平生之志。”这是他对几次出仕经历的反思与总结，他决心绝不再为经济的需要做违心的事情了，那只会使他痛苦不堪。

正当他经过深思熟虑做出彻底脱离官场决定的时候，郡里派了一名督邮到彭泽，检核县务。县吏告诉他：“应束带见之。”他叹曰：“我不能为五斗米折腰向乡里小人！”当天就解去印绶而归。从此，他再也没有出仕。

这一时期陶渊明时出时隐，是两种力量作用的结果。儒家的用世精神、建功立业的愿望、解决家庭经济需要，组成合力将他往仕途上推；其散淡自由的个性、魏晋时期流行的“君子循性而动”的风气、他对官场的厌恶和对政局的失望，组成另一股合力把他往隐居的道路上拉。最后是后一股力量占了上风。此时，他已经清醒地看出在那样一个黑暗污浊的社会中，自己“大济于苍生”的理想根本不可能实现，而仅仅为了经济的需要从而使“心为形役”，又为他所不齿，于是选择了一条洁身自好的道路。一旦确定了自己的人生轨道后，他就坚定不移地走了下去。尽管以后不断遭受“贫病常交战”的痛苦，时时产生思想斗争，但最后总是“道胜无戚颜”。

第三个阶段从归隐到去世。这期间，时局发生了更大的变化。在陶渊明归隐后的第十五个年头，刘裕凭借着多年所造成的政治局面，终于取代了晋王朝，自立为皇帝，建立起宋朝。陶渊明虽然远离了政治，隐居田园，却仍然时时关注着现实，这从他的诗文就可以看出来。对于朝代的更迭和混乱的时局，他感到非常痛苦。

这最后的二十多年里，陶渊明一直亲身耕作，养活家人。寒来暑往，风晨雨夕，辛苦备尝。而他的生活却越来越困顿了，还曾断过粮。他并非没有做官的机会，晋末曾召他为著作郎，宋元嘉时，江州刺史檀道济曾劝他出仕，但他都拒绝了。檀道济赠给他粱肉，尽管他当时已经“偃卧饥馁有日”，却拒绝接受，“麾而去之”（萧统《陶渊明传》）。

宋文帝元嘉四年（427）秋他生了病，给自己写了三首《挽歌诗》和一篇《自祭文》，不久就与世长辞了。私谥“靖节”，后世因称之为“靖节先生”。

陶渊明的思想是复杂的，主要受儒家和道家影响。其诗中说：“先师遗训，余岂云坠。”（《荣木》）“少年罕人事，游好在六经。”（《饮酒》其十六）“先师有遗训，忧道不忧贫。”（《癸卯岁始春怀古田舍》）先师指的就是孔子。由这些诗句，便可以看出他对于儒家思想的尊崇和所受到的濡染了。但他也表示过对于庄子的景仰：“路边两高坟，伯牙与庄周。此士难再得，吾行欲何求。”（《拟古》其八）吟咏过如下的诗句：“养真衡门下，庶以善吾名。”（《辛丑岁七月赴假还江陵夜行涂口》）“吁嗟身后名，于我若浮烟。”（《怨诗楚调示庞主簿邓治中》）反映了他鄙弃功名、旷达任情的思想。

陶渊明的个性很可爱，最主要的特点就是率真，待人接物、立身处世，无不一任自然，一任情之所至，“欲仕则仕，不以求之为嫌；欲隐则隐，不以去之为高。饥则扣门以乞食，饱则鸡黍以延客”（苏轼《书李简夫诗集后》）。有客来访，有酒即设，若先醉，就对客人说：“我醉欲眠，卿可去。”（《宋书・陶潜传》）其率真如此。他还很有雅趣，好饮酒，喜山水，嗜读书，并且酷爱音乐，《晋书》《宋书》中和萧统所撰《陶渊明传》都说他不解音律，因而准备了一张无弦琴，每饮酒畅快，“辄抚弄以寄其意”，且云：“但识琴中趣，何劳弦上声”。此外，他还有浓重的浪漫气质，少年时富于理想与幻想，“猛志逸四海，骞翮思远翥”（《杂诗》其五），即使到了晚年，壮心依然不灭，仍旧善于幻想，不然，何以能写出《桃花源记》，构思出那样一个美好的乌托邦式的理想社会？最能显示其浪漫气质的是《闲情赋》，请看他是如何表达对爱情的渴望的：

愿在衣而为领，承华首之余芳；悲罗襟之宵离，怨秋夜之未央。愿在裳而为带，束窈窕之纤身；嗟温凉之异气，或脱故而服新。愿在发而为泽，刷玄鬓于颓肩；悲佳人之屡沐，从白水以枯煎。愿在眉而为黛，随瞻视以闲扬；悲脂粉之尚鲜，或取毁于华妆。愿在莞而为席，安弱体于三秋；悲文茵之代御，方经年而见求。愿在丝而为履，附素足以周旋；悲行止之有节，空委弃于床前。愿在昼而为影，常依形而西东；悲高树之多荫，慨有时而不同。愿在夜而为烛，照玉容于两楹；悲扶桑之舒光，奄灭景而藏明。愿在竹而为扇，含凄飙于柔握；悲白露之晨零，顾襟袖以缅邈。愿在木而为桐，作膝上之鸣琴；悲乐极以哀来，终推我而辍音。

由这些对爱情心理的刻画就可以看出诗人是何等浪漫。有人认为这篇赋是以追求爱情的失败表达政治理想的幻灭，即便如此，以上描写也绝非缺少浪漫情调的人所能构想出来的。至于陶渊明个性中正直耿介、散淡旷达的特点上面已经提及，就不用多说了。

陶渊明一生创作不辍，留存到今天的作品有诗歌一百二十多首，辞赋和散文十几篇。

第二节 陶渊明诗歌的内容

陶渊明的文学创作以诗歌的成就最高。

陶诗中最有开创性的是田园诗。在陶渊明之前，《诗经》中虽然有《七月》等一些诗篇写到农事，但只是简单地罗列了农业生产的事项和农奴生活的状况，没有田园景色的描写，并且也见不到作者的个性，还算不得田园诗。《诗经》之后，大约由于士大夫对于农业劳动的鄙视，就连这类作品也几乎见不到了。陶渊明的田园诗为中国文学增添了新的题材，成为后世田园诗的开端。

陶渊明之所以能够开创出田园诗，首先是因为他有生活实践基础。归隐之前，他就曾参加过农业生产。归隐之后，其活动范围更主要在农村，接触到的多是田夫野老，议论的多是桑麻种植之事。其次是因为有思想基础，他不像一般士大夫一样鄙薄农业劳动，相反，他认为农业是衣食之源，人人都应当参加谋求衣食的生产，把这看成是最根本的人生之“道”。

陶渊明的田园诗有很多是表现田园景色和田园生活的恬美，抒发自己怡然自乐的心情的。《归园田居》其一是最有名的一篇：

少无适俗韵，性本爱丘山。误落尘网中，一去三十年。羁鸟恋旧林，池鱼思故渊。开荒南野际，守拙归田园。方宅十余亩，草屋八九间。榆柳荫后檐，桃李罗堂前。暧暧远人村，依依墟里烟。狗吠深巷中，鸡鸣桑树巅。户庭无尘杂，虚室有余闲。久在樊笼里，复得返自然。

这首诗是他归隐后的第二年写下的。开头八句仿佛在无限懊悔地对朋友追述往事，叙述了自己由家居到出仕再到归隐的整个过程，吐露了辞官归隐的原因。接下来的十句又像是无限欣喜地引导着朋友参观自己的田园了：田亩、草庐、榆柳、桃李、远村、近烟、狗吠、鸡鸣，这些景物构成了一种安宁美好、亲切温暖、情趣盎然的田园景象，渲染出一种恬静闲适的气氛，和被诗人比喻成“尘网”的黑暗污浊、令人窒息的官场形成了鲜明的对比。字里行间，流露出他对田园生活由衷的热爱。最后两句总结全诗，一腔喜悦之情溢于言表。

《归园田居》其二写农村事简人静的环境以及村人间纯朴的友情，这也是让他感到无比惬意的原因：

野外罕人事，穷巷寡轮鞅。白日掩荆扉，虚室绝尘想。时复墟里人，披草共来往。相见无杂言，但道桑麻长。桑麻日已长，我土日已广。常恐霜霰至，零落同草莽。

田园中，没有缠心烦虑的公务，没有虚与委蛇的应酬，连思虑都变得简单了，只谈论着、关心着庄稼。

陶渊明田园诗的另一些作品着重写了亲身从事农业劳动的体验。《癸卯岁始春怀古田舍》其二写出了劳动的愉悦：

先师有遗训，忧道不忧贫。瞻望邈难逮，转欲志长勤。秉耒欢时务，解颜劝农人。平畴交远风，良苗亦怀新。虽未量岁功，即事多所欣。耕种有时息，行者无问津。日入相与归，壶浆劳近邻。长吟掩柴门，聊为陇亩民。

在诗人看来，不算将来的收获，只是眼下的一切：劳动、欣欣向荣的禾苗、摆脱了世俗的缠绕，就足以让人心情无比舒畅了。这首诗作于归隐之前，属于早期作品，当时诗人的劳作是轻微的，还不必太为生计发愁，因此他感受到的主要是一种劳动的喜悦。但是后来在诗中表现越来越多的则是劳动的艰辛了，如《归园田居》其三：

种豆南山下，草盛豆苗稀。晨兴理荒秽，带月荷锄归。道狭草木长，夕露沾我衣。衣沾不足惜，但使愿无违。

诗人每天一早就需出去锄草，月亮东升才得以回来，草木上的露水打湿了衣衫，劳顿是不言而喻了。在后期的作品中，表现越来越多的是这样一种劳动体验，这让人想到，诗人抛弃养尊处优的官场生涯，扛起锄头，亲自劳作，并且日复一日，年复一年，尝尽艰辛，为的是坚守自己的人生志趣。这种人格的确让人崇敬。诗人的这种劳动体验不是一般士大夫所能具有的，这就使得陶渊明这些真实地表现自己劳动体会的诗显得非常难能可贵了。

《庚戌岁九月中于西田获早稻》表现劳动艰辛比上一首更为深刻：

> 人生归有道，衣食固其端。孰是都不营，而以求自安！开春理常业，岁功聊可观。晨出肆微勤，日入负耒还。山中饶霜露，风气亦先寒。田家岂不苦？弗获辞此难。四体诚乃疲，庶无异患干。盥濯息檐下，斗酒散襟颜。遥遥沮溺心，千载乃相关。但愿长如此，躬耕非所叹。

陶渊明归隐初期那种“采菊东篱下，悠然见南山”的潇洒已经很难看到了，为了生计，他必须和农民一样履霜践露，顶风冒寒，脚踏实地地耕种与收获。长时间的躬耕使他越来越感到疲劳与艰难，也使他更了解农民的思想，更了解他们的疾苦，有着和他们一样的生活体验了。但是他同时更深刻地理解了农业生产对于人生的意义。尽管躬耕无可避免地要吃尽苦头，但只要想到在这纷纷攘攘的乱世可以远离战争、动乱、官场倾轧等种种“异患”，避祸全身，想到可以像古代的高士长沮、桀溺一样保持自己的情操，他就愿意永远这样生活下去。

越到晚年，陶渊明的日子过得越艰难。我们在他的田园诗中读到了越来越多的悲苦。例如《有会而作》：

> 旧谷既没，新谷未登，颇为老农，而值年灾，日月尚悠，为患未已。登岁之功，既不可希，朝夕所资，烟火裁通。旬日以来，日念饥乏，岁云夕矣，慨然永怀，今我不述，后生何闻哉！
>
> 弱年逢家乏，老至更长饥。菽麦实所羡，孰敢慕甘肥！惄如亚九饭，当暑厌寒衣。岁月将欲暮，如何辛苦悲。长善粥者心，深念蒙袂非。嗟来何足吝，徒没空自遗。斯滥岂攸志，固穷夙所归。馁也已矣夫，在昔余多师。

青黄不接之际，诗人家中马上要揭不开锅，填饱肚子已经是奢望了。饥饿难耐中，他不禁想起了古代那位在饥荒中施粥的黔敖，想起了不食嗟来之食的那位饥者，认为那位饥者大可不必那样做，以至于饿死。可是如今，不仅没有了视尊严胜过生命的饥者那样的人，连黔敖一样的施粥者也没有了，“固穷”固然是诗人的夙志，但不“固穷”又能如何呢？一向重节操的诗人讲出这样的话，足见他的痛苦与愤激了。

再请看诗人54岁时所作的《怨诗楚调示庞主簿邓治中》：

天道幽且远，鬼神茫昧然。结发念善事，黾勉六九年。弱冠逢世阻，始室丧其偏。炎火屡焚如，螟蜮恣中田。风雨纵横至，收敛不盈廛。夏日长抱饥，寒夜无被眠。造夕思鸡鸣，及晨愿乌迁。在己何怨天，离忧凄目前。吁嗟身后名，于我若浮烟。慷慨独悲歌，钟期信为贤。

诗人回顾了自己所走过的坎坷之路，重点写了眼下的种种忧愁与窘迫：接踵而至的旱灾、虫灾、风灾、水灾使得一年的辛勤耕作几乎白白付出，所收无几，一家人饥寒交迫，苦捱时日。诗人时时刻刻都在为全家的生计忧虑，他感到现实问题远比渺茫玄虚的天道、鬼神和身后的虚名都来得切近与重要。诗人此时的生活境况已经同普通农民没有多少不同了。

《桃花源诗并记》在陶渊明田园诗中是很特别的一篇，它不是写现实，而是诗人在饱尝了忧患以后的晚年虚构出来的。诗前那篇著名小记和诗互相呼应与补充，写出了一个田园牧歌式的美好社会，那里“相命肆农耕，日入从所憩。桑竹垂余荫，菽稷随时艺。春蚕收长丝，秋熟靡王税。荒路暧交通，鸡犬互相吠。俎豆犹古法，衣裳无新制。童孺纵行歌，斑白欢游诣”，日出而作，日入而息，人人劳动，人人平等，丰衣足食，无忧无虑，民风古朴，幸福欢乐，既没有战争，也没有篡夺，自然连朝代更迭也不会发生了，用不着岁历的推算记载：“虽无纪历志，四时自成岁”。这样一个世外桃源不仅表达了诗人的理想，也凝聚了封建时代广大农民的愿望。诗人的这篇诗歌和小记因此千百年来得到人们由衷的喜爱与称赏，吟诵不绝。

除了田园诗，陶渊明还写过许多其他题材的诗歌。

《饮酒》20首、《拟古》9首、《杂诗》12首属于咏怀之作。这类诗在继承《古诗十九首》、阮籍《咏怀诗》的基础上又有所发展，其中的一个主要内容是反映理想与现实的矛盾冲突，吐露壮志难酬的苦闷。《杂诗》其二可为代表：

白日沦西阿，素月出东岭。遥遥万里辉，荡荡空中景。风来入房户，夜中枕席冷。气变悟时易，不眠知夕永。欲言无予和，挥杯劝孤影。日月掷人去，有志不获骋。念此怀悲凄，终晓不能静。

这首诗全面地表达了诗人归隐以后的心境。读了诗人抒写隐逸生活与情趣的诗篇，容易形成一种误解，以为诗人潇洒出尘，内心总是平和恬淡。这首诗告诉我们，其实他并没有忘怀自己的理想壮志，他一想到蹉跎岁月、未能驰骋抱负，就辗转难眠，不得不借酒浇愁。“欲言无予和，挥杯劝孤影”二句是说人不我知，“日月掷人去，有志不获骋”二句是说时不我待，他被这无以解脱的孤独与惆怅弄得无比悲伤、凄苦，以至于整夜不寐。

这类诗中还有的表达对人生意义的思索，如《饮酒》其三、《拟古》其四；有的赞美遗世独立的人格，如《饮酒》其八；有的慨叹生计的艰难，如《杂诗》其八，等等，展现了丰富的内心世界。

《咏贫士》7首、《咏二疏》、《咏三良》、《咏荆轲》、《读山海经》13首属于咏史之作。这类诗受左思《咏史》影响较大，但带有自己的特点。诗人借古人之事以写己情，如借咏古代人格高尚的贫士以表明安贫乐道、固守节操的志向，借咏功成后及时抽身退步的汉代疏广、疏受以表达“知足不辱，知止不殆”的思想等等。尤其值得注意的是他热情地歌颂了古代历史和神话传说中的几位反抗强暴、死而不屈的勇士，如《咏荆轲》：

> 燕丹善养士，志在报强嬴。招集百夫良，岁暮得荆卿。君子死知己，提剑出燕京。素骥鸣广陌，慷慨送我行。雄发指危冠，猛气冲长缨。饮饯易水上，四座列群英。渐离击悲柱，宋意唱高声。萧萧哀风逝，淡淡寒波生。商音更流涕，羽奏壮士惊。心知去不归，且有后世名。登车何时顾，飞盖入秦庭。凌厉越万里，逶迤过千城。图穷事自至，豪主正征营。惜哉剑术疏，奇功遂不成。其人虽已没，千载有余情。

再如《读山海经》其十：

> 精卫衔微木，将以填沧海。刑天舞干戚，猛志固常在。同物既无虑，化去不复悔。徒设在昔心，良晨讵可待！

荆轲、精卫、刑天都是失败了的英雄，但他们都表现出了一种伟大的人格力量，诗人着重表现的正是其疾恶精神与不屈意志，所以这些诗篇都写得气势豪迈，辞情激切，被鲁迅先生称作“金刚怒目式”。它们寄托了诗人的济世之志和慷慨不平的心情。

此外，陶诗中还有与朋友酬唱之作、记述行役之作、阐述哲理之作等。

第三节　陶渊明诗歌的艺术特色

陶诗的艺术特色，主要表现在如下几个方面。

一、饱含真情

萧统所讲的“任真自得”四个字不仅可以概括陶渊明的性格特征，也可以概括陶诗的艺术特征。读陶诗，分明可以感受到一颗赤子之心。无论写什么，他都直写其事，直书其心，无隐避，不虚浮，纯是自然流露。写归隐之乐，就说：“久在樊笼里，复得返自然”；写相聚之欢，就说：“相思则披衣，言笑无厌时”；壮志不能施展，满腹苦闷，就袒露：“念此怀悲凄，终晓不能静”；友人劝说他不必坚持隐居，他不同意，就直言：“纡辔诚可学，违己讵非迷。且共欢此饮，吾驾不可回”。故元朝人陈绎曾《诗谱》说陶诗“情真，景真，事真，意真”。《庄子·渔父》云：“真者，精诚之至也，不精不诚，不能动人。故强哭者虽悲不哀，强怒者虽严不威，强亲者虽笑不和，真悲无声而哀，真怒未发而威，真亲未笑而和。真在内者，神动于外，所以贵真也。”陶渊明人品纯洁高尚，高迈脱俗，所以把所感受到的原原本本写出来就有感染力，使读者的灵魂受到净化。

后代的许多诗歌很讲求技巧，写得很有趣，甚至叫读者入迷，可是缺乏真挚的感情、真切的感受，就没有强烈的感染力。饱含真情，正是陶诗的过人之处，正是其动人心弦的最大奥秘之所在。

二、意境浑融

陶渊明那个时代的艺术观、文学观普遍还停留在追求形似的阶段，以形似为美，以巧似为上。例如陶渊明之前的陆机就说：“期穷形而尽相”（《文赋》），陶渊明之后的刘勰承认：“自近代以来，文贵形似”（《文心雕龙·物色》），钟嵘称赞张协是“巧构形似之言”，称赞谢灵运是“故尚巧似”（俱见《诗品》卷上）。这种时代风尚引导诗人一味追求如何逼真地描绘客观事物，而不能把自己的感情融注到客观物象当中去，往往刻板写实，见景不见人，见境不见意，主客体处于对峙的状态。陶渊明稍后出现的山水诗尤其如此。

陶渊明虽然没有提出过形神关系的理论，可是在创作中，却始终不看重物象的形似，而是重在写心，重在以景写情，以形写神，以客观物象或事情传达自己对世界、对人生的领悟与哲思。因此，在他笔下，所取之景，所述之事，多具象征意味。即便是眼前实景，一旦摄入诗中，也都融入诗人的主观感情，成为“人化的自然”。飞鸟，游鱼，青松，秋菊，孤云，盈樽的新熟之酒，夕阳下的美丽山岚，车马罕至的穷巷草庐，欣欣向荣的风中新苗，古代的贤人高士，都成为诗人思想感情的载体，带有诗人的鲜明个性，做到物我合一，主客体完全相融，构成了浑融的意境。例如陶渊明那首著名的代表作《饮酒》其五：

结庐在人境，而无车马喧。问君何能尔？心远地自偏。采菊东篱下，悠然见南山。山气日夕佳，飞鸟相与还。此中有真意，欲辨已忘言。

诗中的景象淡远、悠闲、静谧，与诗人的心境完美契合，以至不知何者为我，何者为物，物即是我，我即是物。

正因为陶渊明追求的是整体意境，所以他的诗往往不能说出哪一句好，而是通篇都好，这显然是继承了汉魏诗歌“气象混沌，难以句摘”的传统。这比同时代的诗人只注重形似而不顾及整体意境、“有句无篇”的作品不知高明多少倍了。

三、朴素平淡而又醇美蕴藉的语言

陶诗语言受《古诗十九首》影响很大，特点是朴素平淡，一切平平道来，如：“方宅十余亩，草屋八九间”（《归园田居》其一），“种豆南山下，草盛豆苗稀”（《归园田居》其三），“虽有五男儿，总不好纸笔”（《责子》），“欢然酌春酒，摘我园中蔬”（《读山海经》其一），等等，都像大白话。但陶诗语言同时又是经过艺术提炼的，凝练，含蓄，能够准确地反映出事物特征，传达出诗人对世界的感悟，越品味越感觉肖物传神，韵味隽永。“扣门拙言辞”（《乞食》），一个“拙”字，将诗人请求朋友接济，却又难以启口的狼狈形容得惟妙惟肖；“日月掷人去”（《杂诗》其二）的“掷”字，既写出了时光流逝之迅速，也包含了诗人蹉跎岁月的无限怅惘；“弊庐交悲风，荒草没前庭”（《饮酒》其十六）两句，把诗人住所“环堵萧然，不避风日”的景象描绘得如在目前；“登车何时顾，飞盖入秦庭。凌厉越万里，逶迤过千城”（《咏荆轲》）几句，生动刻画出荆轲怀着义无反顾的悲壮之情驱车疾进、仿佛压倒一切的情势；“时复墟里人，披草共来往。相见无杂言，但道桑麻长。桑麻日已长，我土日已广。常恐霜霰至，零落同草莽”（《归园田居》其二）几句，写出了诗人与村人纯朴至极、淡薄至极的生活与襟怀，似有不尽之意见于言外。还有《归园田居》其一，全诗 20 句，有 12 句是对偶句，有些句子不仅对得工整，简直可以说是“精致”，如“暧暧远人村，依依墟里烟”二句所写景色，一远一近，一横一纵，一暗一明，搭配成趣，而且与诗人舒畅的、悠然自得的心境完全契合。可见，陶渊明不是不讲究技巧，他其实也注意炼句炼字，只是不露一丝雕琢的痕迹，如宋代惠洪所说：“似大匠运斤，不见斧凿之痕。”（《冷斋夜话》）所以，其语言可以说是朴素中含绮丽，平淡中见醇厚，苏轼称为“质而实绮，癯而实腴”（《与苏辙书》），金代元好问赞为“一语天然万古新，豪华落尽见真淳”（《论诗绝句》），都讲得非常准确。

四、多种多样的艺术风格

陶渊明诗歌的总体风格是萧散平淡的，但还有另外一面，即豪放有力的一面。如上面提到过的《读山海经》其十、《咏荆轲》等。所以，清代龚自珍说："陶潜酷似卧龙豪，万古浔阳松菊高。莫信诗人竟平淡，二分《梁甫》一分《骚》。"（《己亥杂诗》）宋代朱熹说得更有意思："陶渊明诗，人皆说是平淡，据某看他自豪放，但豪放得来不觉耳。其露出本相者，是《咏荆轲》一篇，平淡底人如何说得这样言语出来。"（《朱子语类》卷一百四十）所以强调这一点，是为了更全面准确地把握陶诗的特点，避免以偏概全的毛病。

第四节 陶渊明的辞赋和散文

陶渊明不仅是一位卓越的诗人，而且也是一位了不起的辞赋家和散文家。

其辞赋留存三篇：《悲士不遇赋》《闲情赋》《归去来兮辞》。最著名的是后一篇。此赋之前有一段散文体的小序，说明了作赋的原委，让人知道这篇赋作于"乙巳岁（义熙元年）十一月"，即作者决意辞官归隐之际，因而赋中所写归途的情景、抵家时的喜悦、安定下来以后闲散惬意的生活，无不出于想象。作者通过这些逼真的想象抒发了自己即将回归田园的欣喜欲狂的心情和对隐逸生活的由衷喜爱。他极善于融情于景，借景抒情，例如下面的描写：

> 引壶觞以自酌，眄庭柯以怡颜。倚南窗以寄傲，审容膝之易安。园日涉以成趣，门虽设而常关。策扶老以流憩，时矫首而遐观。云无心以出岫，鸟倦飞而知还。景翳翳以将入，抚孤松而盘桓。……或命巾车，或棹孤舟，既窈窕以寻壑，亦崎岖而经丘。木欣欣以向荣，泉涓涓而始流。

诗人笔下的客观物象无不成了感情的载体，目之所触，足之所经，均反映了无拘无束、散淡洒脱的情趣。行文虽多用骈偶，显得非常工整华美，但一点也没有堆砌板滞的毛病，流畅自然，极富音乐感。宋代欧阳修说："晋无文章，惟陶渊明《归去来兮辞》一篇而已。"（元李公焕《笺注陶渊明集》卷五引）这过度偏爱、有失公允的评价却也表明了该赋高度的艺术魅力。

陶渊明的散文留存有十来篇，最著名的是《桃花源记》和《五柳先生传》。前一篇是《桃花源诗》的序，但比诗更有名，也更出色，后人大多是通过这篇记了解了那个美好的世外桃源的。后一篇则可以看成是作者的自画像，它传神地描绘出一个安贫乐道、清高拔俗的隐士形象。它们很能代表陶渊明散文的风格，文字省净，风神萧散，仿佛有无穷的韵味。如《五柳先生传》：

> 先生不知何许人也，亦不详其姓字。宅边有五柳树，因以为号焉。闲静少言，

不慕荣利。好读书，不求甚解，每有会意，便欣然忘食。性嗜酒，家贫不能常得。亲旧知其如此，或置酒而招之。造饮辄尽，期在必醉；既醉而退，曾不吝情去留。环堵萧然，不蔽风日。短褐穿结，箪瓢屡空，晏如也。常著文章自娱，颇示己志。忘怀得失，以此自终。赞曰：黔娄之妻有言："不戚戚于贫贱，不汲汲于富贵。"味其言兹若人之俦乎？衔觞赋诗，以乐其志。无怀氏之民欤？葛天氏之民欤？

其散文同当时文坛上趋向骈偶化的大多数散文不一样，基本为散句单行，颇得《论语》行文之神韵，疏朗，简约，含蓄。

第五节 陶渊明的地位和影响

陶渊明的创作，照亮了东晋文坛，若没有陶渊明，东晋文坛几乎是一片空白。放到整个六朝时期，陶渊明的出现都可以说是一个奇迹，他的诗歌、散文和辞赋，在当时好像一个异数，卓尔不群，迴出群峰之上。在全部中国文学史上，陶渊明也称得上是一个"头等人物"。

可是，在陶渊明在世和死后很长一段时间内，他的文学创作都没有引起重视。朋友颜延之为他所作诔文，仅称其"孤生介立之节"，于其文章，只曰："文取指达"；沈约《宋书·谢灵运传论》叙述晋宋以来诗人，根本没有提到陶渊明；《文心雕龙》中《明诗》与《才略》二篇，讲到西晋以后诗歌发展，于"张、潘、左、陆"之徒，乃至袁宏、孙绰之辈，一一加以品题，而独遗陶渊明；《诗品》将陶渊明列在中品，在陆机、谢灵运、潘岳之下；萧统为陶渊明编集，作序，谓其"文章不群"，可是《文选》选陶渊明诗仅八首，数量不及谢灵运、陆机等。为什么陶渊明在当时没有受到应有的重视呢？这是因为：

第一，他出身寒微，在那个门阀士族社会中没有很高的地位，与上层社会彼此疏远。人微则言轻，这是其作品不受重视的原因之一。

第二，他以遗世高蹈、人品高洁著称于世，当时人称颂其人品而忽略其诗品。

第三，他的诗风平淡，与当时华靡诗风不合，故不为世人所接受。这一条最为关键。

陶渊明的价值是到了盛唐以后才逐渐为人们所认识的。从盛唐起，对陶渊明的文学创作表示钦慕的作家越来越多了。如杜甫说："焉得思如陶谢手，令渠述作与同游。"（《江上值水如海势聊短述》）白居易说："常爱陶彭泽，文思何高玄。"（《题浔阳楼》）而到宋代，陶渊明已经受到极力推崇，苏轼甚至说曹植、刘桢、鲍照、谢灵运、李白、杜甫都不及他。这种认识的变化同文学家审美情趣的发展有关，也同田园山水诗派兴起，有越来越多的诗人真正体会到创作这类题材诗歌的艰难有关。

陶渊明对后世的影响非常深远，首先是其不为五斗米折腰的人格精神，感染了一代又一代清正的文人。在保持自由思想、独立人格上，他成为后世效法的楷模。在文学上，他开创了田园诗，为古典诗歌开辟了新的天地；其诗歌浑融的意境，自然平淡、韵味隽永的风格，都给后代诗人无穷的启示。从他那里取法的作家很多，清人沈德潜就说："陶诗胸次浩然，其中有一段渊深朴茂不可到处。唐人祖述者，王右丞（维）有其清腴，孟山人（浩然）有其闲远，储太祝（光羲）有其朴实，韦左司（应物）有其冲和，柳仪曹（宗元）有其峻洁，皆学焉而得其性之所近。"（《说诗晬语》）

关键概念

田园诗

思考题

1. 陶渊明的诗歌表现了哪些方面的思想内容？
2. 结合作品说明陶渊明诗歌的艺术特点。
3. 论述陶渊明辞赋与散文的艺术成就。
4. 试论陶渊明在文学发展史上的地位及对后世的影响。

第四章　南北朝民歌

本章提示

（1）了解南朝民歌产生的社会背景，在此基础上理解南朝民歌，主要是吴声歌和西曲歌的内容与格调。（2）掌握《西洲曲》的内容和写作特点。（3）从总体上认识南朝民歌在诗体形式、语言、表现手法上的特点以及对后世的影响。（4）了解北朝民歌的概况和主要题材内容。（5）认识南北朝民歌的风格差异：意象之别；语言之别；形式之别。（6）掌握《木兰诗》的思想内容和写作上的特点。

第一节　南朝民歌

一、南朝民歌的产生与繁盛

乐府诗发展到东晋南北朝，发生了很大的变化。这一变化是直接与音乐的变迁相关的。自汉朝至南北朝流行的音乐，唐朝人总称为清商乐，但实际上，汉魏西晋与东晋南北朝的音乐在乐器形制、音乐曲调方面都有所不同。有的学者为了区别二者，把前一时期的乐府歌曲称为“清商旧曲”，而把后一时期的乐府歌曲称作“清商新声”。

“清商旧曲”主要来源于汉代的民间歌谣，以相和、杂曲为最主要的两大类。自曹魏起，由于曹氏父子的喜好与提倡，汉代俗曲进入了贵族文学的殿堂。文人大量利用汉乐府俗曲制作新辞，造成了建安乐府诗的繁荣。而同时，俗曲也开始上升为雅乐。到晋代，晋武帝命令音乐家荀勖对汉魏旧曲进行了一番整理，清商旧曲雅化愈甚，失去了活泼的生气。西晋末年永嘉之乱中，乐府机关惨遭破坏，声伎播散，清商旧曲更急遽衰落了。

而从三国孙吴时代起，一种带有鲜明的江南地方色彩的民歌俗曲就开始在南方流行。《世说新语·排调》有一段有趣的记载：东吴孙皓投降晋朝，司马炎在酒席上问他："闻南人好作《尔汝歌》，彼能为不？"孙皓当即捧杯唱到：

> 昔与汝为邻，今与汝为臣。上汝一杯酒，令汝万寿春。

这《尔汝歌》便是一首江南民歌。它的曲调，连东吴皇帝也能娴熟运用，甚至北方皇帝也知道它，足见流传之广。南方民歌俗曲都有些像《尔汝歌》，结构短小，曲调婉转，充溢着一股清新的气息。

西晋灭亡后，晋室南迁，汉魏清商旧曲随之流入江南，加速了南北音乐文化的交互渗透与融合。清商旧曲的某些特点与长处为蓬勃兴起的江南歌曲所吸收，形成了面目一新的"清商新声"。

清商新声的歌词，即是南朝乐府诗。这里所说的南朝，包括了东晋。

南朝民歌的产生与繁盛，是同当时城市文化的发展密切相关的。

东晋以后，南方地区经济发展很快，农业、手工业都有进步，商业也变得发达起来，长江流域成为最富庶的地区。在此基础上，出现了一些具有相当规模的商业城市。建康最大，梁朝时人口达到28万户，100多万人，史称建康"小人率多商贩，君子资于官禄，市廛列肆，埒于二京"。此外，京口、山阴、寿阳、襄阳、江陵、成都、广州等也是不小的商业城市。在这些城市中，为了市民享乐的需要，盛行着歌谣舞蹈，诚如《南史·循吏列传》所云："凡百户之乡，有市之邑，歌谣舞蹈，触处成群。"南朝民歌，主要就是这些城市的产物，反映的是市民的生活和思想感情。

享乐主义的风气尤其弥漫于南朝的贵族富商之中，其家中多豢养歌舞伎班，梁朝裴子野《宋略》形容："王侯将相，歌伎填室；鸿商富贾，舞女成群，竞相夸大，互有争夺。"《南史》中还有梁武帝将后宫女伎班子赏赐宠臣的记载（《徐勉传》）。因此，当时对于歌曲的需要量是很大的。这些歌伎所唱，多数来源于民间。上面提到的梁武帝赏给宠臣的后宫女伎，其所唱正是流行于南方的民间歌曲。当时的世族人物非常喜爱这些俚曲小调，不仅爱听，且自己能唱。如《晋书·王恭传》就曾提到尚书令谢石醉唱"委巷之歌"，《南史·王俭传》也有"褚彦回弹琵琶，王僧虔、柳世隆弹琴，沈文季歌子夜来"的记载。这种情况，客观上也促进了南朝民歌的繁荣。

现存的南朝民歌将近500首，远超过汉朝乐府诗。不过其内容却相当狭窄，绝大多数是情歌，这也同上面所说的背景有关。特别是后一点，从朝廷到贵族、富商采集民歌完全是为了娱乐，并按照他们的审美趣味加以筛选和润色，又是交给女伎所唱，因此，现存南朝民歌主要反映男欢女爱，情调绵软，多用女子口吻，也就不奇怪了。

二、吴声歌与西曲歌

南朝民歌大部分收在郭茂倩《乐府诗集》"清商曲辞"中，尤以吴声歌和西曲歌为最主要的两大类。

先说吴声歌。《乐府诗集》卷四十四云：“《晋书·乐志》：‘吴声杂曲，并出江南。东晋以来，稍有增广。其始皆徒歌，既而被之管弦。’该自永嘉渡江之后，下及梁、陈，咸都建业，吴声歌曲起于此也。”可知吴声歌产生于江南，中心为建业。

吴声歌共有 326 首，比较著名的作品有《子夜歌》《子夜四时歌》《华山畿》《读曲歌》等，皆为组诗，各有几十首之多。吴声歌中有表现爱情难以如愿的，如：

始欲识郎时，两心望如一。理丝入残机，何悟不成匹。

（《子夜歌》）

种莲长江边，藕生黄蘖浦。必得莲子时，流离经辛苦。

（《读曲歌》）

有刻画恋人痴情的，如：

夜长不得眠，明月何灼灼。想闻散唤声，虚应空中诺。

（《子夜歌》）

怜欢敢唤名，念欢不呼字。连唤欢复欢，两誓不相弃。

（《读曲歌》）

有倾诉相思之苦的，如：

夜长不得眠，转侧听更鼓。无故欢相逢，使侬肝肠苦。
别后涕流连，相思情常满。忆子腹糜烂，肝肠尺寸断。

（《子夜歌》）

有表白希望永远与爱人相守的，如：

打杀长鸣鸡，弹去乌臼鸟。愿得连冥不复曙，一年都一晓。

（《读曲歌》）

有表现坚贞不渝的爱情的：

果欲结金兰，但看松柏林。经霜不堕地，岁寒无异心。

（《子夜四时歌·冬歌》）

有谴责负心郎的，如：

> 郎为傍人取，负侬非一事。摛门不安横，无复相关意。
>
> （《子夜歌》）
>
> 侬作北辰星，千年无转移。欢行白日心，朝东暮还西。
>
> （同上）

《华山畿》的本事据说是一段凄婉的殉情故事，故其歌词几乎都是写爱情受到阻隔之悲，如：

> 未敢便相许，夜闻侬家论，不持侬与汝。
> 懊恼不堪止，上床解要绳，自经屏风里。

吴声歌差不多都是情歌。《懊侬歌》有一首写旅人归思，似乎是个例外：

> 江陵去扬州，三千三百里，已行一千三，所有二千在。

但想一想，大约仍然是表现爱情，写急于见到爱人的心情，只不过其口吻应当是男人而已。

由以上作品可知，吴声歌涉及爱情生活的方方面面，尤以刻画恋人的心理见长，笔触细腻入微，情调缠绵悱恻。

再说西曲歌。《乐府诗集》卷四十七云："按西曲歌出于荆、郢、樊、邓之间，而其声节送和，与吴歌亦异，故因其方俗而谓之西曲云。"所说荆、郢、樊、邓，即今湖北中西部和河南西南部江、汉流域一带，中心是江陵。

西曲歌142首，比较著名的作品有《石城乐》《乌夜啼》《莫愁乐》《那呵滩》等。内容也是以表现爱情为主，与吴声歌微有不同的是所写多和船户、贾客相关，如：

> 布帆百余幅，环环在江津。执手双泪落，何时见欢还？
>
> （《石城乐》）
>
> 巴陵三江口，芦荻齐如麻。执手与欢别，痛切当奈何。
>
> （《乌夜啼》）
>
> 闻欢下扬州，相送楚山头。探手抱腰看，江水断不流。
>
> （《莫愁乐》）

江陵三千三，西塞陌中央。但问相随否，何计道里长。

（《襄阳乐》）

以上四首诗都是倾诉夫妻别情，因为船户和贾客经常出门远行，所以这类题材相应就多些，且多写到江水，意境比吴歌略显开阔，表述也比较直白。但也有些写得相当婉转缠绵，如：

春蚕不应老，昼夜常怀丝。何惜微躯尽，缠绵自有时。

（《作蚕丝》）

欢若见莲时，移湖安屋里。芙蓉绕床生，眠卧抱莲子。

（《杨叛儿》）

可见，西曲歌在刻画恋人心理上一点也不输给吴声歌曲。

西曲歌中有一些作品采用了男女一唱一和的形式，很像今天少数民族的对歌，如《那呵滩》中的两段：

闻欢下扬州，相送江津湾。愿得篙橹折，交郎到头还。

篙折当更觅，橹折当更安。各自是官人，那得到头还。

从艺术上看，南朝民歌的一个突出特点是体裁都很短小，或为五言四句，或为五言三句，然以五言四句占绝大多数。

另外一个特点是语言清新活泼，尤以双关隐语的运用为一大特色。双关隐语的构成主要是利用了同音词、多义词或同义语。利用同音词的如“怜欢好情怀，移居作乡里。桐树生门前，出入见梧子”（《子夜歌》），“梧子”其实是说“吾子”。此外，常用的还有以“莲”双关“怜”，“丝”双关“思”等。利用多义词的如“自从别欢后，叹音不绝响。黄蘖向春生，苦心随日长”（《子夜四时歌》）“心”表面上指树干，其实指人心。利用同义语的如“今夕已欢别，合会在何时？明灯照空局，悠然未有期”（《子夜歌》），“明灯”与“油然”同义，“空局”与“未有棋”同义，而“油然”又与“悠然”谐音，“未有棋”又与“未有期”谐音。这些巧妙的双关语，增加了语言的活泼与婉转，也显示出作者丰富的想象力。《大子夜歌》云：“歌谣数百种，子夜最可怜。慷慨吐清音，明转出天然。”道出了南朝民歌语言的风格特征。

此外有一首见于《乐府诗集》“杂曲歌辞”的《西洲曲》，也属于南朝民歌：

忆梅下西洲，折梅寄江北。单衫杏子红，双鬓鸦雏色。西洲在何处？两桨桥头渡。日暮伯劳飞，风吹乌桕树。树下即门前，门中露翠钿。开门郎不至，出门采红莲。采莲南塘秋，莲花过人头。低头弄莲子，莲子青如水。置莲怀袖中，莲心彻底红。忆郎郎不至，仰首望飞鸿。鸿飞满西洲，望郎上青楼。楼高望不见，尽日栏杆头。栏杆十二曲，垂手明如玉。卷帘天自高，海水摇空绿。海水梦悠悠，君愁我亦愁。南风知我意，吹梦到西洲。

在南朝民歌中，这首诗篇幅最长，艺术成就最高。它大约经过文人的加工，文辞清丽，但仍然保持了清新活泼的民歌风味。诗中写一位年轻女子对情人一年到头绵绵不绝的思念，中间穿插了从春到秋不同季节景物的描写，暗示了季节的转换。如开头写西洲的梅花，这当在早春；之后提到“伯劳”，已到了春夏之交；再后写“红莲”，进入秋季；最后写到“飞鸿”南来，则已是深秋或初冬。而随着景物的变换，展示了女子不同的活动，或折梅寄人，或开门张望，或南塘采莲，或登楼远眺，在不同的活动中其感情一波又一波地流露出来，相思之情变得越来越强烈。正如清代沈德潜所形容的：“续续相生，连跗接萼，摇曳无穷，情味愈出。”（《古诗源》卷十二）而这首诗的形式也有助于造成此种效果。此诗虽然长，但四句一换韵，就像由许多五言四句的小诗连缀而成，而逢换韵处，又多采用了顶针格修辞法，带给人一种连绵不断、回环往复的感觉。

总之，南朝民歌，从内容上几乎全是谈情说爱的艳曲，“了无一语有丈夫气”，这对梁陈宫体诗的形成与泛滥，起过推波助澜的消极作用。但是换个角度看，它又具有开创性。中国传统诗论受儒家思想影响，强调文学与时代政治的关系，强调诗歌必须明道，载道，必须“经夫妇，成孝敬，厚人伦，美教化，移风俗”，为统治者的政治服务；虽然并不完全否认诗歌的言情特点，但必须“发乎情，止乎礼义”。而南朝如此大量、如此集中的情歌的出现，对于突破传统儒家诗论的局限，是有积极意义的。

在体裁上，南朝民歌五言四句的形式，成为后来五言绝句的源头。到唐代，五言绝句便成为一种非常重要的诗体了。南朝民歌的语言和表现手法也为后代诗人所仿效，唐代李白就明显受到影响，从其《春思》《子夜吴歌》《长干行》等诗作就可看出影响的痕迹。

第二节 北朝民歌

一、北方各民族共同创作的结晶

北朝民歌大部分保存在《乐府诗集》“梁鼓角横吹曲”中，少数保存在《乐府诗集》“杂曲歌辞”和“杂歌谣辞”中。所谓横吹曲，为北方少数民族乐曲，演奏时有鼓有角，一般用于军中，为马上所奏。汉代即已传入，然汉代的横吹曲辞皆已亡佚，今所存横吹曲辞均产生于十六国以后。传入南方后，被梁朝乐府保存，陈朝和尚智匠《古今乐录》因冠以“梁”字，后世遂相沿不改。

北朝民歌今存六十首左右，比较著名的有《企喻歌辞》《琅琊王歌辞》《折杨柳歌辞》《捉搦歌》等。很多北歌原本是用少数民族的语言创作的，据《乐府诗集》所引史料，《企喻歌辞》“男儿可怜虫”一首原出氐族，《琅琊王歌辞》《钜鹿公主歌辞》等原出羌族，《慕容垂歌辞》《高阳乐人歌》等原出鲜卑族。这些歌是由通晓汉语和少数民族语的人翻译的，如《敕勒歌》，据《乐府广题》云：“其歌本鲜卑语，易为齐言，故其句长短不齐。”（见《乐府诗集》卷八十六）但是也有一部分是生活在北方的汉族人创作的。北朝民歌可以说是北方各民族共同创作的结晶。

二、北朝民歌的内容

北朝民歌的数量远不及南朝民歌，但是其内容却比南朝民歌广阔丰富得多，涉及北朝社会的方方面面，像是一轴长长的北方民族生活的画卷。

首先是反映战争的作品。北方长期处于战乱之中，带给人民深重灾难，故此类作品相当多。正如郭茂倩《乐府诗集》卷二十一所云：“又《古今乐录》有《梁鼓角横吹曲》，多叙慕容垂及姚泓时战阵之事。”让我们读一读《慕容垂歌辞》：

慕容攀墙视，吴军无边岸。我身分自当，枉杀墙外汉。
慕容愁愦愦，烧香作佛会。愿作墙里燕，高飞出墙外。
慕容出墙望，吴军无边岸。咄我臣诸佐，此事可惋叹。

据考，这是前秦国人嘲笑慕容垂打败仗的歌。慕容垂为后燕国国君，鲜卑人。他率军攻打前秦国国君苻丕（氐族）于邺城。苻丕降晋，晋刘牢之救丕，慕容垂战败，被包围于新城。诗中“吴军”指晋朝军队，“汉”指被慕容垂抓来当炮灰的北方汉人。为了保存实力，少数民族统治者常常用非本族人冲锋陷阵。一场战役就牵涉三个民族，可见当时诸民族混战的复杂状况。

再如《隔谷歌》：

兄在城中弟在外，弓无弦，箭无栝，食粮乏尽若为活？救我来！救我来！

这首诗的具体背景已难以知晓，很可能是兄弟被不同的割据者抓去充当炮灰，才出现了这种互相攻杀的奇特状况。兄长在绝望中发出的“救我来”的悲惨凄厉的呼喊穿透了漫长的时间，直到今天仍然震撼着读者的心，让人感受到那个时代战争的残酷与混乱。

战争中不知多少人被屠杀，《企喻歌辞》其四表现了人们的恐惧与怨愤：

男儿可怜虫，出门怀死忧。尸丧狭谷口，白骨无人收。

由于男丁大量死去，兵源不足，以至垂垂老者都要被征召，“军书十二卷，卷卷有爷名”，所以才有了木兰代父从军的传奇故事，才产生了《木兰诗》这首反映战争的著名诗篇。关于这首诗，我们后面再讲。

与战乱直接相关的是反映流亡之作。在战乱中，人民流离失所，更有人被战胜者俘获为奴，驱遣至异地他乡，因此怀土思乡成为这类诗歌的主要内容，如《陇头歌》：

陇头流水，流离山下。念吾一身，飘然旷野。
朝发欣城，暮宿陇头。寒不能语，舌卷入喉。
陇头流水，鸣声幽咽。遥望秦川，心肝断绝。

“秦川”当是作者的家乡，他必是回归无日，所以才会悲哀到“心肝断绝”。再如《紫骝马歌》：

高高山头树，风吹叶落去。一去数千里，何当还故处。

“风吹叶落”，“去树千里”，只有比况那些身不由己、被迫离乡之人才是恰当的，一种不能掌握自己命运的绝望情绪弥漫于诗中。可以说，这种绝望情绪笼罩了北朝所有同类题材作品，读这些诗，你会感觉比读一般的表现羁旅愁思的游子诗更难以为怀。

北国风光和北方游牧民族风情也在北朝民歌中得到展现，前者如《敕勒歌》：

敕勒川，阴山下。天似穹庐，笼盖四野。天苍苍，野茫茫，风吹草低见牛羊。

这首诗歌虽然很短，可是却把水草丰茂、牛羊成群、苍茫寥廓的草原景象极为生动地刻画出来，境界雄浑，韵味深厚，堪称千古绝唱。后者如《折杨柳歌辞》其三：

放马两泉泽，忘不著连羁。担鞍逐马走，何得见马骑。

还有《琅琊王歌辞》：

琅琊复琅琊，女郎大道王。孟阳三四月，移铺逐阴凉。

它们反映出北方少数民族逐水草而居的生活。

还有些北朝民歌表现了少数民族的豪放性格与勇武精神，如：

男儿欲作健，结伴不须多。鹞子经天飞，群雀两向波。

（《企喻歌辞》其一）

新买五尺刀，悬著中梁柱。一日三摩挲，剧于十五女。

（《琅琊王歌辞》其一）

健儿须快马，快马须健儿。跳跋黄尘下，然后别雄雌。

（《折杨柳歌辞》其五）

北方民族的男子汉看重的是独自闯荡的胆量，喜欢在马上一比高低，他们爱大刀和快马胜过爱美女。这些诗用豪勇自喜的口吻，表现出一种尚武气概。读罢，让人不由血脉贲张。

北朝民歌中也有不少情歌，但其风神却与南朝民歌迥异。如：

腹中愁不乐，愿作郎马鞭。出入擐郎臂，蹀座郎膝边。

（《折杨柳歌辞》其二）

谁家女子能行步，反著裌禪后裙露。天生男女共一处，愿得两个成翁妪。

（《捉搦歌》其二）

月明光光星欲堕，欲来不来早语我！

（《地驱乐歌》）

这些作品均直爽痛快，毫不忸怩作态。值得注意的是还有一些反映老女不嫁的诗篇，如：

驱羊入谷，自羊在前。老女不嫁，蹋地呼天。

（《地驱乐歌辞》其二）

门前一株枣，岁岁不知老。阿婆不嫁女，那得孙儿抱。

（《折杨柳枝歌》其二）

问女何所思，问女何所忆，阿婆许嫁女，今年无消息。

（同上诗其四）

反映老女不嫁的作品是如此之多，可见这成为北方一个非常严重的社会问题，从一个侧面反映了战争造成大量男人死亡的严酷现实。

三、北朝民歌与南朝民歌的风格差异

北朝民歌的风格与南朝民歌明显不同。读南朝民歌，犹如漫步于南国园林之中，秀美精致，但气局狭小，骨柔力弱。而读北朝民歌，却犹如置身戈壁大漠，境界开阔，质朴刚健，粗犷豪放。

此种差异，与南北朝民歌拥有不同的意象群密切相关。南朝民歌常用的意象，如“郎”“欢”“鱼”“蚕”“莲”“梅”“织机”“艇子”“洲渚”“青楼”等；北朝民歌常用的意象，如“健儿”“行客”“快马”“牛羊”“野草”“杨柳”“马鞭”“弓箭”“旷野”“穹庐”等，给人的总体感觉自然会有柔与刚、狭与阔之别。

此种差异，也与语言和抒情方式密切相关。北朝民歌不像南朝民歌那样善用巧妙的双关语，那样婉转缠绵，一唱三叹，余音袅袅，而是直抒胸臆，朴素无华。北朝民歌的这一特点与汉乐府民歌相近。

北朝民歌的形式也更加多样，除了五言四句，还有四言、杂言、七言四句、七言二句等，不像南朝民歌形式那样单一。

第三节 《木兰诗》

《木兰诗》是北朝乐府民歌中的不朽杰作。它叙述了一个女子代父从军、杀敌立功的颇富传奇色彩的故事。

关于此诗的作期，有过种种说法。但陈释智匠《古今乐录》已经著录此诗，故它不可能作于陈朝以后，又诗中称君主为可汗，出征地点都在北方，说明它只能是北朝的作品，而所写内容也正同北朝战争连绵不断的现实相合。不过，后来它可能经过了唐人的润色。

这首叙事诗非常成功地塑造了木兰这一女英雄的形象。她是一个深明大义的女子，当国家有难，父亲年迈，兄弟年幼之时，挺身而出，慷慨从戎。她又是一个武艺超群的女子，在疆场浴血战斗十年，立下了赫赫功勋。她还是一个不慕荣利的女子，凯旋而归后，谢绝了可汗的封赏，只求返回故乡。她其实更是一个向往和平安定生活的爱美的姑娘，一回到家中，便脱下战袍，精心梳妆打扮，“当窗理云鬓，对镜贴花黄”，恢复女郎本色。木兰的形象，集中了中华妇女的种种美德，体现着封建社会广大妇女要和男子一样建功立业的壮志豪情，成为人民理想的化身。

这首诗的艺术魅力首先来源于它所取材的故事，木兰乔装十年而不被识破的奇迹，她胜过无数男儿的超群武艺和显赫战功，归来后伙伴乍见其本来面目时的惊奇错愕，都极富故事性、戏剧性，自然引人入胜。

这首诗的布局疏密结合，极为精当。例如写木兰十年的战斗生涯，只有“万里赴

戎机”以下六句，疏略到极点。而写她出征前的心理、准备行装以及由沙场归来后家人对她的迎接和她的梳妆打扮，却采用了赋的笔法，精雕细镂，极尽铺陈。写她出征前的准备，也不是平均使用笔墨，只写了备鞍马一件事，诗人让木兰跑遍东西南北四市，以着力渲染紧张忙碌的气氛。而木兰如何女扮男装，如何与家人告别，都没有交代。写她归来一段，只写了家人准备如何迎接她，“爷娘”“阿姊”“小弟”，一一叙来，不厌其烦，惟其如此，才制造出一种忙碌和喜庆的气氛。而她与家人见面时的情景，却又省略了。真可谓“疏处能走马，密处不透风”。正是这种疏密有致的写法，既节省了笔墨，留给读者想象的空间，又营造出浓重的抒情氛围。

这首诗将两种风格的语言和谐地融在一起，既使用了朴素的口语，也使用了精巧的律句，二者相得益彰。它还恰当地运用了排比、夸张、比喻、复沓等修辞手法，有效地加强了它的表现力。

吴声歌　西曲歌　双关隐语　梁鼓角横吹曲

思考题

1. 为什么南朝民歌留存作品很多，而内容却相当单调？
2. 说明《西洲曲》的表现内容和写作特点。
3. 南朝民歌中的双关隐语是如何构成的？
4. 北朝民歌从内容上大致可以分成哪几类？各有哪些代表作品？
5. 论述《木兰诗》的思想内容和艺术特点。
6. 分析南北朝民歌的风格差异。

第五章　南北朝诗文

本章提示

（1）把握南朝文人诗风的几次重要变化。（2）弄清楚山水诗在晋宋之际兴起的原因；了解谢灵运生平，其山水诗的长处与短处，以及他在诗歌发展史上的贡献。（3）了解鲍照诗歌的题材内容、风格特点和在诗歌革新上的贡献，熟读其《拟行路难》等一些代表作品。（4）了解永明体形成的原因，掌握谢朓诗歌创作的基本情况以及其山水诗与谢灵运山水诗的风格差异。（5）了解宫体诗的产生和主要题材内容。（6）了解庾信生平变化，认识其后期文学创作的成就。（7）了解骈文的体制特征和代表作家、作品。（8）了解“北朝三书”的基本情况。

南朝文人的文学创作大体是西晋太康文风的延续，更加着力于艺术形式的完善与华美，“俪采百字之偶，争价一字之奇；情必极貌以写物，辞必穷力而追新”（刘勰《文心雕龙·明诗》），成为一世所竞。梁陈两代风靡一时的宫体诗，几乎占领了一切文字领域的骈体文，是这种过度讲究形式的文学风气的代表。但这一百六七十年间，也出现过一些有着积极意义的探索与变化。在谢灵运的带动下山水诗的兴起，鲍照对乐府诗的继承，“永明体”的产生，都是文学史上影响深远的重大变革。

北朝文学在兵荒马乱中一直比较荒凉，庾信由南入北，才带来转机。其“暮年诗赋”表现出南方清绮的文风与北方质朴的文风相融合的趋势，为唐代新的文学风气的形成做了准备。另外，当南方骈体文畸形繁盛之时，北方出现的《水经注》《洛阳伽蓝记》《颜氏家训》却在散体文创作上取得了突出的成绩。

第一节　谢灵运和山水诗的兴起

南朝文人诗歌发生过几次重要变化，第一次变化出现于刘宋时期，山水诗取代了玄言诗，正如刘勰所说：“宋初文咏，体有因革，庄老告退，而山水方滋。”（《文心雕

龙·明诗》）

早在建安时期，曹操就曾写过全篇描写山水的诗《观沧海》。东晋庾阐、殷仲文、谢混等人也都有一些山水之作。但第一个大力写作山水诗，带动了整个诗风变化的则是晋宋之际的谢灵运。

《山水图》

山水诗在此际兴起，首先同高蹈远引之风的盛行有关。动乱的时局使得许多诗人远离政治斗争的中心，隐居于山林泉壤之间，从而更多地领略了山水之美。晋室南渡以后，南方经济发展迅速。士族生活优裕，在山川秀美之地大建离馆别墅，也使得他们更多地接触到自然美。这为山水诗的兴起提供了物质基础。其次，山水诗的兴起还同清谈玄学之风的盛行相关。玄学家推重老庄，主张超然物外。他们常常借山水体悟玄理，通过静谧的自然山水风光“释域中之常恋，畅超然之高情”（孙绰《天台山赋》）。因而许多玄言诗都含有描写山水风光的成分，刻画山水的佳句屡见不鲜。而山水诗也便在玄言诗的母体中滋生起来。还有，人们审美能力提高也是一个重要因素。自然美此时逐渐为人们所认识，并开始上升到理论的层面，一批山水绘画理论的出现便是一个证明。这无疑也对山水诗的兴起起到了促进作用。

谢灵运适应了时代的要求，成为开一代风气的重要诗人。他生于公元 385 年，卒于 433 年，祖籍陈郡阳夏（今河南太康附近），世居会稽，出身东晋士族大姓，是谢玄的孙子，年轻时即袭封为康乐公。易代后，由于刘裕采取了压抑士族的政策，他政治上不得志，爵位也由公降为侯。而他热衷政治且自视甚高，故一肚皮不合时宜。出任永嘉太守之时，肆意遨游山水，荒疏政务，以发泄不满、抚慰失衡的心灵。罢归故里之后和后来在临川内史任上，更一味寻山涉水，纵情游乐。终为有司所纠，在广州被杀，终年 49 岁。

谢灵运的山水诗大部分作于出任永嘉太守之后。他善于捕捉自然山水的特征及其变化，用精工绮丽的文辞给与细腻入微的刻画。例如《石壁精舍还湖中作》：

> 昏旦变气候，山水含清晖。清晖能娱人，游子憺忘归。出谷日尚早，入舟阳已微。林壑敛暝色，云霞收夕霏。芰荷迭映蔚，蒲稗相因依。披拂趋南径，愉悦掩东扉。虑澹物自轻，意惬理无违。寄言摄生客，试用此道推。

再如《于南山往北山经湖中瞻眺》：

> 朝旦发阳崖，景落憩阴峰。舍舟眺迥渚，停策倚茂松。侧径既窈窕，环洲亦玲珑。俯视乔木杪，仰聆大壑淙。石横水分流，林密蹊绝踪。解作竟何感？升长皆丰容。初篁苞绿箨，新蒲含紫茸。海鸥戏春岸，天鸡弄和风。抚化心无厌，览物眷弥重。不惜去人远，但恨莫与同。孤游非情叹，赏废理谁通？

以上两首诗都是作者的名篇，它们就像是两篇旅行日记，记下了一日之游的所见所感，重点都在描写黄昏景色。不同的是，前者写作者在湖中所见，后者写在山峰上所见。视角不同，诗中景象也就两异，但刻画都非常准确。既有大视野的扫描，也有近距离的取景，大至山川，小至草木，无不见于笔下。作者观察精细，感受敏锐，又能意到笔随，作精确的雕镂，所以其所写景象如图画一般清晰地呈现在读者面前。前一首的“林壑敛暝色，云霞收夕霏”两句和后一首的“初篁苞绿箨，新蒲含紫茸”两句，尤见功力，因而得到后人的激赏。

谢灵运对于形象、色彩、线条、音响有着特别敏锐的感受力，又能十分娴熟地驾驭语言，所以其笔下描摹逼真的名言佳句，可以说络绎奔会，除上面举的例子外，他如“池塘生春草，园柳变鸣禽”（《登池上楼》），“密林含余清，远峰隐半规”（《游南亭》），“近涧涓密石，远山映疏木”（《过白岸亭》），“云日相辉映，空水共澄鲜”（《登江中孤屿》），“鸟鸣识夜栖，木落知风发”（《石门岩上宿》），“春晚绿野秀，岩高白云屯”（《入彭蠡湖口》），“白云抱幽石，绿筱媚清涟”（《过始宁墅》），“野旷沙岸净，天高秋月明”（《初去郡》），“岭下云方合，花上露犹泫”（《从斤竹涧越岭溪行》），“山桃发红萼，野蕨渐紫苞”（《酬从弟惠连》）等，无不写得精警多姿，尽态极妍。鲍照形容谢灵运五言诗“如初发芙蓉，自然可爱”（《南史·颜延之传》），敖器之谓“如东海扬帆，风日流丽”（《敖陶孙诗评》），若就这一些诗句而言，是很准确的。

但是，谢灵运诗有三个明显的缺点，一是大多未能构成浑融的意境。他喜欢玄学与佛学，像山水一样，玄理与佛理也是他抚慰心灵的药石。他在诗中往往由对自然的观照导向对玄理、佛理的发挥，结构上给人分成两截的感觉。如其代表作《登池上楼》：

> 潜虬媚幽姿，飞鸿响远音。薄霄愧云浮，栖川怍渊沉。进德智所拙，退耕力不任。徇禄及穷海，卧痾对空林。衾枕昧节候，褰开暂窥临。倾耳聆波澜，举目眺岖嵚。初景革绪风，新阳改故阴。池塘生春草，园柳变鸣禽。祁祁伤豳歌，萋萋感楚吟。索居易永久，离群难处心。持操岂独古，无闷征在今。

诗中，诗人的性情和自然山水未能和谐地融合在一起，主体和客体处于游离的状态。山水景物成了纯客观描写的对象，尽管某些诗句写得很出色，可是通篇却欠完整，未能达到陶渊明诗歌那种浑然一体的境界。

二是过于繁缛。无论刻画什么，他都力求写细，写尽，写透，所谓“内无乏思，外无遗物”，因而“颇以繁复为累”（钟嵘《诗品》）。又多用排偶句，如《登池上楼》共22句，其中20句用了对偶，显得很板滞。

三是构思单调。其山水诗几乎篇篇都像游记，总是按时间顺序写所见所闻，结尾处谈玄或发感喟，多读就不免有雷同之感。

但是，谢灵运毕竟是第一个大量把自然山水引入诗歌的诗人，为山水诗的建立与发展作出了突出的贡献。他的创作，引领着诗歌走出玄言诗的歧途，进入一个无比宽阔的新天地。

第二节　鲍照对诗歌的革新

刘宋时期的另一位重要诗人是鲍照。

鲍照（414—466），字明远，东海（治所在今山东郯城）人，家居建康。少负才情，颇有用世之志，但因出身寒微，在那个“上品无寒门，下品无世族”的社会里，一生仕途坎坷，屈抑下僚。曾做过临川国国侍郎、中书舍人、永嘉令、临海王刘子顼前军刑狱参军等职，始终未能脱离幕僚生涯。因此钟嵘曾发出“嗟其才秀人微，故取湮当代”（《诗品》卷中）的感叹。

鲍照的文学才能是多方面的，诗、赋、骈文皆所擅长。诗歌的成就尤其突出。

其诗歌现存二百多首，写出了多样的社会生活，抒发了复杂的思想感情，题材内容之丰富，在南朝诗人中无人能及。

鲍照有一些作品了表达渴望建功立业的勃勃雄心。据《南史》本传记载，鲍照初次谒见临川王刘义庆，因不被所知，想献诗言志。有人劝止说：“卿位尚卑，不可轻忤大王。”他十分激动地说：“千载上有英才异士沉没而不闻者，安可数哉！大丈夫岂可遂蕴智能，使兰艾不辨，终日碌碌，与燕雀相随乎！”由此可见他迫切希望发挥才智、实现宏伟志向的心情。他的这一类诗作都跳荡着一股不甘沉沦、蓬勃向上的激情，如《代出自蓟北门行》：

> 羽檄起边亭，烽火入咸阳。征骑屯广武，分兵救朔方。严秋筋竿劲，虏阵精且强。天子按剑怒，使者遥相望。雁行缘石径，鱼贯度飞梁。箫鼓流汉思，旌甲披胡霜。疾风冲塞起，沙砾自飘扬。马毛缩如猬，角弓不可张。时危见臣节，世乱识忠良。投躯报明主，身死为国殇！

诗中写北方边境告急，将士奋勇赴边，解救国难。“时危见臣节，世乱识忠良。投驱报明主，身死为国殇”四句写得斩钉截铁，慷慨激昂，其实正是作者的自白。此外，《拟古》其三借刻画忠勇爱国的幽并少年寄托了自己的理想，手法和曹植的《白马篇》一样。

他有更多的作品是抒发怀才不遇的愤懑、控诉门阀士族制度对人才的压抑的，最具代表性的是《拟行路难》其四、其六：

泻水置平地，各自东西南北流。人生亦有命，安能行叹复坐愁！酌酒以自宽，举杯断绝行路难。心非木石岂无感？吞声踯躅不敢言。

（其四）

对案不能食，拔剑击柱长叹息。丈夫生世会几时，安能蹀躞垂羽翼？弃置罢官去，还家自休息。朝出与亲辞，暮还在亲侧。弄儿床前戏，看妇机中织。自古圣贤尽贫贱，何况我辈孤且直！

（其六）

这两首名作深刻地写出了这位才高、气盛、敏感、自尊的诗人在门阀士族制度压抑下无可奈何的处境，痛快淋漓地倾吐了内心的愤慨。两首诗写法各有特点，前一首抒写满腹难以宽解的忧愁却不点破所愁何事，后一首抒写仕途失意的悲哀却故作轻松旷达之语。正是这种不一般的写法使得作者感情显得格外激越奔放，具有了极强烈的感染力。《梅花落》《代放歌行》《咏史》《拟古》其二等也都抨击了不合理的等级制度，揭露了贤愚颠倒的荒谬现状，充满着代寒士立言的抗争精神。

其作品的又一个重要方面是反映从军征戍之苦和思乡怀人之情。如《拟行路难》其十四：

君不见少壮从军去，白首流离不得还。还乡窅窅日夜隔，音尘断绝阻河关。朔风萧条白云飞，胡笳哀急边气寒。听此愁人兮奈何！登山远望得留颜。将死胡马迹，能见妻子难。男儿生世坎坷欲何道，绵忧摧抑起长叹。

诗中的主人公竟然在边塞度过半生，年已老迈仍然回家无望，在寒凛的朔风和凄厉的胡笳声中登山远望，以聊解乡愁。想到将要身死胡地，再也见不到家人，悲伤得话也说不出来了。这首诗反映了当时南北分割、长期处于战争状态的现实给人民带来的苦难。再如《拟古》其七：

河畔草未黄，胡雁已矫翼。秋蛩扶户吟，寒妇成夜织。去岁征人还，流传旧相识。闻君上陇时，东望久叹息。宿昔改衣带，朝旦异容色。念此忧如何，夜长愁更多。明镜尘匣里，瑶琴生网罗。

征夫归家无望，思妇独守空房，诗中通过这位妇女身容憔悴、无心梳妆、长夜不寐以及整宿为亲人缝制冬衣的描写，表现了其无尽的思念，情调哀怨凄怆。

表现友情、爱情的作品，在鲍照的作品中也占有一定的分量。鲍照是深于情者，故此类作品均写得情思绵长深厚。如《赠傅都曹别》，这是与友人送别之作，诗中首先追思以往的两相契合，接着叙述目前的分手系念，最后预料今后的难以相聚。通篇以鸿雁为比，写得非常婉转深沉。“追忆栖宿时，声容满心耳”，“落日川渚寒，愁云绕天起”，无论直接刻画心理，还是借景抒情，都把朋友间的深挚感情充分地展示了出来。再如表现爱情的《代春日行》，诗中大部分篇幅写了青年男女郊游的情景，最后点出“两相思，两不知”，将恋爱中的男女各自相思却苦不相知的心理揭示了出来。此诗通篇为短小的三字句，却并不觉得局促。这可以说是古代最出色的三言之作。

鲍照并不以山水诗著称，但实际上，他也留下了许多山水之作。如《行京口至竹里》：

高柯危且竦，锋石横复仄。复涧隐松声，重崖伏云色。冰闭寒且壮，风动鸟倾翼。斯志逢凋严，孤游值曛逼。兼途无憩鞍，半菽不遑食。君子树令名，细人效命力。不见长河水，清浊俱不息。

此诗在体物入微、刻画细腻方面，丝毫不比谢灵运逊色，但风格有别。谢诗精工富丽，此诗则古朴沉郁，与鲍照其他题材作品相近。

值得注意的是，鲍照笔下还出现过反映百姓生活疾苦的篇章。如《拟古》其六：

束薪幽篁里，刈禾寒涧阴。朔风伤我肌，号鸟惊思心。岁暮井赋讫，程课相追寻。田租送函谷，兽藁输上林。河渭冰未开，关陇雪正深。笞击官有罚，呵辱吏见侵。不谓乘轩意，伏枥还至今。

这首诗主要描写当时寒士的生活状况和有志不得伸的感慨，但客观上反映出统治者的横征暴敛和老百姓的痛苦，流露出对百姓的同情。

鲍照二百多首诗中，有八十多首乐府诗，并且其优秀之作大多数属于乐府。他不仅向汉魏乐府学习，还向当时的乐府民歌取法，即使被人视为“俗”，也不改变艺术追求，显示了卓越的艺术眼光和不凡的艺术胆量。他以雄健俊逸的才思，灵活运用这些所谓“俗体”“俗调”，酣畅淋漓地抒发自己不可阻遏的慷慨激情，取得了激动人心的艺术效果。其他体裁，也写得很不一般。其诗歌的总体风格特征表现为豪放峻健，奇矫峭秀。《南齐书·文学传论》说他“发唱惊挺，操调险危，雕藻淫艳，倾炫心魂”，杜甫用“俊逸”二字概括其诗风，明人陆时雍说他“材力标举，凌厉当年，如五丁凿山，开人世之未有。当其得意时，直前挥霍，目无坚壁矣。骏马轻貂，雕弓短剑，秋风落日，驰骋平冈，可以想此君意气所在”（《诗镜总论》），道出了其特点。

鲍照在七言诗的发展上也作出了贡献。他是文学史上第一个大力写作七言诗的诗人。在其全部诗歌中，完全七言的和以七言为主的作品达几十首之多。除上面引用的几首外，让我们再来看一看如下的两首：

> 奉君金卮之美酒，玳瑁玉匣之雕琴，七彩芙蓉之羽帐，九华葡萄之锦衾。红颜零落岁将暮，寒光宛转时欲沉。愿君裁悲且减思，听我抵节《行路》吟。不见柏梁铜雀上，宁闻古时清吹音？
>
> （《拟行路难》其一）
>
> 璇闺玉墀上椒阁，文窗绣户垂绮幕。中有一人字金兰，被服纤罗蕴芳藿。春燕差池风散梅，开帏对景弄禽爵。含歌揽涕恒抱愁，人生几时得为乐？宁作野中之双凫，不愿云间之别鹤。
>
> （《拟行路难》其三）

这类七言诗实在是前所未见，它们不仅内容丰富，感情奔放，而且音节跳荡激越，顿挫变化，具有撞击读者心扉的巨大艺术力量。在形式上也突破陈规旧式，变原来的逐句用韵为隔句用韵，篇中还可自由换韵，从而使七言诗获得了艺术表现的更大自由，这无疑是一个意义重大的革新。

不过，鲍照的七言诗仍然有一些是句句押韵，还有一些是七言句和其他句式无规则地交错穿插的，这都反映出七言诗定型过程中的过渡状态。但是七言诗毕竟是在他手里得到了较大的改造。正是有了这样的改造，在他之后，七言体便日益繁荣起来了。所以王夫之说：“七言之制，断以明远为祖何？前虽有作者，正荒忽中鸟径耳。柞棫初拔，即开夷庚，明远于此，实已范围千古，故七言不自明远来皆荑稗而已。”（《古诗评选》卷一）

在元嘉（南朝宋文帝年号，424—453）诗坛上，鲍照与谢灵运、颜延之齐名，但若论实际成就，不要说颜延之难以比肩，就是谢灵运也稍逊一筹。

第三节　永明体的出现和谢朓的山水诗

我国诗歌发展到齐朝永明年间（483—493），出现了一个引人注目的变化，这就是格律诗的形成。在此之前，诗歌是不受声律限制的，虽然诗人也注意到声音的协调，有人还提出了“音声迭代”（陆机《文赋》）的主张，但在创作中完全是作者根据经验自发调节，并无规矩可循。而到永明年间，情况就不同了。由于汉字四声的发现，产生了一套诗歌声律理论，对诗歌字声的配合作了严格而明确的规定。这套理论和晋宋以来诗歌的对偶形式互相结合，于是形成了一种自别于古体的新的格律诗。从此，做诗讲究声律，就不再出于无心之暗合，而全出于意匠之安排了。清代王闿运《八代诗选》卷十二至卷十四，专选从齐梁至隋百余年中这种讲究声律、对偶的作品，命名为新体诗，标明了它与古体的不同。

新体诗产生于永明年间，因此又称作“永明体”。

永明体区别于古体诗的关键在于有无声律的限制，而声律的形成，则又是以汉字四声的辨定为前提的。

早在四声发现之前，我国诗人就对汉语音调有了一定的认识。东汉时，佛教自天竺（今印度）传入，受佛教徒利用梵音拼注汉字的启示，我国的音韵学迅速发展起来。魏人孙炎著《尔雅音义》，初步创立反切。尔后，魏人李登《声类》、晋人吕静《韵集》等韵书相继问世。及至南北朝，佛教越加流行，佛经转读之风也日益兴盛。佛经转读讲究抑扬顿挫、铿锵悦耳，因此有些僧徒精于分辨声调。古印度声明论按声之高下，分声为三阶，佛教传入，此三声的分法也随之输入。在中国的僧徒们转读佛经，于是也采用了三声的分法。当时，中国文士和僧徒交往十分密切，受僧徒转读佛经的影响，中国文士对汉语声调的分析日趋精密。他们依据和模拟转读佛经的三声，分汉语为平、上、去三声，后又加上一个入声，终于创立了四声之说。最早提出四声之说的是齐朝的周颙和沈约，前者著有《四声切韵》，后者著有《四声谱》。

这的确是一个了不起的发现。沈约于此非常自负，“以为在昔词人，累千载而不寤”，只有他“独得胸衿，穷其妙旨”，因此自豪地把《四声谱》称作“入神之作”（《梁书·沈约传》）。身为著名诗人的他很快就把四声的研究运用于五言诗的创作，并结合双声叠韵提出了一套使诗句声韵和谐优美的格律主张。此说一出，立刻风靡一时，得到普遍响应，“王融、刘绘、范云之徒，慕而扇之，由是远近文学，转相祖述，而声韵之道大行”（唐封演《封氏闻见记》）。沈约等人还规定了一套五言诗应当避免的八种声律上的毛病，即所谓“病犯”，有“平头”“上尾”“蜂腰”“鹤膝”“大韵”“小韵”“傍纽”“正纽”。它们与四声结合，统称为“四声八病”之说。

事实证明，如果善用四声、回忌八病，那么所写诗歌确实可以达到声韵和谐、悦耳动听的效果。但是永明体对声律的要求过于苛细，极难掌握，真正能照此创作，不犯声病的作品很少，连沈约自己也未能一点不走样地遵照写作。

永明体吸引诗人过分注重形式，无疑会给诗歌创作带来一些消极因素。但是，它启示诗人自觉利用四声来调声，对于增强诗歌的形式美，却是有积极意义的。永明体的产生，实现了我国诗歌由非格律诗到格律诗的质的飞跃，成为五言诗从古体向唐代近体律诗过渡的桥梁。

在永明体诗人中，沈约、范云、王融等都取得了一些成绩，但成就最高的当属谢朓。谢朓（464—499），字玄晖，陈郡阳夏（今河南太康附近）人。出身贵族，因与谢灵运同族，故人称之为“小谢”。初为豫章王参军，后为随王萧子隆镇西功曹参军，转文学。以文才出众备受随王赏识，因此遭人嫉妒和诬陷，遂调还京都，任尚书殿中郎，掌中书诏诰。建武二年（495）出任宣城太守，人呼为“谢宣城”。东昏侯永元元年（499），被诬参与谋反下狱死。

谢朓像谢灵运一样，也是一位出色的山水诗人，其代表性作品大多数是山水诗。

其山水诗的风格特点可以用一个字加以概括，就是“清”字。李白《宣州谢朓楼饯别校书叔云》曰：“蓬莱文章建安骨，中间小谢又清发”，《送储邕之武昌》曰：“诺谓楚人重，诗传谢朓清”，都强调了这个“清”字。

谢诗之“清”，首先表现在善于捕捉清新秀美的山水景色，并通过清丽的文笔加以逼真的描绘上。这显然继承了大谢的长处，同时又避免了其繁芜和生造词语的毛病。

谢诗之“清”，还表现在情感比较冲淡上。谢朓不像大谢那样狂傲与燥热，那样热衷政治，而是“既欢怀禄情，复协沧州趣”（《之宣城出新林浦向板桥》），进退两可。所以他的诗中见不到大谢政治失意后的愤懑不平之气，格调自然也就清淡许多。

谢诗之“清”，还表现在诗中很少玄言佛理的成分。谢朓学问不如大谢，不像大谢那样精通老庄，深谙佛理，因此，他的诗也就极少由自然山水导向玄言佛理。以抒情为主要功能的诗歌中掺入玄言佛理，总给人“冰炭同器”之感。谢朓的不少诗作避免了大谢诗歌晦涩和情境割裂的毛病。他在山水景物的描写中融入的只是日常的情感，如思乡、离别等，不少作品做到了情景交融，意境浑然一体。

下面让我们欣赏谢朓的几首名篇。先看《之宣城出新林浦向板桥》：

> 江路西南永，归流东北骛。天际识归舟，云中辨江树。旅思倦摇摇，孤游昔已屡。既欢怀禄情，复协沧州趣。嚣尘自兹隔，赏心于此遇。虽无玄豹姿，终隐南山雾。

此诗作于作者出任宣城太守途中，既表达了他倦于羁旅行役之情，也吐露了他远害全身之思。开头四句，不纯是出色的景物描写，还隐含了其乍离“尘嚣”的建康时的心情。“天际识归舟，云中辨江树”两句，表现他凝神远眺，思绪起伏，尤其精妙传神。因此清代王夫之称赞说：“语有全不及情而情自无限者，心目为政，不恃外物故也。‘天际识归舟，云间辨江树’，隐然一含情凝眺之人，呼之欲出。从此写景，乃为活景。故人胸中无丘壑，眼底无性情，虽读尽天下书，不能道一句。”（《古诗评选》卷五）

再看《晚登三山还望京邑》：

灞涘望长安，河阳视京县。白日丽飞甍，参差皆可见。余霞散成绮，澄江静如练。喧鸟覆春洲，杂英满芳甸。去矣方滞淫，怀哉罢欢宴。佳期怅何许，泪下如流霰。有情知望乡，谁能鬒不变？

诗人通过对色彩、声音、气息的描绘勾画出建康一带春天的日暮景象，明媚秀丽，充满生机。这些景物描写在诗中融化无迹，有力地衬托了诗人离开建康时依依不舍的心情。“余霞散成绮，澄江静如练”是他最有名的两句诗，李白称赏不止，赋诗赞之：“月下沉吟久不归，古来相接眼中稀。解道澄江静如练，令人长忆谢玄晖。”（《金陵城西楼月下吟》）宋人唐庚把这两句诗与谢灵运的“池塘生春草，园柳变鸣禽”，同作为“混然天成，天球不琢”的典范。

以上这些诗都体现出谢朓诗“清”的风格特征。

不过，谢朓不是所有的诗都做到了像上述诗作一样意境浑融完整，在他笔下，一些诗仍然存在着“有句无篇”的缺陷，给人印象深刻的更多为清新隽永的“奇章秀句”，如“鱼戏新荷动，鸟散余花落”（《游东田》）；“余雪映青山，寒雾开白日。暧暧江村见，离离海树出”（《高斋视事》）；“朔风吹飞雨，萧条江上来”（《观朝雨》）；“寒城一以眺，平楚正苍然”（《宣城郡内登望》）；“窗中列远岫，庭际俯乔林。日出众鸟散，山暝孤猿吟”（《郡中高斋闲望答吕法曹》）等。这些诗句均以萧疏淡远的笔墨写出自然秀美的风神，令人耳目一新。

谢朓的一些短诗也很值得注意，如《同王主簿有所思》：

佳期期未归，望望下鸣机。徘徊东陌上，月出行人稀。

再如《王孙游》：

绿草曼如丝，杂树红英发。无论君不归，君归芳已歇。

还有《玉阶怨》：

夕殿下珠帘，流萤飞复息。长夜缝罗衣，思君此何极！

这些小诗都是写思妇之情，均写得清新含蓄，耐人寻味，颇具有南朝民歌的风味，开了唐人绝句的先河。

总的来看，谢朓的诗内涵不够丰富深厚，题材比较狭窄，也不具备艺术上的震撼力，很难引起读者长久的激动。这正是他不及曹植、陶渊明、鲍照的地方。但是能够代表其文学成就的山水诗和抒情小诗，毕竟相当圆熟。它们构思稳惬，情致深婉，语言清丽，风华映人，并且很多采用了新体诗的形式，音节非常谐婉，达到了他所追求的“圆美流转如弹丸”（《南史·王昙首传附王筠传》）那样一种境地。因此，宋代严羽认为其诗“已有全篇似唐人者”（《沧浪诗话》），明代钟惺认为其诗“业已浸淫近体”（《古诗归》卷十三），胡应麟也说：“六朝句于唐人，调不同而语相似者：‘余霞散成绮，澄江静如练’，初唐也；‘金波丽鳷鹊，玉绳低建章’，盛唐也；‘天际识归舟，云中辨江树’，中唐也；‘鱼戏新荷动，鸟散余花落’，晚唐也。俱谢玄晖诗也”（《诗薮·外编》）。谢朓对于唐代诗人影响也的确非常大。李白对他心摹手追是人所共知的，杜甫对他也称赏有加，曾谓“谢朓每篇堪讽诵，冯唐已老堪吹嘘”（《寄岑嘉州诗》），又说：“礼加徐孺子，诗接谢宣城”（《陪裴使君登岳阳楼》），这些足以说明谢朓在中国诗歌历史上的重要地位了。

第四节 宫体诗的泛滥和梁陈诗人

梁简文帝萧纲为太子的时候，带头写起一种以宫廷生活为主要内容，风格轻艳的诗歌来，号为“宫体诗”。萧纲认为：“立身之道与文章异，立身先须谨慎，文章且须放荡”（《与当阳公大心书》）。在这样的榜样和观点的影响之下，一批贵族文人，如庾肩吾、庾信、徐摛、徐陵等，竞相仿效，宫体诗很快风行朝野。这时候距离永明体形成已经有四五十年了。比起永明时代的作品，宫体诗的题材更加狭窄，以艳情、咏物居多。诗人的视野甚至缩小到宫墙范围之内，特别集中到女人身上，宫女的形体容颜、梳妆打扮、服装首饰、行走坐卧，无不成为着力描写的对象。萧纲的《咏内人昼眠》《美人晨妆》等作品就很有代表性。

宫体诗的致命弱点是内容的空虚贫乏，在宫体诗中见不到有意义的社会生活，见不到健康充实的生活体验，见不到奋发有为的人生追求，就像是患了贫血症的女人，浓妆艳抹装扮出的表面艳丽掩盖不住病态的身躯。可是，在世族社会的文化土壤里，这种空虚庸俗、浮艳萎弱的诗歌竟获得畸形发展，蔚成风气。其影响所及，一直持续到唐代初年尚未见衰歇。

但值得注意的是，宫体诗在形式上大多采用新体，宫体诗人个个“好为新变，不拘旧体”（《梁书·徐摛传》），人人“转拘声韵，弥尚丽靡”（《梁书·庾肩吾传》），从而促进了新体诗的发展。据王闿运《八代诗选》所录，新体诗在齐朝仅有 6 家 38 首，至梁朝，激增至 51 家 283 首。诗人对新体诗的形式越来越熟悉，新体诗的形式，包括声律、对偶、押韵等要素，在不断的创作与研究中也日趋完善了。

梁陈两朝，仅有江淹、吴均、何逊、阴铿等少数作家较有成就。江淹的成就主要在辞赋，下面再说，这里介绍后三位。

吴均（469—520），字叔庠，吴兴故鄣（今浙江安吉）人。出身贫贱，好学有俊才，做过建安王萧伟记室、国侍郎、奉朝请，因私撰《齐春秋》免职。后又奉旨撰写《通史》，书未成而病卒。

吴均诗题材比较广，他擅长描写山光水色，表达离愁别绪，也能写游侠，写边塞。如《胡无人行》：

剑头利如芒，恒持照银光。铁骑追骁虏，金羁讨黠羌。高秋八九月，胡地早风霜。男儿不惜死，破胆与君尝！

《边城将》《入关》《古意》等也都属于这一类，风格刚健豪迈，《梁书》本传说吴均“文体清拔有古气，好事者或效之，谓为‘吴均体’”。所谓“清拔有古气”，当即是就这一类作品而言的。这些诗放到建安时代或盛唐时代也许根本算不了什么，可是放到轻靡诗风弥漫的梁陈诗坛上就显得难能可贵。吴均诗歌的缺点在于不少诗有模仿之迹，且有些诗失之粗率。

何逊（？—518），字仲言，东海郯（今山东郯城）人。曾任安成王萧秀幕僚，兼任尚书水部郎，后人因称之为“何水部”或“何水曹”。

何逊诗与吴均相比，有不及处，也有胜出处。不及处在于题材比吴均狭窄，而胜出处则在于他能用自己的声音吟唱，而不落于前人的窠臼之中。他的诗不多，主要内容是描写山水景物，记述游宦行役，抒写离别和友情。大多构思新巧，意境清幽，含蓄有余味，表现别情尤所擅长，如《临行与故游夜别》：

历稔共追随，一旦辞群匹。复如东注水，未有西归日。夜雨滴空阶，晓灯暗离室。相悲各罢酒，何时同促膝？

这是何逊最为人称道的作品，全诗浅近如话，可是却写得情词宛转，“夜雨”两句，以眼前实景衬托离情，暗示与友人一夜对坐无眠和即将离别之时的悲伤，极富意境。

再如《相送》：

客心已百念，孤游重千里。江暗雨欲来，浪白风初起。

这是一首离别诗，前两句刚刚透露出内心的情感，即打住，转以写景，渲染出一种昏暗、凄冷、苍茫的气象，含蓄地表现了分别时黯然魂销的情怀。

何逊也很擅长状物，他体物入微，能够敏锐捕捉事物特征，然后用精工锤炼的诗句将其描绘出来，做到“状难写之景在于目前”。例如《酬范记室云》“风光蕊上轻，日色花中乱”两句，用“轻”字和“乱”字将极难描摹的风光日色写活了。《下方山》“繁霜白晓岸，苦雾黑晨流”两句，“白”字与“黑”字活用为动词，不仅颜色鲜明，而且带给人一种动感。

何逊的诗多采用新体，他对于声律的把握比起永明时代的诗人来更熟练，更精细，很多作品与定型的近体诗已经没有多少区别。宋代洪迈把其《送司马长沙》等一些诗误收入《万首唐人绝句》，就是一个证明。

梁朝时，何逊即已享有诗名，沈约曾对他说：“吾每读卿诗，一日三复，犹不能已。”梁元帝说：“诗多而能者沈约，少而能者谢朓、何逊。”（俱见《南史·何逊传》）唐朝人对他也很推崇，杜甫说“能诗何水曹”（《北邻》），又说自己“颇学阴、何苦用心”（《解闷十二首》其三）。杜诗中化用何逊诗句或诗意的例子很多，如《宿江边阁》“薄云岩际宿，孤月浪中翻”就是从何逊《入西塞示南府同僚》“薄云岩际出，初月波中上”二句稍加变化而来，《后游》“野润烟光薄，沙喧日色迟”是由何逊《酬范记室云》“风光蕊上轻，日色花中乱”两句翻出，因此清代陈祚明说：“少陵于仲言之作，甚相爱慕，集中警句，每见规模，风格相承，脉络有本”（《采菽堂古诗选》卷二十六）。只从杜甫对何逊追慕、摹写的例子就足以看出何逊对唐代诗人的影响了。

杜甫诗句“颇学阴、何苦用心”中的“阴”字指阴铿。

阴铿（生卒年不详），字子坚，祖籍武威姑臧（今甘肃武威），其高祖迁居南平（今湖北公安一带）。梁朝时做过法曹参军，入陈，做过晋陵太守、员外散骑常侍。

阴铿与何逊齐名，诗风也很接近，都是题材较狭，格局不阔，一样的构思新颖，遣词清丽，对偶工整，音调和谐。稍有不同的是何逊更善于抒情，而他更长于写景。如《渡青草湖》：

> 洞庭春溜满，平湖锦帆张。沅水桃花色，湘流杜若香。穴去茅山近，江连巫峡长。带天澄迥碧，映日动浮光。行舟逗远树，度鸟息危樯。滔滔不可测，一苇讵能航？

这首诗写青草湖的壮阔景象。“带天”二句刻画出那种水天相接、波翻浪涌、浮光万顷的气象；“行舟”二句，用湖上行舟与远方树木的相对位移几乎不变，以及鸟无力飞跃大湖，不得不在船樯上歇息，来表现湖面浩渺，传神之极。这些地方，均可见诗人体物之精细，而“动”字、“逗”字，又可见出其炼字的功力了。

阴铿诗一旦将写景与抒情结合，就显得更有意境了。如《晚出新亭》：

大江一浩荡，离悲足几重？潮落犹如盖，云昏不作峰。远戍惟闻鼓，寒山但见松。九十方称半，归途讵有踪？

这首诗写诗人即将告别友人、离开京师、踏上归程时的感受。诗中所描绘的江水汹涌、天色昏暗、苍茫凄冷的景象很好地衬托了诗人此刻的复杂心情：既满含离别之悲，又隐隐为旅程的艰险担忧。情景契合，构成了一种浑茫的境界。

阴铿对新体诗形式的锻炼比何逊还要突出。他的很多诗对偶、用韵、平仄都已中规中矩，如《新成安乐宫》，除了比唐代五律多一联，其他无不相合。明代胡应麟评论此诗："平头上尾，八病咸除；切声浮响，五音并协；实百代近体之祖。"（《诗薮·内编》卷四）因而有人把阴铿视为近体诗之"椎轮"（宋代黄伯思《东观余论》卷下《跋何水曹集后》）。

唐代诗人对阴铿也很称许，杜甫承认自己苦心学习过阴铿，他还用"李侯有佳句，往往似阴铿"的诗句称颂李白，此外，王维也或多或少学习过阴铿的艺术经验。

第五节 庾 信

北朝乐府民歌取得了很高成就，可是文人创作却一直处于衰歇状态。直到庾信由南入北，才给北朝文坛带来了生气。

庾信（513—581），字子山，南阳新野（今属河南）人。出身文学世家，早年以文学侍从的身份出入禁闼，恩遇无比。梁元帝承圣三年（554），奉命出使西魏。而梁朝旋即为西魏所灭，他因此被迫滞留北方，屈节出仕。西魏之后又仕北周，官至骠骑大将军，开府仪同三司，后人因称之"庾开府"。尽管受到北朝礼重，其内心却充满了屈辱，充满了亡国之痛与身世之悲。就这样，他终于满怀忧怨地老死于北方。

青年时代的庾信，像梁朝的所有贵族文人一样，沉湎于纸醉金迷的晏安气氛之中，陪宴、侍游、应制、奉和是其生活的主要内容。那时的他是一个不折不扣的宫体诗人，用艳丽的词藻、和婉的声律，精雕细镂地刻画着风花雪月、儿女风情。后来天崩地解般的家国之变，才彻底改变了他的生活和思想，同时也彻底改变了他的创作。其文学题材由当年宫廷的唱和酬答一变而为抒写"乡关之思"与身世之悲，思想感情由肤浅轻薄一变而为深刻厚重，风格由浮靡轻艳一变而为悲凉沉郁，形成了鲜明的个人风格。

早年的诗文创作曾使庾信受到严格的训练，掌握了相当高的艺术形式技巧。到北方后，其作品又具有了充实的内容、充沛的感情。因此其后期作品不仅造句新颖，词藻缤纷，韵律和谐，对仗工稳，用典繁复，而且显示出一种清刚、苍凉、沉雄之气，显示出"风骨"与"文采"的完美结合。诚如《四库全书总目提要》所说："至信北迁之后，阅历既久，学问弥深，所作皆华实相扶，情文兼至，抽黄对白之中，灏气舒卷，变化自如，则非（徐）陵之所能及矣。”杜甫对庾信后期的创作极为倾倒，评价说：“庾信文章老更成，凌云健笔意纵横。”（《戏为六绝句》）又说：“庾信平生最萧瑟，暮年诗赋动江关。”（《咏怀古迹》）

庾信诗歌、辞赋都堪称大家，这里先说他的诗歌，下一节再说辞赋。

庾信诗歌的代表作是《拟咏怀》27首。由题目即可知这组诗与阮籍《咏怀诗》的联系。但是它们并非一味模拟，主要还是自抒胸臆，和西晋以来很多诗人的拟古之作不是一码事。清代沈德潜对此看得很准，称这组诗“无穷孤愤，倾吐而出，工拙都忘，不专拟阮。”（《古诗源》卷十四）

这组诗非一时所作，但主旨相对集中。它们多角度地抒发了作者的悲苦之情，写得最多的是稽留异国，不得南归的哀怨。如其七、其十、其二十六等。请看其七：

榆关断音信，汉使绝经过。胡笳落泪曲，羌笛断肠歌。纤腰减束素，别泪损横波。恨心终不歇，红颜无复多。枯木期填海，青山望断河。

诗中采用屈骚传统手法，以妇人自比。就像当年流落胡地的蔡文姬，闻胡笳而悲泣，听羌笛而断肠，身容憔悴，泪眼婆娑。年华虽逝，离愁别恨却不曾有丝毫消歇。但归乡之愿像精卫填海、青山断河一样，根本不可能实现。诗人魂牵故国的心情和归乡不得的绝望表达得极为强烈感人。

这组诗中有的是写梁元帝败亡于江陵的悲剧，如其十一：

摇落秋为气，凄凉多怨情。啼枯湘水竹，哭坏杞梁城。天亡遭愤战，日蹙值愁兵。直虹朝映垒，长星夜落营。楚歌饶恨曲，南风多死声。眼前一杯酒，谁论身后名。

诗中通过一连串的典故叙述了不能明言的历史和诗人内心的深痛。三四句用湘妃哭舜和杞梁妻哭倒长城的传说，隐晦地写出了梁朝君臣和百姓在江陵陷落后遭受西魏军队屠戮的惨景。接下来的六句，反映了梁朝兵无斗志、大将摧折、军败国亡的过程。最后两句，感慨梁元帝和臣子醉生梦死，苟且偷安，终于招致覆灭。字里行间，既渗透了亡国之哀，流露了对梁朝君臣的不满，也隐含了对西魏暴行的愤恨，充满复杂凄怨的感情。

家国之痛、乡关之思不仅在《拟咏怀》中得到集中表现，而且在其他题材作品如写景、咏物、酬答之作中也反复出现，成为其后期咏唱的主旋律。特别当与南国友人交往的时候，这种感情更不可阻遏地喷涌出来。例如下面两首短诗：

玉关道路远，金陵信使疏。独下千行泪，开君万里书。

（《寄王琳》）

阳关万里道，不见一人归。惟有河边雁，秋来向南飞。

（《重别周尚书》）

在流落于北方的文人中，没有哪一个人像他这样如此全面、深刻和持续不断地抒写家国之痛、乡关之思。

在抒写家国之痛、乡关之思的作品中，庾信还往往用粗犷的笔触，勾勒出北方苍茫、雄壮、荒寒的自然景物，或展现出沙场征战的场景，比如下列描写："阵云平不动，秋蓬卷欲飞"（《拟咏怀》其十七），"萧条亭障远，凄惨风尘多。关门临白狄，城影入黄河"（《拟咏怀》其二十六），"胡笳遥警夜，塞马暗嘶群"（《和赵王送峡中军》），"峡路沙如月，山峰石似眉"（《奉和赵王途中五韵》），"幕府风云气，军门关塞人"（《奉报寄洛州》）等，更为其作品平添了雄浑之气。

在艺术上，庾信有两点贡献需要特别说明一下。一是用典。庾信喜欢征引故实，他对于典故成语熟悉到可以随手拈来的程度。因此其诗歌用典的密度超过以往绝大多数诗人，并且运用得精切巧妙，避免了以往的堆垛之病。例如《拟咏怀》其四、其十一等都是句句用典，或用典故字面之意，或用典故内在含义，或直用，或化用，用法非常灵活。而无论如何使用，那些典故均成为全诗的有机组成部分，做到了意脉贯通，文字流畅，深化了诗的意境。因此清代沈德潜说他"使事无迹"（《古诗源》卷十四）。

二是诗体。庾信写下过许多五言八句或五言四句的新体诗，而且写得相当规范，例如《舟中望月》："舟子夜离家，开舲望月华。山明疑有雪，岸白不关沙。天汉看珠蚌，星桥似桂花。灰飞重晕阙，蓂落独轮斜。"五言八句，完全符合平仄，没有齐梁诗人常见的失粘现象，中间两联用对，俨然是一首成熟的五律了，仅从形式上看，即使放到唐人五律中，也难以辨出非唐人所作。再如《送周尚书弘正二首》其一："交河望合浦，玄菟想朱鸢。共此无期别，知应复几年？"则又俨然是一首完全符合规则的五绝了。从永明体到近体诗定型，经历了差不多二百年。南北朝的许多诗人，如前面提到的沈约、谢朓、何逊、阴铿等都作出了贡献。庾信生活的时代距离初唐最近，其对近体诗定型的影响自然也就更加明显与重要了。

明代杨慎说："庾信之诗，为梁之冠绝，启唐之先鞭。"（《升庵诗话》卷九）概括了庾信诗歌的成就与影响。但"为梁之冠绝"中的"梁"字应当改换成"南北朝"。庾信可以说是南北朝一位集大成的作家。他的后期创作，成为中古文学向盛唐文学过渡的一座桥梁。初唐四杰、李白、杜甫等，都不同程度地受到过他的影响，这一切，说明了他在文学史上这种继往开来的重要历史地位。

第六节 南朝骈文

骈文是与散文相对而言的。它是中国特有的一种文体，是由对偶这种修辞手法发展而来的。对偶在先秦文学中还只是偶然一用，到两汉辞赋中就开始得到自觉而广泛的运用，而到汉魏之际，辞赋已经出现骈化的迹象。及至晋初，则出现了完全骈偶化的文章，如陆机《文赋》，骈体文由此产生。进入南朝，特别是齐梁之后，在当时极力追求形式美的风气的推动下，这种格外注重形式的文章得到畸形发展，盛极一时，竟占据了主导地位，连学术文章和应用文，也都采用骈体了。南朝几乎成了骈文的一统天下。

骈文最主要的特征是通篇句式几乎都用对偶句构成，对偶力求工整精巧，除了语句结构方式相同和一般的词性相对以外，所用名词还细分类别，例如数目对数目，时令对时令，方位对方位等。句式上，多用四六句，所谓“骈四俪六”。此外，骈体文还注重藻饰，讲究用典，诗歌声律化以后，又要求平仄相调。

骈体文过分注重形式，很难掌握，妨碍思想感情的自由表达，有很大的弊病。当时文人醉心于这种文体，助长了形式主义风气的泛滥，也是不争的事实。但是也须承认，这种文体确实把汉语汉字的形式特点发挥到极致，按照其规则写出的文章，美轮美奂，很有艺术魅力。

南朝出现了一些内容丰富而且艺术水平高的骈文名篇。如刘宋时期鲍照的《芜城赋》，通过广陵今日荒芜与昔日繁华的强烈对比，谴责了统治者互相残杀，株连无辜，致使百姓涂炭、城市摧残的罪行。其题旨是非常严肃深刻的，艺术上也非常出色。其写作上的一个突出特点是善于用细腻的笔触将各种景象描绘得逼真如画，使人有如临其境的感觉。例如文中描写战乱之后广陵城荒凉可怖景象的一段：

> 泽葵依井，荒葛罥涂。坛罗虺蜮，阶斗麏鼯。木魅山鬼，野鼠城狐。风嗥雨啸，昏见晨趋。饥鹰厉吻，寒鸱吓雏。伏虣藏虎，乳血飧肤。崩榛塞路，峥嵘古道。白杨早落，塞草前衰。稜稜霜气，蔌蔌风威。孤蓬自振，惊沙坐飞。灌莽杳而无际，丛薄纷其相依。通池既已夷，峻隅又以颓。直视千里外，惟见起黄埃。凝思寂听，心伤已摧。

这一段描写，有实写，有夸张，有想象，运用各种手段刻画出那种萧瑟阴森、令人惊心动魄的环境气氛。其遣词用字，十分醒目有力，如“饥鹰厉吻”中的“厉”字，“崩榛塞路”中的“崩”字，“稜稜霜气”中的“稜稜”二字，均显得奇矫峻健，给人不凡的感受。又全段两句一韵，音调顿挫流利，没有许多骈体文那种凝涩不畅之病。

萧子显《南齐书·文学传论》用“发唱惊挺，操调险急，雕藻淫艳，倾炫心魂”来概括鲍照文章风格，从这一段来看，是很准确的。

鲍照的《登大雷岸与妹书》也是一篇优美的骈文。它是作者给妹妹鲍令晖的一封普通的家信，叙述自己“栈石星饭，结荷水宿，旅客贫辛，波路壮阔”的行役生活。我们知道，家信通常是不用骈体来写的，写起来太费劲。可是，由于鲍令晖富有才情与修养，非一般家庭妇女可比，鲍照把她视为创作知音，而途中所见景色又十分壮丽奇伟，非用华美雄奇的文辞难以表现，所以他使用了骈体。此文写得文采瑰丽，气势峭拔。例如下面一节：

> 南则积山万状，争气负高，含霞饮景，参差代雄。凌跨长陇，前后相属，带天有匝，横地无穷。东则砥原远隰，亡端靡际，寒蓬夕卷，古树云平。旋风四起，思鸟群归。静听无闻，极视不见。北则陂池潜演，湖脉通连。苎蒿攸积，菰芦所繁。栖波之鸟，水化之虫，智吞愚，强捕小，号噪惊聒，纷乎其中。西则回江永指，长波天合。滔滔何穷，漫漫安竭！创古迄今，舳舻相接。思尽波涛，悲满潭壑。烟归八表，终为野尘，而是注集，长写不测。修灵浩荡，知其何故哉！

这一段的写法很像汉代大赋，东南西北一一描画，极尽铺排之能事。可是与汉赋不同的是文中饱含着感情，在千姿百态、气象壮伟的景物描写中，融注了作者的深深的悲忧、惆怅，因而景物仿佛也有了生命，变活了。其行文也如《芜城赋》一样，奇丽矫健，苍凉雄浑。

齐代孔稚圭的《北山移文》也是骈文中的名篇。孔稚圭（448—501），字德彰，会稽山阴（今浙江绍兴）人。齐代历任御史中丞、南郡太守、太子詹事等职。《南齐书》本传说他“风韵清疏，好文咏”，“不乐世务”，“门庭之内，草莱不剪，中有蛙鸣”。

《北山移文》是一篇讽刺妙文，作者假借北山山灵的口吻，揭发周颙打着山中高士的旗号，实则是把隐居作为出仕捷径的虚伪面目。文中写周颙隐居北山之初，“将欲排巢父，拉许由，傲百氏，蔑王侯，风情高张，霜气横秋”，“谈空空于释部，核玄玄于道流，务光何足比，涓子不能俦”，俨然是一位潇洒出尘的大隐。可是当皇帝的征车诏书一入山，他就判若两人了，“形驰魄散，志变神动。尔乃眉轩席次，袂耸筵上；焚芰制而裂荷衣，抗尘容而走俗状。”做官后更是俗不可耐：“敲扑喧嚣犯其虑，牒诉倥偬装其怀”，“常绸缪于结课，每纷纶于折狱”。文中说连山林岗峦、花草树木都对他失望。因此当他想要再次经过北山之时，遭到山灵的嘲笑和严拒。这一段笔调尤为辛辣：

> 于是南岳献嘲，北陇腾笑，列壑争讥，攒峰竦诮。慨游子之我欺，悲无人以赴吊。故其林惭无尽，涧愧不歇，秋桂遣风，春萝罢月。骋西山之逸议，驰东皋

之素谒。今又促装下邑，浪拽上京，虽情投于魏阙，或假步于山扃。岂可使芳杜厚颜，薜荔蒙耻，碧岭再辱，丹崖重滓，尘游躅于蕙路，污渌池以洗耳。宜扃岫幌，掩云关，敛轻雾，藏鸣湍，截来辕于谷口，杜妄辔于郊端。于是丛条瞋胆，叠颖怒魄，或飞柯以折轮，乍低枝而扫迹。请回俗士驾，为君谢逋客。

文中用出人意表的拟人化描写，让山水草木都对假隐士的俗气、虚伪表示出极大的蔑视和愤怒，真是嬉笑怒骂，入木三分。此文对仗十分工整，但并不板滞，语言流动活泼，有一气呵成之感。

稍后，江淹的两篇骈赋：《恨赋》和《别赋》也写得非常出色。《恨赋》写历史上各种人物赍志以没的遗恨。这些人物中，有雄视一代的秦始皇，也有亡国身死之君赵王迁，更有一些遭受种种不幸、抱恨终生的人物，如李陵、王昭君、冯衍、嵇康等。关于后者的描写尤为生动，因为在这些人物身上，寄托着作者自己的怨恨。这些人物的命运，最容易引起失意者的共鸣，因而千百年来，不知激动过多少读者的心，让他们扼腕叹息。

《别赋》更为后人所重视，它描写各种各样的离情别绪。文章一开头，就发出“黯然销魂者，惟别而已矣”的浩叹，确定了全文的基调，接着总括地刻画了“行子”与“居人”的心情：

是以行子肠断，百感凄恻。风萧萧而异响，云漫漫而奇色。舟凝滞于水滨，车逶迤于山侧，棹容与而讵前，马寒鸣而不息。掩金觞而谁御，横玉柱而沾轼。居人愁卧，怳若有亡。日下壁而沉彩，月上轩而飞光。见红兰之受露，望青楸之离霜。巡层楹而空掩，抚锦幕而虚凉。知离梦之踯躅，意别魂之飞扬。

这一段用景物的描写和氛围的渲染，来烘托心理，营造了极浓重的抒情气氛。再下面作者写了各种不同身份人物的离别，有富贵者之别、剑客之别，从军征士之别、远赴绝国者之别、夫妻之别、服食求仙者之别、恋人之别等。有的凄婉，有的悲壮，有的惨烈，有的似乎超脱，形形色色，不一而足。各种情绪，各种意境，迤逦写来，几乎概括了社会上所有类型人物的离别情状。其中有很多抒情名句，如：“春草碧色，春水渌波。送君南浦，伤如之何！至乃秋露如珠，秋月如珪。明月白露，光阴往来。与子之别，思心徘徊。”这类满含伤感和诗意的句子，有很强的感染力。

此外，这一时期还出现过几封著名信札，也都属骈文中的上乘之作。一封是丘迟的《与陈伯之书》。陈伯之本是南朝将领，后率部投魏。梁天监四年（505），临川王萧宏领兵北征，陈伯之率兵抗拒。丘迟奉萧宏之命写下这封劝降书。书中既晓之以大义，又告之以形势，分析了陈伯之处境之险，申明了梁朝不咎既往之诚，有理有据，恩威并施，很有说服力。并且作者并没有因为双方处于敌对状态而把书信写得冷冰冰，而是注意动之以情，特别是写到江南故国美景和廉颇、吴起故事的一段：

> 暮春三月，江南草长，杂花生树，群莺乱飞。见故国之旗鼓，感平生于畴日，抚弦登陴，岂不怆悢！所以廉公之思赵将，吴子之泣西河，人之情也。将军岂无情哉？

此文真可谓情文并茂。书信中还用了许多修辞手法，如对比："昔因机变化，遭遇明主，开国称孤。朱轮华毂，拥旄万里，何其壮也！如何一旦为奔亡之虏，闻鸣镝而股战，对穹庐以屈膝，又何劣邪！"如比喻："而将军鱼游于沸鼎之中，燕巢于飞幕之上，不亦惑乎？"因而这封以说理为主的书信写得十分形象生动。古往今来的劝降书，可以说无出其右者。

另外还有两封全篇写景的书信也很有名，一封是陶弘景的《答谢中书书》：

> 山川之美，古来共谈。高峰入云，清流见底。两岸石壁，五色交辉。青林翠竹，四时俱备。晓雾将歇，猿鸟乱鸣；夕日欲颓，沉鳞竞跃。实是欲界之仙都。自康乐以来，未复有能与其奇者。

另一封是吴均的《与宋元思书》：

> 风烟俱净，天山共色，从流飘荡，任意东西。自富阳至桐庐，一百许里，奇山异水，天下独绝。水皆缥碧，千丈见底；游鱼细石，直视无碍。急湍甚箭，猛浪若奔。夹岸高山，皆生寒树。负势竞上，互相轩邈，争高直指，千百成峰。泉水激石，泠泠作响。好鸟相鸣，嘤嘤成韵。蝉则千转不穷，猿则百叫无绝。鸢飞戾天者，望峰息心；经纶世务者，窥谷忘返。横柯上蔽，在昼犹昏；疏条交映，有时见日。

以上两封信都是向友人介绍自己所见到的奇山秀水，不逞博，不用典，文字省净而优美。逼真的刻画，仿佛把读者带到江南秀丽澄澈的山水之中，尽情享受大自然的美丽。

庾信是南北朝骈文成就最高的作家，其骈文名篇同样都是作于后期，如《哀江南赋》《小园赋》《枯树赋》《思旧铭》等。像他的诗歌一样，这些骈赋、骈文也多抒发故国之思和身世之感，情调凄婉，动人心弦。其中最具代表性的是《哀江南赋》。这是一篇具有史诗性气魄的宏伟作品，正文连同赋前小序近四千字。它以作者自己的身世遭遇为线索，叙述了梁朝由兴盛走向衰亡的整个过程。赋中既揭露了梁朝统治者特别是梁元帝萧绎的腐朽昏聩，也揭露了侯景攻陷金陵和西魏攻陷江陵之后屠杀、凌辱百姓的罪行。其中江陵陷落后百姓离乡背井、被驱而北的景象写得尤为动情：

> 城崩杞妇之哭，竹染湘妃之泪。水毒秦泾，山高赵陉。十里五里，长亭短亭。饥随蛰燕，暗逐流萤。秦中水黑，关上泥青。于时瓦解冰泮，风飞电散。浑然千里，淄渑一乱。雪暗如沙，冰横似岸。逢赴洛之陆机，见离家之王粲。莫不闻陇水而掩泣，向关山而长叹。

这简直是一幅血泪斑驳的流民图，作者的悲情回荡于文字之间，这是对那段苦难历史最形象、最充满激情的描述。

《哀江南赋序》也是用骈体写下的，它甚至比正文还要有名，一般骈文选本可能不选正文，却几乎都要选这篇序。它是全赋的一个组成部分，然而首尾完整，又可以看做相对独立的文章。在序中，庾信阐明了作赋的动机，概括了全篇大意，浓缩进了他的感怀故国之情和自伤身世之悲：

> 信年始二毛，即逢丧乱，藐是流离，至于暮齿。燕歌远别，悲不自胜；楚老相逢，泣将何及。畏南山之雨，忽践秦庭；让东海之滨，遂餐周粟。下亭漂泊，高桥羁旅。楚歌非取乐之方，鲁酒无忘忧之用。追为此赋，聊以记言。不无危苦之辞，惟以悲哀为主。
>
> 日暮途远，人间何世！将军一去，大树飘零；壮士不还，寒风萧瑟。……

像《哀江南赋并序》这样全景式地记录一代兴亡的骈文，在骈文史上极少见到。其丰富的历史内涵、叙事与抒情的完美结合、纷披的文采、浏亮的音节、典故澜翻无穷而又恰当巧妙的运用，都显示出庾信绝大的笔力。

其《小园赋》也是很为后人喜爱的一篇骈赋。赋的前半描写了自己在长安的住宅，吐露出在异国孤独、寂寞的心境。后半转入对故国的思念。这篇赋用典虽然也很多，但夹杂了许多白描，显得比庾信其他赋作更活泼自然，更易诵读。如下列句子："桐间露落，柳下风来""榆柳两三行，梨桃百余树""一寸二寸之鱼，三竿两竿之竹""落叶半床，狂花满屋"等，都像是信手拈来，在工整的对偶中跳跃着活泼的情趣，给人很深的印象。

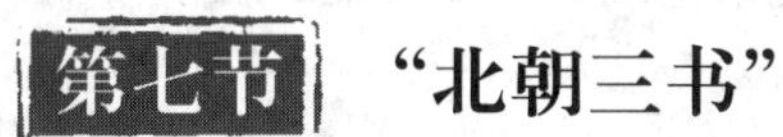

第七节 "北朝三书"

当骈文统治了南朝文坛的时候，北朝却出现了三部著名的散文著作：郦道元的

《水经注》、杨衒之的《洛阳伽蓝记》、颜之推的《颜氏家训》，合称为“北朝三书”。

一、郦道元与《水经注》

郦道元（？—527）字善长，北魏范阳（今河北涿县）人。曾任东荆州刺史。因为政严猛，不避权豪，被谮免官。后又起为关右大使。雍州刺史萧宝夤反，郦道元于赴任途中被萧宝夤所杀。郦道元是地道的北方学者，好读书，博览群籍。《水经注》是他为汉代桑钦（一说晋人郭璞）的《水经》所作的注释。他对当时的南北方志广采博收，完成了这部“集六朝地志之大成”（清陈运溶《〈荆州记〉序》）的伟大的地理学著作。《水经》记载水道137条，郦注增加到1 389条，并且它不仅仅记录各条水流的发源和流向，而且还描写了水道流经地域的山岳丘陵、关塞亭障、风土人情、各类物产、历史遗迹等，内容是《水经》的20倍，实际上已经另成一部专著。它在研究历史地理、水利沿革方面有很高价值。

这虽然是一部学术著作，但行文之际，多写到山水之美，写到作者从山水之美中所得到的畅快、愉悦的体验，反映出作者将自然山水作为审美对象的自觉意识。其中有些山水描写源自所征引的地志，有些出自作者本人手笔。文笔简洁、疏朗、优美，刻画山水逼真如画。

郦道元最突出的本领是善于体会、捕捉不同山水景物的个性，随物赋形，分别给予不同的描写。因此同是写水，长江、黄河各异；同是写山，泰山、庐山有别。例如写黄河流经河南孟门的一段：

> 孟门，即龙门之上口也，实谓黄河之巨厄，兼孟津之名矣。此石经始禹凿，河中漱广，夹岸崇深，倾崖返捍，巨石临危，若坠复倚。古之人有言：“水非石凿，而能入石”，信哉！其中水流交冲，素气云浮，往来遥观者，常若雾露沾人，窥深悸魄。其水尚崩浪万寻，悬流千丈，浑流歕怒，鼓若山腾。浚波颓叠，迄于下口。方知《慎子》下龙门，流浮竹，非驷马之追也。

作者以雄奇的笔力刻画出黄河奔腾咆哮、令人魂悸魄动的气势。而写南方的夷水，则又是另外一副笔墨：

> 所经皆石山，略无土岸。其水虚映，俯视游鱼，如乘空也。浅处多五色石，冬夏激素飞清，傍多茂木空岫，静夜听之，恒有清响，百鸟翔禽，哀鸣相和，巡颓浪者，不觉疲而忘归矣。

文字不长，却清晰地描绘出水流澄澈、林木茂密、寂静清幽的景象。“其水虚映，俯视游鱼，如乘空也”几句，使人联想起柳宗元《小石潭记》中“潭中鱼可百许头，皆若空游无所倚”那一段描写来。

类似的刻画逼真的段落俯拾皆是，如“东北燕王仙台，东台有三峰，甚为崇峻，腾云冠峰，高霞翼岭，岫壑冲深，含烟罩雾”（卷十一《易水》）；“东湖西浦，渊潭相接，水至清深，晨凫夕雁，泛滥其上，黛甲素鳞，潜跃其下，俯仰池潭，意深鱼鸟，所寡惟良木耳”（卷十三《漯水》）；“芜谷夹路连山百数里，水隍多行石涧中，出草药，饶松柏，林藿绵濛，崖壁相望，或倾岑阻径，或回岩绝谷。清风鸣条，山壑俱响”（卷二十四《汶水》）等。至如卷三十四写长江过巫峡一段更是出色，为人们所熟知。

特别值得称道的是《水经注》在山水的描写中还往往表现出作者的心情与审美体验，主客体得到一定程度的交融。其语言简练精粹，流畅自然，绚丽多彩。基本为散句，也用了不少骈句，以散驭骈，既有自然活泼之致，又不乏工整对称之美。

二、杨衒之与《洛阳伽蓝记》

杨衒之亦为北朝人，但史书无传，生平不详。据《洛阳伽蓝记》自序，他于东魏武定五年（547）因行役重游洛阳，见城郭崩毁，寺庙灰烬，感而撰此书。

北朝佛教虽曾遭受过毁佛之厄，但总体上却属于迅速发展期。北魏迁都洛阳后，洛阳寺塔以惊人的数量兴建起来，最盛时佛寺多到1 367所。但由于动乱，绝大多数很快又毁于兵火，杨衒之重游洛阳时所见已是一片残破凄凉了。他在《洛阳伽蓝记》中借佛寺的兴废，反映巨大的历史变故，寄托自己的沧桑之感和兴亡之念。正如他在该书序中所说：

> 余因行役，重览洛阳。城郭崩毁，宫室倾覆，寺观灰烬，庙塔丘墟。墙被蒿艾，巷罗荆棘。野兽穴于荒阶，山鸟巢于庭树。游儿牧竖，踯躅于九逵；农夫耕老，艺黍于双阙。麦秀之感，非独殷墟；黍离之悲，信哉周室。

本书共分城内、城东、城南、城西、城北五卷，每一卷都是以佛寺的兴废为经，交织着描写了政局变化、人事变迁、市场商贾、风土民情、中外交通以及历史传说等，从而把一个时代的盛衰呈现出来。

杨衒之在书中对王公贵族的骄奢淫逸和贪鄙做了入骨三分的揭露，写河间王元琛的一段最为生动：

> 琛在秦州，多无政绩。遣使向西域求名马，远至波斯国，得千里马，号曰“追风赤骥”。次有七百里者十余匹，皆有名字。以银为槽，金为锁环。诸王服其豪富。琛语人云：“晋室石崇，乃是庶姓，犹能雉头狐腋，画卵雕薪。况我大魏天

王，不为华侈？”造迎风馆于后园，窗户之上，列钱金琐，玉凤衔铃，金龙吐佩。素柰朱李，枝条入檐，伎女楼上，坐而摘食。琛常会宗室，陈诸宝器，金瓶银瓮百余口，瓯檠盘盒称是。自余酒器有水晶钵、玛瑙琉璃碗、赤玉卮数十枚。作工奇妙，中土所无，皆从西域而来。又陈女乐，及诸名马。复引诸王按行府库，锦罽珠玑，冰罗雾縠，充积其内。绣缬、紬绫、丝彩、越葛、钱绢等不可数计。琛忽谓章武王融曰：“不恨我不见石崇，恨石崇不见我。”融立性贪暴，志欲无限，见之惋叹，不觉生疾。还家，卧三日不起。

（卷四《法云寺》）

作者既善于状物写景，也善于叙事写人。尽管许多记载只是在叙述佛寺时顺便带出，随意点染，却往往做到曲折尽情、活灵活现。如卷三《高阳王寺》中的一则记事：

（高阳王）雍嗜口味，厚自奉养，一食必以数万钱为限，海陆珍羞，方丈于前。陈留侯李崇谓人曰：“高阳一食，敌我千日。”崇为尚书令仪同三司，亦富倾天下，童仆千人。而性多俭吝，恶衣粗食，亦常无肉，止有韭茹、韭菹。崇客李元佑语人云：“李令公一食十八种。”人问其故，元佑曰：“二九一十八。”闻者大笑，世人以为讥骂。

再如卷四《法云寺》中的一则记事：

有田僧超者，善吹笳，能为《壮士歌》《项羽吟》。征西将军崔延伯甚爱之。正光末，高平失据，虐吏充斥。贼帅万俟丑奴寇暴泾、岐之间，朝廷为旰食，延伯总步骑五万讨之。延伯出师于洛阳城西张方桥，即汉之夕阳亭也。时公卿祖道，车骑成列。延伯危冠长剑，耀武于前，僧超吹《壮士笛曲》于后，闻之者懦夫成勇，剑客思奋。延伯胆略不群，威名早著，为国展力二十余年，攻无全城，战无横阵，是以朝廷倾心送之。延伯每临阵，令僧超为《壮士声》，甲胄之士踊跃。延伯单马入阵，旁若无人，勇冠三军，威震戎竖，二年之间，献捷相继。丑奴募善射者射僧超，亡，延伯悲惜哀恸，左右谓“伯牙之失钟子期，不能过也”。后延伯为流矢所中，卒于军中。于是五万之师，一时溃散。

此书文笔非常流畅，用语以散句为主，适度穿插骈句，形成了“秾丽秀逸”（《四库总目提要》）的风格。

三、颜之推与《颜氏家训》

与上面两位不同的是，颜之推（531—591?）是由南入北的作家。他曾在梁朝任散骑侍郎，梁朝灭亡后，入北朝。曾在北齐任通直散骑常侍、黄门侍郎，在北周任御史上士，卒于隋文帝开皇年间。

《颜氏家训》是他训诫子孙的著作，很多思想内容是庸俗的，但其中多述亲身见闻，因而写得很真切，南朝北国的世态人情往往跃然纸上。例如《涉务》和《勉学》中对梁朝士大夫和贵族子弟养尊处优、生活腐朽、庸碌无能的描写：

> 梁世士大夫，皆尚褒衣博带，大冠高履。出则车舆，入则扶持，郊郭之内，无乘马者。周弘正为宣城王所爱，给一果下马，常服御之，举朝以为放达。至乃尚书郎乘马，则纠劾之。及侯景之乱，肤脆骨柔，不堪行步，体羸气弱，不耐寒暑，坐死仓猝者，往往而然。建康令王复，性既儒雅，未尝乘骑，见马嘶歕陆梁，莫不震慑，乃谓人曰："正是虎，何故名为马乎？"其风俗至此。
>
> 梁朝全盛之时，贵游子弟，多无学术，至于谚云："上车不落则著作，体中何如则秘书。"无不熏衣剃面，傅粉施朱，驾长檐车，跟高齿屐，坐棋子方褥，凭斑丝隐囊，列器玩于左右，从容出入，望若神仙。明经求第，则顾人答策；三公九宴，则假手赋诗。

通过这些记载，可以窥见当时士族风尚，从而知道为什么侯景之乱一旦发生，梁朝廷就张皇失措，乱作一团，完全丧失了抵抗力。

再比如《教子》中对北朝汉族士大夫无耻行径的叙述：

> 齐朝有一士大夫，尝谓吾曰："我有一儿，年已十七，颇晓书疏，教其鲜卑语及弹琵琶，稍欲通解，以此伏事公卿，无不宠爱，亦要事也。"吾时俯而不答。异哉，此人之教子也！若由此业，自致卿相，亦不愿汝曹为之。

士风已经败坏到简直不知羞耻为何物了。

《颜氏家训》文风相当质朴，不求文饰，句多单行。这在形式主义文风盛行的时代可以说是独树一帜。

关键概念

山水诗　　永明体　　宫体诗　　骈文　　"北朝三书"

思考题

1. 简要说明山水诗在晋宋之际兴起的原因。
2. 如何评价谢灵运的山水诗？
3. 论述鲍照诗歌的思想内容和艺术特点及在诗歌发展上的贡献。
4. 什么叫“永明体”？它是如何产生的？它的产生在古代诗歌发展史上具有怎样的意义？
5. 谢朓与谢灵运的山水诗相比在艺术风格上有哪些不同？
6. 什么叫“宫体诗”？如何评价宫体诗？
7. 骈文是怎样形成的？骈文主要的文体特征表现在哪些方面？
8. 论述庾信生平、后期文学创作的成就以及他在文学史上的地位。
9. “北朝三书”分别取得了怎样的文学成就？

第六章　魏晋南北朝小说

本章提示

（1）了解我国小说的起源和魏晋南北朝小说的基本状况。（2）了解志怪小说和志人小说兴盛的原因和小说作品的基本情况。（3）重点掌握志怪小说的代表作《搜神记》和志人小说的代表作《世说新语》的内容与文学成就，认识它们对后世产生的影响。

第一节　我国古代小说的雏形

根据现存材料，“小说”一词，最早见于《庄子·外物》：“饰小说以干县令，其于大达亦远矣。”清代郭庆藩《庄子集释》引唐代成玄英《疏》曰：“干，求也；县，高也。夫修饰小行，矜持言说，以求高名令闻者，必不能大通于至道。”可见，庄子所说的“小说”是指不合乎大道的、琐屑浅陋的言谈，与作为一种文学体裁的小说概念不是一码事。

汉代人从目录学的角度将“小说家”单立一类，和诸子并列。然而，这一时期关于小说的观念，和先秦相比并没有本质的区别。桓谭《新论》云：“若其小说家，合丛残小语，近取譬喻，以作短书，治身理家，有可观之辞。”班固《汉书·艺文志》将小说家列于诸子十家的最后，著录小说15种，1 380篇，且云：“小说家者流，盖出于稗官。街谈巷语、道听途说者之所造也。孔子曰：‘虽小道必有可观焉，致远恐泥，是以君子弗为也。’然亦弗灭也。闾里小知者之所及，亦使缀而不忘。如或一言可采，此亦刍荛狂夫之议也。”综合以上解释，可知汉代人所谓“小说”有如下一些主要特征：一是内容浅近丛杂，非关大道；二是体制短小，没有宏篇长论；三是来自民间，非“君子”所为。《汉书》著录的小说，皆已失传，仅留存一些佚文。根据佚文，鲁迅先生

《中国小说史略》提出那些小说“大抵或托古人，或记古事，托人者似子而浅薄，记事者近史而悠谬”，大约接近野史杂传，带有很重的传说色彩。这时，我国的小说还处于酝酿阶段，尚未生成。

我国小说的雏形是在魏晋南北朝出现的。我们知道，作为文学体裁之一种的小说，它的基本职能不在于说理和传授知识，而在于通过一定的故事情节和具体环境的描写，塑造出多种多样的可供人们欣赏的人物形象，多方面地反映社会生活，从而满足人们的审美需求。从这一基本要求来看，魏晋南北朝出现的一些作品已经具有这些特点，它们或记录民间故事，或记录人物轶事，篇幅虽然不长，可是大都有了一定的情节，初步注意到了人物性格的刻画，某些较好的篇章甚至有了虚构，情节结构也较为完整。

当然，这时的小说还不能说是我国小说的成熟形态，只能说初具规模，因为内容上还混杂了许多明显不属于小说的东西，形式大多比较简单，只是粗陈故事梗概，有的只是记录只言片语，人物性格刻画不能展开，最要紧的是作者还普遍缺乏“小说意识”，主观上是把传闻当做历史来记录的，是抱着搜集历史资料的态度进行记录、加工与整理的。我国古代小说的成熟到唐传奇才真正完成。

不过，对于魏晋南北朝小说在我国小说史上的开辟意义应当给予充分的评价。

根据这一时期的小说及其有关的历史材料分析，我国古小说的来源主要有神话传说、史传特别是野史杂传以及寓言故事。

魏晋南北朝的小说按照内容可以分两类，一类是记录鬼神怪异故事的“志怪小说”，一类是记录人物轶闻琐事的“志人小说”。

第二节 志怪小说

一、志怪小说的兴起

魏晋南北朝时期的志怪小说数量很多，留存到今天的尚有三十余种，足见其兴盛了。其所以兴盛，最直接的原因是宗教迷信的盛行。中国上古普遍笃信巫风，秦汉以后又流行方术，那些方士们喜欢编造虚无缥缈的神仙故事以欺世盗名，秦始皇、汉武帝都曾为其所欺骗。两汉之际，经学谶纬之说复大行于世，许多预知未来、荒诞不经的故事应运而生，汉光武帝对之深信不疑。此时佛教又传入中国，到汉末，道教也创立了。及至魏晋南北朝，由于社会极度动荡，人民倍感痛苦，往往从宗教迷信中寻求人生问题的答案和精神解脱，于是，佛教、道教获得迅速传播，信徒越来越多，宣传佛仙灵异、因果报应、服药求仙、肉体永存、白日飞升的故事因此大量产生出来。凡此种种，无不成为志怪小说素材的来源。

志怪小说的作者大致有两种人，一种是宗教徒，其收集、编造此类故事主要为了夸大宗教的神奇，扩大宗教的影响；另一种是非宗教徒，其记录此类故事或出于迷信，或只是出于搜奇记异的兴趣。志怪小说既能满足宗教信徒的需要，也能满足一般人讲、听故事的需要，因而得以流传。

志怪小说的内容颇为庞杂，大致可以分为四种类型：

第一，记录地理博物方面的见闻，如托名东方朔的《神异经》《十洲记》，晋张华的《博物志》等。

第二，记录正史以外的历史传闻，如托名班固的《汉武故事》《汉武帝内传》，晋王嘉的《拾遗记》等。

第三，记录鬼神怪异故事，如《列异传》，晋干宝的《搜神记》，托名陶渊明的《搜神后记》，梁吴均的《续齐谐记》等。

第四，宣扬佛法无边、因果报应思想，如宋王琰的《冥祥记》，北齐颜之推的《冤魂志》等。

二、《搜神记》

干宝的《搜神记》是志怪小说的代表作。干宝（生卒年不详），字令升，东晋新蔡（今属河南）人。少时勤学，博览群书，性好阴阳术数。晋元帝时以佐著作郎领修国史，著《晋纪》，时称“良史”。据《晋书》本传，干宝有感于其父亲墓中殉葬的婢女10年不死和其兄死而复活事，立志广泛搜求古今怪异非常之事，编撰《搜神记》，目的是为了“发明神道之不诬”。《隋书·经籍志》、新旧《唐书·经籍志》都记载该书有30卷。今本20卷，是明朝人胡应麟据《法苑珠林》等类书辑录而成的。

据干宝《搜神记序》，此书的材料来源主要有二：一是“承于前载”。即从以前的志怪书和其他书籍钩稽而来，干宝对其做了加工或再创作。二是“采访近世之事”。就是广泛搜集当时民间流传的故事，把它们记录下来。仅从现存20卷464则记事来看，这部书就已然是洋洋大观，堪称东晋以前志怪故事之集大成者。《晋书·干宝传》《世说新语·排调篇》都讲刘惔看过《搜神记》后，对干宝戏言曰：“卿可谓鬼之董狐。”刘惔卒于东晋永和三年（347），则这部书编成最晚应当在此之前。

干宝在本书序中说，史书尚且不排斥传闻，不敢讲没有一点失实之处，更何况像他这样的“仰述千载之前，记殊俗之表，缀片言于残阙，访行事于故老”而成的书呢。也就是说他承认所述故事并非全是事实，但是，在正文中，他又往往极力言其虚构之真，因为当时的普遍风气是排斥这种虚构的。

《搜神记》的内容大致有四个方面，一是记录神仙、方士的法术；二是神灵感应之事和一些奇怪之物；三是历史传说；四是鬼怪狐魅的故事。这部书意图在于证明鬼神皆实有，宣扬善恶有报，因而具有浓厚的宗教迷信色彩，存在大量封建糟粕。不过，其中许多故事来自民间，它们披着神鬼的外衣，内核却隐含着人民的理想意愿，表达了人民的爱憎，曲折地反映出社会现实，因而具有一定的认识价值和积极的思想意义。

这些具有一定认识价值和思想意义的作品大致可以归纳为如下几种类型：

第一类是反抗统治阶级压迫的故事。卷十一《三王墓》（又称《干将莫邪》）是有代表性的一篇：

> 楚干将莫邪为楚王作剑，三年乃成，王怒，欲杀之。剑有雌雄。其妻重身当产。夫语妻曰："吾为王作剑，三年乃成，王怒，往必杀我。汝若生子是男，大，告之曰：'出户望南山，松生石上，剑在其背。'"于是即将雌剑往见楚王。王大怒，使相之。剑有二，一雄一雌，雌来雄不来。王怒，即杀之。
>
> 莫邪子名赤，比后壮，乃问其母曰："吾父所在？"母曰："汝父为楚王作剑，三年乃成，王怒，杀之。去时嘱我语汝：'出户望南山，松生石上，剑在其背。'"子出户南望，不见有山，但睹堂前松柱下石低之上。即以斧破其背，得剑，日夜思欲报楚王。王梦见一儿眉间广尺，言欲报仇。王即购之千金。儿闻之亡去，入山行歌。客有逢者，谓："子年少，何哭之甚悲耶？"曰："吾干将莫邪子也，楚王杀吾父，吾欲报之。"客曰："闻王购子头千金，将子头与剑来，为子报之。"儿曰："幸甚！"即自刎，两手捧头及剑奉之，立僵。客曰："不负子也。"于是尸乃仆。
>
> 客持头往见楚王，王大喜。客曰："此乃勇士头也，当于汤镬煮之。"王如其言煮头，三日三夕不烂。头踔出汤中，瞋目大怒。客曰："此儿头不烂，愿王自往临视之，是必烂也。"王即临之。客以剑拟王，王头随堕汤中，客亦自拟己头，头复堕汤中。三首俱烂，不可识别，乃分其汤肉葬之，故通名三王墓。今在汝南北宜春县界。

这个儿子一心为父报仇的故事反映出人民不屈不挠的复仇意志，其中客人牺牲自己、帮助干将莫邪之子完成大愿的举动，则表达了下层百姓同仇敌忾，共同对抗强暴统治的精神。

卷十一《韩凭妻》也是这类故事中写得较好的一篇。故事出在战国时期的宋国，宋康王荒淫好色，霸占了门客韩凭的妻子何氏。韩凭夫妇相约自杀，凭先死，"其妻乃阴腐其衣。王与之登台，妻遂自投台；左右揽之，衣不中手而死"。何氏留下遗愿，请与韩凭合葬。宋康王故意使其坟墓相望而不相合，说："尔夫妇相爱不已，若能使冢合，则吾弗阻也。"让人意想不到的是"宿昔之间，便有大梓木生于二冢之端，旬日而大盈抱。屈体相就，根交于下，枝错于上。又有鸳鸯，雌雄各一，恒栖树上，晨夕不去，交颈悲鸣，音声感人"。宋人因把这两棵树称作"相思树"，并且编成歌谣传唱不绝。这个哀艳的传说揭露了统治者的无耻与残暴，歌颂了韩凭夫妇以死抗争、捍卫坚贞爱情的品质。富有浪漫色彩的结尾寄托了人民的美好愿望。

以上两则故事都说的是反抗最高统治者，也有的故事讲的是反抗官府或封建家长制。

第二类是争取爱情自由故事。如卷十五《王道平》、卷十六《紫玉》等。《紫玉》更有名，它记述春秋时期吴王夫差的小女紫玉与童子韩重相爱，夫差不许，紫玉郁闷而死。韩重到紫玉墓吊唁，紫玉魂出与韩重相见，并邀请韩重进入墓中，“与之饮宴，留三日三夜，尽夫妇之礼”。这个生时不能结合，死后也要成为夫妇的故事表达了青年男女向往自由爱情的强烈愿望，同时谴责了婚姻中的门第观念和家长对自由爱情的扼杀。

第三类是破除迷信和战胜危害人民的鬼怪的故事。前者如卷五《张助》：

南顿张助，于田中种禾，见李核，欲持去。顾见空桑中有土，因植种，以馀浆溉灌。后人见桑中反复生李，转相告语。有病目痛者，息阴下，言：“李君令我目愈，谢以一豚。”目痛小疾，亦行自愈。众犬吠声，盲者得视，远近翕赫。其下车骑常数千百，酒肉滂沱。间一岁馀，张助远出来还，见之惊云：“此有何神，乃我所种耳。”因就斫之。

这个故事所揭示的盲目迷信现象的发生过程真是发人深省，它其实是很有普遍性的。

后者如卷十九《李寄》：

东越闽中有庸岭，高数十里。其西北隰中，有大蛇，长七八丈，大十余围。土俗常惧。东冶都尉及属城长吏，多有死者。祭以牛羊，故不得福。或与人梦，或下谕巫祝，欲得啗童女年十二三者。都尉、令、长并共患之。然气厉不息。共请求人家生婢子，兼有罪家女养之。至八月朝祭，送蛇穴口，蛇出吞噬之。累年如此，已用九女。

尔时预复募索，未得其女。将乐县李诞，家有六女，无男。其小女名寄，应募欲行。父母不听。寄曰：“父母无相，惟生六女，无有一男，虽有如无。女无缇萦济父母之功，既不能供养，徒费衣食，生无所益，不如早死。卖寄之身，可得少钱，以供父母，岂不善耶？”父母慈怜，终不听去。寄自潜行，不可禁止。寄乃告请好剑，及咋蛇犬。至八月朝，便诣庙中坐，怀剑将犬。先将数石米餈，用蜜麨灌之，以置穴口。蛇便出，头大如囷，目如二尺镜，闻餈香气，先啗食之。寄便放犬，犬就啮咋；寄从后斫得数创。疮痛急，蛇因踊出，至庭而死。寄入视穴，得九女髑髅，悉举出，咤言曰：“汝曹怯弱，为蛇所食，甚可哀愍！”于是寄女缓步而归。

越王闻之，聘寄女为后，拜其父为将乐令，母及姊皆有赏赐。自是东冶无复妖邪之物。其歌谣至今存焉。

这个故事刻画了一个无所畏惧、为民除害的小小女英雄的形象，故事开头所写大蛇的凶恶和官府的无能，更加反衬出这位女英雄的过人勇敢和智慧。卷十六《宋定伯》、卷十八《安阳亭书生》也是这一类中很有名的篇章。

除了《搜神记》，其他志怪小说也有一些较有思想意义、写作比较出色的篇章，如《续齐谐记》中的《阳羡书生》，《搜神后记》中的《剡县赤城》，《幽明录》中的《刘晨阮肇》等。

从艺术上看，魏晋南北朝的志怪小说总的说来比较幼稚粗陋，但是其中有些作品，情节比较完整，想象比较丰富，开始注意到人物性格的刻画，例如李寄的孝顺、勇敢和机智，就得到初步的展示。这些作品代表了当时志怪小说的艺术水平。

志怪小说对后世文学的影响有两方面，一是对小说发展的影响。唐代传奇就是从它的基础上发展而来的，尤其是最早的传奇，尚未摆脱志怪色彩。唐代以后，小说中始终存在谈狐说鬼这一派，例如宋代洪迈的《夷坚志》、明代瞿佑的《剪灯新话》、清代蒲松龄的《聊斋志异》、纪昀的《阅微草堂笔记》等，追根溯源，都与它一脉相承。二是为后代戏曲小说提供了大量创作素材。例如元代关汉卿的《窦娥冤》就是取材于《搜神记》卷十一《东海孝妇》；今天深受人们喜爱的戏剧《天仙配》，其故事的原型出自《搜神记》卷一《董永》；鲁迅的小说《铸剑》是以《搜神记》卷十一《干将莫邪》为基础改写而成的。

第三节 志人小说

一、志人小说的基本情况

记录人物轶闻琐事的志人小说在魏晋南北朝也很盛行，这与当时士族文人品评人物的风尚有很大关系。此种风尚其实由来已久，早在汉代，由于施行由地方官向朝廷推举人才的政策，就已经形成了品藻人物的风气。至汉末，风气越盛。有些人因善于观察、衡量士人品行之善恶、才能之高下，而享有盛誉。例如郭泰“性明知人”，号为“人伦之鉴”；汝南人许劭喜评论人物，且“每月辄更其品题”，当时有“月旦评”之目（俱见《后汉书》卷六十八）。他们一言九鼎，一旦毁誉，往往影响一个人的终身命运。到魏晋，九品中正制的推行和崇尚清谈的世风，更助长了品评人物言谈举止的风尚。在这种背景下，志人小说应运而生。

较早的志人小说有东晋葛洪托名刘歆所作《西京杂记》，其内容较庞杂，涉及西汉的宫室制度、风俗习惯、衣饰器物，人物轶事只是其中一部分。有些段落写得很生动，如王昭君、毛延寿的故事，司马相如、卓文君的故事等。纯记人物轶事的小说，最早的是东晋裴启的《语林》，之后又有郭澄之的《郭子》，宋刘义庆的《世说新语》。梁沈约的《俗说》，殷芸的《小说》。流传至今且比较完整的只有《西京杂记》和《世说新语》，而后者成就尤高，堪称志人小说的集大成之作。

二、《世说新语》

《世说新语》又名《世说》《世说新书》。编纂者刘义庆（403—444）是宋武帝刘裕的侄子，袭封临川王，官至尚书左仆射、中书令，史称他："为性简素，寡嗜欲，爱好文义，才词虽不多，然足为宗室之表"（《宋书》卷五十一），曾撰《徐州先贤传》10卷，拟班固《典引》为《典叙》。他爱重文士，"招聚文学之士，近远必至"（同上），如袁淑、陆展、何长瑜、鲍照等，并因"辞章之美"，被他招致门下。《世说新语》大约是他和门下文人共同编写的。此书的一些故事取自裴启《语林》、郭澄之《郭子》，文字也有部分相同。梁朝刘孝标为此书作注，用力甚勤，引用古书四百余种，补充了大量史料。这些古书今天9/10都已散佚，惟赖此书得以保存部分佚文，故颇为后人所珍重。

《世说新语》所记人物轶事起于东汉末，止于东晋，尤以晋为详。所涉及的人物不下五六百人，上自帝王将相，下至士庶僧徒，均有记载。全书分上、中、下三卷，每卷又按内容分成若干门，如"德行""言语""政事""文学""任诞""简傲""俭啬""汰侈"等，全书一共有36门。

《世说新语》上卷四门：《德行》《言语》《政事》《文学》，正是孔门四科（见《论语·先进》）；《德行》门47则记事，宣扬"孝"的占了11则，将近1/4；这些都表明作者标榜儒家名教。但书中又有许多谈论玄学、佛学的内容，说明其思想实际比较复杂。

此书有很高的认识价值，从中我们可以了解到魏晋时期的政治经济制度、风俗习尚和社会上普遍的价值观，观察到魏晋豪门士族的生活状态和精神面貌。这里重点介绍几方面。

关于士族状况。大家知道，六朝是典型的门阀士族社会，魏晋时期就已经形成了一整套门阀制度，士族大姓在政治上享有种种特权。有些门第，累世高官，形成很强大的家族势力，甚至连朝廷也畏惧三分。例如《规箴》门有这样一条记载：

> 孙皓问丞相陆凯曰："卿一宗在朝者有几人？"陆答曰："二相，五侯，将军十余人。"皓曰："盛哉！"

本条刘孝标注引《吴录》谓“时后主暴虐，凯正直强谏，以其宗族强盛，不敢加诛也。”江南陆氏只是一个例子，其他士族也往往如此。

士族的优势不仅体现在政治上，在经济上他们也享有特权，往往积聚了巨大的社会财富，例如王戎，书中称他“既富且贵，区宅、僮仆、膏田、水碓之属，洛下无比”（《俭啬》）。在极为优越的物质生活条件下，豪门士族穷奢极欲，腐化无比。如：

> 武帝尝降王武子家，武子供馔，并用琉璃器。婢子百余人，皆绫罗绔褶，以手擎饮食。烝豚肥美，异于常味。帝怪而问之，答曰：“以人乳饮豚。”帝甚不平，食未毕，便去。
>
> （《汰侈》）

连以奢华闻名的天子都对王氏的排场瞠目结舌，甚至不忍心享用，可见一斑了。

在腐化成风的社会环境中，常常有人竞豪斗富，炫耀家门。《汰侈》门所记王恺与石崇斗富就是很有名的故事：

> 石崇与王恺争豪，并穷绮丽以饰舆服。武帝，恺之甥也，每助恺。尝以一珊瑚树高二尺许赐恺，枝柯扶疏，世罕其比。恺以示崇，崇视讫，以铁如意击之，应手而碎。恺既惋惜，又以为疾己之宝，声色甚厉。崇曰：“不足恨，今还卿。”乃命左右悉取珊瑚树，有三尺、四尺，条干绝世、光彩溢目者六七枚，如恺许比甚众。恺惘然自失。

士族子弟，一贯养尊处优，衣来伸手，饭来张口，造就了一批只会清谈、一无所能的寄生虫，可是凭借门第，他们却普遍怀有强烈的优越感。不用说对一般百姓，就是对庶族之士，也鄙夷不屑。甚至家境已然潦倒者，仍自矜门阀。例如：

> 王修龄在东山，甚贫乏。陶胡奴为乌程令，送一船米遗之，却不肯取。直答语：“王修龄若饥，自当就谢仁祖索食，不须陶胡奴米。”
>
> （《方正》）

其门第的优越感简直已经到了不可救药的可笑地步。

关于“魏晋风度”。《世说新语》很大一部分篇幅是描写所谓“魏晋风度”，或者叫“名士风流”的，鲁迅先生说它“差不多就可以看作一部名士的教科书”（《中国小说的历史变迁》）。它为我们展示了当时文人名士的精神面貌和生活方式。

从仪容风度来说，当时的文人名士普遍崇尚闲雅，注重风神，讲究疏放、从容不迫的气质。如《赏誉》门：“王戎云：‘太尉神姿高彻，如瑶林琼树，自然是风尘外物。'”王戎赞赏王衍，显然是从内在气质着眼的。《容止》门称赞嵇康“风姿特秀”，说他“岩岩若孤松之独立，其醉也，傀俄如玉山之将崩”，也同样侧重气质。《雅量》门还特别记载了嵇康临死前镇定自若的气度，说他“神色不变”，弹了一曲《广陵散》，只惋惜地说了一句：“袁准尝请学此散，吾靳不与。《广陵散》于今绝矣。”便从容就刑。此外，还有谢安接到淝水大捷的战报时，“意色举止，不异于常”的例子，夏侯太初依柱作书，忽遭雷电劈毁柱子，而“神色无变”，照常作书的例子，等等。

从思想行为来说，当时的文人名士提倡自然，鄙薄功名富贵，主张适情任性。如《识鉴》门记录西晋张翰本做齐王东曹掾，在洛阳见西风起，因思吴中菰菜、莼羹、鲈鱼脍，曰：“人生贵得适意耳，何能羁宦数千里以要名爵！”遂命驾而归。不久齐王败，时人谓为见机。再如《雅量》门记载祖约好财，阮孚好屐，时人未能判定其优劣。有人分别探望二人，祖约正在理财，客至，收藏未尽，余两小筐放置背后，“意未能平”；阮孚正吹火蜡屐，对客叹曰：“未知一生当著几两屐？”“神色闲畅”，于是胜负始分。这些都是例子。至于《任诞》门所记王子猷夜访戴安道的故事更为人们所熟知了。

此外，当时的文人名士还喜欢清谈玄理，推重语言机警多锋，喜欢标榜风雅，好尚服药饮酒，等等。有些人有时候的行为明显带有虚伪与矫情，甚至放荡，例如：

> 郝隆七月七日出日中仰卧。人问其故，答曰：“我晒书。”
>
> （《排调》）
>
> 刘伶恒纵酒放达，或脱衣裸形在屋中，人见讥之。伶曰：“我以天地为栋宇，屋室为幝衣，诸君何为入我幝中？”
>
> （《任诞》）

然而，即使如此，也能从中透视出当时普遍的追求与风尚。总之，这部书勾勒出了魏晋时期士人的群像，读之，如接当时人，这对我们认识那个时代上层文人的精神风貌大有帮助。

《世说新语》取得了很高的文学成就。它的一个突出特点表现在极善于抓住人物富于特征性的言谈举止来刻画人物的心理性格，大多数篇章仅用寥寥数语，就能将一个人物活画于纸上，做到个性分明，神情毕现。例如《忿狷》门描写王蓝田的两段：

> 王蓝田性急。尝食鸡子，以箸刺之，不得，便大怒，举以掷地。鸡子于地圆转未止，仍下地以屐齿碾之，又不得，瞋甚，复于地取内口中，啮破即吐之。
>
> 谢无奕性粗强，以事不相得，自往数王蓝田，肆言极骂。王正色面壁不敢动，半日。谢去良久，转头问左右小吏：“去未？”答云：“已去。”然后复坐。时人叹其性急而能有所容。

通过生活琐事，一表现王蓝田性急，一表现其自知性急弱点而极力加以克制，均活灵活现。

再如《任诞》门描写王徽之的两段：

> 王子猷尝寄人空宅住，便令种竹。或问："暂住何烦尔？"王啸咏良久，直指竹曰："何可一日无此君？"
>
> 王子猷居山阴，夜大雪，眠觉，开室，命酌酒。四望皎然，因起彷徨，咏左思《招隐诗》。忽忆戴安道，时戴在剡，即便夜乘小船就之。经宿方至，造门不前而返。人问其故，王曰："吾本乘兴而行，兴尽而返，何必见戴？"

两段都很短，然有动作，有语言，极为传神地写出王徽之任性而行的个性，其行动与说话时飘然不群的神情跃然纸上。

《世说新语》的又一个突出特点表现为语言的简约含蓄，隽永传神。如《言语》门："顾长康从会稽还，人问山川之美，顾云：'千岩竞秀，万壑争流，草木蒙笼其上，若云兴霞蔚。'"《排调》门："顾长康啖甘蔗，先食尾。问所以，云：'渐至佳境。'"《任诞》门："王光禄云：'酒，正使人人自远。'"均耐人咀嚼回味。

鲁迅先生谓《世说新语》"记言则玄远冷隽，记行则高简瑰奇"（《中国小说史略》），概括十分准确。此书成为志人小说的典范之作，后世出现的志人小说，均笼罩在其巨大影响之下。此书还为后世的戏剧、小说提供了许多素材。

关键概念

志怪小说　　志人小说

思考题

1. 魏晋南北朝时期志怪小说兴盛的原因是什么？
2. 《搜神记》中具有一定认识价值和思想意义的作品有哪几类？简述一些代表作品的内容。
3. 魏晋南北朝时期志怪小说兴盛的原因是什么？
4. 举例说明《世说新语》的认识价值和艺术成就。

本书参考文献

1. 袁珂．山海经校注．上海：上海古籍出版社，1980.
2. 朱熹．诗经集传．北京：中华书局，1962.
3. 余冠英．诗经选．北京：人民文学出版社，1956.
4. 杨伯峻．春秋左传注．北京：中华书局，1981.
5. 刘向集录．高诱注．战国策．上海：上海古籍出版社，1978.
6. 程树德．论语集解．北京：中华书局，1990.
7. 焦循．孟子正义．北京：中华书局，1987.
8. 杨伯峻．孟子译注．北京：中华书局，1960.
9. 郭庆藩．庄子集释．北京：中华书局，1961.
10. 曹础基．庄子浅注．北京：中华书局，1982.
11. 梁启雄．荀子简释．北京：中华书局，1983.
12. 梁启雄．韩子浅解．北京：中华书局，1960.
13. 朱熹．楚辞集注．上海：上海古籍出版社，1979.
14. 金开诚．楚辞选注．北京：北京出版社，1980.
15. 张双棣等．吕氏春秋译注．长春：吉林文史出版社，1986.
16. 严可均辑．全上古三代秦汉三国六朝文．北京：中华书局，1987.
17. 费振刚等辑校．全汉赋．北京：北京大学出版社，1993.
18. 王洲明等．贾谊集校注．北京：人民文学出版社，1996.
19. 李孝中．司马相如集校注．成都：巴蜀书社，2000.
20. 张震泽．扬雄集校注．上海：上海古籍出版社，1993.
21. 张震泽．张衡诗文集校注．上海：上海古籍出版社，1986.
22. 司马迁．史记．北京：中华书局，1975.
23. 班固．汉书．北京：中华书局，1975.
24. 郭茂倩．乐府诗集．北京：中华书局，1979.
25. 余冠英．乐府诗选．北京：人民文学出版社，1959.
26. 马茂元．古诗十九首初探．西安：陕西人民出版社，1981.

27. 逯钦立辑．先秦汉魏晋南北朝诗．北京：中华书局，1983.

28. 黄节．魏武帝魏文帝诗注．北京：人民文学出版社，1958.

29. 赵幼文．曹植集校注．北京：人民文学出版社，1984.

30. 俞绍初．王粲集．北京：中华书局，1980.

31. 黄节．阮步兵咏怀诗注．北京：人民文学出版社，1957.

32. 陈伯君．阮籍集校注．北京：中华书局，1987.

33. 戴明扬．嵇康集校注．北京：人民文学出版社，1962.

34. 郝立权．陆士衡诗注．北京：人民文学出版社，1958.

35. 王瑶编注．陶渊明集．北京：人民文学出版社，1957.

36. 逯钦立校注．陶渊明集．北京：中华书局，1979.

37. 顾绍柏．谢灵运集校注．郑州：中州古籍出版社，1987.

38. 钱仲联．鲍参军集注．上海：上海古籍出版社，1980.

39. 曹融南．谢宣城集校注．上海：上海古籍出版社，1991.

40. 范文澜．文心雕龙注．北京：人民文学出版社，1958.

41. 陈延杰．诗品注．北京：人民文学出版社，1961.

42. 萧统．文选．北京：中华书局，1974.

43. 王国维校．袁英光，刘寅生整理标点．水经注校．上海：上海人民出版社，1984.

44. 范祥雍．洛阳伽蓝记校注．上海：上海古籍出版社，1958.

45. 王利器．颜氏家训集解．上海：上海古籍出版社，1980.

46. 倪璠注．许逸民校点．庾子山集注．北京：中华书局，1980.

47. 汪绍楹．搜神记校点．北京：中华书局，1979.

48. 余嘉锡．世说新语笺疏．北京：中华书局，1983.

图书在版编目（CIP）数据

中国古代文学史（一）/叶君远编著．—2版．—北京：中国人民大学出版社，2013.8
新编21世纪远程教育精品教材．汉语言文学系列
ISBN 978-7-300-17929-2

Ⅰ．①中… Ⅱ．①叶… Ⅲ．①中国文学-古代文学史-远程教育-教材 Ⅳ．①I209.2

中国版本图书馆CIP数据核字（2013）第188101号

新编21世纪远程教育精品教材·汉语言文学系列
中国古代文学史（一）
（先秦至魏晋南北朝）（第二版）
叶君远　编著
Zhongguo Gudai Wenxueshi

出版发行	中国人民大学出版社		
社　　址	北京中关村大街31号	**邮政编码**	100080
电　　话	010－62511242（总编室）		010－62511770（质管部）
	010－82501766（邮购部）		010－62514148（门市部）
	010－62515195（发行公司）		010－62515275（盗版举报）
网　　址	http://www.crup.com.cn http://www.ttrnet.com(人大教研网)		
经　　销	新华书店		
印　　刷	北京玺诚印务有限公司	**版　　次**	2003年5月第1版 2013年8月第2版
规　　格	185 mm×260 mm　16开本		
印　　张	15.25	**印　　次**	2019年2月第4次印刷
字　　数	294 000	**定　　价**	38.00元
